Andreas Oppermann, Ernst Rietschel

Ernst Rietschel

Eine Biographie

Andreas Oppermann, Ernst Rietschel

Ernst Rietschel
Eine Biographie

ISBN/EAN: 9783743361324

Hergestellt in Europa, USA, Kanada, Australien, Japan

Cover: Foto ©Raphael Reischuk / pixelio.de

Manufactured and distributed by brebook publishing software (www.brebook.com)

Andreas Oppermann, Ernst Rietschel

Ernst Rietschel

Ernst Rietschel.

Von

Andreas Oppermann.

Leipzig:

F. A. Brockhaus.

1863.

Inhalt.

Vorwort.

Von Ernst Rietschel, dem Menschen und Künstler, wie ich ihn im Leben gekannt und geliebt habe, versuchte ich in diesen Blättern ein von des Meisters Denken und Empfinden beseeltes Bild zu entwerfen. Es standen mir dabei die hinterlassenen Aufzeichnungen von seiner eigenen Hand, seine Tagebücher und theilweise sein Briefwechsel zu Gebote. Lücken ergänzte das frische Gedächtniß.

Seine „Jugenderinnerungen", als ein Vermächtniß für seine Familie von ihm aufgeschrieben, sind mir von seiner Witwe, meiner Schwester, zur Benutzung überlassen worden. Obwol sie für den Druck ursprünglich nicht bestimmt waren, habe ich sie unverändert an den Eingang des Buches gestellt; in ihrer naiven Schlichtheit spiegeln sie am treuesten den innern Menschen wider.

Es sind keine großen, die Phantasie beschäftigenden Ereignisse, welche des Meisters Leben besonders kennzeichneten, seine Tage flossen in Glück und Leid einfach und still dahin. Die Bedeutung seines Lebens liegt darin: daß sich in seinen Werken der ganze Mensch mit dem vollen Schwergewicht seines innersten Wesens kund gibt; daß er bei seinem Schaffen von hingebender Treue

und Liebe zur Kunst, von ernstem Streben nach Wahr=
heit erfüllt war; daß es ihm vermöge dieser Eigen=
schaften gelungen, die theuersten Männer des deutschen
Volks, einen Luther, einen Lessing, einen Goethe und
Schiller in unvergleichlich wahren Gebilden darzustellen;
daß er mit diesen Schöpfungen der deutschen Kunst neue
Bahnen eröffnet hat.

Darum habe ich in dem zweiten Abschnitt vor allem
den Entwickelungsgang in seinen Werken, des Künstlers
Streben und Gesinnung in seinem Thun und Schaffen
anschaulich zu machen versucht.

Ich bin mir bewußt, in meiner Schilderung voll=
kommen wahr gewesen zu sein, wenn auch die Liebe
meine Feder geführt hat. Echte Liebe schließt ja die
Wahrheit niemals aus.

Wenn die nachfolgenden Blätter zugleich in manchem
den Glauben zu bestärken vermöchten, daß ein Volk, aus
dem noch Künstler wie Ernst Rietschel hervorgehen, keine
Verkümmerung erlitten, wenn sie irgendeine strebende
junge Seele mit neuem Muthe erfüllten, zu kämpfen
und zu ringen, — dann hätten sie ihr höchstes Ziel
nicht verfehlt!

Zittau, im März 1863.

Andreas Oppermann.

Erster Abschnitt.

Jugenderinnerungen.

(Rietschel's Selbstbiographie.)

Indem ich mich entschließe, Erinnerungen aus meinem Leben aufzuschreiben, geschieht dies nur, um den lebhaften Wunsch meiner Familie zu erfüllen, welcher ich oft Freude bereitet hatte, wenn ich von den kleinen Erlebnissen meiner durch Verhältnisse engbegrenzten Kindheit, sowie von den Jahren meiner künstlerischen Entwickelung in Stunden behaglichen Zusammenseins erzählte. Das, was mit lebendiger stiller Aufmerksamkeit und Theilnahme, oder mit jubelnder Freude oft begrüßt wurde, wollte ich nun auch, schwarz auf weiß, der Erinnerung nicht entgehen lassen. Zudem glaube ich auch, daß meine Lebensführung manches enthält, was meinen Kindern zu Nutz und Frommen gereichen kann, und so will ich denn, mit Gott! ohne einleitende Vorreden, sogleich damit beginnen, eine kurze Charakteristik meiner guten Aeltern zu geben.

Mein Vater, Friedrich Ehregott Rietschel, geboren den 8. Februar 1768, war der älteste Sohn seiner Aeltern. Der Großvater, ein wackerer Seilermeister in Pulsnitz, muß nach den Erzählungen meines Vaters ein sehr verständiger, braver Mann gewesen sein. Was mein Vater von ihm erzählte, habe ich damals unbeachtet aufgenommen, sobaß kein eigentliches Bild seiner

Persönlichkeit in meiner Vorstellung entstanden; ebenso wenig von meiner Großmutter.

Mein Vater war seinem Aeußern nach ein stattlicher Mann, groß, in jüngern Jahren mehr hager. Sein Gesicht war einnehmend und ausdrucksvoll, verständig und mild, man konnte es im höhern Alter wol ehrwürdig nennen. Er war von weichem, empfänglichem Gemüth, barmherzig, voll zärtlicher Liebe zu den Seinen, christlich fromm, in der Noth fest im Vertrauen, in glücklichen Stunden unvergessen im Danke gegen Gott.

In die Kirche zu gehen, Morgen- und Abend-Hausandachten zu halten, eine Predigt zu lesen, war ihm Bedürfniß, und oft stimmte er im Bette vor dem Einschlafen noch ein kurzes Abendlied an, in das die Mutter und ich — der ich in derselben Kammer schlief, und die wenigen Abendlieder, welche wegen ihrer Kürze für diesen Zweck in Anwendung kamen, bald auswendig wußte — mit einstimmten.

Mein Vater hatte in seiner Jugend große Lust zum Studiren, doch mein Großvater nicht die Mittel, darein zu willigen, er mußte ein Handwerk lernen und ward zu einem Verwandten, einem Beutler oder Handschuhmacher, in die Lehre gethan.

Nach damaligem Gebrauche hatte er sich, als er Geselle geworden war, aufs Wandern begeben, — ist aber nicht weit gekommen. Nachdem er einige Jahre in Nixdorf, einem Orte an der böhmischen Grenze, gearbeitet, kehrte er zurück, und hat sich später oft über diese seine Reisen, wie er sie nannte, lustig gemacht.

In den ersten Jahren seiner Verheirathung hatte er der Lust und Freude an Büchern dadurch Genüge gethan, daß er sich eine kleine Leihbibliothek — natürlich meist Romane, die er alt kaufte — anlegte. Doch kam er im Laufe des Krieges um die meisten Bücher. Sonntags, und wenn er wenig Arbeit hatte, war seine Freude, zu lesen. Makulatur bei den Kaufleuten ließ er gern nachsehen, ob auch darunter etwas zu finden sein möchte, was ihm nützlich werden könnte. Bei seinem Interesse an Astronomie wußte er sich durch Bücher, die er sich zu borgen suchte, ein Bild vom Planetensystem, Sonnen- und Mondfinsternissen, den Sternbildern u. s. w. zu verschaffen.

Seine drei Landkarten von der Erde, Europa und Deutschland kannte er auswendig, neue Karten konnte er sich nicht kaufen.

Den Nachbarn war er ein Rathgeber und Erklärer von manchen Dingen, die über ihren Horizont gingen; sie wandten sich an ihn, daß er ihnen Briefe oder Aufsätze concipirte; stillschweigend und wie von selbst verständlich erkannten sie seine Bildung als über der ihrigen stehend an. Er machte sich meist Auszüge aus Büchern, und rührend ist es, daß, als er einst „Bode's Betrachtung des Weltgebäudes" geliehen erhielt, und da er sich das Buch nicht kaufen konnte — für einen bis anderthalb Thaler wäre dies möglich gewesen — er fast alle Abende eines Winters hindurch saß, um beinahe das ganze Buch abzuschreiben.

Meine Mutter, Karoline Salome Röllig, geboren den 6. September 1760, war das drittletzte Kind des Schullehrers Röllig in Gersdorf, zwischen Pulsnitz und Kamenz gelegen. Mein Urgroßvater war Schullehrer in Königsbrück gewesen. Diese meine Großältern habe ich noch gekannt und mit meiner Mutter oft besucht. Der Großvater war ein sehr ernster, strenger Mann, der wenig mit mir verkehrte und der mich schon sehr ermuthigte, wenn er sagte: „Nun, Ernst, was machst du?" Ich hatte den höchsten Respect, ja Furcht vor ihm, wenn er, ein großer langer Mann mit gepuderter Perrüke und einer langen Thonpfeife im Munde, uns empfing, meine Mutter ernst, aber liebevoll begrüßte. Er genoß große Liebe und Achtung in seinem Dorfe, und hatte mit Frömmigkeit und Treue sein Amt wohl geführt über funfzig Jahre lang.

Die Großmutter war weicher und freundlicher, immer wurde etwas vorgesucht, entweder Obst oder Butterbrot, fetter gestrichen als ich gewohnt war, um mich zum Gefühle eines gern gesehenen Gastes zu bringen.

Meine Mutter war von außerordentlich sanftem Charakter, mehr schweigsam und in sich gekehrt; ich habe sie nie heftig gesehen, und doch war sie nichts weniger als phlegmatisch. Stets und unermüdlich thätig, auf= opfernd und entsagend aus innerster Demuth; in ihrem Aeußern ein Muster weiblicher Sauberkeit und Nettig= keit. Ihr Gesicht war wohlgebildet; in ihrer Jugend soll sie sehr hübsch gewesen sein. Ihr Ausdruck war freundlich, sanft, bescheiden. Die Verhältnisse ihrer Aeltern geboten, daß sie, als sie erwachsen war, gleich den andern Schwestern in ein dienendes Verhältniß ein= treten mußte. So geschah es denn, daß sie mein Vater als junger Beutlermeister in Pulsnitz kennen lernte und sie heirathete.

Die frühern Erlebnisse in der Ehe meiner Aeltern kenne ich nicht, sie waren jedenfalls besser, als die

Kinder noch klein waren, das Handwerk noch blühte, welches in kleinern Städten weniger darin bestand, Beutel oder Handschuhe als vielmehr Beinkleider aus Leder für die Landleute zu machen: ein Gebrauch, der später durch das billigere Tuch mehr und mehr verdrängt wurde.

Die Abgaben waren noch mäßiger und die Existenz billiger. Und obwol in der Zeit, welche in meine Erinnerung fällt, bisweilen günstigere Umstände eintraten, etwas mehr Arbeit und Verdienst war, die nothwendigsten Bedürfnisse erschwungen wurden, sobaß z. B. mein Vater Winterholz fahren lassen, ja einigemal ein Schwein mästen und schlachten lassen konnte, so haben doch die Sorgen, wo Brot, wo Kleider hernehmen, nie ganz aufgehört. Mein Vater gewann in Momenten, wo es besser ging, bald Heiterkeit und einigte sich mit der Gegenwart, die Mutter aber war von schwerem Gemüth, und die Unfähigkeit, ihre Gefühle bei solchen Stimmungen in Worten auszusprechen, ließ sie oft den ganzen Tag über an der Arbeit schweigend sitzen und nicht zu einer wahren, innern Heiterkeit kommen.

Am 10. October 1795 wurde meine älteste Schwester Karoline Friederike, den 9. Februar 1800 meine zweite Schwester Juliane Friederike, ich selbst den 15. December 1804 geboren.

Das erste, was aus der frühesten Kindheit im Bewußtsein meiner Erinnerungen geblieben ist, war ein Wohlgefallen an kleinen Bilderchen und Holzschnitten, wie sie damals in gewöhnlichen Bilderbogen für Kinder existirten. Was ich fand, das nur irgendeiner Gestalt von Menschen oder Thier ähnlich war, sammelte ich und klebte es in ein altes Buch. Ich versuchte selbst auf der Schiefertafel zu zeichnen was mich interessirte, so z. B. in meinem dritten Jahre einen Bärenführer mit seinem Bären, welcher mich auf der Straße mit staunendem Interesse erfüllt hatte. Weil beide, Mensch und Bär, wahrscheinlich als solche etwas erkennbar sein mochten, wurde ich — wie ich mich entsinne — von besuchenden Nachbarn, welche sich darüber wunderten, sehr gelobt.

Meine Schwestern mußten mir ganze Schiefertafeln voll Figuren, weniger zeichnen als vielmehr hinschreiben, die wie nach einer Schablone aneinander gereiht wurden, deren Kopf aus einem O bestand, ein Dreieck untendran statt Körper, zwei Horizontalstriche als Arme, und zwei Linien mit kleinen Winkeln unten statt Füßen. Unermüdlich konnte ich der reihenweisen Hinschreibung dieser willkürlichen Zeichen, welche Figuren vorstellen sollten, zusehen.

Im sechsten Jahre malte ich eine liegende Kuh mit Wasserfarben, ob aus dem Kopfe — ich weiß es nicht, welche ebenfalls viel Beifall hervorrief. Es blieb nun bei mir das Interesse für Zeichnen und Bilder anhaltend rege; freilich fielen mir letztere sparsam zu, denn nur selten konnte ich vom Vater den Kauf eines Bilderbogens für sechs Pfennige erlangen. Jedes neuacquirirte Blättchen, ob ich es fand oder geschenkt erhielt, wurde copirt, und später war ich andern in der Schule das, was meine Schwestern mir gewesen; ich zeichnete ihre Schiefertafeln voll Soldatenzüge und Schlachten.

Besondere kleine Ereignisse, die sich in meiner Erinnerung markirt hätten, weiß ich aus dieser frühesten

Zeit wenig; nur Folgendes ist in meinem Gedächtnisse und sehr lebendig geblieben:

Meine Mutter, die im Hause eines Kaufmanns viel mit Nähen beschäftigt war, hatte mich einst auf Wunsch der Familie dorthin mitgenommen. Es ward mir Spielzeug vorgelegt, so viel und schön, wie ich es noch nie gesehen hatte; ich war ganz beglückt, und besonders fielen mir zwei nürnberger Holzpüppchen in die Augen, eins grün, das andere roth angestrichen. Die Lust, eins mitzunehmen, erwachte, zugleich die Angst davor. Die Wahl wurde schwer, ich entschloß mich, beide in mein Kleidchen zu verstecken, und eilte von meiner Mutter weg nach Hause. Jubelnd kam ich dem Vater entgegen, als ob ich die Figürchen geschenkt erhalten, doch bat ich ihn zugleich, sie nicht zu zeigen, wenn jemand aus jenem Hause zu uns kommen würde. Alsbald schloß mein Vater auf den Hergang, und streng sah er mir ins Gesicht mit den Worten: „Du hast dies genommen, im Augenblick trag sie wieder hin." — Weinend gestand ich mein Vergehen. Mit dem Versprechen sie hinzutragen, legte ich sie bei einem Nachbar in dem Hofraum in einen Winkel; allein indem ich mich umwandte, um zurückzugehen, stand mein Vater mit der Ruthe, wie der Engel vor dem Paradies, zu meinem Schrecken vor mir, und nachdem ich die Figürchen wieder hervorgesucht, mußte ich sie in das Haus des Kaufmanns tragen. Mein Vater folgte mit der Ruthe, bis er mich hineintreten und wiederkommen sah. Ich hatte sie dort auf einen Tisch in der Hausflur gelegt.

Zu meinen frühesten Erinnerungen gehört auch die Erscheinung eines alten Habersammlers. Derselbe war ein ungewöhnlich großer, sehr ernster, achtzigjähriger Greis mit einem Leinwandkittel und einem dreieckigen Hute. Er flößte mir großen Respect ein und wurde von meinem Vater mit vieler Achtung behandelt. Er war in astronomischen Gegenständen sehr erfahren, erklärte uns häufig den Lauf der Gestirne und hatte viele Kenntnisse in der Geometrie. Was aber meine scheue Ehrfurcht vor diesem Manne vermehrte, war eine Erzählung meines Vaters, wonach der alte Mann in einem Dorfe einem Kinde begegnet sein sollte, welchem er, nachdem er ihm in die Hand gesehen, einen baldigen Tod prophezeit habe; und wirklich sei dies Kind drei Stunden später ertrunken. Dieser Habersammler hatte oft Kindern die Nativität gestellt, ich entsinne mich, daß er auch aus meiner Hand Glück weissagte.

Mein Schulunterricht bestand bis zum elften Jahre nur im Lesen der Psalmen und Evangelien (welche als einzelne Bücher in unsern Händen waren und aus denen wir Sprüche auswendig zu lernen hatten), Schreiben und Rechnen; im letztern kam ich bis zum Multipliciren. Ich erinnere mich keiner Anregung aus dieser Schulzeit. Nur wenn wir in den Psalmen lasen, fühlte ich mich bisweilen in einer besondern Gemüthsstimmung, die mir einen wehmüthigen Eindruck, wie Heimweh, zurückließ; besonders brachte dies Gefühl der hundertsiebenunddreißigste Psalm hervor: „An den Wässern zu Babylon u. s. w." Die unbeschreibliche Seelentrauer und Sehnsucht, die darin ausgesprochen, versetzte mich jedesmal in eine tiefelegische Stimmung, welche sich in der Vorstellung von Bildern des Morgenlandes erging, erzeugt durch die fremden, schönen und mir wunderbar vorkommenden Namen der Völker, Städte und Berge, durch die extravaganten Schilderungen der Natur, die Bitten um Untergang der Feinde, zuletzt und mit Einem Worte durch den hochpoetischen Schwung dieser Gesänge.

Die Schule war in zwei Klassen getheilt, die kleinen Knaben beim Cantor, die großen von zehn oder elf Jahren beim Rector. Dieser letztere, Namens Fiebler, war ein trefflicher Mann, den ich sehr liebte. Der Unterricht beschränkte sich nach damaliger Weise nur auf wenige Gegenstände, des Vormittags eine Stunde Religionsgeschichte, eine Stunde Schreiben, eine Stunde Rechnen, des Nachmittags eine Stunde Lesen und eine Stunde Dictiren, theils von Fabeln, von technologischen Beschreibungen, oder vaterländischer Geographie. Weiter hinaus ging's nicht.

Rector Fiebler war ein gebildeter Mann und hätte wol jeder Anforderung genügen können; allein der Umkreis und die Grenze der Unterrichtsgegenstände war gegeben, und durfte er seinen Schülern mehr nicht mittheilen.

Da ich zwar in der Schule der beste Schreiber war, aber einer der schwächsten Rechner, so legte der Rector Fiebler einen besondern Accent auf das letztere und sah mich oft mit humoristischem Lächeln an, wenn das hergesagte Facit meiner Exempel hintereinander falsch war und mein Gesicht immer länger wurde, bis ich vor Thränen des Verdrusses die Resultate der letzten Exempel gar nicht mehr aufsagen konnte.

Da mein väterliches Häuschen in der Nähe der zwei Predigerwohnungen sich befand, so war ich dort ein gesuchter Spielkamerad für die beiden altersgleichen Knaben des Pastors und des Diakonus. Der letztere ließ mich, um seinem Sohne durch einen Mitlernenden mehr Eifer und Lust zu machen, am Unterricht im Klavier und Lateinischen, den er selbst gab, theilnehmen, worauf ich dann einige Stunden zum Gäten im Garten und andern Arbeiten darin benutzt wurde, um jene Gunst= erweisung nicht so ganz unverdient hinzunehmen. Daß ich übrigens zu allen Gesellschaften, welche die Kinder in den Predigerhäusern feierten, oder, wenn sie unwohl waren, zur Unterhaltung eingeladen wurde, that mir wohl; es kamen dann manche Bilderbücher, Spiele, Unterhaltungen mit Ausmalen von Bilderbogen und andere mir sonst unzugängliche Vergnügungen unter die Hände und vor die Augen, die mich ganz beglückten und in fröhlichste Stimmung versetzten; und als der Pastor Bachmann, ein lieber, würdiger Mann, seinen Kindern Campe's „Robinson" vorlas — jeden Abend ein mäßiges Stück — und ich dazu ein für allemal in der Dämmerstunde während des Winters eingeladen war, da war mein Glücksgefühl unaussprechlich, und die Sehnsucht nach solchen Unterhaltungen trieb zu aller= hand Versuchen, Bücher zum Lesen und Kupferstiche zum Copiren zu borgen.

In Pulsnitz lebte ein Maler und Zeichenlehrer, ein alter Junggeselle, Namens Köhler, von wohl= wollendem, gutmüthigem Charakter, bei welchem viele Kinder Unterricht im Zeichnen von Blumen, Landschaften und Thieren hatten — freilich in einer Unzulänglichkeit, daß er den allerdürftigsten Ansprüchen, die jetzt gemacht werden können, weit nachstand. Mein Verlangen zu zeichnen war groß und der gute alte Köhler nahm mich unentgeltlich als Schüler auf. Ich machte die schnellsten Fortschritte, durfte ihm bald helfen und wurde von ihm sein „Altgeselle" genannt. Er malte für einen leipziger Kaufmann Tischdecken in Oel auf schwarzer Wachsleinwand, die mit einer Landschaft verziert wurden und anderthalb bis zwei Ellen lang und entsprechend hoch waren, Stück für Stück für 8—10 Gute Groschen.

Ich half ihm die Staffage malen, Thiere und Menschen, die als dunkelbraune Schattenrisse untermalt und worauf dann die Lokalfarben als Lichter aufgesetzt wurden. So half ich ihm auch Scheiben zu Prämienschießen malen, von welchen sich noch einige auf dem pulsnitzer Schießhause befinden. Ich erhielt von ihm dann und wann einige Groschen, die mich weniger interessirten als die Glückseligkeit, das zu treiben, wozu ich vor allem Lust hatte. Doch darauf, wie sich meine Befähigung zum Zeichnen weiter entwickelte, will ich später zurückkommen und erst noch einige Erinnerungen nachtragen.

Als ich acht Jahre alt war, begann die verhängnißvolle Kriegsperiode von 1812—13. Jetzt traten diese Ereignisse, alles andere mehr zurückdrängend, in den Vordergrund. Ich erinnere mich lebhaft jener wechselnden Eindrücke von Jubel, wenn Soldaten kamen, einquartiert wurden, und von unglücklicher Stimmung, traf der für unser Haus bestimmte Mann nicht gleich ein. Es war ein wahres Entzücken, als die ersten Kosacken, verschiedene kleine Pikets, welche von Kamenz aus das Terrain recognoscirten, ankamen. Wir wurden der Schule entlassen und trieben uns unter den Pferden und ihren Reitern, welche nach Juften rochen, herum; dieser Geruch war so neu und energisch, daß er uns als ein wunderbarer Odeur anzog und die Kosacken in einen geheimnißvollen Aether einhüllte. Hatten sich doch dieselben durch vorlaufende Gerüchte in unserer Kinderphantasie zu Wesen ganz besonderer Art gestaltet, wilde, kecke Reiter, abenteuerlich, roh und gutmüthig, aus Himmelsgegenden, die Tausende von Meilen entfernt sein sollten. Da sie Kinder sehr liebten, bestrebte sich jedes von uns, von irgendeinem derselben einen Kuß zu erhalten. Als sie uns aber gar in Reih und Glied stellten und wir auf Commando „Hurrah, Alexander!“ rufen und die Mützen in die Höhe werfen mußten, war des Jubels kein Ende, und ich konnte nicht begreifen, wie meine Aeltern, als ich ihnen zu Hause mein Glück erzählte, nicht einstimmen wollten und mich einen „dummen Jungen“ nannten.

Einmal wurde ein Baschkir bei uns einquartiert, er wollte Stallung für sein Pferd haben, die wir nicht schaffen konnten. Da die Aeltern sich mit ihm nicht verständigten, so brachte er zu seiner Hülfe einen Kosackenunteroffizier mit, einen netten Burschen. Ich saß an meinem Tischchen und malte und gab ihm zu verstehen, daß ich ihn abmalen wollte. Flugs stellte er sich hin, ich ging ans Werk, zeichnete die ganze Figur, colorirte sie, und er erfreute sich des schwachen Abbildes so, daß er mir eine kleine Münze gab, den Baschkiren sammt seinem Pferde mit sich fortnahm und meine Aeltern für diesmal aller Sorgen überhob.

Es waren angstvolle Stunden, als die Franzosen, von Dresden aus die Preußen und Russen auf der Straße nach Kamenz zurücktreibend, über unser Städtchen Kanonenkugeln wechselten. Es geschah dies mehreremal, und als wir eines Tags uns im steinernen Hause des Diakonus etwas sicherer glaubten, zerstörte in nächster Nähe eine Kugel den Giebel des Nachbarhauses. Die Angst war groß, doch waren es nur einzelne Schreck=schüsse, die Truppen faßten nie festen Fuß.

Es war ein großes Vergnügen, ein verlassenes Lager mit andern Altersgenossen durchzustöbern, um verlorene Waffen, Kugeln und andere Dinge zu suchen. Mein Vater kaufte einst eine im Lager zurückgelassene, noch ganz gute französische Uniform für einige Groschen. Er gab sie einem alten Schneider, der mir eine Jacke daraus machen sollte. Nach dessen Meinung schien es schade, Tuch davon wegzuwerfen, und so machte er mir einen Frack mit spitzen Schößen, bis an die Waden reichend, in welchem ich als neunjähriger Knabe mit Behagen, aber barfuß, einherstolzirte.

Mit unheimlichem Grauen saß ich einst nebst meinem Vater auf der Höhe von Dorf Lichtenberg, von wo aus man nach der dresdener Gegend hinblicken konnte. Fünf Feuersäulen von brennenden Dörfern sahen wir auf=steigen, und das unaufhörliche Rollen des Kanonen=donners, der ganz nahe schien, wenn man sich mit dem Ohr auf die Erde legte, verkündete die heiße Schlacht, welche dort geschlagen wurde. Meine älteste Schwester befand sich bei meiner Tante in Dresden, und so war der Kummer und die Sorge um beide doppelt groß.

Da in Dresden während der Belagerung Hungers=
noth eingetreten war, nahm mein Vater einige Brote
in einen Sack und wollte versuchen, sie den Unserigen
dort zu bringen. Es hatte sich das Gerücht verbreitet,
die Stadt sei von dieser Seite offen — der Kampf fand
jenseit der Elbe statt. Mein Vater kam jedoch nur
bis an die äußern Schanzen, wo ihm Soldaten das
Brot als gute Beute abnahmen. Sorgenvoll mußte er
zurückkehren.

Der Jubel ist mir unvergeßlich, als die gehaßten
Franzosen Dresden verlassen hatten und die Alliirten
eingerückt waren. Ich faßte die Bedeutung der Folgen
dieses Ereignisses natürlich nicht in ihrem ganzen Um=
fange, jubelte aber doch mit, da ich alle fröhlich sich
begrüßen, umarmen, beieinander stehen sah. Der
Kanonendonner und die Plünderung hatten mir die
Freude an Krieg und Soldaten verleidet.

In der letzten Zeit vor der Einnahme Dresdens,
als der Wechsel größerer und kleinerer Truppencorps
unaufhörlich war und eine so strenge Kriegszucht nicht
eingehalten wurde wie später, als die geregelten Durch=
märsche größerer Truppenkörper erfolgten, wurden meine
Aeltern durch Kosacken geplündert. Russen verschiedener
Waffengattungen hielten das Städtchen besetzt. Jeder
schloß sich in seinem Hause ein und öffnete nicht, wenn
nicht eine befreundete Stimme darum bat. Mein Vater
hatte des Abends ein Lämpchen in die Ofenröhre gesetzt,
damit auch durch die geschlossenen Fensterladen kein
Mensch ein Licht erblicken möchte. Es war 10 Uhr
abends, als es bescheiden klopfte; alles todtenstill auf
der Gasse. Mein Vater fragt: „Wer ist da?" und die

Antwort: „Machen Sie doch auf!" ließ ihn nicht zögern zu öffnen. Doch wer beschreibt sein Erstaunen, als zehn Kosacken sich hereindrängen, jeder ein Talglicht aus der Tasche zieht, und sich nun im Hause zerstreuen. Mein Vater entreißt dem einen derselben ein Bündel Kleider und Wäsche, was er zum Mitnehmen aus= gewählt, und eilt fort, um es vielleicht einem Nachbar zu übergeben, während meine Mutter auf der Gasse laut nach dem Kapitän ruft. Als die Kerls das Rufen vernehmen, stürzen sie die Treppe herunter auf die Gasse. Meine Mutter schlägt im Finstern ungesehen nach dem letzten die Hausthür so heftig zu, daß dieser die Stufen vor derselben hinabstürzt, die andern lachen und schleichen sacht davon.

Da eine Familie Rietschel, verwandt mit uns, in Pulsnitz lebte, die als reich bekannt war, so mochten die Kosacken vielleicht irgendwie auf diesen Namen auf= merksam gemacht worden sein; wie wäre es sonst er= klärlich, daß sie gerade bei uns plünderten, da meine Aeltern als arm bekannt waren! Für die Plünderer hatte das, was sie fanden, wenig Werth, für meine Aeltern war der Verlust sehr empfindlich.

Zum Schutze gegen das Plündern hatten sich nun eine Anzahl Bewohner der Gasse zusammengethan, nachts zu wachen und vereint, wenn in der Gasse etwas vorfallen sollte, schützend einzugreifen. In unserer Stube war die Wache, und Strohschütten zum Schlafen darin ausgebreitet. Einst beim Rufe: „Beim Diakonus wird geplündert!" stürzten die Helden fort, und statt die Sauvegarde zu holen, erhoben sie schon von weitem ein lautes Geschrei; sie hofften, durch diese Heldenthat die Plünderer zu erschrecken. Anfänglich war dies der Fall, denn bald erschienen die Kosacken, aus dem Hause herauseilend, wendeten sich aber, wie zu erwarten war, gegen ihre Störer, welche nun, einzeln von den Russen verfolgt, das Hasenpanier ergriffen und von der Nacht beschützt noch in derselben Stunde sich bei uns einfanden. Jeder erzählte dann, mit welcher Schlauheit und Geistesgegenwart er seinen Verfolgern entronnen war.

Gerade in den schlimmsten Zeiten des Drucks, der Abgaben und Einquartierungen hatten meine Aeltern und alle, welche fleißig sein wollten, Gelegenheit zu arbeiten und Geld zu verdienen. Lieferungen aller Art, Bedürfnisse für die Truppen brachten Beschäftigung und Geld unter die Leute. Wir haben damals nie Noth und Entbehrung gelitten, obgleich die Verhältnisse meiner Aeltern dadurch immer gedrückter wurden, daß es nicht mehr möglich war, die Zinsen der auf dem Häuschen haftenden Hypotheken zu bezahlen.

Die Mutter, erfahren in weiblichen Arbeiten, hatte immer Beschäftigung; theils nähte sie für die Leute zu Haus, theils ging sie bei den vornehmern, reichern Leuten des Orts um Lohn nähen. Auch verrichtete sie Krankenpflege, wozu sie, da jedes sie gern hatte, sich besonders eignete, und wobei sie trotz ihrer untergeordneten Stellung von allen mit einer gewissen Auszeichnung behandelt wurde. Was sie verdiente — trotz ihres Fleißes sehr wenig — davon erhielt sie ihre einfache Kleidung in sauberer Ordnung und gab das Uebrige zum Haushalt. Doch waren es nur Groschen, die einkamen, und nur selten war es der Fall, daß meine Aeltern sich im Besitze einiger Thaler wußten. Alles

ging für Brot, Butter, Oel, Holz auf. Letzteres holte
die Mutter oft korbweise bei einem Händler, doch des
Abends, damit niemand sehen sollte, daß wir es auf
diese Weise kauften. Im Sommer gingen wir wol mit
der Mutter oft in den Wald, um Reisig zu sammeln.
Dies wurde damals in Pulsnitz (jetzt vielleicht auch nicht
mehr) durchaus nicht als ein Zeichen des Proletariats
und der Herabgekommenheit angesehen, man fand es
natürlich, daß Leute, welche sich's einzutheilen hatten,
auf diese Weise die Anschaffung ihrer Bedürfnisse er=
leichterten, man fand es recht, daß man da nichts kaufte,
wo man mit Arbeit und Mühe dazu gelangen konnte —
allein bei alledem suchte es jeder möglich zu machen,
sich für den strengern Winter das Holz klafterweise
anfahren zu lassen. Es korbweise bei einem Händler
holen, das war wirkliche Armuth. Wer es that, war
also unfreiwillig dazu genöthigt, denn das Holz kam
dadurch viel theuerer. Daher, wenn meine Aeltern auf
diese Weise einzelne Körbe voll kaufen mußten, so wurde
es des Abends geholt, damit es niemand sehen sollte.

Wir gingen auch Aehren lesen, die dann gedroschen
wurden und den Aeltern mehrere Metzen Korn ein=
brachten. Der Gaumen wurde nicht verwöhnt, Kar=
toffeln und Wassersuppen in dieser und jener Form
war der durchschnittliche Mittags= und Abendtisch und
Sonntags ein bis anderthalb Pfund Fleisch mit Gemüse
für die ganze Familie. An den drei Hauptfesten wurde
ein Braten ermöglicht, doch nicht immer. Das Häuschen
meines Vaters war baufällig, vielleicht, wenn es
hätte verkauft werden sollen, 500 Thaler werth, die
aber auch als zwei Hypotheken auf demselben hafteten.

Das gänzlich heruntergekommene Handwerk, viele Abgaben, die Lasten nach dem Kriege hatten es nicht möglich gemacht, daß mein Vater die Zinsen seiner Schulden bezahlen konnte. Diese wuchsen somit wieder zu einem Kapitale an und überstiegen den Werth des Hauses. Die beiden Hauptgläubiger ließen es an harten Worten nicht fehlen. Eine wohlhabende Wittwe, welche einem Kaufmanne gegenüberwohnte, bei dem ich für meinen Vater den Schnupftaback holte, erblickte mich bisweilen, wenn ich in den Laden ging, so geschwind ich auch zu laufen suchte, und rief mir dann laut über die Straße die Worte zu: „Du, sag's deinem Vater, daß er mich bald bezahlt, sonst würde ich ihn verklagen!" Mit Angst und Schmerz theilte ich es dem Vater mit, der dann mit kummervollem Gesichte von seiner Arbeit aufsprang und durch Hin- und Hergehen in der Stube Ruhe zu gewinnen suchte.

Bei solchen und ähnlichen Gelegenheiten, wo Sorge und Entbehrung sich besonders fühlbar machten, saß die Mutter oft stundenlang stillweinend bei ihrer Arbeit und konnte in ihrer Verstimmung und Sorge kein Wort dem Vater zum Trost und sich zur Erleichterung sprechen; eröffneten ja die Verhältnisse keine Aussicht einer bessern Zukunft. Das aber gerade vermehrte die Verstimmung meines Vaters, der in solchen Momenten durch gegenseitige Aussprache Trost und Erleichterung finden wollte. Was hätte zusammenführen sollen, gegenseitige Sorgen, bewirkte das Gegentheil, es entstand erst Stille in der Unterhaltung, und das, was das Gemüth beunruhigte, mit dem Bewußtsein einer ewig gedrückten Existenz erfüllte, machte sich auch nach außen geltend. Was zu

sprechen war, wurde weniger freundlich gesprochen, und
ein geringer Anlaß gab der innern Gedrücktheit und
Gereiztheit Gelegenheit zu einer Aussprache, welche sogar in häuslichen Zwist überging und die das Schwerste
und Schmerzlichste war, was mich berühren konnte. Ich
fühlte und wußte noch nicht, wie fortdauernder Druck
und die Plackereien um die nöthigsten Bedürfnisse des
Lebens die Stimmung auch des besten Menschen ver-
bittern können. In solchen Sorgen liegt nicht, wie im
Schmerze um einen schweren Verlust oder in einem
großen Unglück, eine Versöhnung, Erhebung und Anregung zu erneutem Muthe und erhöhter Kraft. Es
gehört daher zu einer solchen Ausdauer und Ergebung,
zu solcher Ruhe und Geduld für den kleinen Jammer und
die Misère des Lebens eine Kraft, der wenig Menschen
Probe halten können, welche nur die höchste Bildung des
Geistes und Herzens, auf Grund der tiefsten Religiosität
basirt, erzeugen kann. Und doch hatten meine Aeltern eine
tiefe Religiosität, ertrugen in der That jenen Druck mit
Ausdauer, mit immer erneuter Anstrengung und immer
frischem Vertrauen und Aufblick auf Gottes Hülfe.
Was wunder aber, wenn die Guten bisweilen zagten,
ihr Muth, ihre Widerstandsfähigkeit sank und Verdruß
und Kleinmuth an die Stelle stiller Ergebung trat!

Ich wußte nicht, was Sorgen um die Zukunft, ja
für den nächsten Tag waren, ich kannte keine Noth, als
die Aeltern traurig, ihr Verhältniß zueinander getrübt
zu sehen, ich fühlte blos den Druck und die Schwüle
der gegenwärtigen Stimmung, begriff das Eine nur,
das Unrechte und Verkehrte, daß sich die Aeltern
die Schwere ihrer Lage vermehrten; ich erkannte, sie

fehlten und thaten im Moment ein Unrecht, ich konnte in meinem kindischen Verstande sie einer Schwäche zeihen. Dies war mir peinlich, schmerzlich und quälend, denn ich wollte gern zu ihnen aufblicken als zu denen, die nie unrecht thun und unrecht haben könnten. Wie beglückend war es für mich dagegen, wenn irgendein heiterer Augenblick die Gemüther befriedigend umstimmte, wenn das gegenseitige Gespräch die Sorgen theilte und das Leben des Tages sich ruhig und harmlos abwickelte. Kam dann — oft wunderbar unverhofft — so viel Geld ins Haus, um das Nöthigste zu beschaffen, dann konnte mein Vater mit rührender Freude Gott danken, indem er still die Hände faltete und nach oben blickte. Solcher Anblick entschädigte mich wieder reichlich für vorhergehende Pein.

Es hielt immer schwer, daß die Aeltern sich ein neues Stück Kleidung für den täglichen Gebrauch, der doch nichts Gewähltes und Ausgezeichnetes erforderte, anschaffen konnten. Der sogenannte Sonntagsputz, für den Mann ein Tuchoberrock, für die Frau der Kirchenstaat, das hatte weniger zu bedeuten; das ging und hielt von Jahrzehnd zu Jahrzehnd, wenn ein solches Kapital in guten Zeiten und in der Jugend, oder als Erbtheil der Aeltern und Großältern angelegt war. Jede Handwerkerfrau, wenn sie auch unbemittelt war, hatte einen violett- oder lilafarbenen seidenen Rock, ein ebensolches Corset, eine Schürze von Spitzengrund, ein Brusttuch, oft mit echten Spitzen besetzt, ein Häubchen oder Mützchen von seidenem Brocat oder Silber- und Goldbrocat, eine Zobelmütze und einen Muff von Iltis oder Marder, auch Zobel. Dieser gediegene und theuere

Staat erbte von Großmutter auf Enkelin fort, und wenn ein Stück dazu fehlte, so war es ein jahrelanges Trachten und Sparen, das Fehlende anzuschaffen und die Lücke auszufüllen. Es machte nichts aus, daß die Frau, welche so zur Kirche ging, in den Wochentagen auch Holz im Walde holte, Streu machte, Korn las, war sie doch die Frau eines Bürgers und ehrbaren Handwerkers. Arbeit schändete nicht. Der Putz kostete im Verhältnisse weniger als der unserer Zeit, welcher billiger, aber der schnellen Mode unterworfen und ohne innern Werth und Dauer ist. Zu diesem Putze gehörte auch eine goldene Halskette. Wer keine hatte, wurde als sehr arm und herabgekommen betrachtet, und als meine Aeltern in der Noth diese kleine goldene Kette der Mutter von 10—12 Thalern Werth versetzen mußten, um eine Verlegenheit zu beseitigen, da fühlte dies meine arme Mutter als ein beschämendes Unglück, sie wagte nicht mehr in die Kirche zu gehen, weil andere Frauen diese Kette an ihr gesehen und nun voraussetzen konnten, daß sie verkauft oder versetzt sei.

Weil man in kleinen Städten bestrebt ist, alle innern häuslichen Verhältnisse zu erspähen, um sie unter der Bitte um Verschwiegenheit zum Gemeingute zu machen und zu besprechen, so wurde einerseits alles vermieden oder heimlich gethan, was der Ehre des Hauses zu nahe treten und die Voraussetzung erzeugen konnte, daß der so anspruchslose arme Hausstand nur mit Entbehrungen, wie sie selbst seiner Anspruchslosigkeit nicht angemessen seien, durchgeführt werden könne, wie andererseits auch jede kleine Ausgabe verheimlicht wurde, die nicht unbedingt nothwendig war, sei es die eines

Groschens zu Obst, oder Brezeln, oder früh zu einer Semmel zum Kaffee. Es kam das freilich selten vor, galt nur als ein Festvergnügen, und doch wurde es, wenn man jemand kommen hörte, schnell weggeräumt, daß niemand etwa meinen Aeltern nachsagen könnte, sie verständen nicht sparsam zu wirthschaften und gäben Geld für Dinge aus, welche besser entbehrt würden. Diese Rücksicht fand nun besonders am Weihnachtsfeste statt. Jede noch so dürftige Familie suchte zum Weih=nachtsfeste einige Stollen und Kuchen zu backen. Es war dies das eine mal im Jahre, wo jeder glaubte ein Recht zu haben, sich einen Genuß zu verschaffen, gleich andern Menschen von nur einigermaßen bessern Verhältnissen. Jeder hatte durch den lebhaften Verkehr mehr Arbeit und Verdienst, und so fehlte es auch bei meinen Aeltern nicht, daß die Mutter einige Stollen und Kuchen backen, daß ein Braten gekauft und daß sogar einigemal für die Mutter vom Vater ein Tuch oder ein kleiner Vorrath von Kaffee, Zucker, Reis u. dgl. als Christgeschenk angeschafft werden konnte. Wir Kinder hatten nur in den frühesten Jahren ein kleines Christ=bäumchen mit einigem billigen Spielzeug angeputzt er=halten. Ich erinnere mich auch eines kleinen Schatten=spiels, das mein Vater gemacht hatte. Vom achten Jahre an kam es zu keiner Bescherung mehr. Die ahnungsvolle glückliche Stimmung für das Fest hatte in der frühesten Jugend, wo ich noch durch die billigsten Kleinigkeiten befriedigt werden konnte, Platz in mir ge=wonnen. Daß Geschenke und Christbäume später fehlten, vermißte ich nicht. Meine ganze Glückseligkeit concentrirte sich in den Stollen, die erst am Heiligen Abend gebacken wurden, vorher hatte ich die im Jahre gesammelten Pflaumenkerne aufzuklopfen, die statt bitterer Mandeln benutzt wurden. Ueber die Behaglichkeit dieser Arbeit ging nichts. Erst spät in der Nacht kehrte die Mutter mit dem Backwerk vom Bäcker nach Hause zurück; die Wohnung wurde mit süßem Duft erfüllt. Ich hatte keinen Schlaf empfunden und wachte mit dem Vater, der das Spätaufbleiben erlaubt hatte. Als die Stollen glücklich in die Wohnung gebracht waren, ging ich ruhig zu Bett und erwachte um sechs Uhr früh, wo das Fest mit den Glocken eingeweiht wurde, in gehobener Stimmung, die der Geburt des Christkindes galt, und im Hintergrunde der Aussicht auf köstliche Stollen zum Kaffee und schulfreie Festtage.

Mein Vater ging häufig zum Weihnachtsmarkt, auch zu andern Zeiten, nach Dresden, wo er für meine Tante, welche daselbst ein kleines Kaufmannsgeschäft nach dem Tode ihres Mannes fortsetzte, den geringfügigen Unterhandel übernahm, indem er gebrannte Runkelrüben, die vom Volke als Surrogatkaffee verbraucht wurden, vielleicht 30—40 Pfund, holte und in einem Sacke auf dem Rücken von Dresden nach Pulsnitz, fünf Stunden Wegs, mit noch manchen andern ins Gewicht fallenden Dingen, die er in Commission anderer Leute mitbrachte, trug. Mein Vater, der diese Runkelrüben im Einzelnen verkaufte, hatte von jedem Pfund ungefähr einen Groschen Gewinn, was ihm seine Mühen bezahlt machte.

Ihn freute meine Lust am Zeichnen und Malen, womit ich mich jede freie Stunde beschäftigte. Die Vorlagen dazu suchte ich mir zu borgen. Hatte er nun

Geld und konnte einige Groschen für mich entbehren, so brachte er mir einige nürnberger Kupferstiche nach damaliger Art mit. So hatte er einmal um ein kleines gemaltes Blumenkörbchen gefeilscht, welches 4 Groschen kosten sollte, er konnte es nicht kaufen, aber er erzählte mir nachher mit aller Wärme davon, und wie es seiner Schönheit nach billig gewesen sei, ja er versuchte es aus der Erinnerung zu malen, was mir das Original ersetzen sollte.

Ueberglücklich machte er mich, als er mir einstmals von Dresden etwas rothen Karmin mitgebracht hatte, für mich der Inbegriff des Kostbarsten und Theuersten, was es gab. Ich war über Land geschickt worden, Butter oder Eier zu holen, — der Vortheil der Billig= keit betrug vielleicht einen Groschen — und fand beim Nachhausekommen alle meine Muscheln sämmtlich mit frischen Farben gefüllt, obenan Karmin. Es machte dem Vater Freude, meine Lust zum Malen und Zeichnen zu befriedigen.

Ich habe es nicht vergessen, wie er ein altes Weih= nachtsverzeichniß von Büchern hervorsuchte, das er wol drei Jahre hintereinander jede Weihnachten durchlas, mich immer dazurief, und wenn der Titel „Mit sauber illuminirten Kupfern" angekündigt war, sagte: „Sieh, Ernst, wenn wir das kaufen könnten!" und nun mit mir besprach, wie dies und jenes schön sein möchte. Daß es dem Vater nicht einfallen konnte, einen solchen Wunsch ausführen zu wollen, wußte ich wie er, denn nach dem Durchlesen wurde das Verzeichniß wieder hin= gelegt — aber es war eine glückliche halbe Stunde für beide gewesen, daß wir hatten denken können, wie es sein möchte, wenn dies oder jenes Buch wirklich unser hätte werden können.

Meine guten Schwestern mußten, sobald sie die Schule verlassen hatten, sich einen Dienst suchen. Ihr natürlich angeborenes feines Naturell machte ihnen ein solches Verhältniß in vielen Beziehungen schwerer, als es bei gewöhnlichen Naturen der Fall ist, allein eben darin lag auch andererseits der Grund, daß ihnen vieles erleichtert wurde, denn sie erfreuten sich, wo sie auch waren, der Achtung und Liebe ihrer Herrschaft. So anspruchslos, bescheiden, so fromm und ehrbar, so fleißig und pflichttreu, so ehrlich im strengsten Sinne des Wortes, mag es wenig Dienstboten geben. Ihre dürftige Ausstattung bei ihrer Verheirathung hatten sie sich von ihrem Lohne während vieler Dienstjahre erspart und oft noch den Aeltern etwas zur Unterstützung geschickt, wenn die Noth einmal über den Kopf wuchs und der Vater oder die Mutter, wenn auch mit schwerem Herzen, die kindliche Hülfe beanspruchten. Beide zeichneten sich, wie in sittlicher Hinsicht, so auch durch eine gewisse geistige Bildung, überhaupt durch eine gewisse Feinheit des innern Menschen aus, sie schrieben Briefe, die einem andern Standesverhältnisse als dem ihrigen auch ent=sprochen hätten.

Endlich trat ein Zeitpunkt ein, wo es meinen armen Aeltern etwas besser gehen sollte. Der Kirchner oder Küster war gestorben, und mein Vater, welcher während dessen langer und hoffnungsloser Krankheit dieses kleine Amt als seines Lebens höchsten Wunsch sich geträumt hatte, gab ein Bittgesuch bei dem Kirchenpatron, dem Herrn von Posern, ein. Trotz vielfachen Gesuchen von anbern Seiten war es niemand zweifelhaft, daß mein Vater das Aemtchen erhalten würde, indem er durch seine ganze ehrenwerthe und allgemein geachtete Persön= lichkeit und durch eine gewisse Bildung sich wie wenige dazu qualificirte.

Ich hatte schon oft während der Krankheit des ver= storbenen Küsters den Diakonus, wenn er über Land mußte, Sterbenden das Sakrament zu reichen, begleiten und den Beutel tragen müssen, der Kelch, Wein und Hostie enthielt; ich hatte noch keine Ahnung, daß ich dies gleichsam in vorausgehender Stellvertretung meines Vaters that, und nur ganz kurz vor Eingabe seines Bittgesuchs, das ich, so schön ich konnte, abschreiben mußte, und welches der Cantor concipirt hatte, erfuhr ich von den bangen Hoffnungen meiner Aeltern, die ich nun in ihrem ganzen Umfange theilte. Der glückliche Erfolg war ein Freudentag, wie ihn meine Erinnerung nicht größer aufzuweisen vermag. Mein Vater war doppelt glücklich; nicht allein, daß ihm dieses Aemtchen durchschnittlich 100 Thaler jährlich eintrug, auch daß es ein Amt bei der Kirche, daß es sein Beruf und seine Pflicht war, der erste und letzte zu sein bei allem, was damit in Verbindung stand, beglückte ihn obendrein so unbeschreiblich, daß er alle Mühen, welche damit ver= bunden und nicht eben klein waren, stets mit großer Freudigkeit erfüllte. Ich habe ihn nie klagen hören, daß ihm in seinem Amte etwas zu viel gewesen oder je zur Unzeit gekommen wäre. Er sah des Sonntags in seinem schwarzen Rocke mit dem Mäntelchen am Kragen, wenn er mit dem Klingelbeutel herumging oder die Kerzen am Altar anzündete, recht wie ein würdiger Kirchenbiener aus.

Die Schulden, welche sich von Jahr zu Jahr gemehrt hatten, sodaß von dem Werthe des Hauses nichts mehr meinem Vater gehörte, wurden nun von Jahr zu Jahr mehr getilgt, Zinsen bezahlt und endlich mit dem Kapitale angefangen, sodaß er in einer Reihe von Jahren, bis ich später etwas für ihn thun konnte, über die Hälfte abgezahlt hatte. Das wollte schon etwas sagen, da mein Vater durch sein Handwerk wenig verdiente und mit Hülfe einer Einnahme von circa 25 Thalern jährlich für Haltung einer Winkelschule, in der er kleinen Kindern die ersten Anfangsgründe des Lesens und Schreibens beibrachte, selten eine höhere Gesammteinnahme als ungefähr 150 Thaler hatte. Für gewöhnlich wurde auch so einfach gelebt wie früher, doch konnten sich die Aeltern manche kleine Bequemlichkeit eher erlauben, brauchten nicht gequält für den nächsten Tag zu sorgen, waren vom Drängen und Mahnen der beiden größten Gläubiger befreit; kleine Schulden fielen nicht mehr vor und das Nöthigste an Kleidung konnte eher geschafft werden. Die Existenz kostete immer noch Mühe und Sorge genug, doch war sie wenigstens erträglich und gegen frühere Jahre ohne Vergleich.

Ich muß nun einiges nachholen, was meine Entwickelung, mein Thun und Treiben betrifft. Durch das öftere, ja tägliche Sein in den geistlichen Häusern war ich dort für alle Dienste ein Factotum geworden, wozu man Knaben brauchen konnte. Ich war der Bote auf die Dörfer zu den Predigern, daselbst einen Besuch anzukündigen oder eine Einladung auszurichten, Butter, Eier u. dgl. zu holen, wofür ich dann immer einen

Groschen, und von den Pfarrfrauen auf dem Lande ein fettgestrichenes Butterbrot und ein Glas Bier erhielt. Ich mußte wol auch etwas tragen helfen, und einstmals hatte mir eine Frau Pastorin, die ich nach deren Dorf begleiten mußte, einen Tragkorb aufgepackt, daß ich mit Thränen im Auge und mit einer Scham durch die Gassen ging, wie sie ein nicht ganz verdorbener Verbrecher fühlen mag. Ich bedeckte mein Gesicht mit der Hand und senkte die Augen zur Erde, denn einen Tragkorb auf dem Rücken erachtete ich als eine Schmach, die mir den Spott meiner Spielkameraden zuziehen konnte.

Einst äußerte zu mir der Sohn des Diakonus: „Du, wir gehen morgen nach Bischheim zu Pachters" — wohin eine Anzahl Honoratioren eingeladen waren — „und du sollst auch mitgehen." Ich war sehr glückselig über diese Neuigkeit, zog mich des andern Tages an so gut wie ich's hatte, und erwartete des Abgangs, da ich mich nun auch eingeladen glaubte. Da wurden mir Mäntel und Taschen zum Tragen übergeben. Ich hatte keine Ahnung, daß dies der Zweck meines Mitgehens war, ich glaubte, daß ich mit zur Gesellschaft gehörte, wie die andern, und trug fröhlich meine Last. Angekommen, traten die Gäste in das geschmückte Zimmer ein, wo auf weißgedeckten Tischen Kaffeetassen und hohe Thürme von Kuchen mich freundlich durch die geöffnete Thür anblickten. Ich war ganz Erwartung und wußte nicht, was ich denken sollte, als es hieß: „Bleib du draußen und warte ein wenig." Bald erhielt ich den Auftrag, in ein dreiviertel Stunde entferntes Dorf zu gehen und den dortigen Gutsbesitzer aufzufordern, baldigst einzutreffen. Ich eilte davon und war in einer Stunde zurück;

ich hoffte, nach überstandener Anstrengung nun an
Kaffee und Kuchen theilnehmen zu können, allein ein
Butterbrot und ein Glas Bier zeigten mir den Unter=
schied meiner Stellung zu den Gästen, und gewohnt,
diesen, wie mir's damals schien, hohen Sphären fern
zu stehen, gewann das Butterbrot durch den Hunger
den Werth des Kuchens, und ohne Verdruß über die
verfehlten Hoffnungen nahm ich die Weisung, nun nach
Hause zu gehen, bereitwillig auf. Da fiel mir ein, daß
mein von mir sehr geliebter Lehrer, Rector Fiedler, einst
zu mir sagte: „Wenn du einmal nach Bischheim zum
Pastor kommst, so sei so gut und bringe mir die Löwen=
zahnpresse, die er besitzt, mit" — er war brustkrank
und sollte den Saft des Löwenzahns trinken. Ich ließ
also den Pastor herausrufen, theilte ihm den Wunsch
mit, meinem Lehrer, da jetzt Gelegenheit sei, jenen Ge=
fallen zu erweisen, worauf er bereitwillig mit in seine
Wohnung ging und mir die Presse übergab, mit der
Bemerkung, daß ich sie wol kaum fortbringen würde.
Es war unverständig von dem guten Manne, da diese
Presse eine Holzmasse von 40 Pfund Schwere hatte.
Ich hob sie mit frischen Kräften, ließ sie mir auf die
Schulter legen und glaubte, weil sie schwer sei, könne
ich meinem Lehrer nur desto mehr zeigen, daß ich ihn
lieb hätte und gern etwas für ihn thun möchte, auch
wenn es mir schwer fiel. Schon 50 Schritt hinter der
Pfarre legte ich die Last ins Gras nieder, versuchte
sie wieder mit beiden Armen bald auf der einen, bald
auf der andern Seite fortzutragen, und hatte mich so
zehn Minuten fortgeschleppt, als ich erschöpft mich hin=
setzte und nachdachte, was zu machen sei. Da kam

ein Bauer, der mit leerem Wagen aufs Feld hinausfuhr und auf mein Bitten die Presse ein Stück Wegs mit= nahm. Dann saß ich verlassen wie vorher, weil ich weiter von Bischheim entfernt und das Zurückbringen der Presse schwieriger geworden war. Halb verzweifelnd plagte ich mich wieder einige Minuten weiter, bis ein vorübergehender Mann meine hülflose Lage sah, sich erbarmte, die Presse auf die Schultern nahm und sie mir bis ins nächste Dorf trug, wo sie bei einem Bauer eingelegt wurde.

Ein andermal nahm mich der Diakonus zu gleichen Zwecken, wie nach Bischheim, zu einem Feste auf dem Augustusberge mit, wo von den umliegenden Städten und Dörfern das funfzigjährige Regierungsjubiläum des Königs Friedrich August des Gerechten gefeiert wurde. Ich nahm an dem Feste von fern Antheil, indem ich aus dem Zelte, wo ich auf die mitgenommenen Sachen und Mäntel Acht zu geben hatte, dem Trubel mit zu= sah. Ich trug trotzdem das Bewußtsein in mir, daß der Diakonus und ich und ich und der Diakonus zu den Wenigen gehörten, welche aus Pulsnitz als Fest= feiernde gegenwärtig waren.

Als ich das erste mal Dresden sah, war ich vielleicht zehn Jahre alt. Es war das Ziel aller meiner Sehnsucht und das Schönste, was ich mir denken konnte. Ich hatte nur von der lichtenberger Höhe die fernen dresdener Berge gesehen und in ihre Bläue alle Zauber gebannt, die meine Phantasie sich vorstellen mochte, genährt durch Erzählung alles dessen, was jeder dort geschaut und erlebt hatte.

Einer der schönsten Festtage war es, als mein Vater

mir einst ankündigte, er wolle mich mit nach Dresden nehmen. Es war Mai oder Juni, und ich mußte, da es noch vor Sonnenaufgang fortgehen sollte und um den weiten Weg aushalten zu können, den Abend zuvor noch ehe die Sonne untergegangen war zu Bett. Wie konnte ich schlafen, da ich natürlich im höchsten Grade aufgeregt war vor Erwartung! Endlich siegte doch die Natur, und als ich gegen 3 Uhr geweckt wurde, war ich frisch wie ein Fisch, wanderte rüstig an der Seite meines Vaters noch im Dunkeln fort und den Eierberg bei Pulsnitz hinan. Eine heilige, ahnungsvolle Morgenstille umgab mich, ich hatte das Gefühl noch nicht gekannt, weil ich noch nie vor Sonnenaufgang im Freien war, und ward ganz wunderbar davon ergriffen. Es wurde erst wenig gesprochen.

Als wir auf die Höhe des Eierbergs gekommen, brach die Sonne hervor und mein Vater begann das Lied zu singen: „Mein erst Gefühl sei Preis und Dank", in das ich mit lauter Stimme einstimmte. Von nun an war der Unterhaltung kein Ende; der Vater erzählte und suchte mich zu belehren über gar vieles, das er wußte. Ein kleines Frühstück in Radeberg, der nicht enden wollende Wald, die Dresdener Heide, die begegnenden Mitgehenden, alles war interessant, zur Freude anregend, spannend.

Endlich eröffnete sich die dresdener Gegend, in dem reichen Lande der im Morgenlichte glänzende Strom, daran die im Dufte schimmernde Stadt mit ihren Thürmen, mit der sich über den Fluß spannenden imposanten Brücke. Mich überkam das vollkommene Fühlen der Schönheit, des Zaubers der Stadt und der Herrlichkeiten, welche die grauen Häusermassen und Thürme bargen. Nun betraten wir Dresden selbst mit seinen hohen Häusern, manche mit Balconen, seinen großen Plätzen. Der für meine Gewöhnung ungeheuere Lärm, das Gewühl, die vielen Kutschen, Reiter und Soldaten, die geputzten Herren und Damen, all das Neue, Große und Wunderbare, vor allem die Brücke, von der ich tagelang in den Strom hätte sehen mögen, machte einen ungeheuern Eindruck. Noch erinnere ich mich, als einer besonders mir auffallenden Erscheinung, des häufigen Schlagens der Nachtigallen in Käsigen vor den Fenstern, sowie des Geschreis der Rettichjungen, eins zum andern in lächerlichem Contrast, doch beides und vieles andere, was ich sah und hörte, neu, ungewöhnlich, großstädtisch, mir imponirend.

Der Aufenthalt bei meiner Tante in der Friedrichstadt, die, wie ich schon erwähnte, die kleine Materialhandlung ihres verstorbenen Mannes fortführte, bot nichts dar, was irgendwie ein Kind hätte anregen können; dennoch, da alles neu war, war auch alles interessant, und wenn ich nur einmal meinen Vater oder sonst jemand in die Altstadt begleiten konnte, so war dies ein vollkommen reicher Ersatz für tagelanges stilles Warten, Zusehen im Hause und Hinaustreten vor die Thür. Einige Groschen für ein Bild oder ein altes antiquarisches Büchelchen fielen nebenbei auch ab.

Meine älteste Schwester suchte mir von ihren Ersparnissen eine Kleinigkeit zu kaufen, und so kam ich nach meiner Meinung reich zurück, wie ich nie gewesen.

Ich beklage kein Kind, wenn es arm und in Entbehrung aufgewachsen ist; freilich nur nicht so, daß unter dem Drucke der Noth, oder der Härte, oder mit= leidiger Herablassung der Menschen, der Keim zu bessern Empfindungen zerdrückt und ein Gefühl eigener Gering= schätzung erzeugt wird. Ich war sehr arm, und was Kinder wohlhabender Aeltern Freude und Genuß nennen, kannte ich nicht, doch bis zum Hungerleiden, bis zu einer Stellung, wo dem Kinde jeder behaglich Genießende eine unangenehme, unbequeme Mahnung wird und im Wege steht, war es nie gekommen. Meine Aeltern stan= den immerhin ihren Mitbürgern und Nachbarn, mochten diese es auch besser haben, nicht nach, ja sie sahen sich oft vorgezogen und geschätzt, und ich selbst erfuhr über= all freundliches Begegnen, war es vielleicht auch oft nur um meiner zu leistenden Dienste willen und meiner Art und Weise zu nutzen. Genug, ich blieb fern von allen Ansprüchen und empfänglich für jede Kleinigkeit.

Und welcher Stoff zur Freude und welches Entzücken, wenn nach den Schulstunden der Spielplatz — ein großer Plan mit alten Linden besetzt — uns aufnahm, wenn dann oft der Wirth des nahe dabeiliegenden Gasthauses nach allzu großem Lärm mit einer Hetzkarbatsche, die er, erst langsam und scheinbar unbefangen sich nähernd, auf dem Rücken hielt, Jagd auf uns Kinder machte; oder wenn auf schmalem Teichdamme Jagd und Räuber gespielt wurde, wo mich wegen meiner Schnelligkeit — wir gingen alle barfuß — keiner fing; oder wenn der Bach uns einlud durchzuwaten, und bis ins freie Feld hinaus die Spiele sich erstreckten! Das ist etwas anderes, als ein durch Häuser beengter Spielplatz in großen Städten oder in den Promenaden und öffent= lichen Plätzen derselben. Wol haben Kinder größerer

Städte, und namentlich jetzt, die glückliche Gelegenheit viel zu lernen. Wie hätte ich es auch mir gewünscht! Doch da es nicht sein, ich kein Gymnasium besuchen konnte, wo ich meine Kindheit und Jugend und, bei einer etwas schwächlichen Constitution wahrscheinlich auch die Gesundheit, für geistige Dressur einsetzen konnte, gäbe ich um nichts meine Erinnerung an die genossenen Freuden jener Zeit dahin.

Bei jenen Spielen auf dem schmalen Teichdamme erinnere ich mich einer Lebensgefahr. Ich war damals vielleicht erst acht Jahre alt. Ich und mehrere Knaben fuhren ein kleineres Mädchen im Kinderwagen. Zwei zogen, ich schob, einer hatte sich als Kutscher vorn auf= gesetzt. Ich drängte vorwärts und schob mit Gewalt, sodaß der Wagen nach dem Wasser zu lenkte. Die beiden sogenannten Pferde ließen den Wagen los, der ins Wasser fuhr, ich wollte ihn halten und wurde nachge= zogen, so lagen drei Kinder auf einmal im Wasser, doch keins kam zum Sinken. Ein Mann, der von weitem mit zugesehen, eilte herbei; doch wie viel Zeit mußte ver= flossen sein! denn als ich, gerettet, wieder zum Bewußt= sein kam, war der ganze Damm mit Menschen gefüllt. Ich erzählte meinen Aeltern, daß ich geträumt habe, ich sei in einem schönen Blumengarten gewesen. Ich habe mich keiner Empfindung von Todesangst erinnern können.

Nicht minder glücklich als auf dem Spielplatz in freier Luft fühlte ich mich, wenn es mir gelungen war, irgendeinen Kupferstich, ein Thier, eine Landschaft, aufzutreiben, die ich dann mit aller Hingebung copirte; auch malte ich wol Blumen nach der Natur mit großer

Sorgfalt ab. Eine Schmetterlingsammlung wurde an=
gelegt, nach einem kleinen Handbuche, das ich mir
geliehen hatte und abschrieb, geordnet und banach die
Namen bestimmt, und da die Knaben der geistlichen
Häuser Pflanzen sammelten, so legte ich mir auch eine
solche Sammlung an; allein, weil mir Bücher und münd=
licher Rath fehlten, so mußte dies liegen bleiben.

Ich las leidenschaftlich gern und lieh mir Bücher,
wo ich nur konnte, nützliche und unnützliche: „Die
Löwenritter" von Spieß und einige Lafontaine'sche Ro=
mane und so mehreres andere. Ueberbleibsel aus der
ehemaligen kleinen Leihbibliothek meines Vaters las ich
eifrig, und eine erwachende romantisch sentimentale
Schwärmerei fand reichlich Nahrung, daß ich mich
gern in Wald und Feld mit meinen Phantasien allein
herumtrieb.

Ein freier Tag ohne Schule, ein Sonntag, eine
Festwoche, wie Pfingsten und Weihnachten, erhielt einen
ganz besondern Zauber dadurch, daß ich mich freuen
durfte, nun mit aller Hingebung und behaglichster Ruhe
etwas malen zu können, wozu ich rechte Lust hatte.

Am Morgen eines bewölkten Pfingstfeiertags, an
welchem eine schwüle, drückende Luft für den Nachmittag
Gewitter verkündete, mußte ich für meinen Vater auf
einer Wiese im Walde einen Strauß weißer Orchideen
holen, die er sehr liebte und an deren Geruch er sich
ergötzte. Obgleich ich vor Gewittern eine gewisse Angst
hatte, welche in kleinen Städten durch die allgemeine
Sorge, daß ein Blitz einen Theil oder das ganze, meist
mit Holz gedeckte Städtchen gefährden könnte, geweckt
wird, also trotz dieser Unliebsamkeit der Gewitter und

der Scheu davor, war doch die ernste ahnungsvolle Stimmung, welche sie hervorbringen, die Lust und der Schauer an den gewaltigen, immer neuen und veränderten Erscheinungen der Atmosphäre für mich ein eigener Reiz; die Sonntagsstille in der Flur und auf dem Felde, überall das grünende Leben in Büschen und Bäumen, der festliche Hintergrund des Tags und die bevorstehenden Freuden an dem, womit ich mich die Woche hindurch zeichnend oder malend beschäftigen wollte, erregten in mir einen Zustand von Glück, von ahnungsvoller Beklommenheit, daß mir die Worte fehlen, die unbestimmten Bilder dieser Seelenbewegung zu bezeichnen und ihnen Ausdruck zu geben. Es hinterließ dieser Morgen einen so bleibenden Eindruck in mir, daß sein Bild mit vollster Gegenwärtigkeit mir vor die Seele tritt, sobald ich solche weiße Orchideen rieche.

Aehnliche Stimmungen, nur nicht mit solcher Intensivität, brachten immer die schulfreien Sonnabendnachmittage mit sich, die wieder die Hoffnung auf den morgenden Sonntag in sich schlossen, und obgleich ich, wie alle Kinder, eben nicht leidenschaftlich gern in die Kirche ging, da der Gottesdienst zu lang war, um einen Knaben aufmerksam zu erhalten, selbst wo er vielleicht mit seinen Gedanken folgen konnte, so gehörte für mich doch der Besuch der Kirche dazu, den Sonntag erst recht als Sonntag zu fühlen, und so ist es bei mir auch bis jetzt geblieben.

Es ist thöricht, wenn Aeltern glauben, Kinder erst dann in die Kirche schicken zu dürfen, wenn sie Predigt und Lieder verstehen, oder sie beten zu lassen, wenn sie glauben, daß die Kinder begreifen können, was sie beten, es wird dies bis zu einem gewissen Alter fast immer der Fall sein. Der Begriff andächtigen Betens bei einem guten Kinde beschränkt sich darauf, langsam das Gebet herzusagen, und es erfüllt damit alles, was man von ihm fordern kann. Sollte dies nun abhalten, das Kind früh damit vertraut zu machen? Gewiß nicht. Das, was äußerlich Gewohnheit und erst Mechanismus ist, wird Bedürfniß und geht gleichsam ohne Wissen in Blut und Leben über, wird bei vollem Selbstbewußtsein actives innerliches Denken und Fühlen.

Meinem Vater hatte ich in Erfüllung seiner Dienstpflichten beizustehen. Mir war beim Läuten mit allen Glocken die kleine zugetheilt worden, doch konnte ich wol auch die mittle Glocke ziehen, wenigstens die letzten Jahre vor meiner Confirmation. Da läutete ich allein zu Mittag, zog die Thurmuhr dabei auf, schlug in der Dämmerung die Betglocke u. s. w., und als einmal nicht zu weit von unserer Wohnung einige Häuser brannten, — es war nachts um 11 Uhr, — und mein Vater, dessen Pflicht es war zu stürmen, auch wenn sein eigenes Haus gebrannt hätte, hinaufgeeilt war, fiel mir beim Räumen und Retten ein, daß ich meiner Mutter zu wenig helfen konnte, stieg auf den Thurm und löste meinen Vater ab. An der großen Glocke stehend und den Klöppel immer neunmal anschlagend, sah ich das Feuer fast unmittelbar unter mir. Von jenem Grauen, das mich sonst überfallen hätte, wäre ich des Nachts so ganz allein auf dem Thurme gewesen, fühlte ich nichts. Die Angst vor der Gefahr, die Sorge für unsere Existenz ließ kein anderes Gefühl aufkommen. Glücklicherweise blieb das Feuer auf zwei Häuser beschränkt.

Ich wurde in der Stadt das Factotum für allerlei Dinge, wo Pinsel und Farbe nöthig waren. Maler Köhler war alt und wies die Leute an mich. Da gab es unaufhörlich Modelltücher zum Sticken vorzuzeichnen, desgleichen Wäsche, kleine Transparente mit Tempel und Opferflamme zu Geburtstagsgeschenken, Kirchennummern mit Oelfarben zu schreiben, desgleichen malte ich ein Hutmacherschild, einige Grabkreuze, und bei einem Tischler mußte ich einst zwei Bettstellen für ein junges bäuerliches Ehepaar mit Blumenguirlanden in Oelfarben verzieren. Alle Stammbücher, die im Ort circulirten — sie waren damals recht in der Mode — gingen durch meine Hände und wurden von mir mit Blumen, Landschaften und Symbolen geschmückt.

Da ich in der Schule am besten schrieb, so eignete ich mich auch zum Abschreiben von Gerichtssachen, Käufen u. s. w. für den Gerichtsdirector; es gab also immer einige Groschen zu verdienen, die dann bis zum Neujahr sich zu Thalern mehrten, weil ich von meinem zwölften Jahre an Neujahrswünsche in Vorrath malen und nach des Vaters Willen schon im Sommer damit anfangen mußte. Hierzu fehlte mir alle Lust; etwas Oberflächliches, oft Wiederholtes ohne weitere Vollendung und Durchführung hinzumalen, konnte mir kein Genüge geben.

Ich hatte zu Neujahr oft einen Vorrath von dreißig bis vierzig Wünschen, Blumenkränze, Landschaften mit Felsen u. s. w. darstellend, deren niedrigster Preis 6 Pfennige, der höchste 4 Gute Groschen war. Selbst Zeichnenunterricht gab ich einst vier Knaben und Mädchen, in gleichem Alter und älter als ich, die Stunde kostete à Person einen Groschen. Die Vorlegeblätter — meist Blumen — hatte ich mir selbst gezeichnet. Bisweilen wurde ich dann wol vom Spielplatze zur Ausübung meiner Pflicht und Würden geholt, ich präsentirte mich dann in einem Costüm, welches der Achtung bei den Schülern keinen Eintrag that — nämlich einer grün= kattunen kleingeblümten Jacke und einer Lederhose. Mütze und Stiefeln waren im Sommer nicht nöthig, ich ging daher barfuß, Stiefeln wurden nur Sonntags angezogen.

In demselben Costüm gab ich auch der jüngsten Tochter des Pastors, sobald meine Schule aus war, täglich eine Stunde Unterricht in den Anfangsgründen des Schreibens und Lesens, und ich verstand alle Mittel des Lobes und der Strenge, sogar mit dem Lineal auf die Finger, dabei anzuwenden.

So hatten sich die letzten Jahre vor meiner Confir= mation meine Einkünfte durch Zeichnen, Malen und Schreiben in der Zeit bis Neujahr auf 10—12 Thaler gesteigert. Ich erhielt nie ein neues Kleid, Rock oder Jacke. Entweder machten mir meine Aeltern aus ab= gelegten alten Sachen selbst etwas zurecht, oder ich bekam von Fremden etwas geschenkt, oder mein Vater kaufte ein Stück auf dem Tröbelmarkte in Dresden für mich. Von dem ersparten Gelde wurden nur Stiefeln für den Winter gekauft; der größte Theil ging in des Vaters leere Kasse über.

Das letzte Jahr vor meiner Confirmation hatte ich mir jedoch so viel verdient und erspart und mein Vater hatte es sorglich aufbewahrt, daß ich mich zu diesem Feier= und Ehrentage, dem Schlußtage meiner Kindheit, vom Kopfe bis zum Fuße neu kleiden konnte. Es war ein Ereigniß, noch nicht dagewesen, sodaß mein Vater es für wichtig genug hielt, mit mir nach Bischofswerda zu gehen und bei einem Tuchfabrikanten selbst mit einer gewissen Andacht das Tuch prüfend auszusuchen. Jahrelang hatte er Perlmutterknöpfe, die er auf seinem Bräutigamsrocke getragen, aufgehoben, mir oft gezeigt und geäußert, daß ich diese auf meinen Confirmations= frack erhalten solle, ein Schmuck, dessen sich kein anderer rühmen konnte. Ich war durchdrungen von der Be= deutung der Confirmation und nahm den Tag so ernst ich konnte; doch erinnere ich mich nicht, jene erhebende Stimmung gehabt zu haben, deren so manche sich rühmen können. Mir fehlte es an Vorbereitung, die warm begeisternd, anregend wirkte. Ja — fast störend wurde mir meine Freude über die neuen Kleider, ich war zu diesem Behagen, an mir alles nett, passend und neu zu wissen, nie vorher gekommen und war fast beklommen in dem Gefühle, daß es den Leuten auffallen könnte, mich in neuen Kleidern zu sehen; mir war, als blicke mich jeder darum an.

Mein lieber Lehrer Fiebler hatte schon fast ein Jahr vorher die Sorge um mich, was ich wol werden möchte. Ein Handwerk mochte ich nicht lernen; der Gedanke an das Leben eines Lehrburschen unter Gesellen, die Roheit der Behandlung, die Verrichtung der niedrigsten Dienste, und keine Möglichkeit etwas zu malen oder zu lesen, hatte mir eine solche Wahl verleidet. Mein Lehrer fragte, ob ich wol Schullehrer werden möchte. Alles war mir recht, wenn es kein Handwerk war, wie viel mehr ein solcher Beruf, der es mit Büchern und Lernen zu thun hatte. Es war mir deshalb lieb, daß ich, weil ich weitere Uebung nicht nöthig hatte, während der Schreibstunden täglich lateinisch trieb. Endlich fiel es meinem Lehrer aufs Herz, daß es ein schwerer, undankbarer Beruf sei, das Schulmeistern, und er fragte mich, ob ich nicht lieber Kaufmann werden wolle, ein Beweis, daß mich der treffliche Mann nicht genug kannte, sonst hätte er wissen müssen, daß ich mich dazu am wenigsten eignete.

Da er aber einen Principal für mich wußte, einen Kaufmann in Pulsnitz, der mich gern aufnehmen wollte, so war mir auch dies recht, mir war eben jede andere Wahl lieber als die eines Handwerks.

Ich fing nun statt des Lateinischen zu rechnen an, und das gerade war es, was mir gegen die Haare ging; meine Exempel waren immer falsch und jede Beschäftigung damit ein steter Kampf. Doch es blieb dabei, und acht Tage nach meiner Confirmation trat ich in die Lehre ein.

Ich litt vom ersten Tage an am Heimweh. Der Principal war ein gewiß braver, doch etwas unfreundlicher Mann, der, was ich auch that, stets mit seinen Augen verfolgte und jeden Augenblick kritisirend dreinfuhr, wodurch meine Befangenheit nur vermehrt wurde. Ich mußte mit dem Markthelfer mehrmals acht Tage lang von früh bis abends in der Hausflur stehen und Schnupftaback rappiren, d. h. die großen Carotten klein und zum schnupfbaren Taback schneiden; ich durfte meine Aeltern nicht besuchen, des Sonntags nicht ausgehen, außer in die Kirche, und wenn am Sonntagnachmittag mir einige Erholungsstunden vergönnt waren, so mußte ich sie dazu anwenden, mich im Rechnen, meiner Antipathie, zu üben. Begegnete ich meinem Vater zufällig, oder sah ich ihn in der Kirche, so konnte ich vor Thränen nicht aus den Augen sehen.

Die öftern Aeußerungen des Principals: „Junge, du hast keinen Kaufmannsgeist; aus dir wird in deinem Leben nichts; du bist ein Strohkopf!" feuerten meinen Muth auch nicht an. Der Commis war ein kleines, skrofulöses Männchen mit dicker, rother Nase und schielend, er war gut und duldsamer als der Principal, doch äußerte er auch einmal: „Hör' Er, Er sollte Maler werden, zum Kaufmanne taugt Er nichts; in Dresden ist eine Akademie, wo man unentgeltlich studiren kann, sprech' Er doch mit Seinem Vater!"

Ich theilte dies meinem Vater, sobald ich ihm begegnete, mit, doch er wies mich ab — mit scheinbar strengen Worten; allein ich fühlte an seinem Tone doch, daß ihm meine stete Niedergeschlagenheit leid thue: „Wie soll dies möglich sein, ich dich erhalten? Lehrjahre sind keine Herrenjahre, es geht andern auch nicht besser, drum Geduld, die Zeit vergeht schnell." Traurig kehrte ich an meinen Ladentisch zurück, und jeden Abend und Morgen fiel mir der Gedanke beängstigend auf die Seele, daß ich sechs Jahre so aushalten müsse.

Ich war acht Wochen da, als ich mich eines Tages unwohl fühlte; zu meiner Freude mußte ich zu meinen Aeltern gehen, um mich dort pflegen zu lassen, und als ich genesen war, bat ich meinen Vater dringend, mich nicht wieder dahin zu lassen, ich wolle alles lernen, ja jedes Handwerk, welches er wünsche, nur Kaufmann möchte ich nicht werden.

Es war nicht schwer, meine Aeltern zu bewegen, und von seiten meines Principals wurde ebenso wenig zur Rückkehr gedrängt. Ich blieb zu Hause und beschäftigte mich wie früher, malte zu meiner Lust, zeichnete Wäsche zum Sticken, schrieb für den Gerichtsdirector Acten in Reinschrift und verdiente immer etwas. Allein es drängte mich und meine Aeltern, daß ich einen entscheidenden Beruf wählen möchte. Maler zu werden, konnte mir nicht einfallen, mein Vater hatte sich zu entschieden aus Mangel an Mitteln dagegen ausgesprochen.

Die Carrière eines preußischen Beamten, welcher aus Pulsnitz war und als Schreiber begonnen hatte, brachte mich auf die Idee, ob nicht eine solche auch mir sich öffnen könnte. Ich schrieb mit Bewilligung meiner Aeltern auf einige Aufforderungen in den Zeitungen zu Meldung eines Schreibers an die betreffenden Stellen, erhielt aber keine Antwort.

Die Sorge meiner Aeltern wuchs, und um sie zu beseitigen, forderte ich meinen Vater auf, mich zu einem Tischler oder Drechsler in die Lehre zu geben, — dies waren die einzigen Handwerke, zu denen ich mir noch einige Lust zutraute.

Mein Vater fühlte in meiner Aufforderung den Entschluß der Verzweiflung heraus, und der Gedanke, ob es denn doch nicht möglich sei, mich auf die Akademie nach Dresden zu bringen und daselbst zu erhalten, gewann mehr und mehr Platz in ihm. Freilich konnte „mich erhalten" nur so viel heißen: mich mit einigen kleinen Zuschüssen meinem guten Glücke überlassen, denn bei 120—150 Thalern jährlicher Einnahme, wovon noch Zinsabzahlungen und alte Schulden ihr Theil in Anspruch nahmen, konnte auf Geldzuschüsse nicht viel gerechnet werden.

Mein Vater zog Erkundigungen bei einem Hofbauconducteur Guido ein, welcher Verwandte in Pulsnitz hatte und diese bisweilen besuchte. Er zeigte diesem meine Zeichnungen und Malereien, die ihm so gefielen, daß er meinem Vater zuredete, mich jedenfalls Künstler werden zu lassen, er wolle mit dem Inspector der Akademie, Professor Seifert, sprechen und uns Nachricht geben. Es geschah. Wir wurden aufgefordert uns zu melden, und ich ging mit meinem Vater nach Dresden — mit wunderlichen Gefühlen.

Die Aussicht auf eine nicht geahnte und gehoffte Erfüllung von Wünschen, deren ich mir selbst nicht recht bewußt geworden war, brachte mich in eine Spannung und Erregung, wie wenn ein ungeheueres Ereigniß, das einem so fern, so unmöglich geschienen, auf einmal zur Wahrheit geworden. Ich konnte nicht sagen, daß die Kunst als solche es war, die mich erfüllte, ich kannte von der Kunst nichts, hatte nie ein Kunstwerk gesehen, weder Gemälde noch Sculptur, das auf den Namen eines solchen Anspruch machen durfte. Niemand hatte mit mir davon gesprochen; ich hatte von Akademien das erste mal durch den Handlungscommis gehört. Wesen, Idee und Bedeutung der Kunst waren mir unbekannt, mich erfüllte nur die Lust, ja Leidenschaft am Zeichnen und Malen, jeden Gegenstand aufzunehmen und ihn mit aller Liebe und Hingebung darzustellen. Ich dachte mir, daß es nur mein Ziel werden würde, das, was ich bisher erstrebt, mit höchster Vollkommenheit auszuüben und mit allem Denken, Thun und Genießen in der vollen Hingabe daran aufzugehen.

Als ich mit meinem Vater vor der Thür des Professors Seifert stand, erfüllte mich eine solche Ehrfurcht, ja Schauer, bald vor einem Professor zu stehen, einem Manne, der, wie ich damals noch glaubte, in seiner Wissenschaft oder Kunst das Höchste erreicht, daß ich, als ich vor ihn trat, auf seine Fragen kaum antworten konnte und dies mein Vater für mich thun mußte. Ich zeigte ihm meine Producte, die er mit zwar ernsten, aber doch wohlwollenden Worten lobte. Er schrieb meinen Namen auf und setzte mir einen Termin zum Wiedernachfragen.

Ich trieb nun mein Wesen in Pulsnitz mit heiterm Bewußtsein fort, denn ich hatte nun Boden unter den Füßen und wußte, was ich wollte. Endlich sollte ich auf unsere Nachfrage beim Professor Seifert zu Michaelis 1820 — ich war also sechzehn Jahre alt —, ein halbes Jahr nach meiner Confirmation, in Dresden eintreffen. Meine Aeltern hatten mir von dem, was ich verdient hatte, einiges Nöthige geschafft, etliche Thaler erhielt ich von wohlhabenden Leuten geschenkt, und so reiste ich mit dem Reste von 6 Thalern in der Tasche in Begleitung meines Vaters ab; wir gingen zuerst nach Pillnitz, um von dem Bauconducteur Guido nochmals manches zu erfragen, was meine Aufnahme auf die Akademie und das Lehrerpersonal betraf, und wanderten bald darauf, ich mit Spannung und Beklommenheit, an einem sonnenhellen und warmen Nachmittag den Weg durch das schöne Elbthal nach Dresden.

Dort hatte mir der Vater bereits eine Wohnung miethen laſſen. Sie war in einem kleinen, einſtöckigen Häuschen auf der Oberſeergaſſe. Die Wirthin, eine Waſchfrau, bewohnte mit ihrer Tochter, die über die Jugend hinaus war und ſich durch Stickerei ernährte, Eine Stube. Sie hatten ein halbjähriges Kindchen von fremden Leuten zur Aufziehung übernommen, und in dieſer Stube mit Wirthin, Tochter und Kind mußte ich auch mittwohnen. Ich erhielt zu meiner Diſpoſition ein Fenſter mit Tiſch und Stuhl, mich daſelbſt zu beſchäftigen. Eine kleine Treppe höher, auf dem Boden unter dem niebrigen Dache, war ein kleiner Verſchlag, der für mich als Schlafkammer biente und wo ſich im Sommer, wenn die Sonne auf dem Dache lag, eine ſolche Hitze entwickelte, daß es mich an die Bleibächer Venedigs erinnert haben würde, hätte ich von ihnen damals ſchon gewußt; ich glaubte erſticken zu müſſen, und daß ich des Nachts ſchlafen konnte, war nur meiner Jugend zuzuſchreiben; im Winter war ich dem Erfrieren nahe, und oft entſtand auf dem Bette vom Athmen eine Eiskruſte, während bei Schneegeſtöber der Wind den feinen Schnee durch die Ziegel wehte, daß das Bett davon bedeckt wurde.

Obgleich ich nun am Ziele meiner Wünſche war, ſo nahm ich doch von meinem Vater ſchweren Herzens Ab= ſchied. Der ganz neue Zuſtand, vor allem der Gedanke, wie ich auf der Akademie reuſſiren würde, und die Trennung von meinen Aeltern bedrückten mich. Bei meiner Gewöhnung an Entbehrung jeder Bequemlichkeit fiel mir die jetzige Beſchränkung keineswegs als drückend auf. Schreien kleiner Kinder war ich nicht gewohnt, allein auch dies wurde mir bald ertragbar; und als ich die ersten Proben in der Zeichenklasse abgelegt und die Lehrer zufrieden waren, wuchs auch meine Zufriedenheit mit meinem Zustande mehr und mehr. Meine Existenz war billig — Wohnung und Kaffee des Morgens kostete 1 Thaler 10 Groschen monatlich. Butter, Brot, vielleicht auch einige trockene Gemüse, Kartoffeln schickten mir meine Aeltern durch allerhand Gelegenheiten, damit meine Wirthin dann und wann etwas für mich mitkochen konnte. Die meisten Tage aß ich Butterbrot und Obst, denn in ein Speisehaus zu gehen und dort Mittag zu essen wäre für meine Verhältnisse ein Luxus gewesen, den mein Vater zu erschwingen nicht im Stande war. Wenn ich um Geld schrieb, kam höchstens 1 Gulden, oft nur 3 oder 4 Groschen. Als ich einst um etwas Geld bat, bemerkte mein Vater, es sei nicht nöthig, daß ich früh und mittags Obst zu meinem Brote äße, wie bald seien 6 Pfennige ausgegeben, und täglich 6 Pfennige mache jährlich gegen 8 Thaler. Oft war meine wackere ältere Schwester, die als braver Dienstbote stets von ihrem mäßigen Lohne einen Sparpfennig erübrigte, meine Hülfe und gab mir etwas, wenn es an allem fehlte.

Meine Fortschritte in der Akademie, die ich mit leidenschaftlichem Eifer besuchte, waren schnell; ich begann mit den ersten Anfangsgründen, nach neun oder zehn Monaten schon wurde ich in den Gipssaal versetzt. Ich copirte zur Ausstellung ein Oelbild mit schwarzer Kreide und bekam mit meinem Freunde Julius Thäter, jetzt Professor der Kupferstecherei in München, die Erlaubniß, mittags über in der Klasse uns einschließen zu lassen. Das mitgenommene Dreierbrot mit Obst schmeckte uns köstlich; die vorschreitende Zeichnung, die täglich Lob und Aufmunterung eintrug, würzte uns unser frugales Mahl. Thäter und ich, wir schlossen uns beide aneinander an mit freundschaftlicher Hingebung und dem Gefühle engster Zusammengehörigkeit. Er war womöglich noch ärmer als ich, hatte eine schwere Kindheit in Druck und liebloser Behandlung unter fremden Menschen durchlebt, dienend, Dinge zum Verkaufe herumtragend, irgendetwas feilbietend, um seiner armen vortrefflichen und gebildeten Mutter die Sorge für seine eigene Existenz abzunehmen. Thäter war etwas in sich gekehrt, oft mürrisch gegen andere Mitschüler, unfreundlich; die Noth, die er früh kennen lernte, hatte ihn hier und da etwas bitter gemacht. Sein treffliches Herz, sein klarer Verstand, seine rechtschaffene Gesinnung, sein eiserner Fleiß und Eifer fesselten mich an ihn; ich konnte nicht mehr ohne ihn sein, wir wurden innige Freunde und sind es fürs Leben geblieben. Er hat schwere Lebenskämpfe durchzumachen gehabt, ist aber stets als reines Gold befunden worden; er gehört zu den edelsten und vortrefflichsten Menschen, die ich kenne; seine echte Religiosität hat sich in Freud und Leid bei ihm bewährt in unerschütterlichem Gottvertrauen, in energischem Muthe bei jeder Noth, in Ergebung und Verzichtleistung, wenn sie von ihm gefordert ward. Ein solcher war und ist noch mein Freund.

Für meine Arbeit, mit welcher ich meinen Besuch der untern Klasse schloß und die ich zur Akademieausstellung geben mußte, erhielt ich bei der damals üblichen Geldprämienvertheilung 25 Thaler. Welch ein ungeheuerer Erfolg für mich! wie war auf einmal eine Sorge gehoben! Nöthige Kleidungsstücke wurden angeschafft und der Arbeitseifer, Lust und Muth waren womöglich noch mehr gewachsen. Komisch ist mir die Erinnerung, mit welchem Stolz und Hochgenuß ich das erste mal in meinem Leben meinen Namen im Kataloge der Ausstellung und ebenso in den Zeitungen die Bekanntmachung der Prämien, darunter also auch meinen Namen, gedruckt las.

Die Besuche während der Ferien bei den Aeltern waren von dem Gefühle behaglichen Glücks begleitet, der Aufenthalt dort grenzte für mich an Wohlleben, wenn ich ihn mit meiner ärmlichen Existenz in Dresden verglich; war's ja doch auch natürlich, daß die Mutter, soviel sie konnte und die Verhältnisse erlaubten, mir etwas mehr zugute zu thun suchte, als es die Regel mit sich brachte. Daß ich eine solche Auszeichnung im ersten Jahre meiner Studien erhalten, hatte nicht nur meine guten Aeltern beglückt, sondern auch den Freunden und Nachbarn imponirt. Ich schenkte meine Ausstellungszeichnung dem Gerichtsherrn und Gutsbesitzer Rittmeister von Posern, der schon immer gegen mich, den Schulknaben, Wohlwollen gezeigt; wenn er mir begegnet war, hatte er mir wol ein kleines Geldgeschenk gegeben, und als er mich bei einem Besuche in Dresden zu sich kommen ließ, empfing er mich gar freundlich und gab mir beim Abschied einen Dukaten.

Ich war hoch erfreut, einen solchen unerwarteten Zuschuß zu erhalten, denn jene 25 Thaler waren für vielerlei Bedürfnisse verausgabt worden. Da kam mir der Gedanke an, ob ich mir nicht auch einmal den Genuß verschaffen sollte, in einem Speisehause zu essen. Es erschien mir beneidenswerth, sich die Speisen aussuchen zu können, die man vorzugsweise gern esse; ich betrachtete die, welche solches vermochten, als reiche und bevorzugte Menschen. Dabei kam es mir aber nie in den Sinn, anzunehmen, daß mir dies so gut gehöre wie jedem andern, daß es eine Ungerechtigkeit sei Gottes oder der socialen Verhältnisse, daß ich und nur wenige mit mir auf das Allernothdürftigste beschränkt blieben, während alle andern das, was sie hatten und genossen, als selbstverstänblich in Anspruch nahmen. Ich wußte, ich war arm, konnte das, was jene hatten, nicht auch haben, und da ich an keine Bedürfnisse gewöhnt war, so wurde mir's auch nicht schwer.

Als ich nun jenen Dukaten erhielt, kam mir es wol erlaubt vor, das, was andern Regel war, einmal für mich als eine noch nicht genossene Ausnahme in Anspruch zu nehmen. Da mich aber jeder als arm kannte und mir der Besuch einer Restauration als Luxus erschien, so meinte ich, auch andere müßten gleiche Meinung haben wie ich. Das günstige Geschick, das mir begegnet war und diesen Wunsch in mir erregte, wollte ich doch niemand mittheilen, um solchen zu rechtfertigen. Ich ging daher zeitiger als die Mittagsstunde in das der Akademie nahe gelegene Goldene Faß, um womöglich allein zu sein, wählte mir irgendwelche Speise ohne alle Wahl, aß so geschwind, daß ich mir die Zunge verbrannte, und war froh, ungesehen wieder hinauseilen zu können, ehe jemand eintrat.

Wol möchte mancher lächeln, wenn er dies läse, und nicht begreifen, wie eine solche peinliche Abhängigkeit von der Meinung anderer möglich sei; doch mag jeder bedenken, der in freiern, weitern und glücklichern Ver= hältnissen aufgewachsen ist, daß das Kind armer Leute direct und indirect gewöhnt wird, jeden, der ein gutes Kleid trägt, gut ißt und trinkt, mit Einem Worte wohl= habend und bevorzugt ist, als einen Vornehmern zu betrachten, zu dem der Arme allemal in einem unter= geordneten und abhängigen Verhältnisse steht, indem ihm durch jenen in seiner Existenz irgendetwas möglicher= weise gebessert oder gefährdet werden kann, je nachdem er ihm wohl oder übel gesinnt ist.

Den Gelüsten des Appetits genügte ich nie. Als ich während des Fastnachtstags meine Mitschüler duf= tende Pfannkuchen essen sah, nahm ich mir vor, des Abends, wenn ich nach Hause ging, bei einem Bäcker, wo diese Kuchen als besonders gut gerühmt wurden, einige zu kaufen. Ich kämpfte mit meiner Neigung als einem Unrecht, das ich an meinen Aeltern verübte, indem ich das Geld, das sie sich abbarbten, so wenig es auch sein möchte, für eine Näscherei ausgäbe; doch die Entschuldigung, daß es ja nur diesmal geschehe, blieb nicht aus. Ich ging also nach Schluß der Stunde den von meiner Wohnung abführenden Weg zum Bäcker, meinend, ich habe bis dahin noch Zeit, zum Entschluß der Entsagung zu kommen. Allein in die Nähe des Bäckerhauses gekommen, machte ich dem kindischen Begehr dadurch ein Ende, daß ich anfing heftig zu laufen, sodaß ich bald vorüber war. Wieder umzukehren war nicht möglich, ich hätte mich ja vor mir selbst schämen müssen. Der Appetit war weg und ich ging vergnügt nach Hause.

Ich hatte ein Jahr in meiner ersten Wohnung ver=
bracht. Die Störung, wenn ich lesen oder sonst etwas
für mich treiben wollte, wurde mir doch zuletzt uner=
träglich; ich suchte mir daher eine Stube, um für mich
allein wohnen zu können, und fand sie zum Preise von
einem halben Thaler Miethe für den Monat. Das
Haus, auf der Neuen Gasse gelegen, hatte vier Stock.
Im Hinterhause des vierten Stocks, wo meine Wirthin,
eine Witwe, wohnte, ging ein enges Treppchen nach
einem Boden, wo altes Gerümpel aufgehäuft lag.
Dabei befand sich ein enges Thürchen, durch das man
in eine kleine Stube mit einem Fenster, aus zwei
mäßigen Glasscheiben bestehend, trat. Das Meublement
war ein alter Tisch und Stuhl, ein Bett — aber kein
Ofen war da. Der ehemalige Besitzer des Hauses, der
Mann meiner Wirthin, hatte sich, wie mir erzählt
wurde, diese kleine Spelunke gleich einem Vogelnest auf
das Hinterhaus auf= und angebaut und dort Kassen=
billets gemacht, wofür er die Strafe im Zuchthause
verbüßt hatte und dort gestorben war. Mir war dieses
luftige Stübchen, welches durch sein kleines Fenster eine
heitere Aussicht nach den Weinbergen und der Sächsischen
Schweiz bot, ein herrlicher Fund, und ich fühlte mich
wie von einem Drucke befreit, ungestört dasitzen und
mein Wesen treiben zu können. Glücklicherweise kam
mir der Winter — es war 1821 — zu statten, dessen
wunderbarer Milde kein anderer gleichkam.

Das zweite Jahr meines Aufenthalts in Dresden
hatte seinen ruhigen Verlauf. Meine Arbeiten im
Gipssaale gehörten bald zu den besten. Nach der
zweiten Ausstellung erhielt ich wieder eine Geldprämie

von 25 Thalern; meine Zeichnungen kaufte mir, was mich besonders beglückte und ermuthigte, der Professor Matthäi für seine Privatakademie als Vorlegeblätter ab. Er war der beste von den damaligen Lehrern der Akademie und ein ausgezeichneter Zeichner und Corrector, dem ich sehr viel zu danken habe und der mir sehr wohl wollte. Auch in andere Hände gingen wol meine Zeichnungen zu gleichen Zwecken über.

Ich hatte nur elf Monate im Gipssaale gesessen, da kam ich mit meinem Freunde Thäter, der gleichfalls schnelle Fortschritte machte, in die obere oder Actklasse. Dort übte Oldach, ein Hamburger, großen Einfluß auf mich aus, der seine Schönheitssinn in seinen Zeich= nungen war uns andern ein Muster der Nacheiferung. Wir schlossen uns eng aneinander an. Er starb 1830 in München.

In dem vergangenen zweiten Jahre meines Aufent= halts in Dresden erhielt ich bei einigen guten, mir wohlwollenden Leuten mehrere Mittagstische. Ein Herr Jagdsecretär Löwe, der von mir gehört, ließ mir sagen, ich möchte ihn einmal besuchen. Da ich nun zeitig, im Sommer um 7 Uhr schon, nach der Akademie ging und abends erst wiederkam, so hielt ich es nicht für mög= lich, am Tage meine Zeit unterbrechen zu können; ich ging daher früh um 6 Uhr zu ihm in der Meinung, daß jeder andere wie ich auch schon früh an der Arbeit sei. Er lag noch im Bette, ließ mich rufen und mußte natürlich lachen über meine Unbeholfenheit, früh um 6 Uhr Visite zu machen. Ich fand nichts Verwunder= liches darin und empfand es unangenehm, daß er meinen Besuch, wie es mir schien unpassend heiter und humo=

ristisch aufnahm. Er war aber dabei doch sehr freund=
lich und herzlich und lud mich ein, jede Woche zweimal
bei ihm zu essen, empfahl mich seinem Schwiegervater,
Herrn Bankier Schulze, und dem Kaufmann Vassenge,
bei dem seine Tochter, die Wittwe des früh verstorbenen
hoffnungsvollen Malers Runge in Hamburg, mit ihren
Kindern lebte. Alles treffliche wohlwollende Menschen,
deren Umgang meiner äußern Bildung sehr nützlich war
und denen ich viel zu danken habe. Auch was meine
Gesundheit anlangte, war es hohe Zeit, daß ich kräf=
tige Kost erhielt; ich litt an einem schweren Husten
und fing an — für mein Alter sehr spät — schnell zu
wachsen.

Nachdem ich das zweite Jahr in meiner luftigen
kalten Wohnung zugebracht, zog ich 1822 mit meinem
Freunde Thäter zusammen, dessen Mutter in einem
Stübchen daneben wohnte und uns pflegte, wie ich es
lange nicht gewohnt gewesen war. Wir hatten eine
sehr kleine Stube, mit unbeschreiblicher Behaglichkeit
saßen wir aber die kalten Winterabende beisammen; ich
trieb Anatomie und zeichnete das ganze große Albin'=
sche Werk durch. Thäter, als Kupferstecher, verfolgte
ebenfalls seine Interessen, und dann lasen wir zusammen,
was uns noth schien: Wissenschaftliches, Poetisches. Ein
heißes Verlangen viel zu lernen, und das Gefühl, so
ganz ohne alle Vorbildung zu sein, trieb uns in eine
Hast, daß wir gern alles auf einmal vorgenommen
hätten. Wir fühlten uns um so bedürftiger nach
Wissen, als wir bei unsern Freunden Oldach und Milde
aus Hamburg eine treffliche Schulbildung und gereiftere
Kunstanschauungen antrafen. Milde war ein inniger

Freund von Erwin Speckter, dem genialen Künstler, der
in Rom so früh starb und durch seine „Briefe aus
Italien" dem großen Publikum bekannt geworden ist.
Milde, Thäter und ich wurden bald ein unzertrenn=
liches Kleeblatt. Wir gingen stets miteinander um.
Milde's Charakter war, wie sein Name, milb und treu,
sittlich rein und fromm. Seine Bildung kam uns zu
statten, er regte vielfach an, ordnete mehr die Wahl
unserer Lectüre und schwärmte mit Enthusiasmus für
seinen Erwin, von dessen Leben, Denken und Thun
wir durch seine Mittheilungen ein solch lebendiges Bild
bekamen, als lebten wir mit ihm. Da auch seine
Briefe gemeinschaftlich gelesen und wir oft in denen an
Erwin erwähnt wurden, so warb denn bald auch von
uns ein Brief mit ihm gewechselt und Brüderschaft ge=
trunken, indem wir zu einer bestimmten Stunde von
fünf zu fünf Minuten anstießen.

Mit dem dritten Jahre war ich genöthigt, das mir
liebe Zusammenwohnen mit Thäter aufzugeben, da seine
Mutter eine andere Wohnung suchen mußte. Ich ver=
band mich mit einem Freunde, Namens Georg, der
zehn Jahre älter als ich, früher Porzellanmaler und
spät in die Akademie eingetreten war. Seine ewig
heitere Laune war mir wohlthuend, und da ich, der viel
Jüngere, ihm viel galt und meine Zeichnungen ihn an=
eiferten, so war sein Verhältniß zu mir ein befreundetes,
und durch mich auch mit Milde und Thäter. Georg
und ich zogen zusammen in die stille Familie einer
hochbetagten würdigen Frau und ihrer bejahrten Tochter,
in die Dachstube eines Hinterhauses der Wilsdruffer
Gasse, vier Treppen hoch. Wer sollte sich nicht dabei

die trifteste Vorstellung von einer solchen Existenz machen, die für mich doch eine der schönsten Erinnerungen meiner Jugend geblieben. Wir fanden daselbst schon einen jungen Maler, Namens Preller aus Weimar, wohnen, einen genialen Menschen, jetzt Professor daselbst und einer der berühmtesten Landschaftsmaler unserer Zeit. Nicht lange aber war uns dieser angenehme und fördernde Umgang vergönnt, da Preller Dresden verließ und mit dem Großherzog Karl August nach Antwerpen ging und dort blieb. Statt seiner zog ein anderer junger Maler, an unsere Wirthin empfohlen, mit ein. Durch sein stilles bescheidenes Wesen störte er uns nicht, und so war er einer der Unserigen, ohne daß uns ein engeres Band zusammenknüpfte.

Unser Leben gestaltete sich gleichsam wie ein Familienkreis. Unsere Wirthinnen sorgten für uns drei mit mütterlicher Theilnahme. Thäter, Milde und noch ein junger Maler, Schilde, der sich unserm Kreise anschloß, zusammen sechs, bildeten mit uns einen engen Verband. Sie kamen alle Abende zu uns. Es wurde gemeinschaftlich studirt, Geschichte getrieben und Mittwoch und Sonntag Dichterwerke gelesen. Durch Milde's Bildung wurde uns mancher Blick eröffnet und unser empfänglicher Sinn verschlang mit Begeisterung Goethe's und Shakspeare's Werke; auch die Alten wurden mit Bewunderung gelesen, und unser Leben war durch die Freundschaft, durch das Bewußtsein treu angewandter Zeit und durch das Gefühl innern Reifens und Fortschreitens ein ungetrübt glückliches, gehoben durch die reinern, begeisternden Vorstellungen von der Größe und Bedeutung der Kunst und durch die Ideale, welche wir zu erstreben träumten und die Schöpfungen der großen Dichter in uns erweckten. Wir trieben alles gemeinschaftlich, gern saßen wir in der Akademie nebeneinander; jeder Spaziergang führte uns zusammen — zwei Jahre ohne jede Störung. Milde war ein tüchtiger Turner, wir richteten in Räcknitz bei einem Bauer einen Turnplatz ein und übten unsere Kraft nach Herzenslust. Georg hatte eine sehr schöne Stimme und war sehr musikalisch. Er gründete einen Sängerverein, an dem wir alle theilnahmen und in welchem größere Musikstücke eingeübt und in Concerten für Freunde producirt wurden; der ganze Sängerverein, meist junge Künstler, machte öfters kleine Partien aufs Land und überall waren die singenden Maler gern gesehen.

Selbst ein Concert im Städtchen Radeburg wurde veranstaltet und der Ertrag zum Besten der dort neu erbauten Schule verwendet. Nach dem Concert Tanz und Einquartierung bei den Honoratioren der Stadt, — fröhliche Erinnerungen!

Unsere Großmutter-Wirthin wurde einst von einer Enkelin, Tochter eines auswärts wohnenden, sehr verarmten Sohnes, besucht und gebeten, dieselbe bei sich aufzunehmen. Das Mädchen war sechzehn Jahre alt, blühend und sehr hübsch. Unsere Wirthin fragte uns, mütterlich besorgt, ob sie unter obwaltenden Verhältnissen dies wol könne und dürfe. Wir bejahten es mit der unbefangenen Ueberzeugung und dem Bewußtsein reinster Gesinnung; zugleich lag aber im Hintergrunde das Gefühl, daß durch die Gegenwart dieses lieblichen, heitern, kindlich unbefangenen Wesens unserm Leben und Gebaren ein anregender Reiz verliehen würde.

Wir Freunde gaben uns gegenseitig das Wort, über
das junge, völlig unschuldige Wesen zu wachen, auf
daß ihm nichts nahe trete, was irgend verderblich wirken
könne. Sie hat daher von uns auch nie eine Schmei=
chelei gehört oder galante Aufmerksamkeiten erfahren,
wie ein Jüngling einem jungen Mädchen wol gern er=
zeigt; durch Unterricht wurde ihren mangelhaften Schul=
kenntnissen nachgeholfen, und eifersüchtig wachten wir,
wenn uns Bekannte und Freunde besuchten; wir beobach=
teten sie, ob sie uns gleichbächten, und sie wurden
durch irgenbeinen Vorwand von Wiederholung ihres
Besuchs abgehalten, wenn wir das Gegentheil be=
merkten. So warb nun der Charakter des Familien=
lebens noch entschiedener abgerundet, und es waren die
behaglichsten Stunden, wenn wir vereint am großen
Tische saßen, der eine vorlas, die andern vielleicht nach=
schrieben oder zeichneten, während der weibliche Theil
der Zuhörer mit Arbeiten beschäftigt war.

Mein Streben und Wünschen war immer gewesen,
Maler zu werden; es zog mich aber nicht speciell zur
Malerei hin, mich erfüllte die Freude an der Kunst in
ihrem ganzen Umfange. Die Kunst in ihrem ganzen
Umfange war der Gegenstand meines Strebens, meiner
Liebe, meiner Ideale, und ich that mit Leidenschaft,
was mich darin förderte.

Einst ließ mich der Professor Seifert rufen, der mir
mittheilte, daß der Minister Graf von Einsiedel einen
jungen Mann suche, der sich als Modelleur ausbilden
wolle, um einst als solcher für sein Eisenwerk zu Lauch=
hammer thätig und nützlich zu werden; ein solcher sollte
schon hier in seinen Studien unterstützt und auch später

in Stuttgart bei Dannecker oder in Berlin bei Rauch weiter sich ausbilden. Obgleich die Aussicht nicht lockend war, vielleicht als Modelleur eines Eisenwerks meine Plane und Ideale für die Zukunft ein für allemal aufzugeben, so machte sich doch die Vorstellung geltend, daß es wol möglich sei, eingegangenen Verbindlichkeiten und Pflichten nachzukommen, für diese Eisenwerke mich nützlich zu machen und zu wirken, ohne als Arbeitsmitglied daselbst eingereiht zu werden, um dabei vielleicht künstlerisch unterzugehen.

An der Akademie gab es keine Malerklasse, in die Matthäi'sche Privatakademie aufgenommen zu werden, fehlte es mir an Geld, es fehlte mir überhaupt gänzlich an Hülfe und Rath. Die Schüler der Akademie, sobald sie die Klassen durchlaufen hatten, standen verlassen da; kein Lehrer, der ein Interesse für sie gefaßt und der Vertrauen und Muth eingeflößt hätte, sich ihm anzuschließen — der einzige Matthäi ausgenommen. Nun, durch das Anerbieten des Grafen von Einsiedel, bot sich mir die Möglichkeit der weitern Ausbildung unter einem großen Künstler, und was konnte nicht alles die Zukunft bringen und gestalten? Und ist es nicht so geworden? —

Ich nahm den Vorschlag erst beklommen, dann freudig und dankbar an, wurde dem Minister von Professor Seifert vorgestellt und erhielt nun monatlich 3 Thaler Unterstützung. Mit Hülfe mehrerer Mittagstische, einiger Beihülfe meiner Aeltern — Geld erhielt ich nun nicht mehr von ihnen — und kleiner Nebenverdienste kam ich aus, ohne Schulden machen zu müssen. Zwei Jahre früher wäre mir meine damalige Lage

brillant erschienen, doch regten sich nun mehr Bedürf=
nisse. Der Umgang mit Freunden, so gleichmäßig spar=
sam wir lebten, war Anlaß zu mancher kleinen Aus=
gabe; auf Kleider wurde mehr Rücksicht genommen, es
mangelte daher erklärlicherweise stets an Geld, doch nie
an Frohsinn und Heiterkeit.

Ich trat nun meine plastischen Studien beim Hof=
bildhauer Professor Pettrich an: ein alter Mann, der
in seinem Leben nur Grabsteine ausgeführt und seinen
Aufenthalt in Rom zu Abformungen angewendet hatte.
Von künstlerischem Sinne und Bildung entfernt, eröffnete
er mir bei meinem Eintritt in seine Werkstatt, daß die
Hauptsache des Bildhauers sei, tüchtig in Stein hauen
zu können, und daß ich, um praktisch zu werden, sechs
Jahre vorerst dazu anwenden müsse. Ich berief mich
auf den Wunsch des Ministers von Einsiedel, daß ich vor
allem modelliren solle, und begann nun mit Copiren nach
einigen antiken Masken, wobei Pettrich's Schwiegersohn,
Neuhäuser, der die Arbeiten der Werkstatt für ihn unter
seinem Namen fortführte und der ein trefflicher, talent=
voller Mann war, mir sehr zur Hand ging und die
Anfänge erleichterte.

Mit gleicher Lust wie das Zeichnen ergriff ich diese
neue Kunstbeschäftigung und suchte mit Treue die Fein=
heiten, die ich in der Antike sah und fühlte, wiederzu=
geben, was dem Professor Pettrich alles zu langsam
ging, da ich nichts „praktisch" genug anzugreifen wußte.
Anstatt nun fortzufahren, einzelne Theile und größere
Sachen der Antike zu copiren, die Natur kennen und
benutzen zu lernen, gab er mir einige kleine, nicht einen
Fuß hohe Figürchen von Bildhauern, die seine Lehrer

gewesen waren, und die ich in doppelter Größe copiren mußte, eine Methode, die man allenfalls umgekehrt anwenden kann, doch nimmermehr in dieser Weise. Als mir endlich ein Kinderfigürchen, das ich mit Lust copirt und woran ich zu seinem Verdrusse zehn Wochen gearbeitet hatte, zusammenfiel, da riß seine Geduld und er meinte, daß aus mir kein Bildhauer werden könnte, ich sei ein bloßer Thonklantscher. Mit Mismuth und Verdruß nahm ich diesen Vorwurf still auf. Niederschlagen konnte er mich nicht, denn ich fühlte wohl, so wenig ich mit mir zufrieden war, daß er ebenso wenig ein Lehrer und Führer sein konnte, daß er der Kunst fern stand und nur ein Handwerker war.

Pettrich, der zu seinen Grabmonumenten nur kleine, höchstens fußhohe Figürchen modellirte, die dann gepunktet wurden, hatte große Figuren nie anders aufgebaut und modellirt als aus Thonplatten, weil dieselben stets gebrannt und statt Steinfiguren zur Decoration im Freien an Häusern u. s. w. aufgestellt worden waren. An einer Figur sechs bis zwölf Monate arbeiten, durchbilden, vollenden, davon hatte er keine Ahnung. Daher war es ihm auch fremd, daß in Thonfiguren des Haltes wegen Eisenstangen und Draht angebracht werden müssen. Nur außerhalb der Figur acceptirte er die gewöhnliche eiserne Stange oder Stütze, welche in der Mitte der Gestalt in den Körper hineinbiegt, sodaß dieser auf ihr ruht. Diese kann aber nie stark genug sein, um allein die Thonlast zu tragen. Darüber hatte ich damals keine Erfahrung und glaubte ihm, denn so wenig Vertrauen ich zu seiner Kunst hatte, so hatte ich es doch zu seiner Praktik, die er mir an sich stets rühmte und an mir vermißte.

Ohne irgendwelche Studien gemacht zu haben, als die wenigen unzweckmäßigen Copien, wagte ich mich an eine ziemlich lebensgroße Figur, einen Diskuswerfer. Im engen, erbärmlichen, nicht acht Fuß hohen Raum mit kleinen Fenstern, die Figur ein oder anderthalb Fuß über dem Boden entfernt, ohne Drehstuhl, ohne irgendeinen Rath als höchstens einen irre führenden, baute ich meine Figur auf, die unzähligemal zusammensank, weil die freistehende und nach Pettrich's Angabe gefertigte, viel zu dünne eiserne Stange hinten nichts helfen konnte, sondern von dem daran und darauf ruhenden und hängenden Thon nach vorn und krumm gebogen wurde. Mühselig brachte ich die Figur zusammen dadurch, daß ich den Thon wenig anfeuchtete und somit etwas hart werden ließ, auch überall denselben stützte. Ich konnte aber bei aller Mühe und Arbeit keine Freude und Genugthuung dabei finden. Dazu mußte ich öfters die mistrauische Beurtheilung meiner Fähigkeiten mit anhören, was meinen Muth und Eifer nicht förderte. Ich erinnere mich, daß, als ich die Figur ausgestellt hatte, Professor Rauch die Ausstellung besuchte. Ich weiß nicht, wer mich ihm vorstellte, erinnere mich aber des großen überwältigenden Eindrucks, den er auf mich machte. Er sprach einige Worte mit mir, doch nichts über meinen Diskuswerfer.

Der Minister von Einsiedel ließ mich einst rufen und fragte mich, ob ich mir getraue, eine circa sieben Fuß hohe Figur eines Neptun zu machen. Es sei vom Magistrat von Nordhausen die Bestellung dieser Figur zu einem Brunnen an Lauchhammer ergangen, und er würde sich freuen, wenn ich diese Arbeit bewältigen könnte. Ich erfaßte mit Freuden diesen Auftrag, dessen Umfang und Schwierigkeit ich nicht ahnte, der mir aber in Aussicht stellte, von der Leitung des Professors Pettrich entbunden zu werden. Ich sollte, da kein anderer Raum vorhanden, in einem Pavillon des Zwingers, dem ehemaligen Conchyliencabinet, die Statue machen, der Maler Professor Hartmann sollte die Arbeit leiten. Es wurde mir ein eisernes Oefchen in diesen großen steinernen Raum gesetzt. Ich ließ mir einen Drehstuhl machen, der natürlich sehr unpraktisch ausfiel, da ich weder bei Pettrich noch sonstwo einen solchen für große Arbeiten gesehen hatte. Die Drehung geschah ohne Kugeln, nur Scheibe an Scheibe auf abgerundeten Holzringen ruhend, auf denen die Friction geschehen mußte. Die eiserne Stange war nicht vergessen, welche in der Höhe des glutaeus magnus in den Körper einbog und dort mit einem Querholz versehen wurde, damit der Körper darauf ruhen sollte. Die Figur hatte die ruhende Stellung vieler antifen Neptune, stehend, ein Bein auf einen Delphin gestützt, den linken Arm auf das gebogene Knie auflegend, im rechten Arm den Dreizack. Da die ganze Stellung des Oberförpers eine vorgebeugte war, so zog er die Thonmasse mit sammt dem Eisen nach, statt auf ihm zu ruhen. Der Körper wurde, um die Schwere des Thons zu ersparen, mit Holzkohlen gefüllt, allein Kopf und Arme, die ich lange nicht anzulegen wagte, mußten doch wieder massib werden, und so hatte ich wochenlang zu thun, um nur die Verhältnisse der Beine und des Körpers in ihrer Höhe zu erhalten, da die obern Thonmassen die untern beschwerten und zusammendrückten, sobaß die Beine immer kürzer und dicker wurden. Jeder Theil mußte gestützt werden. Nachdem der Thon etwas angezogen hatte und fester geworden war und ich die Höhenverhältnisse fast alle Tage erneuert hatte, brachte ich in mein Stützensystem Ordnung; um unter und hinter ihnen ordentlich arbeiten zu können, verschaffte ich mir starke Latten und drei bis vier Centnergewichte, setzte die Latten an die Körpertheile als Stützen an, einen Centner davor, unterbaute den Arm mit zwei Stützen und hatte so ein Gerüst um die Figur gebildet, daß ich mühselig und höchst vorsichtig unter und zwischen demselben mich bewegen mußte. Der Ofen heizte den Raum nur unzulänglich, und als ich im Winter einige Tage bei meinen Aeltern zubrachte, fand ich bei meiner Rückkunft die Oberfläche der Figur so gefroren, daß sich die äußern Schichten Thon theilweise ablösten und die Oberflächen erneuert werden mußten. Der rechte Arm fiel zweimal herunter; ich fühlte mich ganz unglücklich. Drehen konnte ich die Figur nicht ohne Hülfe, theils war der Modellirstuhl so schlecht construirt, daß die Thonlast ein Drehen fast unmöglich machte, theils waren die stützenden Balken ein Hinderniß, denn ohne diese mußte die Figur vorwärts und seitwärts zusammenbrechen. So passirte mir es einst, daß ich, als ich am vordern Bein modellirte und mich aufrichtete, die Stütze, welche vor der Brust angestemmt war, mit dem Rücken abstieß, sodaß der ganze Neptun schon anfing, seine Neigung nach vorn zu beginnen, und ich kaum Zeit hatte, auf einen Stufentritt zu springen und mit aller Anstrengung feststehend und stemmend eine weitere Vorneigung zu verhindern. Ich rief um Hülfe und hoffte, der Aufwärter des Museums, welchen ich um diese Zeit erwarten konnte, würde seine Runde machen. Aber fast eine Stunde mußte ich stehen und halten, sodaß ich von großer Noth mich erlöst fühlte, als der Aufwärter endlich kam und ich die Stangen anstemmen und den Centner davorsetzen lassen konnte. Zweimal, als die Figur gedreht werden mußte, um die vom Fenster abgewendete Seite zu modelliren und zu vollenden, wurden drei starke Männer bestellt, zwei, die mit aller Kraft die verquollene Scheibe des Stuhls drehten, währenddessen ein dritter und ich beim Drehen an Stelle der Stützen die Figur hielten. Diese wurden alsbald wieder angesetzt und durch Centner gesichert. Trotzdem wurde die Arbeit unaufhörlich vermehrt und erneuert, indem der Thon in sich zusammensank, das Standbein immer kürzer wurde, sodaß ich von der acht Zoll starken Plinthe immer wieder abnehmen mußte, um die richtige Länge des zusammengesunkenen Beines herzustellen. Dies ging so fort, bis am Schluß der Arbeit die Plinthe nicht mehr vorhanden war, aber nicht allein diese fehlte, sondern auch der ganze Fuß dazu, sodaß die Knöchel des Beins den Modelltisch berührten.

Ich hatte beinahe ein Jahr mit dieser trostlosen Arbeit zugebracht, die ich wie einen Sisyphusstein immer von neuem wälzen mußte. Der Rath des Professors Hartmann nutzte mir nichts, weder künstlerisch noch technisch. Welch kostbare Zeit! Drei Jahre, die ich bei Pettrich und mit dieser Arbeit zugebracht, waren verloren! Kein Künstler oder Lehrer zu jener Zeit, der sich um einen jungen Mann bekümmerte, ihm Rath ertheilte; und wenn sie es gewollt hätten, würden wir den Rath haben annehmen können? Wir fühlten alle zu sehr, daß diese Männer einer abgelebten Kunstperiode angehörten. Seidelmann, Schubert, Rößler, Poch=mann u. s. w. Kein Schüler hegte vor ihrer Correctur Achtung, man suchte sich ihr auf alle mögliche Weise zu ent=ziehen. Hartmann's Persönlichkeit flößte zwar mehr Respect ein, er war ein sehr gebildeter, feiner und wohlwollender Mann, seine Correctur war gewissenhaft, aber auch er hatte nichts Anregendes. Eine glänzende Ausnahme machte allein Matthäi, Corrector und derjenige Professor, welcher der Akademie den Ruf, den sie damals hatte, erhielt und mehrte. Dennoch stand er den Schülern, welche nicht in seiner Privatzeichenschule waren, fern. Ich denke heute noch mit Freuden an Matthäi's Correctur im Actsaale.

Einige frische Kräfte, welche in das Lehrerpersonal einrückten, Näke und Vogel, wirkten sehr anregend durch ihre strenge Zeichnung und durch ihre ganze Richtung, welche dem neuen Aufschwunge der Kunst an=gehörte; doch fiel deren Berufung in die letzte Zeit meines Aufenthalts in Dresden. Vogel's Ausmalung des Speisesaals in Pillnitz war ein Ereigniß von hoher Bedeutung für uns und führte zu größern und ernstern Kunstanschauungen; persönlich blieb ich jenen Männern fern, es fehlte jede Vermittelung, zu ihnen in ein näheres Verhältniß zu treten.

Die Zeit, wo ich Dresden verlassen sollte, rückte heran. Ich hatte sechs volle Jahre gezeichnet und mo=dellirt, und nichts geleistet, wozu heutzutage junge Leute schon im zweiten und dritten Jahre ihrer Studien reifen. Die Zeit bei Pettrich und die Qual mit dem Neptun waren verloren, ich hatte dabei nichts gelernt, ja gar

manches mir angewöhnt, was wieder abzulegen Zeit
forderte. Wenn ich Ideen entwarf und componirte, so
entsprach der Erfolg dann in keiner Weise dem, was
und wie ich es mir gedacht hatte. Einige Ermuthigung,
Anregung und Anleitung hätte mich ungemein gefördert —
aber von alledem wurde mir nichts zu Theil.

Thäter wurde durch seine Kunst als Kupferstecher
auf andere Dinge hingewiesen, er war ein vorzüglicher
Zeichner. Milde, anregender, verließ uns eben, als in
mir der Eifer erst recht erwachte, er ging nach Hamburg
zurück. Die andern Freunde standen mir an Fähigkeiten
nach. Auch Oldach war längst nach München fort, sein
bevorzugtes Talent that sich auf der Akademie hervor.
Es war bestimmt, daß ich in Berlin versuchen sollte,
ob mich Rauch in sein Atelier aufnehme. Ich sehnte
mich auch fort, und doch — gewöhnt an ein gemüthliches
Beisammensein mit Freunden, beunruhigte mich der Gedanke, nach Berlin zu gehen, außerordentlich. Ich hatte
von Berlin leider ein schlimmes Vorurtheil in mir aufgenommen, von Rauch's Herbheit und Strenge gehört und
wäre gar zu gern nach Stuttgart zu Dannecker gegangen.—
Ach wie gut, daß nicht alles sich erfüllt, was man
wünscht und vom jedesmaligen Standpunkte seiner Ur-
theilskraft für richtig und ersprießlich hält!

Ehe ich abreiste, machte ich noch einen Besuch in
Zittau bei einem Bruder meiner Mutter, dem Accis-
obereinnehmer Röllig, der ein sehr geachteter Mann war.
Er empfing mich mit seiner Frau und Tochter herzlich
und väterlich und machte mir den Aufenthalt von acht
Tagen in der herrlichen Umgegend Zittaus unvergeßlich.
Ich verließ den mir schnell lieb gewordenen Familienkreis

mit wahrer Trauer, und ein unüberwindliches Heimweh verfolgte mich nach Haus, welches durch den Contrast sich nur noch mehr steigerte und hauptsächlich sich darauf basirte, daß ich mich nun bald einsam im großen Berlin und seiner tristen Umgebung denken mußte.

Mein geliebter Freund Thäter hatte vier Wochen vor meiner Abreise Dresden verlassen, um in Nürnberg unter Reindel sich weiter auszubilden. Es war ihm, erinnere ich mich recht, einige Unterstützung dazu geworden, und kleine Aufträge fehlten ihm auch nicht. Mir warb es dadurch leichter, mich von Dresden zu trennen, denn ohne Thäter und Milde konnte keiner meiner Mitgenossen mich fesseln. Ich reiste Anfang November 1826 von Dresden ab. Eisenbahnen gab es noch nicht, Eilpost war mir zu theuer, ich glaubte sogar, statt mit der Fahrpost zu reisen, besser zu thun, wenn ich bis Wittenberg ginge, diese Stadt, die mich sehr interessirte, ansähe und dann vielleicht mit Gelegenheit weiter führe, sobaß ich, wenn ich auch nicht billiger reiste, doch etwas gesehen und gelernt hätte.

Einige zwanzig Genossen begleiteten mich nachmittags bei schönem Wetter bis Meißen, wo wir einen fröhlichen Abend bei Wein und Gesang feierten. Am andern Morgen verließ ich sie, nur ein einziger, Namens Schilde, begleitete mich noch zwei Stunden Wegs. Der Morgen war heiter und mein Herz voll Muth. Doch als auch dieser letzte Freund geschieden, die anmuthige hügelige Gegend aufhörte, vor mir über dem flach wie das Meer daliegenden Walde ich eine große Stratuswolkenwand langsam heranrücken und beim Blicke nach rückwärts über der Heimat einen reinen goldenen Himmel ausgespannt sah, da fiel mir das Alleinsein und das jenseit des großen Waldes mit der darüberstehenden dunkeln Regenwand gelegene Berlin schwer aufs Herz, daß ich oft stehen blieb und sehnsüchtig meine Grüße nach rückwärts sandte. Endlich fing es an zu regnen. Der ganze Himmel hatte sich umzogen, auch hinter mir, sodaß es also überall trübselig aussah, und ich weniger beklommen und etwas muthiger meinen Weg fortsetzte. Gegen Abend kam ich in Strehlen (oder Belgern?) an der Elbe müde und ganz durchnäßt an, wo ein warmes Abendbrot im trockenen durchwärmten Raume mich ganz behaglich anmuthete.

Den andern Morgen war Schnee gefallen, ich watete durch denselben nach Torgau, wo ich an Bekannte meiner dresdener Wirthsleute empfohlen war. Ich sollte die Nacht dort bleiben, doch mein Zustand erschien mir un=heimlich, ich war unruhig, verlangte vorwärts; das Wetter wurde schön, aber kalt, es fror. Einen Mantel hatte ich nicht, Ueberziehröcke und Plaids waren noch nicht Mode; trotzdem setzte ich mich gegen 8 Uhr auf die Post, um etwa des Nachts 1 Uhr nach Wittenberg zu kommen. Ich war allein im Wagen, welcher, vorn offen, mich gänzlich der Kälte preisgab, sodaß ich vor Frost fast verging. Der mitleidige Postillon gab mir eine Pferdedecke, damit ich mich nur ein wenig schützen könnte. Im Gasthofe zu Wittenberg war alles zu Bett, kaum daß ich endlich in eine kalte Stube ohne irgend=welche erwärmende Stärkung aufgenommen wurde. Ich verwünschte den unglücklichen Einfall, diese Tour und Art zu reisen gewählt zu haben, denn es war mir recht widerwärtig, elend und verlassen zu Muthe.

Am andern Morgen ging ich aus, sah mir die Schloßkirche, Luther's Monument und im ehemaligen Augustinerkloster Luther's Stube an und fuhr mit einer Retourgelegenheit bei Schnee und Regenwetter mit einigen Passagieren vormittags ab. Unter den letztern befand sich ein Candidat der Theologie, Namens Hecker, aus den russischen Ostseeprovinzen. Ich schloß mich bald an ihn an; da er ein ernster, angenehmer junger Mann war, und da ich meine Einsamkeit in Berlin im voraus schwer drückend empfand, so trug ich ihm an — da ich sogleich eine Wohnung miethen mußte — er möge die vierzehn Tage seines Aufenthalts in Berlin bei mir wohnen. Erfreut und angenehm berührt, ging er darauf ein. Meine Einfahrt in Berlin bei unfreundlichem Schlackenwetter verstärkte den schlimmen Eindruck, den ich erwartet hatte.

Wir ließen unser Gepäck im Gasthofe, in dem der Lohnkutscher einkehrte, stehen, und ein freundliches Männchen, ein Schneider, welcher ein Mitpassagier gewesen, war so gefällig mit uns herumzugehen, eine Wohnung zu suchen. Alles war für meine Mittel zu theuer, und so schloß ich endlich in der Französischen Straße für ein Stübchen, welches die Wirthin neben ihrer Stube als einen Holzraum mitbenutzte, um 3 Thaler Miethe des Monats ab. Mit geläufiger Zunge pries sie mir die Vorzüge der Stube und ihrer Lage und wie wohnlich dieselbe aussehen würde, wenn das Holz heraus und sie mit Sofa, Tisch und Stühlen möblirt sein würde. Ich fand, sie hatte recht.

Da ich mich leicht in jedem Raume, wenn er nur reinlich ist, behaglich einzurichten weiß, so war mir's auch in meinem neuen Stübchen bald heimlich. Es führte mich die Stille darin wieder mir selbst zu, und das Gefühl der Einsamkeit, das uns im Gewühle der großen Stadt umfängt, machte einer beruhigenden Gegenwirkung Platz.

In der Voraussetzung, daß Rauch, wie mir mitgetheilt worden, verreist sei, ging ich am Morgen in ruhigerer Stimmung, als es sonst der Fall gewesen sein würde, nach seinem Atelier. Nachdem ich zuerst die in der Nähe der Französischen Straße gelegenen Monumente Bülow's, Scharnhorst's und Blücher's gesehen — die ersten neuen Sculpturwerke von Bedeutung, die mir vor die Augen kamen — und mit Erstaunen bewundert hatte, wollte ich eben, auf dem Schloßplatze angekommen, nach dem Durchgangsportale des Schlosses zusteuern, als die prächtige Gestalt Rauch's im gelblichen Kragenmantel, wie ich ihn in Dresden gesehen, heraustrat und über den Platz nach der Domkirche zu gemessenen Schrittes seinen Weg nahm. Ich stand vor Schreck und Ehrfurcht wie gebannt auf einer Stelle und schaute ihm nach, so weit mein Auge ihm folgen konnte. Meine ganze gewonnene Ruhe war dahin, ich hatte ja nun die Aussicht, daß vielleicht in wenigen Stunden mein Schicksal sich entscheiden mußte. Ich ging etwas später in Rauch's Atelier. Mit schwerem Herzen trat ich in seine Werkstatt ein. Das Klopfen der Marmorhämmer, die umstehenden Modelle, der Aufbau einer kolossalen Figur Friedrich Wilhelm's, für Gumbinnen bestimmt, die Atmosphäre solchen Ateliers, wo in Thon gearbeitet wird, die ganz neuen, großen Verhältnisse solcher Umgebung machten einen tiefen Eindruck und erhöhten meine Befangenheit nur noch mehr.

Rauch war gegenwärtig. Fast zitternd nannte ich meinen Namen und gab ihm einen Brief des Ministers Grafen von Einsiedel und des Hofraths Bötticher. Er erinnerte sich meiner von Dresden, war nicht unfreundlich, aber ernst, und als er gelesen, sagte er: „Ich zweifle, daß Sie hier bleiben können, da ich wenig Platz habe; halten Sie sich aber vier Wochen hier auf, da jetzt diese große Statue" — er meinte die Friedrich Wilhelm's I. — „aufgebaut wird, damit Sie sehen, wie man das macht!" Er hatte in Dresden von meiner Noth, den Neptun aufzubauen, gehört. —

Wenn ich nicht dableiben konnte, was nützten mir da vier Wochen? Und doch freute ich mich, nun hoffen zu dürfen, daß ich aus Berlin fort und zu Dannecker gehen könnte. Mich bedrückte der imponirende, mir kalt scheinende Ernst in Rauch's Wesen. Er hieß mich, ihm meine Zeichnungen aus Dresden — Acte nach der Natur und einige Compositionen — bringen, und als er sie gesehen, sagte er: „Sie zeichnen ja recht gut, nehmen Sie sich einmal Thon und legen Sie eine Büste nach irgendeinem Original an!" Ich nahm Rauch's Büste des Generals York. Einer von Rauch's ältern Schülern, Berges, wenig begabt, aber guten gefälligen Charakters, war mir behülflich, und als Rauch die Anlage der Büste sah, war er zufrieden. Dies gab mir Muth und ließ sogar die Aussicht, in Berlin bleiben zu müssen, mich erträglich finden.

Ehe ich von Dresden abgereist, befanden sich dort vier Tiroler, die Gebrüder Rainer, soviel ich mich erinnere die ersten herumwandernden Natursänger, die dann so viel Nachfolger gefunden. Es waren stattliche

Männer, und ich hatte sie schon in Dresden besucht
und von ihnen einige Skizzen entnommen. Ihre herz=
liche naturwüchsige Art, welche damals noch etwas
Echtes im Vergleiche mit der der jetzt herumwandernden
Natursänger hatte, entzückte mich und ich war über=
glücklich, als ich hörte, daß sie in Berlin angekommen
seien, und ich sie sogar ganz in der Nähe vom Lagerhause,
Rauch's Werkstatt, einlogirt fand. Ich besuchte sie, sie
nahmen mich erfreut auf, ich ging öfter hin und fühlte
mich angeheimelt bei ihnen. Ich zeichnete ihre Porträts,
die mir sehr ähnlich und charakteristisch gelangen, und als
ich sie Rauch zeigte, war er ganz überrascht, lobte mich
sehr, und mein Dableiben war nun entschieden. Der
Gedanke daran war mir jetzt auch erfreulich, da Rauch's
Lob mir mehr Muth und mehr Selbstvertrauen ge=
geben hatte.

Rauch fragte mich, ob ich schon ein Relief modellirt
habe. Ich hatte keinen Begriff davon und glaubte, ein
Relief sei eigentlich eine halb durchgeschnittene Figur,
die mit ihrer Flachseite auf einem Grunde aufläge.
Was ich von griechischen Reliefs im dresdener Gips=
museum gesehen, hatte mir das Princip derselben noch
nicht klar gemacht.

Er hieß mich nun einen Manequin nehmen, welcher
noch mit einem Kattungewand umlegt war und zur
Figur eines Apostels gedient hatte. Ich sollte einen
Apostel Paulus daraus machen, in dem einen Arm ein
Buch, in der andern Hand ein Schwert haltend. Berges
lehrte mich erst diese Figur nackt anlegen, da ich aber das
Flächenprincip des Reliefs nicht kannte, so kam ich damit
immer höher und runder hinaus, sobaß der äußere Arm

faſt freiſtand, was denn auch fürs Gewand das Gleiche mit allen ſeinen Unmöglichkeiten forderte. Rauch kam mehrere Tage hintereinander, ſah die Arbeit und ging, ohne ein Wort zu ſagen, weiter. Ich glaubte, große Zufriedenheit darin zu erkennen, und fuhr ermuthigt fort. Endlich am dritten Tage fragte er mich nach einem Drahte, den ich ihm erwartungsvoll, was er damit wolle, reichte. Da ſchnitt er faſt die Hälfte von der Höhe der Figur herunter, die mir zu Füßen fiel, daß gleichſam nur ein hoher Grundriß zurückblieb, und ſagte: „Wie kann man nur eine ſo infame Klempnerarbeit machen! Nur ſo hoch darf es ſein." Rauch legte den Draht hin und ging fort. Mir kamen faſt die Thränen in die Augen, ich war ganz erſchrocken, aus meinem Himmel gefallen. Berges tröſtete mich und lehrte mich das Rechte, und ſo kam nach und nach die Figur zu Stande, mit welcher Rauch bisweilen zufrieden ſchien. Nach Beendigung derſelben rieth er mir, als Pendant eine neue, einen Petrus, anzulegen. Er hat ſie ſpäter mit vielen andern Reliefs in ſeine Treppenflur ein= mauern laſſen, nicht weil ſie gelungene Arbeiten waren, ſondern weil ſie einen paſſenden Raum ausfüllten und immerhin eine leere Wand ſchmücken halfen.

Aus Rauch's Benehmen konnte ich bald ſchließen, daß er mir geneigt war. Ich mußte in dem Theile ſeiner Werkſtatt, wo er ſelbſt arbeitete, modelliren; er fing oft Geſpräche mit mir an und bat mich, ſeine Kupfer= ſtiche und Kupferwerke in Ordnung zu bringen und zu katalogiſiren, und wenn er etwas brauchte, es ihm zu holen. Er forderte mich bisweilen auf, abends zu ihm zu kommen, wo er überaus freundlich und geſprächig war und der Unterschied sehr fühlbar wurde zwischen der abgemessenen, kurzen und rauhen Art, wie der geistig und praktisch viel beschäftigte Mann sich bei der Arbeit zeigte.

Wie oft ging ich abends von ihm fort, in der Ueberzeugung, er habe sich in seinem Wesen gegen mich geändert, er sei viel offener, freundlicher, hingebender geworden; allein der andere Morgen zeigte mir allemal, daß mit dem Eintritt in die Werkstatt die Sorge und der Ernst der Arbeit ihn still, in sich gekehrt, bei der geringsten Störung oft unfreundlich, ja heftig machen konnte.

Meine Studienzeit in Dresden fiel in jene sogenannte Nazarenische Periode, die trotz ihrer Schwächen doch die Wiedergeburt einer neuen, frischen und lebensvollen Kunst in sich trug. Die Bildhauer waren unberührt davon geblieben. Thorwaldsen mit seinem griechischen Geiste, Rauch mit seiner charakter- und stilvollen Auffassung und Anwendung der Natur schlossen jene übermäßige Gefühlsweichheit von ihrer Kunst aus. Ich war nur mit jungen Malern umgegangen, und da steckte mich die in die Mode gekommene Verachtung der Antike an. Ich bemühte mich, gegen Urtheil und Ueberzeugung, sie kalt und gefühlleer und das Höchste nur in der altitalienischen — vorrafaelischen — und altdeutschen Kunst zu finden. Da jene Uebergeringschätzung mir nie ganz in Fleisch und Blut übergegangen war, sondern ein natürliches Gefühl alles auf das richtige Maß zurück- führte und ich die Schönheit beider Kunstrichtungen, sowie das, was für ihre Zeit und nicht mehr für uns maßgebend sein konnte, herausfühlte, so wurde besonders in Berlin meine Achtung vor der Antike erhöht, obwol ich mich noch nicht für sie begeistern konnte.

Einst war der Abguß einer Niobe angekommen, welche im Gegensatze zu derselben Figur, die im Cyklus der florentinischen Niobegruppe sich befindet, als ein Originalwerk für jene Gruppe ihrer Schönheit und Lebendigkeit wegen betrachtet wird. Der Abguß war für die königliche Sammlung bestimmt und Rauch entzückt darüber. Ich kam in die Werkstatt, sah den Abguß, ging daran vorüber und an meine Arbeit, die ich still begann. Da Rauch nun erwartete, ich würde begeistert über erwähnte Statue mich äußern, fragte er, etwas scharf und gereizt im Tone: „Nun, Sie sagen gar nichts?" — „Was denn?" fragte ich. „Haben Sie denn draußen das herrliche Werk, die Niobe, nicht gesehen?" Ich verneinte es. „Sie haben es nicht gesehen?" antwortete Rauch gereizter. „Nicht wahr, wenn es eine Madonna gewesen wäre, würde sie Ihnen wol in die Augen gefallen sein?" Erschrocken lief ich hinaus, sah und betrachtete und suchte mich dafür zu erfüllen, es gelang mir noch nicht recht, zumal ich jetzt mit Befangenheit die Schönheit in mich aufnehmen wollte. Nachdem Rauch darüber noch eifernd gesprochen, blieb er den ganzen Nachmittag schmollend still. Für mich aber wurde dieser Vorfall ein Anstoß, die Antike künftig aufmerksamer zu betrachten.

In jener Zeit — es war im Jahre 1827 — wollte man in Dresden dem verstorbenen König Friedrich August dem Gerechten ein Denkmal errichten und kamen deshalb von seiten des Comité, an dessen Spitze Prinz Johann, der jetztregierende König, stand, Anträge an Rauch zur Ausführung. Dieser war viel beschäftigt und sollte das Monument des Königs Max von Baiern

balb beginnen. Er hatte mich, als einen Sachsen, vor=
geschlagen, von dem er viel Hoffnung hege, zumal wenn
es mir erlaubt werde, die Arbeit unter seiner — Rauch's —
Leitung auszuführen. Ich war erstaunt, erschrocken über
diese Empfehlung Rauch's, gerührt von seiner Güte,
Fürsorge und seinem Interesse für mich, gehoben auch
durch sein Vertrauen, welches doch einer Fähigkeit in
mir gewiß sein mußte, die seine Empfehlung rechtfertigen
würde. Ich erhielt wirklich den Auftrag und begann das
Skizzenmodell; dasselbe stellte den König sitzend dar in
Uniform, welche oben bedeckt war mit dem Hermelin=
pelze, in der Hand einen Herrscherstab, den linken Arm
und die Hand auf dem Gesetzbuche ruhend. Es wurde an=
genommen, doch blieb die Frage noch schwebend, da die
Ständeversammlung zu den freiwilligen Beiträgen den
bedeutendsten Zuschuß geben und deren Versammlung
erst abgewartet werden mußte. Erst zwei Jahre später
erhielt ich die Entscheidung, wonach das Denkmal aus=
geführt werden sollte.

In meinem Hause, eine Treppe tiefer, wohnte ein
Student, Namens Neuber, jetzt Professor am Gymnasium
zu Wertheim, damals ein begeisterter Anhänger Hegel's.
Ich lernte ihn kennen und bald waren wir befreundet,
sodaß ich gewöhnlich um 10 Uhr, wenn ich mein frugales
Abendbrot, zwei Tassen Thee und Butterbrot, genossen,
gelesen und gearbeitet hatte, zu ihm hinunterging; oft
saßen wir bis 1 Uhr nachts, er machte mich mit den
Grundzügen der Hegel'schen Philosophie bekannt. Abstracte
Wissenschaft war mir bis dahin fremd gewesen, ihre
Terminologie natürlich eine unbekannte Sprache. Gelang
es Neuber auch nicht, mich zu einem Hegelianer zu

machen, so lernte ich doch mir Mühe geben, mein Nach=
denken zu schärfen, meinen Geist anzustrengen und zu
üben. Manchmal kam es doch auch zu Disputationen,
in denen sich Neuber herabließ, in menschlicher —
d. h. mir leichter zugänglicher Weise zu reden, und dann
war es mir möglich, auch meine Anschauungen nach
meiner Weise aufzustellen. Neuber war ein herrlicher,
trefflicher Charakter und sein Umgang machte mir Berlin
erträglicher, als es sonst der Fall gewesen wäre. Doch
litt ich stets an Heimweh und pries jeden Abreisenden,
den ich im Postwagen sitzen sah, glücklich. — Freilich,
wenn mir jemand die Wahl gelassen, abzureisen oder
zu bleiben, würde ich doch das letztere ergriffen haben,
denn bald hatte ich das Bewußtsein erlangt, daß ich
nur bei Rauch in der rechten Schule war.

Durch einen jungen Bildhauer Runge, Sohn des
früh verstorbenen talentvollen hamburger Malers Runge,
hatte ich einen Empfehlungsbrief an den als Menschen
hochverehrten, als Criminalisten berühmten Director
Hitzig, der mich überaus wohlwollend aufnahm und mich
dabei aufforderte, alle Sonntage Mittagsgast bei ihm
zu sein. Seine schönen Töchter, die später verheirathete
Geheimrath Kugler und die im Hause mit ihrem treff=
lichen Gatten wohnende Hauptmann Beier, ein Sohn,
welcher jetzt als ausgezeichneter Baumeister in Berlin
sich wohlverdienten Ruhm erworben, sowie eine Tante,
welche das Hauswesen leitete, bildeten einen liebens=
würdigen Familienkreis, welcher den nebenan wohnenden
berühmten Dichter Chamisso mit seiner Familie in innigster
Freundschaft mit einschloß. Dieser Umgang war für
mich sehr bildend, und stets werde ich dankbar der

vielen Güte gedenken, die mir im Kreise dieser herrlichen Menschen zu Theil wurde.

Mit meinen dresdener Freunden und mit Thäter
blieb ich in lebhaftestem Verkehr. Letzterer und ich
hielten ein Tagebuch, worin wir nicht nur das, was
uns begegnete, niederschrieben, sondern auch alles,
was zum mündlichen Austausch Auge dem Auge gegenüber gedrängt hätte, uns mittheilten und entgegen-
nahmen. Beide Tagebücher gingen über Dresden, wo
die Freunde sie lasen, welche dann das meine an Thäter,
das des letztern an mich schickten, und so haben wir
zwei Jahre damit fortgefahren. Meine Liebe und Freundschaft zu Thäter war leidenschaftlich; kamen seine Briefe
an, so gaben sie mir eine Beglückung wie die einer
Braut, und ich freute mich immer von neuem, wenn
die Versicherungen auch seiner Freundschaft zu mir den
meinigen gleichkamen. Ich trug sie oft einige Stunden
uneröffnet mit mir herum, um die Freude des Lesens
noch länger vor mir zu haben, oder auch ein ruhiges
Plätzchen, ein behagliches Stündchen zu finden, wo ich
mich dem vollen Genusse des Lesens hingeben konnte.

Von einer Erholungsreise nach Dresden zurückgekehrt,
half ich Rauch an verschiedenen Arbeiten, zuletzt an der
Skizze zu Dürer's Statue. Diese mußte zum drei-
hundertjährigen Dürer-Jubiläum in Nürnberg fertig sein.
Rauch fragte mich, ob ich hinreiste. Lächelnd und verwundert antwortete ich ihm, daß mir ein solcher Gedanke nicht kommen könnte, da mir dazu alle Mittel
fehlten. — Ich hatte vom Minister von Einsiedel
200 Thaler jährliche Unterstützung, wovon 40—50 Thaler
für Ausgaben zu meinen Studienarbeiten u. s. w. ein-

geschlossen waren. — Rauch eröffnete mir hierauf, wie er wünsche, daß einer seiner Schüler hinreise, damit seine Werkstatt durch denselben vertreten sei, und bot mir an, das Reisegeld für mich zu bezahlen. Ueberglücklich machte mich die Aussicht, das interessante Fest mitzufeiern und meinen Thäter dort wiederzusehen. Es lag überdies in diesem Anerbieten Rauch's etwas sehr Ehrendes und mich Ermuthigendes, da ich der jüngste Schüler war und einer seiner ältern Schüler für sich und auf eigene Kosten hinreiste.

Es waren unbeschreiblich schöne Tage, die ich in Nürnberg verlebte, im innigsten Verkehr mit Thäter, im Anblick der herrlichen Reichsstadt und ihrer Kunstwerke. Vor allem erhob mich die dort versammelte Künstlergenossenschaft begeisterter und nach dem Höchsten der Kunst aufstrebender Talente, an ihrer Spitze der gewaltige Meister Cornelius, mit ihm seine Schule, in der Kaulbach, Herrmann und der früh verstorbene Eberle hervorragten. Der berühmte Schnorr, mein Landsmann, hatte seine schöne junge Frau mit nach Nürnberg gebracht; sein Name glänzte neben dem von Cornelius oben an. Kaulbach's Erscheinung, sein in jugendlicher Schöne blühendes feines und geistreiches Gesicht, seine Tracht, konnte einem das Bild Rafael's vergegenwärtigen. Viele junge Talente, die sich später einen guten Namen erworben haben, waren dabei; viele aber auch, die sich in Wort und Gebaren hervorthaten und Aufmerksamkeit erregten, sind verschollen, verkommen.

Obgleich — wie das bei meiner Vergangenheit wol natürlich war — zurückhaltend, fast schüchtern, hatte ich doch die Freude, die Bekanntschaft der hervorragendsten jüngern Künstler zu machen.

Frohen Muthes verließ ich Nürnberg und meinen Thäter. Auf der Rückreise berührte ich Weimar. Mein erster Gang war zu Goethe's Haus, und als ich ehrfurchtsvoll davorstand und mich der großen Persönlichkeit so nahe fühlte, schon darüber hoch erfreut, trat der alte Herr zufällig an das Fenster. So erschrocken war ich über mein Glück, daß ich festgewurzelt noch dastand und hinblickte, als sich Goethe längst entfernt hatte. Ich hatte ihn gesehen! das war mir genug. Ich eilte zum Bildhauer Kaufmann, dem ich meine Freude mittheilte. „Sie müssen zu Goethe, er wird sich freuen, von Nürnberg und Rauch zu hören, ich werde Sie melden", war seine Erwiderung. Ich erschrak über seinen Vorschlag und bat ihn, nicht so thöricht zu sein, dies zu thun; was sollte Goethe an einem jungen unbekannten und unbedeutenden Menschen für ein Interesse nehmen, um sich nur einen Augenblick stören zu lassen?

Aber am andern Morgen kam Kaufmann früh zu mir und kündigte mir an, daß ich um 8 Uhr bei Goethe sein sollte. Ich war sehr überrascht und wurde fast unwillig gegen Kaufmann, der mir indeß Muth machte, mich bis ans Haus begleitete und unten mich erwarten wollte. Beklommen stieg ich die Treppen hinan. Das Zimmer, wo Goethe mich empfing, war nicht sein kleines Arbeitszimmer, wie ich später gesehen habe; er hatte, irre ich nicht, einen hellen, graugelblichen Tuchrock an, seine Erscheinung fand ich nicht anders, als sie von vielen geschildert ist. Er war mild und freundlich, fragte mich nach dem Verlaufe des Dürer-Festes und nach Rauch's Thätigkeit;

ich gab ehrerbietig meine Antworten und nahm den Augenblick wahr, wo ich glaubte, daß er mich entlassen wolle. Beglückt eilte ich die Treppe hinunter, dankte Kaufmann nun, daß er meinen Besuch eingeleitet, und kam vergnügt in Berlin an, wo aber meine frohe Stimmung alsbald eine Niederlage erlitt.

Ich fand einen Brief meines Vaters vor, der mich in tiefe Traurigkeit und Sorge versetzte. Er schrieb mir, daß er zwar die eine Hauptgläubigerin so weit befriedigt und außer den frühern zu einem Kapitale angewachsenen Zinsen auch einen Theil des Kapitals selbst abgezahlt habe, daß aber der andere Gläubiger, welcher 250 Thaler auf dem Häuschen stehen hatte, das Kapital zurückgezahlt haben wolle. Da das Haus alt und der Reparatur bedürftig, so würde er so viel Geld nicht darauf geborgt erhalten, zumal die Summe nicht als einzige Hypothek darauf haftete. In diesem Falle wäre Verkauf, wol gar Subhastation eingetreten. Der Küsterdienst hing vom Besitze eines wenn auch noch so kleinen Hausgrundstücks ab. War das Haus weg, so mußte der Küsterdienst aufgegeben werden; wovon dann leben? Die Existenz stand auf dem Spiele.

Mein Vater fragte an, ob ich irgend Rath wüßte, das Geld irgendwo leihen könnte? Zu wem sollte ich gehen? Ich sann hin und her und erschloß mich endlich mit gedrücktem Herzen meinem Freunde Neuber, den ich als wohlhabend kannte. Ich vermochte ihm freilich gar keine Garantie zu bieten als den redlichen Willen, ihm das Geld zurückzuzahlen, sobald ich es vermöchte. Der liebe treffliche Mensch war ohne einen Augenblick Zögerung mit Freuden bereit, schrieb an seine Mutter und händigte mir bald 300 Thaler ein — natürlich ohne Zinsen und mit der Hinzufügung, daß ich das Kapital zurückzahlen könne, wenn es mir möglich sein werde. Ich schickte meinem Vater das Geld, mehr als die Schuld betrug, denn ich wollte ihm gründlich helfen, da ich wußte, daß das Häuschen neu mit Schindeln gedeckt werden sollte.

Der Brief, den ich von meinem Vater auf die erste Nachricht und auf Sendung des Geldes erhielt, rührte mich tief. Unbeschreiblich war die Freude der Aeltern, die nun von schwerster Sorge befreit, befreit auch von jeder Furcht vor Sorge für die Zukunft, ein Glück genossen, wie sie es seit Jahrzehnten kaum mehr gehofft hatten. Da ich die Rückzahlung auf mich genommen hatte, so fühlten sie sich nun frei von jedem Plack und Druck und konnten ruhig wie andere Menschen ihren bescheidenen Anforderungen an das Leben ohne Zwang und ohne absolute Entbehrung genügen.

Bei größter Sparsamkeit und ohne mir nur je die geringsten Extravaganzen zu erlauben, konnte ich mit 200 Thalern, die Ausgaben für meine Studien inbegriffen, nicht mehr auskommen. Auf Bitten und durch Vermittelung des Oberfactors Trautscholb in Lauchhammer erhielt ich vom Minister von Einsiedel 300 Thaler für das Jahr. Ich ließ mir nun einen Mantel, den ich bis dahin nicht gehabt hatte, machen: ein nie genossenes Behagen im kalten Winter! Ich kam mir so curios darin vor, daß ich ihn das erste mal abends anzog, um mich einzugewöhnen; ich hatte das Gefühl, als müßte ich jedem auffallen.

Durch Neuber lernte ich dessen Freund, einen andern Studenten, Namens Wibel aus Wertheim, kennen.

Nach Neuber's Abreise wollten wir zusammenwohnen; doch wurde Wibel von seinem eben angekommenen Vetter, Dr. d'Alton, der sich als Privatdocent an der Universität habilitiren wollte, aufgefordert, mit ihm zusammenzuziehen. Ich fand ein freundliches Stübchen bei einer stillen Frau Unter den Linden. Wibel wurde aber bald darauf an einem Nervenfieber, Abdominaltyphus, krank, und d'Alton bat mich — als Wibel's nächsten und einzigen Bekannten und Freund in Berlin — ihm in der Pflege beizustehen. Wir verließen Tag und Nacht sein Bett nicht, ein fast achttägiges ununterbrochenes Delirium machte die Pflege qualvoll, die letzten Tage legte man ihm Eis um den Kopf, am neunten Tage der Krankheit verschied er. Mich hatte diese Krankenpflege und dieser Todesfall körperlich und gemüthlich sehr angegriffen. Seitdem blieb ich befreundet mit d'Alton, der Rauch's Schwiegersohn wurde und den Ruf als Professor der Akademie an Mekel's Stelle in Halle erhielt, wo er im Jahre 1852 oder 1853 starb.*)

Nach dem ersten Jahre meines Aufenthalts in Berlin kam auch Friedrich Drake aus Pyrmont, jetzt Professor und berühmter Bildhauer in Berlin, in die Rauch'sche Werkstatt, kurz darauf Steinhäuser aus Bremen, jetzt sehr namhafter Bildhauer in Rom; beide überaus talentvoll, namentlich zeichnete sich Drake aus, indem er alles mit der größten Leichtigkeit und Schönheit durchbildete. Die ältern praktisch und technisch sehr gebildeten Schüler Rauch's, die ich vorfand, als

---

*) Professor d'Alton starb am 25. Juli 1854.

Sanguinetti, Bräunlich, welche auf mich sehr mitleidig herniedersahen, sind ziemlich unbekannt geblieben. Troschel lebt nun seit fünfundzwanzig Jahren in Rom. Kiß, ein Schüler Tieck's und jetzt als Bildhauer sehr bekannt, dessen herzliche Persönlichkeit mich sehr ansprach, wurde mir Freund, und da er sich bald verheirathete, brachte ich manche heitere, still behagliche Abendstunde bei ihm zu.

Daß Achtermann aus Münster, welcher einundbreißig Jahre alt nach Berlin kam, bis dahin hinter dem Pfluge hergegangen war und Crucifixe geschnitzt hatte, von Rauch aufgenommen wurde, dazu half ich beitragen durch Für-bitte bei Rauch, welcher wegen Achtermann's Alter keinen Muth hatte, ihn zu behalten. Ich redete Rauch zu, doch einen Versuch zu machen, ging auch mit Achtermann zu Schadow, um ihm — dem schüchternen Landmann — die Aufnahme auf die Akademie durch mein Dabeisein und für ihn Mitsprechen zu erleichtern. Ich hatte das alles im Laufe der Jahre vergessen, Achtermann rief es mir, als ich in Rom war, durch Erzählen ins Gedächtniß zurück.

Achtermann ist jetzt berühmter Bildhauer in Rom. Er kam als ein überaus einfacher, wahrhaft demüthiger frommer Mensch nach Berlin, und er wird dies in seinem Innern gewiß jetzt noch sein. Nur hat er leider gesehen, daß diese Frömmigkeit und Demuth ihm sehr nützlich geworden ist, und so ward das, was ihm erst unbewußt innewohnte und Theilnahme und Interesse für ihn erregte, leider mehr zum Bewußtsein, sodaß es sehr bemerkbar hervortritt.

In näheres Verhältniß trat ich zu dem Maler und Dichter Reinick, der mir später ein lieber, theuerer Freund wurde. Von Nichtkünstlern waren es Kugler, Gruppe, Professor in Berlin, Erdmann, jetzt Professor der Philosophie in Halle, Schöll, Hofrath in Weimar, und Wackernagel in Basel, mit denen ich öfters verkehrte. Irre ich nicht, lernte ich die meisten im Verein der jüngern Künstler kennen.

Ich arbeitete mit großem Fleiß und Lust, aber auch nicht ohne innerlichen Kampf. Drake's Leichtigkeit und Geschmack des Vortrags war mir eine stete Anregung, und daß mir das Gleiche zu thun schwer wurde, ja versagt war, schlug mich oft nieder. Ich blieb in einem fortwährenden Kämpfen und Ringen nach dem, was ich nicht erreichen konnte, und deshalb war ich selten froh, fast nie recht glücklich und heiter. Meine Mitschüler entwarfen nie Compositionen, sie zeichneten nicht, über Kunst wurde selten gesprochen; es waren äußerliche Menschen, die ihre tägliche Aufgabe abarbeiteten und dann daran dachten, wie und wo sie den Abend heiter zubringen möchten. Drake war hiervon auszunehmen, ihn erfüllte ein echt künstlerisches Streben, aber obgleich wir gut miteinander standen, fühlten wir doch keinen sympathischen Zug zueinander. Steinhäuser, nicht minder strebend, war zurückhaltend, etwas unfreundlichen und grämlichen Wesens und viel jünger als ich.

Ich war von Gedanken und Ideen bewegt und erfüllt, die aber keine recht künstlerische Gestalt annehmen wollten; wenig zum Componiren angeregt, fühlte ich doch den lebhaftesten Drang dazu in mir. Rauch kümmerte sich darum fast gar nicht, in seinem Lebensgange war er auch auf sich selbst angewiesen gewesen; er sprach nicht viel, corrigirte nicht mit Gründen und

Beweisen, sondern er schnitt, änderte, setzte an und ordnete alles mit einigen meisterhaften Strichen, sodaß es auch ohne Beweise klar wurde, und ich habe stets gefunden, daß diese praktische, thatsächliche Correctur die instructivste bleibt. Allein beim Entwerfen einer Idee geht es nicht ab ohne Beweise und Gründe, für oder gegen, um das Rechte und Falsche zu zeigen, und auch das größte Talent braucht darin Uebung und wird durch guten Rath gefördert. Ich fühlte wol, was schön, recht und geistvoll war, doch da alles, was ich machte und componirte, weit hinter dem zurückstand, was ich erstrebte, so verlor ich, rathlos wie ich war, den Muth und das Selbstvertrauen, versank oft in melancholische und hypochondrische Stimmungen; ja selbst die Genug= thuung, daß ich nach dem Weihnachtssemester 1827—28 im Actsaal die silberne Medaille erhielt, änderte darin nichts, ließ mich vielmehr unberührt.

Aber ein anderer glücklicher Umstand trat ein, der wohlthuend auf mich wirkte. Rauch wollte mehrere seiner Arbeiten in Kupfer stechen lassen; ich schlug ihm meinen Freund Thäter vor, von dem ich ihm Arbeiten zeigte. Rauch ging darauf ein und Thäter ergriff diesen Auftrag mit Freuden. Er kam nach Berlin. Mein Glück war unbeschreiblich, den lieben, langersehnten und schwer vermißten Freund wiederzuhaben, in dessen Nähe mir stets wohl wurde. Wir bezogen eine Stube in der Mittelstraße, geräumig genug, um behaglich zu existiren.

Ein ehemaliger Mitschüler der dresdener Akademie, Namens Gretzel aus Kottbus, welcher in Berlin sein Militärjahr als Freiwilliger abdienen mußte und in seiner Freizeit im Atelier des Professors Wach fortstudirte, wünschte mit uns zusammenzuwohnen, was Thäter und ich gern eingingen, da der Raum es noch gestattete und wir an ihm einen wackern und gebildeten Studiengenossen hatten, welcher mit rührender Liebe an seiner Kunst hing, doch ohne Erfolg, weil er ohne Talent strebte und rang. Gretzsel hatte früher in Jena Theologie studirt und war wegen des damals üblichen Verdachts, an demagogischen Umtrieben sich betheiligt zu haben, relegirt worden.

Durch unser Beisammensein genossen wir gar manche heitere Stunde und keiner fühlte die Einsamkeit in der großen Stadt, keiner entbehrte zu schwer den Genuß der freien Natur. Unser öfterer Besuch war der liebenswürdige Reinick, ein feines lebensvolles Naturell.

Rauch wünschte, daß ich eine freistehende runde Figur machen möchte, und ich wählte mir die Aufgabe eines jugendlichen David, den Blick gehoben, die Hände auf dem Schwerte ruhend, den linken Fuß auf das Haupt des Goliath gestützt. Ich würde jetzt die Aufgabe nicht so zu lösen suchen, denn es hat etwas menschlich Widerstrebendes und Rohes, den Fuß auf ein menschliches Haupt zu stützen, und wäre es das gehaßteste. Die Schwierigkeit der Darstellung eines in seinen Theilen harmonisch zusammengehenden Körpers, die mangelhafte Natur, und die Schönheit der Antike, die benutzt, aber nicht angewendet werden soll, erregte in mir die härtesten Kämpfe und Zweifel.

Professor Tieck, dessen Werkstatt eine Treppe höher war und der täglich die Rauch'sche Werkstatt durchging, wol auch hier und da corrigirte, sagte einst: „Was sehen Sie so verstimmt aus? Sie wollen wol gleich ein

Meisterstück machen? das geht nicht. Lassen Sie das
Rauch nicht merken."

Rauch war durch und durch gesund an Geist und
Körper, ihm war das Extravagiren in Empfindungen,
Phantasien und Stimmungen zuwider, ebenso leiden=
schaftlicher Ehrgeiz. Er verlangte, was er selbst war
und that, — reine Liebe, volles Aufgehen in der Kunst,
Streben nach besten Kräften, nichts zu viel und nichts
zu wenig. Jeder sollte streben zu erreichen, soweit ihm
die Flügel gewachsen wären, aber das ganz, und nicht
darüber hinaus sich mit leerem Ehrgeiz quälen. — Rauch
war unerbittlich gegen sich selbst und konnte, wenn ihm
in seiner Arbeit etwas misfiel, das Resultat monatelanger
Mühe vernichten, unermüdlich von neuem beginnen. Er
strebte wie ein Jüngling und mühte sich, als sei sein
Leben bisher ohne Resultat gewesen. Er war bescheiden
im tiefsten Sinne des Worts, manche Aeußerung von
ihm hat mich in dieser Beziehung wahrhaft gerührt und
hätte Tausende beschämen müssen. Ebenso war er auch
neidlos; er konnte sich an allem wahrhaft erfreuen,
wo etwas Gutes und Schönes erreicht war, ja selbst
dann, wenn er vielleicht selbst fühlte, daß dies ebenso
zu erreichen seinem gerade ihm eigenthümlichen Talente
versagt bleiben müßte. Mochte ein solches Werk nun
von einem Meister etwa wie Thorwaldsen sein, oder von
einem jungen obscuren Künstler, sein Mund floß dann
vor Freude und Lob über und er wünschte und suchte
jeden, wo er konnte, an dieser Freude und Anerkennung
mit zu betheiligen.

So ist er auch immer jugendlich geblieben, weil
er jede Arbeit, als hätte er noch nichts erreicht, mit

einem immer frischen Anlauf und Eifer begann, er ist bis in sein spätes Alter so fortgeschritten, daß er mit dem siebzigsten Jahre sein größtes und bestes Werk, das Monument Friedrich's des Großen, vollendete.

Während ich mich nun an meinem David mühte, rückte die jährliche Concurrenz um das akademische Reisestipendium nach Italien heran. Als Ausländer konnte ich es nicht erhalten, doch mitconcurriren durfte ich, wenn mein Act nach der Natur und eine Skizze nach einer aufgegebenen Composition mich dazu qualificirten. Rauch hatte nichts dagegen, meine ältern Mitschüler lächelten über diese Keckheit. Ich selbst fühlte mich in technischer und praktischer Hinsicht weit hinter ihnen, doch wußte ich etwas in mir, was mir ein Recht zum Wettkampf gab, den eigentlich künstlerischen Sinn.

Nachdem ein Probeact gemacht war, wurden unter den sich Anmeldenden vier gewählt, außer mir zwei Schüler von Rauch und ein Schüler von Wichmann. Wir mußten zusammen eine Probecomposition, ich weiß nicht mehr welchen Gegenstand, in Einem Tage und vereinigt in Einem Raume, entwerfen und den Tag darauf, jeder einzeln in einem besondern Zimmer, die auszuführende Concurrenzskizze. Der Gegenstand war: Penelope, ihrem Gemahl Ulysses folgend, welcher den Wagen besteigen will, wird von ihrem Vater Ikarios gebeten, bei ihm zu bleiben. Länge und Höhe des Reliefs wurde bestimmt, neun Wochen Arbeitszeit und 20—25 Thaler zu Bestreitung der Modelle und Abformung 2c. Jeder erhielt nun ein Zimmer und mußte versprechen, niemand zu sich zu lassen. Ich ließ jetzt mein Thonmodell des David stehen — später riß ich es ein, weil viel daran zu Grunde gegangen war — und warf mich mit Eifer auf mein Relief. Ein Wort Rauch's am andern Tage, nachdem die Skizzen besichtigt worden waren, indem er anerkennend von meiner Arbeit sprach, erhob mich ungemein und gab mir eine gewisse Basis, eine Sicherheit, worauf ich feststehend ruhig fortarbeitete.

Ich war thätig von früh 6 Uhr bis abends gegen 8 Uhr — mittags gönnte ich mir eine Stunde Unterbrechung. Obgleich ich wußte, daß meine Mitconcurrenten mich an Gewandtheit, Uebung im Modelliren, an Kenntniß in Form des Körpers und der Gewandung übertrafen, so verfolgte ich doch mein Ziel mit leidenschaftlichem Eifer und nicht ohne Ehrgeiz, womit aber zugleich das drängendste Bedürfniß verbunden war, durch ein glückliches Gelingen gleichsam eine Gewißheit meiner Berufung zur Kunst in mir zu erlangen. Meine Leidenschaftlichkeit ließ im Falle des Nichterfolgs Schlimmes für meine Gesundheit befürchten, denn ich arbeitete täglich über zwölf Stunden und fühlte mich außerordentlich angegriffen. Meine Freunde hielten mir das Unrecht solchen Strebens vor, ich fühlte die Wahrheit sehr wohl, suchte mich auch auf den richtigen Standpunkt zu stellen und mich auf ein ungünstiges Resultat vorzubereiten, doch wollte mir's nicht gelingen, mich bei dem Gedanken zu beruhigen, daß meine Anstrengung vielleicht ohne Erfolg bleiben könnte.

An dem Tage, als die Reliefs auf der öffentlichen Kunstausstellung aufgestellt werden mußten, um vom akademischen Senat beurtheilt zu werden, ging ich früh aus dem Hause, auf den Straßen einige Ruhe und

Zerstreuung zu finden suchend. Ich sah von weitem Rauch nach der Akademie gehen, das Herz schlug mir hoch; in einer halben Stunde vielleicht hatte er über mich zu entscheiden. Ich ging ihm weit aus dem Wege und erst nach Stunden kam ich in meine Wohnung zurück. Da sah ich meinen Freund Thäter in seinen sonntäglichen Kleidern. Erstaunt fragte ich, warum? „Weil heute ein Feiertag für mich, und weil dein Ehrentag ist; du hast den Preis!" Er hatte auf der Ausstellung an meinem Relief das Zeichen des Preises, einen Lorber= kranz, hängen sehen. Jubel, Lachen und Thränen wech= selten bei mir, ich umarmte Thäter und eilte nun zu Rauch, der mich wahrhaft väterlich mit gerührten Worten und feuchten Augen empfing und mir das Beste über meine Arbeit sagte. Mein Glück war übermäßig, mein Zweifeln an mir und meinen Fähigkeiten machte einem muthigern Glauben an meine künstlerische Bestimmung Platz. Nach mir hatte Matthiä, Schüler Wichmann's, den zweiten, für das Stipendium den ersten Preis erhalten.

Der akademische Senat erließ nun ein Schreiben an die sächsische Regierung und empfahl mich dort für ein säch= sisches Reisestipendium, das mir auch mit 1200 Thalern auf drei Jahre bewilligt wurde.

Nicht ohne Sorge dachte ich jetzt an meine Ver= pflichtungen in Lauchhammer, sie schlossen natürlich eine weitere künstlerische Entwickelung aus. Allein der Graf von Einsiedel kam in seiner gemeinnützigen und edeln Weise allen meinen Verlegenheiten zuvor. Er schrieb mir von seiner Theilnahme an meinem Erfolg und wie er es für unrecht halten würde, mich durch meine ein=

gegangenen Verpflichtungen zu binden. Er freue sich, beigetragen zu haben, mich in meiner Ausbildung zu fördern; gern sei er bereit, mir ferner beizustehen, wenn ich seine Hülfe brauche. Er ließ mir dieselbe denn auch in edelmüthigster Weise angedeihen, bis ich ein halbes Jahr darauf Rauch nach München begleitete, ihm an seinen dortigen Arbeiten half und in Stand gesetzt war, bis zu meiner Reise nach Italien eine weitere Unterstützung zu entbehren.

Ich reiste nach Dresden und Pulsnitz, mich von meiner Anstrengung zu erholen und die Freude meiner Aeltern zu theilen, den Nachgeschmack von dem Glücke zu genießen, das sie in Befreiung von der Hypothekenschuld gefunden hatten. Es waren schöne Tage! Im Vollgefühl von Glück sah ich meinen Vater mehrmals die Hände falten und, den Blick nach oben gerichtet, die Worte ausrufen: „Herr, was bin ich und mein Haus, daß du meiner gedenkest!" — Ich sah den lieben, theuern Vater zum letzten mal.

Die Mutter, welche ein schweres, zu Sorgen geneigtes Gemüth hatte, fand ich diesmal ganz besonders heiter und stillselig.

Auf der Rückreise nach Berlin ging ich über Lauchhammer, die Trautscholb'sche Familie zu besuchen. Ich ward herzlich aufgenommen und trug einen tiefen Eindruck von Albertine *) hinweg. Auch deren Bruder Eduard Trautscholb, den jetzigen Oberhüttenmeister, lernte ich daselbst kennen. Er war als Student der Berg-

---

*) Rietschel's nachherige erste Frau.

akademie in Ferien, und es wurde damals zwischen uns
der Grund zu einer innigen treuen Freundschaft fürs
Leben gelegt. Er und Thäter sind die meinem Herzen
nächsten Freunde geblieben und von keinem wüßte ich,
welcher trefflicher wäre. Was ich von Tugenden an
Thäter gerühmt, sie schmücken auch Trautschold: eine
unerschütterliche Frömmigkeit, unbedingte Wahrheit und
Wahrhaftigkeit des Charakters, und alles, was auf
diesen beiden Grundpfeilern ein tugendhaftes Gemüth
fortbaut.

In Berlin half ich Rauch an verschiedenen Arbeiten.
Er ließ mich immermehr sein Vertrauen und seine Zuneigung fühlen, was mich sehr beglückte. Er traute
mir nun aber mehr zu, als ich zu leisten vermochte. Ich
hatte noch keine Büste nach der Natur gemacht und
sollte für ihn Schleiermacher's Büste anlegen. Die Angst,
für Rauch eine Anlage zu machen, bei der ich meine
ganze Unzulänglichkeit fühlte — und nun noch dazu
Schleiermacher, dessen Name und geistvoller Blick mir
so imponirten, daß ich ganz befangen wurde — ließ
mich Rauch bitten, mich von dieser Aufgabe zu entbinden.
Ich konnte ihm hierbei noch nichts nutzen.

Es war die Weihnachtszeit 1828, als ich die Nachricht von dem Tode meines geliebten Vaters erhielt.
Er war infolge eines Schlaganfalls nach neun Tagen,
am 21. December, gestorben.

Der Tod meines Vaters erschütterte mich tief; ich
fühlte das Bedürfniß, meinem Schmerze und meiner
Sehnsucht nach dem geliebten Todten künstlerischen Ausdruck zu geben; ich fiel auf das Wiedersehen Joseph's

mit seinem Vater Jakob, der mit den Söhnen nach Aegypten kann. Der Gegenstand bot mir Gelegenheit zu einer großen Zeichnung in Form eines Frieses. Ich zeichnete vier Wochen lang mit größter Hingebung des Abends daran. Es war die erste Composition, die ich mit klarerm Verständniß gemacht und durchgeführt hatte, doch war ich zaghaft und hielt dafür, daß sie doch nichts oder nicht viel zu bedeuten habe. Ich schickte die Zeichnung nach Dresden, wo sie sehr gefiel. Herr von Quandt kaufte sie mir für 100 Thaler ab — ein unerwartet glückliches Ereigniß für mich.

Rauch trug mir an, ihn im Juni 1820 nach München zu begleiten, wo er die kolossale Statue des Königs Max zu vollenden hatte. Ich sollte ihm helfen, bei ihm wohnen, kurz — ihm Umgang und Hülfe sein. Man kann sich denken, wie dieser Beweis von Rauch's Zuneigung und Vertrauen mich erfreute. Bei der sächsischen Regierung kam ich ein, mein Reisestipendium erst nach meinem Aufenthalte in München benutzen und auch dann vorerst nur einen Theil desselben auf eine neunmonatliche Durchreise durch Italien verwenden zu dürfen, damit ich zurückkehren und das Monument des Königs Friedrich August ausführen könne, falls bis dahin diese Angelegenheit von den Ständen definitiv entschieden worden wäre.

Ich reiste mit Rauch in schönster Jahreszeit und glückselig nach München ab. So comfortable — Rauch hatte eigenen Wagen und Extrapostpferde — war ich noch nie gereist. In Weimar wurde einen Tag lang gerastet. Rauch nahm mich mit zu Goethe, dessen bekannte Statuette im Oberrocke etwas geändert werden sollte, da Goethe

sich beklagt hatte, daß sie ihm zu dick erschiene. Rauch
änderte, modellirte vorn und nahm ab, ich arbeitete
etwas an der Rückenseite, während der alte Herr zwischen
uns stand, liebenswürdig erzählte und dann Kupferstiche
zeigte. In Wort und Blick äußerte er einen unbeschreiblich
milden Ausdruck. Wir blieben zu Tisch, wobei Kanzler
von Müller mit zugegen war, fuhren nachmittags mit
dem jungen Goethe aus und blieben auch beim Abend=
tisch. Goethe sprach lebendig von seiner Harzreise und
den Tagesereignissen; über uns alle war eine behagliche
Stimmung verbreitet.

Ich war glücklich über die Gunst meines Schicksals,
das mir vergönnt hatte, zu erleben und zu genießen, was
so vielen, die mehr Berechtigung hatten, versagt blieb.
Leider bin ich, nach junger Leute Art, nicht so umsichtig
und aufmerksam gewesen, alles, was Goethe that, sagte,
wie er aussah, gekleidet ging u. s. w. zu betrachten und
in mich aufzunehmen, sodaß mir nur das allgemeine
Bild, aber wenig von Specialitäten geblieben ist.

In München gefiel es mir ungemein. Mein Freund
Thäter kam auch nach vier Wochen von Berlin an, um
längere Zeit zu bleiben. Ich wohnte und lebte höchst
angenehm. Rauch's Umgang war ungemein anregend;
herrlicher Genuß, täglich mit ihm beim Frühstück und
Mittagessen zusammen zu sein, oder auch kleine Partien
mit ihm zu machen! Abends war ich für mich, da
Rauch in Gesellschaft ging. Ich hatte mit den vor=
züglichsten der jüngern Künstler Umgang. Thäter,
Moritz von Schwind und dessen Landsleute, Binder,
Schulz und Schaller, sowie ich bildeten oft einen kleinen

Club im Bierhause. Auch nahm ich zuweilen an einem andern kleinen Kreise theil, der aus Künstlern und Studenten bestand, wo ich Kaulbach traf, auch Kohl, den bekannten Reisenden. Später kam der treffliche Neuber nach München, um dort noch ein Semester zu studiren. In der liebenswürdigen Familie des preußischen Gesandten von Küster hatte ich durch Rauch Zutritt erhalten und war oft dort; auch zu Schnorr kam ich zuweilen, an Cornelius aber wagte ich mich nicht. Man rühmte mir zwar sein Wohlwollen, seine theilnehmende Güte, doch hielt mich das Gefühl der tiefsten Ehrfurcht fern.

In der Werkstatt half ich Rauch an der Figur der Bavaria am Postamente des Königs Max, während die beiden andern Schüler Rauch's, Sanguinetti und Berges, an der Königsstatue arbeiteten, die sie, als wir nach München kamen, nach einem lebensgroßen Hülfsmodelle schon ziemlich weit vorbereitet hatten. Gegen Ende October war das Werk in Thon vollendet. Rauch reiste nach Italien und ich begleitete ihn bis Innsbruck. Die herrliche Alpenkette war stets bei unserm Frühgange in die Werkstatt ein Ziel meiner Sehnsucht gewesen. Wenn der Schnee durch die Morgensonne beleuchtet von den blauen Bergen herüberschimmerte, dann weckte sie Reise=lust und frischen Muth in die Ferne; und wenn sie im Abendschein fern zu erglühen schien, füllte sie die Seele mit Bildern voll Schönheit.

Tiefe Nebel begleiteten uns bis ins Innthal; dort stiegen sie empor und enthüllten meinem erstaunten Auge geahnte, aber nie für möglich gehaltene Pracht. Rauch war die Güte und Theilnahme selbst, voller Freude über

die meinige. Als er am andern Morgen früh 6 Uhr
von Innsbruck abreiste und ich zurückblieb, um den=
selben Tag wieder nach München umzukehren, da wurde
mir der Abschied unendlich schwer; ich sah, daß er auch
ihm nicht leicht war. Meine ganze Liebe, Verehrung
und Dankbarkeit folgten dem trefflichen Meister und
Freund.

Zweiter Abschnitt.

———

Des Meisters Leben und Werke.

———

I.

(1820—1832.)

Rietschel mochte fühlen, daß es für einen bildenden Künstler nichts Schwierigeres gebe, als den Gang seiner Entwickelung über die erste Lehrzeit hinaus selbst zu schildern. Darum brach er mit Vorstehendem seine Mittheilungen ab. Von der wahren und echten Natur des Menschen geben indeß die mitgetheilten Aufzeichnungen ein deutliches Bild, deutlicher, als es ein Biograph zu entwerfen vermöchte. Nur weniges muß ergänzend hinzugefügt werden, um daran den weitern Verlauf von des Künstlers Leben zu knüpfen.

Rietschel kam im Jahre 1820 nach Dresden, um die dortige Akademie der Künste zu besuchen. Dresden bot damals kein erquickliches Bild. Die Zeit der Freiheitskämpfe war auch hier bald vergessen. Ein knappes, steifes Beamtenregiment machte sich überall geltend; in der Gesellschaft wie im öffentlichen Leben merkte man mehr wie in andern größern Städten Deutschlands von den letzten Ueberresten des vergangenen Jahrhunderts. Die wenigen Kreise, in denen sich geistiges Leben kund gab, huldigten ausschließlich literarischen, und zwar specifisch romantischen Bestrebungen.

Auch die dresdener Akademie nahm eine diesem allgemeinen Gepräge entsprechende Stellung ein. Gleichsam als wolle der Imperialismus, der so lange Hof und Staat beherrscht, noch in der Kunst seine Nachwirkung geltend machen, war der bedeutendste Meister daselbst — Johann Friedrich Matthäi — gänzlich bei der von David eingeschlagenen Richtung stehen geblieben. Fleiß und Gewissenhaftigkeit, tüchtige Kenntniß der Form, welche freilich von keiner tiefern, idealen Intention beseelt wurde, waren Eigenschaften, welche Matthäi zum Lehrer an einer Akademie der damaligen Zeit besonders geschickt machten. Wenn man seine correcten, völlig theatralisch angeordneten, mit fleißigen Studien gleichsam angefüllten Bilder sieht, zu welchen er fast ausschließlich antike Stoffe verwendet hat, so kann man sich bei dem Mangel aller innern Wahrheit, bei der Trockenheit und Gespreiztheit der Darstellung leicht denken, wie wenig ein solcher Meister auf Gemüther einzuwirken vermochte, in denen der Keim der neuerwachenden deutschen Kunst, wenn auch ihnen selbst unbewußt, bereits lebendig war und sich nach Entfaltung sehnte. Solchem Lebensdrange konnte ein akademischer Lehrer, selbst von Matthäi's Tüchtigkeit, kein Genüge leisten. Dennoch hatte Rietschel ihm viel zu danken, denn es ist für den Lernenden von großem Werth, gleich im Beginn der künstlerischen Laufbahn den Zügen einer correcten Meisterhand folgen und sie bei der Verbesserung der eigenen Linien belauschen zu können.

Pochmann war einer von den Männern, welchen die Akademiker als Richtschnur galten; er stand bei weitem unter Matthäi. Andere von den Lehrern, talentlose Menschen, übten den Schlendrian des Copirens und „Farbenmischens" ohne jeglichen künstlerischen Beruf, ohne alle Begeisterung.

Friedrich Hartmann scheint ein bedeutenderer Mann gewesen zu sein. Rietschel nennt ihn fein und gebildet. Er war der Freund des unglücklichen Dichters Heinrich von Kleist während dessen Aufenthalts in Dresden. Von ihm hat Kleist einmal scherzhaft gesagt, „er läse so schlecht, daß, wenn seine — Kleist's — Sachen ihm dennoch gefielen, sie gewiß gut sein müßten". Auch sonst scheint Hartmann in vielfach lebendigem Verkehr mit bedeutenden Männern gestanden zu haben. Bei der von den Weimarischen Kunstfreunden ausgeschriebenen Concurrenz hatte er 1799 den ersten Preis erlangt. Nach E. Förster's Urtheil gehen aber seine spätern Arbeiten über die gewöhnlichen akademischen Leistungen, welche durch die völligste Individualitätlosigkeit charakterisirt werden, nicht hinaus.

Professor Kügelgen konnte mit seinem süßlich überschwenglichen Wesen keine Befriedigung gewähren.

So waren die Lernenden gänzlich auf sich angewiesen. „Es sah öde in Dresden aus", sagt Förster in seiner „Geschichte der deutschen Kunst", „und fast schien es, als ob die Hauptkunstthätigkeit in den Sälen der Gemäldegalerie herrsche, wo jung und alt beschäftigt war, die tausendfältig copirten Bilder noch einmal zu copiren." Aber auch hier war der Geschmack maßgebend, wonach die Madonna di San-Sisto, um mit Winckelmann's Worten zu reden, als „nicht von des Rafael bester Manier" betrachtet wurde.

Von dem gewaltigen Umschwunge, von dem neuer=
wachten Leben, das uns die große Zeit unserer Classiker
auf dem Gebiete der bildenden Kunst in neuer Ver=
jüngung erleben ließ, hörten die Schüler wie von einem
fernen Etwas, das draußen vorging und wohin sie eine
unbestimmte Sehnsucht drängte.

Wol fühlten die Bessern das Rechte und Gute, aber
sie wurden auf dem Wege dahin nicht geleitet. Ihre
Auffassung von der Kunst war eine unbestimmt idealische,
die sich gleicherweise von dem Pathos David'scher Rich=
tung, wie von der leichtfertigen Aschauung der Kunst=
kennerschaft des 18. Jahrhunderts, welche ein Kunstwerk
ungefähr ebenso betrachtete wie die Toilette einer schönen
Sängerin, abgestoßen fühlte.

„Laßt euch nicht von der Meinung der Leute hin=
reißen, die da glauben, die Kunst sei ein Ding, die
Phantasie zu ergötzen und zu beschäftigen — eine bloße
Augenweide! Nein, sie ist etwas Höheres als dies.
Hast du wol schon die Seligkeit empfunden, wenn dich
im Hause Gottes die Töne einer scheinbar aus dem
Himmel kommenden Musik in denselben versetzten und
dich zum inbrünstigsten Gebete hinrissen? War das ein
bloßer Ohrenschmaus? Gewiß nicht, sondern es war
Nahrung für den Geist und für das Herz und sprach
deshalb dein Gemüth an. Also soll auch die Kunst, der
wir uns widmen, nur vermittelst des Auges, wie die
Musik durch das Ohr wahrgenommen werden; sie soll nicht
blos das Auge ergötzen, sie soll den Menschen zu Gott
erheben und ihn lehren, daß er nicht nur für diese Welt,
sondern auch für eine Ewigkeit lebt, daß der Geist mehr
ist als der Leib."

Mit diesen Worten mahnt einer aus dem engern Freundeskreise Rietschel's die andern an die hohe Bedeutung der Kunst.

Es ist nur zu erklärlich, daß eine solche Auffassung sich in jugendlichen Gemüthern bis zu einer gewissen Ascetik zu steigern vermochte.

„Es ist recht, daß du die Tanzstunden aufgegeben hast", schreibt ein anderer Freund, „der Beruf des Künstlers ist zu heilig, als daß er sich den Vergnügungen des Volks überlassen könnte."

Rietschel selbst war einer solchen irrthümlichen Steigerung eines an sich wahren Strebens nicht ausgesetzt; bei aller Gemüthsempfänglichkeit, bei aller „Heftigkeit der Empfindung", welche gelegentlich von seinen Freunden gerügt wird, hatte er eine viel zu große Mitgabe von Mutterwitz, zu viel Humor und frische Verstandeskraft, um sich einem überschwenglichen Idealismus willenlos zu überlassen.

Wenn seine Freunde in ihrem nazarenischen Puritanismus auch die Antike verdammten, so zeichnete er doch unbeirrt nach ihr fort — viel, ausdauernd und mit Liebe; fühlte bei der Arbeit wol selbst am besten, daß aus jener Welt göttliche Nahrung zu schöpfen sei.

Dennoch folgte Rietschel gleich den andern begabtern Jünglingen dem Zuge der Romantik, welche in Dresden bald durch Näke und Karl Vogel vertreten wurde.

Näke, der bereits früher in Dresden thätig gewesen war, kehrte dahin von Rom, aus dem Overbeck'schen Künstlerkreise kommend, zurück und übernahm eine Professur an der Akademie. Sein Einfluß auf die Jugend war kein bedeutender, zumal er selbst nach seinem, früher im Besitze des Herrn von Quandt befindlich gewesenen Bilde „Die heilige Elisabeth, im Hofe der Wartburg Brot unter die Armen vertheilend“ nichts mehr schuf, was von einigem Belang gewesen wäre, und infolge körperlicher Leiden verkam.

Eher mochte Vogel die Jugend, wennschon nur flüchtig, anregen. Allein auch er war ein zu wenig hervorragender Mensch und konnte, von einer gewissen kleinlichen Eitelkeit erfüllt, tiefern und dauernden Einfluß auf die Gemüther nicht ausüben.

So waren Rietschel's erste Lehrjahre allerdings nicht durch den Einfluß einer bedeutenden Persönlichkeit gefangen genommen worden — ein Glück für den Jüngling, der somit im Umgang mit Freunden von guter Schulbildung, im lebendigen Gefühle davon, was er noch zu erlernen hatte, die Zeit zu gleichmäßiger Ausbildung ruhig verwenden konnte.

Rietschel's Tagebuch aus damaliger Zeit, von dem nur ganz geringe Bruchstücke vorhanden sind, da dasselbe beim Brande des älterlichen Hauses mit verbrannte, würde einen gewiß interessanten Einblick in das damalige Jugendleben der Künstler thun lassen.

Die vorhandenen Bruchstücke gehören der allerersten Zeit seines dresdener Aufenthalts an, in welcher der pulsnitzer Knabe mit einfacher Dorfbildung die täglich neuen Eindrücke des Lebens zu verarbeiten hatte. Es bestehen diese Tagebuchblätter zum großen Theil in allabendlichen Aufzeichnungen dessen, was er am Tage gesehen oder gelesen hatte.

Namentlich fühlte der junge Rietschel zuerst ein lebhaftes Bedürfniß nach Kenntniß der Geschichte; darum schrieb er genau auf, was er in seiner Lectüre sich ge= merkt, was ihm besonders aufgefallen war, was ihn mit Verehrung oder Abscheu erfüllte.

Einmal hatte er sich mit vieler Mühe ein paar Groschen zum Besuche einer Menagerie erübrigt und verfehlte nicht, ganz umständlich in seinem Tagebuche die Gestalt der Thiere, den Eindruck, den sie auf ihn gemacht, zu beschreiben, die Verhältnisse, unter denen dieselben in der Natur leben, und was er sonst über sie gehört oder gelesen, aufzuzeichnen. Derlei Auf= zeichnungen folgt am Schlusse meist ein kurzes Ver= zeichniß seiner täglichen, oft nicht den Betrag eines Groschens erreichenden Ausgaben, eine kurze Bemerkung über das Wetter des Tages, die sich häufig zu einer lieblichen, naiven Schilderung der Natur erhebt.

Jene Jahre waren aber nicht blos dem eifrigen Lernen in der Kunst, sie waren dem innern Ansicharbeiten überhaupt gewidmet.

Es charakterisirt den kindlichen Ernst, mit dem der Jüngling an seiner Klärung arbeitete, wenn er schreibt: „Nach der Abendbeleuchtung ging ich zu Oldach, wo ich mich über mich ärgerte, denn ich hielt mich über etliche auf (NB.!). Wenn das Wort heraus ist, thut mir's leid. Da ich doch selbst Fehler genug habe, so ist's höchst unrecht, sich über einen andern zu moquiren!“ Oder wenn er mit dem Tagebuche für Sonnabend be= schließt: „Heute bin ich bei etlichen Reden voreilig ge= wesen, was mich nachher sehr ärgerte. Ich zeigte heute eine Composition aus dem «Mörder» von Langbein gemacht. Oldach meinte, sie wäre nicht übel, auch Graf Stembock meinte es, aber Ascher hörte ich sprechen, er könne sie nicht leiden, und er hatte auch recht. Aber es thut einem doch wehe, wenn man sieht, daß man nichts kann. Morgen gehe ich in die Kreuzkirche zu Jaspis, darauf freue ich mich.“

Derlei bezeichnet die Gewissenhaftigkeit, die den Jüngling erfüllte.

Seine Freunde beklagten sich über „die Heftigkeit aller seiner Empfindungen“, „daß er nie in der Gegenwart lebe, immer nach etwas Höherm greife, wenn er das, wonach er sich sehnte, erreicht habe“, sie nahmen sich vor, „wenn sie wieder so heftige Bewegungen seines Gemüths merkten, ihm augenblicklich Gegenvorstellungen zu machen“ — aber sie bedachten nicht, daß in dieser „Heftigkeit“ der nach den höchsten Zielen ringende Geist, sich seiner selbst noch unbewußt, im Keime verborgen lag.

Rietschel’s erste Versuche zu componiren können natürlich hier als Kunstwerke nicht in Betracht kommen, sie hatten allzu sehr mit der Form zu kämpfen; doch sind sie bei aller Unreife nicht ohne Interesse und lassen einen Blick in dasjenige Gebiet thun, auf welchem sich die künstlerischen Vorstellungen seiner Jugendjahre bewegten. Es ist das Gebiet der Romantik. Bei einzelnen dieser Zeichnungen, wie z. B. bei „Götz von Berlichingen’s Tod“, ist das Bestreben nach Seelenausdruck schon recht hervorspringend.

Als Rietschel von Dresden Abschied nahm, um sich nach Berlin zu begeben, hatte er bereits eine größere, ausgeführtere Zeichnung componirt. Dieselbe ist voll didaktischer Bezüge und sollte für die dresdener Freunde die Mahnung zu einem reinen Leben enthalten, wie sie

selbst das Gepräge einer reinen, in romantischer Schwär=
merei hingebrachten Jugend an sich trägt.

In der mittlern von drei architektonisch getrennten
Abtheilungen stehen Glaube und Unschuld, einander
umfassend, zwei weibliche Gestalten von hoher Schön=
heit und individuellster Zeichnung. Glaube tritt auf
eine Schlange, mit welcher ein vor ihr sitzendes Kind
spielen will. Ueber den beiden Gestalten wölbt sich das
volle grüne Laubdach einer Eiche, aus deren Schatten
man in eine felsen=, quellen= und blumenreiche Gegend
voll schöner ernster Stimmung schaut. Es ist die un=
berührte stille Natur, die sich in grünenden Matten bis
zum Felsquell breitet, worüber sich dann in schönen Con=
touren die fernen Berge erheben.

In der Abtheilung links lehnt ein Engel, in tiefer
Trauer auf einen Stab gestützt; er schaut voll Schmerz
nach einem Mädchen, das in leichtem Gewande und
muntern Schrittes einem Jüngling folgt, der verlockend
nach der sonnigen und heitern Landschaft im Hinter=
grunde zeigt.

In der rechten Abtheilung erblickt man dasselbe
Mädchen weinend; die Rosen sind abgeblüht, die Dornen
geblieben, kahl und öde hängt ein Laubrest an den dürren
Aesten, eine trauernde Stimmung geht durch die Land=
schaft. Im Vorgrunde steht der Engel des Lebens und
nimmt die Weinende gütig auf. Diese Gruppe ist von be=
sonderer Anmuth und zartester Empfindung getragen.

Ueberall sind es die ältern Italiener, deren Studium
aus dieser Zeichnung ersichtlich wird; sie allein würde
hinreichen, um des jugendlichen Künstlers innersten
Beruf zu offenbaren.

Aus jener Zeit stammen ferner eine Menge vortrefflich gezeichneter Acte, sowie eine Sammlung von Bildnissen in einem Porträtbuche. Sie machen die hohe technische Vollendung der Zeichnung, welche Rietschel eigen war und die sonst bei Bildhauern so selten zu sein pflegt, erklärlich. Diese Acte und Bildnisse würden nach J. Hübner's Urtheil „auch in technischer Beziehung dem besten Maler und Zeichner Ehre machen". *)

Als Rietschel nach Berlin gekommen war, that sich ihm — gleichsam mit Einem Schlage — ein neues ungekanntes Leben auf. Hatte ihn in Dresden im Umgange mit seinen von gleichem Streben beseelten Jugendgenossen, nicht ganz ohne Hang zu schwärmerischer Verfolgung von zum Theil unklaren Idealen, die Außenwelt wenig berührt, war er bisher einer imponirenden Persönlichkeit nicht begegnet, vielmehr ganz sich und seinem redlichen innern Arbeiten überlassen gewesen, so trat ihm jetzt die Gestalt eines Rauch, welche damals schon von dem vollsten Glanze strahlenden Künstlerruhms umgeben war, entgegen.

Mit Einem Schritte war er in die große Welt der Kunst und des Lebens getreten!

Rauch stand in Verbindung mit den bedeutendsten Männern nicht nur Berlins, sondern auch Deutschlands, ja Europas. Sein Atelier war der Zielpunkt aller Reisenden, welche von deutscher Bildhauerkunst ein lebendiges, vollgültiges Bewußtsein erlangen wollten, sein Haus ein heiteres Asyl der Ruhe und des gemüthlich jovialen Verkehrs für die bedeutendsten Geister der Zeit.

---

*) Das Meiste aus dieser Zeit befindet sich im Besitz von Rietschel's Wittwe.

Rauch's unerschöpfliche Grazie, seine weitumfassende hohe Bildung, seine adeliche Gesinnung und sein unvergleichliches Wohlwollen — Seiten, die der Schüler anfangs freilich nicht bemerkte, machten Rauch's Umgang für die Edeldenkendsten seiner Zeit zu einem hochgeschätzten Gute. Erwägt man nun, daß Rietschel bald sich die Gunst des theuern Meisters erwarb, oft in dessen Familie gezogen, ja später fast wie zum Hause gehörig betrachtet wurde, so ist es wol erklärlich, daß der empfängliche Jüngling gerade hier im Verkehr mit den bedeutendsten Männern lernend und aufnehmend seine allgemeine Bildung auf eine Weise vervollständigen konnte, die den Mangel eines regelmäßigen Schulunterrichts reichlich zu ersetzen im Stande war. Auch sonst verkehrte Rietschel in hochgebildeten Kreisen: in dem Mendelssohn'schen, Hitzig'schen und Chamisso'schen Hause; während er von hervorragenden jungen Künstlern: Bendemann, Hübner, Sohn, Hildebrandt, ferner Kugler und den später ihm innig befreundeten Dichter und Maler Reinick kennen lernte.

Aber erst — in der Kunst! Rauch's Art und Weise! Am plastischsten hat Rietschel selbst diesen Eindruck geschildert.

Wie würde — diese Frage drängt sich unwillkürlich auf — Rietschel's künstlerische Bildung sich gestaltet haben, wäre er damals, wie er es in seiner befangenen Einsicht gewünscht hatte, in Dannecker's Atelier als Schüler eingetreten?

Johann Heinrich von Dannecker — damals schon nahe an 70 Jahre alt — war gewiß ein Künstler voll Schönheitssinn und feiner Empfindung. Rietschel

hatte von ihm nur die Ariadne und Schiller's Büste ge=
sehen; allerdings konnte letztere allein einen jugendlichen
Bildhauer wol begeistern. Ist diese Büste doch eine der
hervorragendsten Schöpfungen deutscher Bildhauerei, und
heute noch, wo sich Kunstanschauung und Bewunderung
so sehr verändert haben, rührt und bezaubert — so wirkt
das Ewige ewig schön — dies edle Menschenantlitz mit
dem göttlichen Gepräge, mit dem Pathos des Leidens,
wie es anspruchslos in der Bibliothek zu Weimar steht,
jedes Beschauers Seele. Aber Dannecker, dessen Ruhm
weit verbreitet war, dessen Ariadne auf dem Panther ihren
Triumphzug durch die Welt gemacht hatte, welcher da=
mals seine Christusstatue vollendet und die Statue des
Johannes noch in Arbeit hatte, zwei Werke, von den
Zeitgenossen mehr als billig geschätzt, — ging, abgesehen
davon, daß seine Thätigkeit durchaus nichts wahrhaft
Productives mehr hatte, ganz andere Wege als Rauch,
zum Theil noch die Canova's. Ihm war Linien= und
Formenschönheit und Lieblichkeit Selbstzweck der Kunst,
und wo er, das Unzulängliche eines solchen Strebens
selbst fühlend, nach innerm Ausdruck zielte, kam er
über eine gewisse Schwächlichkeit nicht mehr hinaus, was
um so mehr zu bedauern, da er in der Büste Schiller's,
einem mit dem vollsten Herzen geschaffenen Jugendwerke,
bewiesen hat, wie es seiner Naturanlage nicht versagt
war, den Seelenausdruck kräftig und schön zur Geltung
zu bringen.

Rietschel würde bei diesem Meister in eine seinem
künstlerischen Naturell, das auf die Innerlichkeit zunächst
den Ton legte, keinesfalls entsprechende Richtung ge=
drängt worden sein und mit schwerern Kämpfen kaum

das erreicht haben, was ihm durch Rauch's klare und tüchtige Führung möglich wurde.

Als eine wesentlich glückliche Fügung ist es anzu=sehen, daß Rietschel Rauch's Schüler wurde, denn er hat nicht nur bei ihm gelernt, sondern auch an ihm fortgelernt sein ganzes Leben lang.

Wer die von Rietschel gleich im Anfange seines berliner Aufenthalts gezeichneten Bildnisse der tiroler Geschwister Rainer *) gesehen, der muß sich freilich sagen, daß eine derartige Begabung, so voll und gesund, sich wol unter jedem Meister durchgerungen hätte, der muß die eigenthümliche Weise der Auffassung, die Feinheit der Charakterisirung bewundern und gestehen, daß bereits dem jugendlichen Künstler in bestimmt ausgesprochener Weise das specifisch deutsche Element eigen war, das in seinen spätern Arbeiten das Volk so erwärmt und be=geistert hat.

Seine ersten plastischen Versuche, die beiden Apostel=reliefs, kommen als Kunstwerke, da sie zunächst Studien=arbeiten waren, nicht in Betracht. Seine große Statue des David ist nicht mehr vorhanden. Ein kleines be=schädigtes Skizzenmodellchen befindet sich im Besitz des Rietschel-Museums zu Dresden. Der Künstler selbst hat das Bedenkliche dieser Conception mit wenigen Worten am besten charakterisirt.

Die Concurrenzarbeit, welche ihm das Reisestipendium für Italien verschaffte, behandelte, wie schon erwähnt, den Abschied der Penelope von ihrem Vater Ikarios. **)

----

*) Im Besitze der Frau Rietschel.
**) Abgebildet im Berliner Kunstblatt, April 1829.

Der Augenblick der Abreise ist gekommen. Odysseus ist bereits mit einem Fuße auf den niedrigen Wagen gestiegen und hält mit dem einen Arme die neben ihm stehende Penelope umschlungen. Sie reicht dem Vater zum letzten mal die Hand, welche dieser in unbeschreiblicher Innigkeit an sein Herz zieht. Vor dem Wagen stampfen schon die Rosse, sie werden von einem Genius gehalten, der auf die Scene des Abschieds voll Theilnahme zurück= schaut.

Die königlich preußische Akademie der Künste be= urtheilt die Arbeit in einem Zeugnisse vom 12. Juni 1829 gewiß nicht unrichtig, wenn sie sagt: „Die Arbeit des Eleven Ernst Friedrich August Rietschel, aus Pulsnitz bei Dresden gebürtig, Schülers des Professors Rauch, wurde wegen ungesuchter Natürlichkeit der Mo= tive, Deutlichkeit und Geschmack der Anordnung und seltener Tiefe des Ausdrucks einstimmig des ersten Preises für würdig erkannt, was um so mehr Anerken= nung verdient, da der Eleve Rietschel als Ausländer nur der Ehre wegen an der Bewerbung theilnahm und von dem mit Erlangung des ersten Preises verbundenen Reisestipendium ausgeschlossen bleibt.“

Auch in dem Protokoll der Akademie vom 3. No= vember 1828 wurde besonders der Tiefe charakteristischer Auffassung gedacht. Es ist dies Urtheil um so be= merkenswerther, als sonst Akademieentscheidungen sich weniger um die Innerlichkeit der Arbeit, als vielmehr um das blos äußerliche technische Können oder um die bestechende Anordnung zu kümmern pflegen. Weil dem so ist, kann man häufig die Erfahrung machen, daß Arbeiten von jungen Künstlern gekrönt werden, welche zwar geschickt sind, aber später nichts Bedeutendes leisten.

Eine feine Durchbildung und Kenntniß der Form und eine große Gewandtheit in Darstellung der verschiedenartigsten Empfindungen zeigt die von Rietschel schon erwähnte Zeichnung „Das Wiedersehen Jakob's und Joseph's". Mit kindlich naiver Frische, mit natürlicher Klarheit sind die einzelnen Motive dieser Darstellung, welche in Gestalt eines Frieses gedacht ist, ineinander gereiht, sodaß ein Moment ungezwungen das andere entwickelt.

Joseph in reichem, faltigem, den Körper umwallendem Gewande ist in schneller Bewegung, welche den Mantel weithin flattern läßt, vom Wagen gesprungen, dessen Gespann von seinen Dienern gehalten wird. Von dem Anblick des halberblindeten Vaters tief bewegt, eilt er demselben mit weitausgebreiteten Armen entgegen. Noch einmal zieht all der Schmerz einer harten Jugend, einer tiefdurchlittenen Sehnsucht an der Seele des nun Beglückten vorüber, aber er wird verdrängt durch höheres Leid und höhere Freude! Die Mischung von Kummer und Schmerz über das hinfällige Alter und gebeugte Aussehen Jakob's und von unaussprechlicher Freude des Wiedersehens ist in dem edeln Antlitz des schönen herrlichen Jünglings trefflich zum Ausdruck gebracht. Jakob schreitet gebückt einher, die eine Hand hebt er verwundert, unverwandt in Joseph's Antlitz schauend, während er die andere in Benjamin's Arm gelegt hat, der in heiterm jubelnden Knabenglück die Hand Joseph's liebkosend faßt, ein Bild liebenswürdigster Hingabe.

In der Zusammenstellung dieser drei Gestalten liegt ein hoher Zauber. Es löst sich die heftige Leidenschaft, die wogendste Empfindung in süßen Schmerz und reines Glück auf.

Nachdenkend theils und theils bewegt schauen Joseph's Begleiter dem rührenden Schauspiele zu. Hinter Jakob entwickeln sich die Gruppen der Brüder Joseph's und der ins Land der Pharaonen eingezogenen Israeliten. Wie eine klar entwickelte Musik verläuft hier der Gemüthsausdruck in den verschiedensten Gestalten von den heftigsten Affecten bis zu heiterster Anmuth und Ruhe, mit welcher der Fries abschließt und so eine mit seinem Anfang harmonisch zusammenklingende Empfindung zurückläßt. In tiefstem Seelenschmerze und in reuevoller Rührung stehen unmittelbar hinter Jakob die drei ältesten Brüder Joseph's. Freudig drängen sich die folgenden Gruppen hinzu, den Langvermißten zu schauen. Von dem mit Stieren bespannten Wagen steigt mit Hülfe eines Mannes eine edle Frauengestalt herab, während Kinder vom Wagen herab sich fröhlich necken. Schon ist die unmittelbare Theilnahme an dem Hauptvorgange nicht mehr möglich, sie wird nur noch äußerlich vermittelt in der Gestalt eines Hirten, der die Hand über den Augen nach der fernen Gruppe des Wiedersehens hinschaut, und in der eines Mannes, welcher einer mit ihrem Kinde hingelagerten Frau von dem, was dort vorgeht, erzählt. Eine heitere Gruppe, welche von dem eigentlichen Vorgang völlig unberührt bleibt, bildet den Schluß. Es ist eine Familie, die sich hingelagert und in der verschiedensten Weise des Glückes endlicher Ruhe und Erquickung sich freut.

Ist es auch nicht möglich, das lebendige Bild in Worten wiederzugeben, so ist doch schon hieraus ersichtlich, wie die einfache Liebe zur Natur, das Bestreben, die menschliche Empfindung in allen ihren Nuancen zum Ausdruck zu bringen, es war, welche den Grundzug von Rietschel's Kunststreben bildete.

Man sieht, der junge Künstler war mit innerster Seele bei dieser Conception betheiligt, er legte in die Gestalt des Joseph, die zu den schönsten zu rechnen, welche er je geschaffen, die Geschichte seiner eigenen Empfindungen, seines Schmerzes und dessen Lösung beim Tode eines geliebten Vaters nieder.*)

In derselben Zeit, oder wenigstens bald nachher, muß auch die Zeichnung des Frieses, den „Einzug Christi in Jerusalem" darstellend, entstanden sein.

Es war natürlich, daß es den Künstler drängte, christliche Gegenstände zur Darstellung zu bringen, weil sie am tiefsten und entsprechendsten die Bewegungen der menschlichen Seele zeigen, — es war natürlich, daß gerade der Jüngling von warmer Empfindung und einer in schweren Tagen des Kampfes bewährten frommen Herzensrichtung sich nicht mit der fremden Welt der Antike vorzugsweise befassen mochte, sondern in diejenige Welt griff, die in seinem eigenen Busen lebte. Was ihn selbst bewegte, das wollte er darstellen; darum lag auch der Schwerpunkt seiner ganzen Seele in solchen Stoffen, welche er sich frei wählen konnte und die seinem Wesen und Naturell entsprachen.

____

*) Die Zeichnung war früher im Besitze des Herrn von Quandt und ist nun in den Besitz des Herrn Dr. Härtel zu Leipzig übergegangen.

Bei der Darstellung des Einzugs Christi in Jerusalem ist Rietschel durchaus individuell. Es ist nicht der hergebrachte religiös historische Typus darin sichtbar. Ihn zog der religiöse Gegenstand nur insoweit an, als er menschlich wahr und allgemein gut war. Klagt doch einer seiner Freunde schon damals über ihn, daß er nicht streng genug in seiner religiösen Richtung, daß er zu sehr von menschlichen Empfindungen bewegt, daß seine Darstellung allzu direct auf das blos Menschliche gerichtet sei — ein Vorwurf, der im Munde eines befangenen Confessionellgläubigen gerade das höchste Lob der Freiheit enthält.

Daß Rietschel nie im Leben einem flachen Rationalismus gehuldigt, das lag in seiner reichen, tiefen Empfindung. In seinem Leben hatte er sich diejenige Frömmigkeit und Hingabe an die heiligen Dinge bewahrt, welche jederzeit der Schmuck einer männlichen Seele gewesen ist. Er hatte sich durch Leiden und Prüfungen schwerster Art hindurch zu jener Höhe innern Lebens emporgeschwungen, auf welcher eine Anfechtung durch gemeine Leidenschaften nicht mehr möglich ist, er besaß mit Einem Worte diejenige Frömmigkeit, wie sie die innere Ruhe und Harmonie des Guten bedingt. Durch rastloses energisches Streben war dafür gesorgt, daß sie eine schwächende Wirkung auf seine Kunst nicht auszuüben vermochte.

In dem Einzuge Christi ist die Stimmung des Gemüths wiedergegeben, welche uns zur Osterzeit bewegt.

Der Deutsche hat von jeher die christliche Mythe in einer seinem Wesen entsprechenden Weise aufgefaßt und neu belebt.

Das Erwachen des Frühlings mit seinem sprossenden Leben fällt ihm mit dem Einzuge Christi in Jerusalem zusammen. Wenn am Palmsonntage über die von Schnee befreiten Fluren ein mildes Frühlingswehen zieht, die Osterblumen ihre blauen Kelche öffnen, dann geht mit der Wonne über das grünende Hoffnungsglück der ganze Jubel des Hosianna für ihn auf, denn der Herr zieht mit Frühlingsgewalt auch in sein Herz ein. In diese Freude mischt sich ein schmerzlicher Zug — der Gedanke an den nahen Tod, der Gedanke daran, wie alle Herr=lichkeit der Welt nur durch den Opfertod der Edelsten entstanden und verbrieft ist. Aber im Gemüthe ist der Glaube an die Auferstehung, an den endlichen Sieg des Guten zu immanent; und waren die ersten Klänge des Jubels am Palmsonntage noch mit Furcht und Bangen um den Ausgang verknüpft, so scheint die Oster=morgensonne mit jubilirendem Lichte und weckt die vollsten Freudenhymnen in unsern Herzen.

Etwas von solcher Palmsonntagsstimmung geht auch durch das Jugendwerk Rietschel's. Namentlich in den Gruppen des Jesu entgegeneilenden Volks liegt klar ausgesprochen, wie es sich nach dem Retter, der alle befreien soll, sehnt, ihm den Einzug auch ins Herz be=reiten möchte. Um Christus und um Johannes ist mit feiner Empfindung der Zauber des gegenwärtigen Glücks und der hineinklingende Schmerz über die herannahende Leidenszeit ausgegossen. Petrus, diensteifrig, bereitet den Weg.

In den folgenden Apostelgestalten sind die verschie=benen Gemüthsbewegungen sehr lebhaft ausgesprochen, welche die Jünger des Herrn je nach ihrem Naturell bei dem Jubel hegen mußten, der ihrem Meister vom Volke entgegengetragen wurde.

Judas, der, nicht mit den andern Jüngern gehend, zuletzt folgt, wie er die eine Hand in der Tasche hält, während er berechnend den Zeigefinger der andern an die Nase hält, ist eine durchweg originale, vielleicht etwas zu jugendlich naiv gedachte Gestalt.

In den Figuren der Frauen gewinnt der Fries einen bedeutungsvollen Abschluß. In den Motiven herrscht auch hier eine große Natürlichkeit; der Hergang ist einfach menschlich entwickelt und man hat beim An=schauen dieses schlichten Kunstwerks die bestimmte Empfin=dung, daß so nur ein echt deutscher Künstler den Gegen=stand erfassen konnte. *)

Warum Rietschel diesen Fries in seinen „Erin=nerungen" nicht erwähnt, ist auffällig. Er muß ihn in jener Zeit seines berliner Aufenthalts gezeichnet haben, denn bereits im Jahre 1829 sah ihn Goethe.

„Professor Rauch", schreibt Goethe an Zelter, „war einen Tag bei uns und nach seiner alten Weise an=muthig, heiter und thätig. Ein junger Mann, den er mitbrachte, der viel Talent haben mag, zeigte eine Art von Friese vor, liebenswürdig gedacht und gezeichnet, aber — Christi Einzug in Jerusalem! Wo wir andern geängstigt werden durch die Mühe, die sich ein guter Kopf gibt, da Motive zu suchen, wo keine zu finden sind. Wenn man doch nur die Frömmigkeit, die im Leben so nothwendig und liebenswürdig ist, von der Kunst sondern wollte, wo sie eben wegen ihrer Einfalt

---

*) Die Zeichnung ist von A. Krüger gestochen.

unb Würbe die Energie nieberhält unb nur dem höchsten Geiste Freiheit läßt, sich mit ihr zu vereinigen, wo nicht sie zu überwinden."

Thorwaldsen unb Oberbeck, um nur von den aller= bebeutendsten Künstlern zwei gewiß sehr gegensätzliche zu nennen, waren anberer Meinung; sie hatten eben= falls biesen Gegenstand behandelt — Thorwaldsen in einem vier Fuß hohen unb achtunbvierzig Fuß langen Relief, welches sich in der Friedenskirche zu Kopenhagen befinbet.

Goethe's Urtheil ist für die bamalige Periobe seines Lebens charakteristisch. Er betrachtete die neuen Kunst= erscheinungen mit wachsenbem Mistrauen, er fühlte sich mit seinen aus der classischen Kunst geschöpften An= sichten in völligstem Gegensatze zu allem, bessen Ent= stehung er aus der Richtung der Romantik herleitete, unb erhielt sein sonst so großes Auge für alles Schöne, Kräftige unb Geistvolle nicht völlig unbefangen, sonst würde er nicht ben Faust unb Mephistopheles des Fran= zosen Delacroix — unglaublich fast — über die gewaltige Composition unsers Cornelius gesetzt haben.

In die Zeit des ersten berliner Aufenthalts gehören auch noch zwei Skizzenmodelle zum Denkmal Friedrich August's des Gerechten von Sachsen. Dies Denkmal sollte dem Künstler viel Sorgen unb Verdrießlichkeiten bereiten; seine Aufstellung verzögerte sich so, daß Rietschel am 25. April 1842 in einem Briefe an Rauch noch berichten konnte: „Im Zwinger ist nun der Grund zum Monument des Königs gelegt worden, im Herbst, hoffe ich, soll es stehen. 1828, also vor vierzehn Jahren, machte ich bas erste Modellchen."

Ueber die Geschichte dieses Denkmals, dessen Haupt=
arbeit in eine spätere Zeit fällt, wird noch zu be=
richten sein.

Rietschel's Aufenthalt in München fiel in die glän=
zendste Zeit des dort sich entwickelnden Kunstlebens.

Düsseldorf hatte eben begonnen aufzublühen. Seit
1828 machten die Bilder der dortigen Malercolonie ihre
Rundreisen zu den Ausstellungen der neuentstehenden
Kunstvereine. Letztere bewirkten, daß die Tageserschei=
nungen zu weitverbreiteter Anschauung gelangten. Groß
und allgemein war die Bewunderung, welche das Publi=
kum den düsseldorfer Meistern zollte. Sie wird erklärlich,
wenn man bedenkt, daß die Düsseldorfer gleichsam den
geistigen Schaum ihrer Zeit in zum Theil wirklich an=
muthenden Gebilden abschöpften, daß sie einem, wenn
auch krankhaften Zuge der Romantik Genüge thaten,
welcher namentlich von den sogenannten Gebildeten ver=
standen und gehegt wurde. Ueberdies war die bildende
Kunst bisher weitern Kreisen nicht nahe getreten, da die
Anschauung der großen Denkmale historischer Kunst in
München selbstverständlich nur wenigen möglich war,
Cornelius' Schöpfungen überhaupt aber so gewaltig auf
ihre Zeit herniederschauten, daß sie für ein Hineinwachsen
in die Zukunft berechnet schienen. Nun kam auf einmal
die Kunst sozusagen ins Haus. Das waren meistens
keine tiefen Gedanken und man konnte vor dem Mittag=
essen im Kunstverein ein geistiges Frühstück reizendster
Art zu sich nehmen. Das entsprach mehr „dem Be=
dürfniß", als das an den Wänden von Kirchen und

Paläſten ſich entfaltenbe tiefernſte Bildleben eines Cor=
nelius ober Schnorr!

Je größer aber die Bewunderung für die düſſeldorfer
Werke war, eine um ſo größere Befeſtigung auf bem
einmal eingeſchlagenen Wege trat in der gegenſätzlichen
münchener Schule ein. Natürlich, man wurbe ſich der
Verſchiedenheit der letzten Ausgangs= und Endpunkte nun
erſt recht bewußt.

Cornelius hatte bamals ben Götterſaal der Glyptothek
mit jenen Compoſitionen von unvergänglicher Schönheit,
einer ganz eigenthümlichen Fülle ber Phantaſie und
lieblichſter Naturauffaſſung geſchmückt, und war mit der
Ausmalung des Saales der Ilias, hier gewaltigere
Töne anſchlagenb, beinahe zu Enbe. Er hatte die
künſtleriſche Ausſchmückung der Ludwigskirche und der
Loggien der Pinakothek übernommen. Er war ber gei=
ſtige Leiter alles beſſen, was im Gebiete ber Kunſt in
Baiern unternommen wurde. Ihn umgab eine Anzahl
von Schülern mit einer Begeiſterung, wie ſie die Ge=
ſchichte der Kunſt nur bei wenigen Meiſtern aufzuzeichnen
vermag. Dieſelben hatten zum Theil bereits ſelbſtänbige
Aufgaben vollenbet.

Neben Cornelius war es zunächſt Schnorr von Carols=
felb, beſſen vollenbete Meiſterſchaft ben Ruhm der
münchener Schule begründete. Der junge Künſtler,
umgeben von einer ſchönen beglückenden Häuslichkeit,
war bamals bei der Ausſchmückung des neuen Königs=
baues mit den Darſtellungen des Nibelungenliedes be=
ſchäftigt, einem Kunſtwerke von großer, ergreifenber
Geſammtwirkung. Franz Schubert, Leopolb Schulz,
Guſtav König und andere hatten ſich um den liebens=

würdigen Meister geschart. Auch Rietschel war es ver=
gönnt, in persönliche Beziehung zu Schnorr zu treten,
welche auf seine Entwickelung nicht ohne Einfluß bleiben
konnte.

Moritz von Schwind hatte sich durch seinen „Wun=
derlichen Heiligen“ den Namen eines reichbegabten,
tiefsinnigen Künstlers erworben. Mit ihm kam Rietschel
oft zusammen und es schreibt sich von jener Zeit her
ein bis zu Rietschel's Tode trotz aller Verschiedenheit der
Naturen immer freundschaftlich gebliebenes Verhältniß
der beiden Künstler her, zu welchem sich bei Rietschel
eine warme, hingebende Empfindung für Schwind's
reizende Schöpfungen, die in neuerer Zeit von gewissen
Kunsttheoretikern viele Anfechtungen erfahren haben,
gesellte.

Kaulbach, mit dem Rietschel gleichfalls persönlichen
Verkehr pflegte, war noch nicht in die Künstlerbahn
eingelenkt, auf welcher später sein eminenter Geist die
großartigsten Triumphe feierte; er hatte die schwersten
Kämpfe zu bestehen, ehe er zum vollen Ausdruck der
überraschenden Fülle seiner Phantasie, der geistreichen
Freiheit seiner Gedanken, des ihn belebenden Schönheits=
gefühls gelangen konnte. Auch zu ihm blieb Rietschel's
Verhältniß ein ungetrübtes, auf gegenseitiger Hoch=
schätzung der Kunstthätigkeit beruhendes.

Hermann's liebewerthe Persönlichkeit machte auch auf
Rietschel sogleich den wohlthuendsten Eindruck; mit ihm
blieb er durch einen dauernden Freundschaftsbund fürs
Leben verknüpft, ohne daß er deswegen das klare
Urtheil über des Freundes Kunstthätigkeit verloren
hätte.

„Seine Reh= oder Gazellenaugen“, so schreibt er über ihn später einmal, „drücken ganz sein Inneres aus. Er ist ein echter Edelstein mit tiefem Glanz, ein Mensch sittlich so vollkommen, religiös so fest, so innig, stark, daß man ihn wie ein unerreichbares Ideal verehren muß. Reich an künstlerisch productivem Talent, reich an tiefen Gedanken und philosophischer Durchdringung jeder Idee, hat er die Kunst, die doch ihrer selbst wegen volle Geltung hat, zuletzt vielleicht allzu sehr als Mittel, als Sprache für seine sittlich=religiösen Ideen verwendet und ist darin einseitig geworden, was in seinen Arbeiten größern Umfangs sehr fühlbar wird.“

Wenn Rietschel trotz seiner mannichfachen Beziehungen zu Cornelius’ Anhängern und Schülern sich dennoch nicht näher an diesen selbst anschloß, so lag der Grund hiervon theils in dem, was Rietschel in seiner Selbstbiographie angegeben, theils in dem Gegensatze, in welchem sich der an der Hand der Natur nach feinster, seelenvoller Belebung des Stoffs und nach harmonischer Vollendung strebende Künstler jederzeit zu der einseitigen Betonung stilvollen Ausdrucks der Gedanken fühlen muß. Dazu mochte wol schon damals unter den weniger begabten Anhängern des großen Meisters mehr mit Reden und Theorien als mit entsprechenden Thaten gefochten werden. Rietschel war davon nie ein Freund; er sprach nicht mehr, als was er auch durch die That vertreten konnte, und es lag nicht in seiner Art, Ideale zu proclamiren. Er ging seinem natürlichen Künstlerberufe nach und war beglückt, wenn er seine nächsten Aufgaben erfüllte. Er beabsich= tigte nichts Fremdartiges mit der Kunst, liebte sie um ihretwillen, versenkte seine ganze Kraft, legte sein volles

Herz hinein und erkannte einen jeden an, er mochte einer Richtung angehören welcher er wollte, dem er ein Gleiches zutraute. Alles Exclusive lag ihm fern.

Es kann hier nicht die Aufgabe sein, auch nur annähernd ein Bild des damaligen Kunstlebens in München zu geben; in der Aufzählung einiger Namen sollte nur darauf hingedeutet werden, in wie reiche und bildende Beziehungen Rietschel eintrat.

König Ludwig's Kunstsinn zeichnete sich durch einen großartig genialen Zug aus, der sich in allen von ihm hervorgerufenen Schöpfungen unverkennbar manifestirt. Er ging von der Ansicht aus, daß die Kunst dem öffentlichen Leben angehöre, daß Architektur, Bildhauerei und Malerei sich harmonisch durchdringen müßten, sollten Werke entstehen, welche würdig und allseitig uns die hohe Bedeutung künstlerischen Schaffens vor Augen zu führen und ein Zeugniß davon abzulegen vermöchten, daß jede Zeit in der ihr eigenthümlichen Kunstweise uns reichen Anhalt zu neuen, nicht blos reproducirenden Schöpfungen gebe.

So erbaute er Kirchen, welche uns die verschiedensten Zeiten christlicher Kunstentwickelung wieder wach gerufen haben. Nicht blos in deren äußerer Gestalt, sondern auch in ihrem Innern spricht die Kunst lebendig zur Seele, sei es nun von dem goldburchwärmten Grunde an ernsten Gestalten reicher Apsiden, sei es von den farbenheitern und leichtgetragenen Seitenwänden der Basiliken aus, sei es durch das magische Licht, welches durch die buntglühende Welt gothischer Fenster bricht. Mit feinem Sinne ließ er die in Verfallenheit und Vergessenheit gerathenen Bauwerke der Vorzeit wieder zu

neuem verjüngten Leben entstehen. Mit scharfem Urtheil
sammelte er herrliche Reste des griechischen Alterthums
und schuf für sie wie für die im Lande hier und da
zerstreuten und in alten Schlössern gleichsam gefangenen
Kunstschätze prachtvolle Hallen und Paläste, von deren
Decken und Wänden die Denkmale unserer Zeit stolz
und ebenbürtig auf das Herrlichste aus der Vergangen=
heit herniederschauen. Er baute sich ein wahrhaft könig=
liches Haus, belebt durch die Gebilde deutscher Dicht=
kunst und deutscher Geschichte. Er schuf neue Straßen
und ließ Hallen, Paläste und Monumente darauf ent=
stehen, er richtete sein Augenmerk auf die größte wie
auf die anscheinend geringfügigste Unternehmung im
Gebiete der Kunst, er war für alle ein hoher, mächtiger
Förderer und Beschützer — und das alles mit dem ihm
eigenen Wittelsbach'schen Feuer; durch alle seine Unter=
nehmungen hindurch ging ein großer patriotisch=deutscher
Zug, der ihn zum Liebling des deutschen Volks ge=
macht hat.

Wer dächte nicht an ihn, wenn er durch den Wald
bei Donaustauf in die marmorglänzende Halle jenes
Tempels schreitet, welcher der Ehre deutscher Nation
gewidmet ist, und dann heraustritt unter dessen säulen=
getragenes Dach und über den Donaustrom hinweg weit
hineinschaut in das schöne reiche Land der Baiern? Wen
hat nicht ein tiefes Gefühl des Dankes ergriffen gegen
den Fürsten, der im Dome zu Speier uns den ganzen
vollen Zauber der romanischen Architektur wieder hat
empfinden lassen? Und wer betritt München, ohne
allüberall den Spuren dieses Geistes zu begegnen, in
Verwunderung und Staunen darüber zu gerathen, was

Ernst Rietschel.

9

ein einziger Mensch in Einem Menschenleben hier zu er=
schaffen vermocht hat?

An den meisten dieser Werke war auch die Bild=
hauerkunst thätig, nur daß sie sich dem jedesmaligen
Stile unterordnen und bald in das Gebiet romantisch=
christlicher, bald in das antiker Gegenstände greifen mußte.

Als Rietschel nach München kam, war das Leben der
Bildhauerei noch im Beginnen. Konrad Eberhard konnte
als Begründer jener verständnißreichen Sculptur angesehen
werden, welche heute noch im Dienste der katholischen Kirche
beschäftigt ist. Schwanthaler, nur um zwei Jahre älter
als Rietschel, mit seinem früh geweckten und früh beachteten
Talente und seiner unerschöpflichen Leichtigkeit der Gestal=
tung, schritt bereits auf den blühenden Phantasiewegen
einher, auf denen ihm die reiche Fülle der Gestalten in
Göttersagen, Heldenkämpfen und Triumphzügen begegnete.
Ludwig Schaller aus Wien, mit Rietschel gleichalterig,
ein Künstler tüchtigster Art, dem das Glück in seinem
Leben nicht oft sich hold erwiesen hatte, war damals
mit keiner größern Arbeit beschäftigt, da er sich unbe=
kümmert seiner künstlerischen Neigung zum Componiren
hingab und schließlich an ein Werk — die Sternbilder —
viel Kraft und Mühe wandte, mit welchem er irgend=
welchen Erfolg nicht errang. Johann Haller aus Inns=
bruck, der bereits im Jahre 1826 verstorben war, hatte
die Skizzenmodelle zur Giebelgruppe der Glyptothek ent=
worfen, und sollten dieselben nach seinem Tode von
andern Künstlern ausgeführt werden, indem er selbst
nur einige dieser Gestalten, die einzelnen Thätigkeiten
der Sculptur unter dem Schutze der Pallas darstellend,
vollendet hinterließ.

Meyer und Bandel, Schwanthaler und Rietschel erhielten den Auftrag zur Herstellung der großen Modelle. Die jungen Künstler sollten sich die Entwürfe Haller's zum Anhalt dienen lassen, ohne jedoch daran gebunden zu sein. Die Modelle wurden lebensgroß gearbeitet, für jedes derselben ward die mäßige Summe von 700 Gulden bezahlt.

Rietschel, dem die Ausführung des Vasenmalers zugefallen war, arbeitete mit den andern Bildhauern gemeinsam in der großen Werkstatt des Gießhauses, in welchem das Max-Denkmal Rauch's modellirt wurde.

Diese gemeinschaftliche Thätigkeit bot des Anregenden genug. Mit Vergnügen gedachte er oft dieser Zeit. Vor allem war ihm Schwanthaler werth und zusagend gewesen. Sein Geist und sein Talent — so pflegte sich Rietschel zu äußern — seine Kenntnisse, sein Humor und seine Liebenswürdigkeit, kurz die ganze Fülle seiner reichen Natur mußten jeden für ihn einnehmen. Freilich berichtete er auch schon damals von ihm: „Er war in der kürzesten Zeit mit seiner Figur zusammengekommen, hatte sie lebendig und tüchtig angelegt, doch, als er sie vollenden und durchbilden sollte, fehlte ihm dazu die Geduld. Seines phantasiereichen und productiven Geistes Eigenthümlichkeit scheint das Entwerfen, nicht das Durchbilden zu sein."

Rietschel's Figur fand, als am meisten durchgebildet, viel Beifall; das Porträt Rauch's war darin unverkennbar. Die Marmorausführung wurde später einem andern übertragen. Außerdem hatte er Rauch an der Gestalt der Bavaria, welche am Fuße des Monuments steht, geholfen, und da er durch das bekannte münchener Klima häufig genöthigt war das Zimmer zu hüten, zu Hause eine Menge kleiner Entwürfe und Skizzen von Reliefs und runden Figuren gemacht, die er aber, sowie sie entstanden waren, wieder zusammenwarf.

Aus jener Zeit seines münchener Aufenthalts haben sich nur sehr wenige Zeichnungen mehr vorgefunden, unter andern eine Verkündigung Mariä, die aber mehr den Eindruck eines Versuchs, sich in einer bestimmt gegebenen Formenwelt auszusprechen, macht, sowie eine Steinigung des heiligen Stephanus.

Gottergeben kniet der Märtyrer da, nicht in die Höhe, sondern mehr nach unten breitet er die Arme aus. Es ist der Augenblick gekommen, wo er vor Schwäche zu Boden sinken wird; nicht die vornehmen Juden selbst steinigen ihn, sondern gedungene Knechte. Ein alter Priester, in mitleidsvoller Bewegung die Hände unter dem Kinne zusammenfaltend, steht der Mittelgruppe zunächst, ein anderer Pharisäer feuert fanatisch die Steinigenden an, ein edler Jüngling in reichem Gewand schaut mit verschränkten Armen, unverwandten Blicks nach dem Märtyrer — ein Bild geistigen Hochmuths. Ein Lehrer tritt mit seinen beiden Zöglingen hinzu; während in dem einen der Anblick der im Tode gottergebenen Frömmigkeit einen unverlöschbaren Funken der Begeisterung anfacht, bebt der jüngere Knabe vor Entsetzen zurück. Eine Gruppe von Frauen, von denen sich die jüngste, so grauenvoll das Mordschauspiel ist, nicht völlig abzuwenden vermag — so ist in das Weib ein Zug von Grausamkeit und Neugier gelegt — schließt die Composition nach der rechten Seite ab.

Zur Linken des Stephanus stehen gleichfalls Pharisäer. Einer von ihnen, der wildeste und entschlossenste, deutet drohend nach einem Alten und einem Jüngling, welche zusammen den Schauplatz der Unthat verlassen, gleichsam als riefe er ihnen zu: „Ich weiß, daß ihr zur Lehre dieses haltet, auch euch treffe sein Schicksal!"

In tiefem Schmerz, das Haupt gebeugt, schreitet der Alte fort und zieht fast gewaltsam den Jüngern nach sich, der im vollsten Affect sich nach dem Drohenden zurückwendet, die geballte Faust vor sich haltend. Zwischen diesen beiden Gruppen erblickt man eine anmuthige weibliche Gestalt, in dem rechten Arme ein Kind, während sie mit der andern Hand einen widerstrebenden Knaben am rechten Arm erfaßt, um ihn dem schaubererregenden Anblicke der Steinigung zu entziehen. In dieser Composition ist der Einfluß der münchener Eindrücke unverkennbar; mit hohem Schwunge entwickelt sich die dramatische Handlung, ohne daß damit die naive Auffassung der Natur beeinträchtigt worden wäre.

Aber nicht blos seiner künstlerischen Bildung lebte Rietschel, er ergriff mit feurigem Eifer jede Gelegenheit, seinen Geist mit Kenntnissen zu bereichern und zu jener humanen Bildung zu gelangen, welche ihm später eigen war und seinen Umgang so liebenswerth machte. Dieses Streben, diese offene Empfänglichkeit für Belehrung, sie mochte ihm kommen, woher sie wollte, dieses liebenswürdige Eingehen auf die Bestrebungen anderer, diese lebendige Theilnahme daran und an den Kämpfen anderer Seelen, welche später namentlich jüngern Künstlern eine wohlthätige Stütze geworden ist, haben ihn seit jener Zeit nicht mehr verlassen und ihm bis zu seinem Lebensende trotz mancher niederdrückenden Leiden seine innere Jugend bewahrt.

Acht Stunden hintereinander arbeitete er die Winter=
monate hindurch täglich in der Werkstatt. Die Abende
waren Nebenstudien gewidmet. Da wurde die von Schorn
vorgetragene Archäologie repetirt, Raumer's Geschichte
der Hohenstaufen und andere bedeutende historische Werke
damaliger Zeit gemeinschaftlich mit Freunden durchge=
gangen, auch französisch und italienisch getrieben. Doch
scheinen ihn die Sprachstudien nicht angezogen zu haben,
wenigstens schreibt er betreffs der französischen an Rauch:
„Ich wollte gern ernstlich diesen Winter französisch treiben,
wenn es meine Augen nur erlaubten; für künftigen
Sommer aber verspreche ich Ihnen, daß ich die Morgen
recht dazu benutzen will, da wird, wie in Berlin, um
4 Uhr aufgestanden!" Es wurde aber auch später nicht viel
„mit seinem Französisch" und er hat oft in humoristischem
Unmuth über sein mangelndes Sprachtalent geklagt.

Mit Rauch, welcher ein halbes Jahr in Italien
verweilte, blieb Rietschel in dem lebendigsten Verkehr.
Der Meister hatte ihm Wohnung und Werkstatt zur
Aufsicht und Benutzung übergeben. Das Verhältniß
zwischen beiden trug bereits damals, und obwol Rietschel
noch ein ganz junger Mann, Rauch aber schon 53 Jahre
alt war, jenen Stempel innerlichster Freundschaft an
sich, die scharf ausgeprägt und echt bis zum Tode Rauch's
sich bewährte.

So klagt der Schüler über sein künstlerisches Schaffen:
„Es fehlt mir bisjetzt eine bedeutende Arbeit, die Kopf
und Herz in Anspruch nimmt, bei der ich meine paar
Kräfte recht zusammennehmen muß. Ich sehne mich
ordentlich, einmal was zu componiren, aber ich komme
so schwer zur Wahl; habe ich einen Gegenstand, gleich

fällt mir ein, ein anderer sei noch schöner. Ich weiß wohl woran es liegt, es fehlt der Zweck, die Bestimmung der Sache, die den Ernst gibt. Andere können es aber doch, ohne sonst bestimmte Zwecke bei ihren Ideen zu haben, als nur den, sich auszusprechen, warum will's bei mir nicht gehen? Da kommen immer wieder die dämonischen Quälgeister, die bösen Zweifel an sich und seinem Talent, welche die innerste Lebenskraft zu zerstören, zu untergraben drohen. Verzeihen Sie mir, wenn ich Ihnen solches Zeug schreibe. Fast kann ich mir sagen, daß Sie bös darüber sind, — aber ich sage Ihnen ja alles, warum nicht auch dies? Feste Stützen sind dazu da, damit schwache Kräfte sich anhalten können. Im Zeichnen wird es mir leichter, das treue Porträt der Natur aufzufassen, als im Modelliren; da kommt mir's vor als manierirte ich, so stark erscheint mir alles" u. s. w.

Den herrlichen Rauch charakterisirt nichts besser als seine Briefe. Er gibt seinem Schüler die allergenauesten Reiseberichte, jugendlich frisch und anmuthig, ja, als er befürchtet hatte, daß der eine seiner Briefe verloren gegangen sein möchte, läßt er sich die Mühe nicht reuen und beschreibt seine Reise von Innsbruck bis Mailand des ausführlichsten noch einmal.

Auch er sprach sich gegen den geliebten Schüler über alles aus, was seine hochsinnige und bescheidene Künstlerseele bewegte. Besonders bezeichnend ist ein Brief aus Rom vom 7. Januar 1830:

„So gern möchte ich Ihnen, lieber Freund, im einzelnen Resultate, umständliche Mittheilungen, am liebsten mein ganzes Herz über alles ausschütten, was mich auf meinen Wanderungen ergreift. Aber wo soll ich anfangen, wo soll ich enden, da ich noch im vollen Laufe bin? Ich kann Ihnen also nur Allgemeines andeuten, Einzelnes berühren, bis ich wieder bei Ihnen bin und gemeinsame Muße Veranlassung gibt, nach gewohnter Weise sich einander durch Erzählung zu ermuntern.

„Was Sie von Thorwaldsen's Arbeiten nun zuerst sehen werden, ist die Statue des Herzogs und die Gruppe der Genien *) von seiner Hand; die Muse ist von Tenerani nach des erstern Skizze fast allein vollendet. Die Statue ist nach meiner Uebersicht nach dem Christus das Schönste seiner Werke hinsichtlich der Bedeutung und Harmonie aller Theile, Anordnung und Correctheit. Ebenso gilt dieses alles von der Gruppe, die nach zehntägiger Retouche das geworden ist, was im Modell ich vor mir sehe. Fast täglich sehe ich mich eine halbe Stunde im Atelier Thorwaldsen's um und nie verlasse ich dasselbe ohne die höchste Bewunderung des Meisters, der nie fehlenden Grazie, der Uebereinstimmung aller Linien und Verhältnisse, der unglaublichen Leichtigkeit, womit derselbe alles schafft und die Formen seinem Zwecke anzupassen, hin- und herzubewegen im Stande ist. Nie sah ich einen Zirkel in seiner Nähe!

„Aus dieser kurzen Andeutung werden Sie ersehen, wie es um den Muth des Künstlers steht, der in diesem großen, vielseitig erleuchteten Spiegel — nur seine eigene Unzulänglichkeit vergleichend — sein Nichts erblickt. Ich kann Ihnen versichern, wäre das allgemeine Sein in

*) Grabdenkmal des Herzogs Eugen von Leuchtenberg, für München bestimmt.

der schönen Natur, dem geschichte= und kunstreichen Rom nicht so allgewaltig anziehend, ich würde schon diesem Zustande entflohen sein, um bei der Arbeit meine Beruhigung wiederzufinden. Ich schlafe wenig und leise nur die Nächte u. s. w."

Wie köstlich ist's, wenn der Schüler seinem bescheidenen Meister, welcher damals schon auf der Höhe des Ruhmes und aller Künstlerehre stand, hierauf antwortend zuruft:

„Es mag wol ein belehrender, Bewunderung erregender Genuß sein, in Thorwaldsen's Atelier herumzuwandern, und man mag nicht anders als mit hoher Verehrung für den Meister dasselbe verlassen. Doch — wenn auch ein Genius wie dieser mit spielender Leichtigkeit und jugendlicher Frische die schönsten, mannichfaltigsten Gestalten und Formen hervorzaubert, welche die Sinne ergreifen, die Augen entzücken, wenn er allerdings auf die höchste geistigste Weise — ganz Herr — in diesem Gebiete herrscht, mögen aber doch auch noch andere sein, die, wenn auch vielleicht weniger mit jener glänzenden Leichtigkeit begabt, wol aber mit männlichem Ernst, gründlicher Tiefe und beharrlichem Willen die höchste Meisterschaft erwarben, welche viele Freuden des Lebens hingeben, um Werke zu schaffen, die mit den schönen Formen nicht blos das Kennerauge ergötzen, sondern, was noch weit mehr ist, die vom Volke begriffen werden, es erheben, erfreuen, versittlichen, begeistern — und nur dadurch erhält ein Kunstwerk die wahre Autorität! Diese, meine ich, mögen wol würdig einem Talente wie Thorwaldsen zur Seite stehen, ja sie mögen fast — ich behaupte es — vom chriſtlichen und ſittlichen Standpunkte aus betrachtet noch eine Stufe höher ſtehen. Möge meine Anſicht eine unzulängliche genannt werden, es ſchreckt mich nicht ab, ich behaupte dennoch, ſie iſt eine wahre. Mögen Sie entſchuldigen, verehrter Herr Profeſſor, daß ich mich über etwas ausſpreche, was Sie ſich ſelbſt ſagen können und müſſen, ich fühlte mich aber durch eine Stelle Ihres Briefs zu ſehr gedrungen, die mich, ich kann es wol ſagen, als ein Beweis Ihres Vertrauens, als die offenſte Sprache Ihres Gemüths recht glücklich gemacht hat. Nur möchte ich um keinen Preis, ſelbſt um den Ihrer frühern Rückkehr nicht, daß Sie eine ſo herrliche, zu Ihrer Erholung und künſtleriſchen Erfriſchung feſtgeſetzte Zeit, die in Ihrem Leben vielleicht nicht wiederkehren wird, weniger genöſſen, indem Sie Ihre Genüſſe durch Reflexionen trübten. Nur dieſe Reflexionen verdienen die Gewiſſensbiſſe, von denen Sie ſprechen — nichts anderes u. ſ. w."

Solche Ausſprache läßt mehr als alle Schilderung von dritter Hand das Verhältniß, in welchem Meiſter und Schüler in ſeltener Weiſe zueinander ſtanden, erkennen, ſie iſt für beide gleich ehrend. Iſt's aber nicht auch als hätte Rietſchel, indem er ſeinen Meiſter beruhigte, zugleich auf die ſchlagendſte Weiſe Zeugniß davon ablegen wollen, daß er über ſein eigenes Kunſtideal, welches er, wie wir ſehen werden, durch ſein ganzes Leben verfolgt, und in einem Grade wie wenige ſeiner Zeitgenoſſen erreicht hat, ſchon damals völlig im Klaren geweſen ſei?

Thorwaldſen hatte ſich contractlich verbindlich gemacht, bei der Aufſtellung des von ihm vollendeten

Grabdenkmals des Herzogs von Leuchtenberg in München persönlich zugegen zu sein, „damit" — wie es in dem Contracte hieß — „nichts versäumet würde, was dem Werke zum vollkommenen Eindrucke dienen könnte", und man hatte auf diese Anwesenheit ein so großes Gewicht gelegt, daß sich der Künstler im Falle des Nichtkommens einen Abzug von 8000 Gulden am Honorar gefallen lassen mußte. Diese Summe war wol eine Reise von Rom nach München werth, denn der eigentliche Zweck — eine glückliche Aufstellung des Denkmals — wurde, wovon sich jeder, der München besucht, überzeugen kann, nicht erreicht, und es waltete auch hier über Thorwald= sen wie über andern bedeutenden Bildhauern das Mis= geschick, daß sie entweder im Augenblick der Aufstellung selbst nicht ganz uneingenommen sind, oder daß sie die lokalen Schwierigkeiten zu überwinden nicht die Macht haben.

Am 14. Februar 1830 langte Thorwaldsen in München an. Mit den Worten: „Träume ich oder wach' ich, Thorwaldsen in München!" hatte ihn König Ludwig, welcher damals krank daniederlag, an seinem Bette empfangen. München war in Jubel, alle Schich= ten der Bevölkerung von der Ankunft des „Götter= greises" elektrisirt.

Rauch hatte ihm die eigene Wohnung angetragen und ihn zugleich mittels eines Briefes der gastlichen Sorgfalt Rietschel's, welche dieser nun in Rauch's Namen auszuüben hatte, empfohlen. Da Thorwaldsen jeden Mittag und Abend ausgebeten wurde, oft an drei, vier Orte zu gleicher Zeit, des Morgens seine Wohnung von Besuchern aller Art gedrängt voll war, so hatte

Rietschel weniger Gelegenheit, mit dem berühmten Künstler zu verkehren, mit ihm zu sprechen und zusammen zu sein, als man danach schließen könnte, daß nur eine Stube ihre Wohnungen trennte. Thorwaldsen kam jedoch öfter in Rietschel's Zimmer, corrigirte einige Kleinigkeiten, welche dieser eines ihn überkommenen Unwohlseins wegen zu Hause arbeitete. Von den Porträtzeichnungen des jungen Künstlers war Thorwaldsen, der sich darüber gegen Rauch später aussprach, aufs höchste überrascht und er fand, trotz seiner minutlich in Anspruch genommenen Zeit, doch noch Gelegenheit, Rietschel zu einer Zeichnung zu sitzen. Diese gibt sehr lebendig die anmuthigen Züge des schönen Greises wieder und erscheint als eine der wahrsten Abbildungen Thorwaldsen's. *)

So hatte der liebenswürdige Meister einst vor zwanzig Jahren auf Rauch, damals noch unbekannt und mit ihm an der Restauration eines antiken Basreliefs aus der Villa Palombara arbeitend, als auf ein hervorragendes Talent hingewiesen, und nun kam er mit derselben innigen Theilnahme, aufmunternd und leitend, dem Schüler desselben entgegen.

Wenn Rietschel auf jene Zeit seines Lebens zu sprechen kam, konnte er nicht lebendig genug den Genuß schildern, den er gehabt habe, wenn er Thorwaldsen angesehen, so bezaubernd hätten dessen milde, hellblaue Augen gewirkt.

Am 12. März 1830 fand die Enthüllung des Leuchtenberg-Denkmals statt. Dasselbe wurde einer scharfen

---

*) Im Besitze des Geheimraths Dr. Carus in Dresden.

Kritik unterworfen. Die Darstellungsweise eines solchen Gegenstandes konnte, abgesehen davon, daß die Gruppe der Genien des Lebens und des Todes eine der schönsten Compositionen ist, welche aus Thorwaldsen's Hand hervorgegangen, einen Künstler von der Sinnesart Rietschel's nicht befriedigen, und er mußte sich des geistigen Gegensatzes, in dem er mit seiner eigenen, wenn auch noch nicht geklärten Kunstrichtung zu der des großen Hellenen stand, hier vollkommen klar bewußt werden.

Im Monat April des Jahres 1830 war Rauch aus Italien zurückgekehrt. Er hatte die Arbeiten am Königsmodell ziemlich vollendet gefunden und begab sich, nachdem er die letzte Hand daran gelegt, nach Berlin zurück, um hier neue und bedeutsame Aufträge für die Walhalla in Angriff zu nehmen.

Rietschel war noch immer im Ungewissen, ob das Denkmal Friedrich August's des Gerechten für Dresden wirklich zur Ausführung kommen werde. Die Unruhen des Jahres 1830, denen auch der Minister Graf Einsiedel weichen mußte, machten das ganze Unternehmen wankend. Erst im Monat August desselben Jahres erhielt der Künstler die volle Gewißheit, daß das Monument ausgeführt werden sollte, und es war somit seine nächste Zukunft sicher gestellt.

Außerdem wurde ihm „zur Entschädigung dafür" — wie Leo von Klenze sich gegen ihn ausdrückte — „daß Leeb und nicht ihm der Vasenmaler zur Marmorausführung übertragen worden war, und zum Zeichen der Zufriedenheit des Königs Ludwig" die Aufgabe zu Theil, für das Giebelfeld der Glyptothek den Ornamentbildhauer, sowie für die Walhalla irgendeine noch näher zu bestimmende Büste in Marmor zu fertigen.

Rietschel hatte somit allen Grund, seine Reise nach Italien heiter anzutreten, und er mag sich völlig dem Gefühle jugendlichen Glückes hingegeben haben, als er am 2. August 1830 seinen Freunden in München ein Abschiedsmahl bereitete und in dem fröhlichen Kreise auf Rauch's und Cornelius' Wohl getrunken wurde. Aber selbst im vollsten Glücksgefühl verließ ihn nicht seine Demuth, und er schreibt, von jenem Feste berichtend, an einen seiner Jugendfreunde, daß ihn die eigene Freude fast drücke, wenn er sich mit andern Künstlern vergleiche, die, mit enormem Talente begabt, die größte Noth litten.

Am 5. August 1830 trat Rietschel mit Hermann und Leopold Schulz aus Wien zu Fuß seine Reise nach Italien an. Neuber und dessen Freund Werner, später Arzt in Heilbronn, begleiteten die Wanderer bis ins Bairische Gebirge.

Die oberammergauer Spiele wurden damals zum zweiten mal auf dem Platze und in der Art und Weise wie jetzt abgehalten. Nahmen sie auch nur die Aufmerksamkeit Weniger ihrer Zeit in Anspruch, so versäumten doch die Reisenden nicht, sie zu besuchen. Mögen diese Spiele, ein Ueberrest der geistlichen Passionen, „wie er so altdeutsch kerngesund und jugendfrisch vor uns steht, als wären sie gestern erst entstanden", für den Historiker von höchstem Interesse, in der Cultur der Gegenwart eine ganz eigenthümliche Erscheinung sein, mögen sie den Kern eines wahrhaft historischen Volkstheaters, wie

Eduard Devrient meint, in sich wahren; — dem plasti=
schen Künstler bedeuteten sie auch etwas.

Gleichsam als wären die Bilder der deutschen Schulen
des 15. und 16. Jahrhunderts lebendig geworden, so
traten diese Gestalten dem Beschauer entgegen. Selbst
ungeschickte Formen wurden schön durch den reinen und
treuen Geist, der sie beseelte, und es war damals wie
heute die fromme Naivetät, welche selbst eine gewisse
Ueberladenheit von Natürlichkeiten überwand, ja zu rüh=
render Wirkung brachte. Noch eine andere Betrachtung
mußte aber der denkende Künstler an diese Erscheinung
knüpfen, die nämlich; daß in unserm Volksleben die
Formen eines gesunden und lebensfrischen Realismus
tief eingewurzelt, daß sie das innerste Wesen desselben
zu ergreifen im Stande sind.

Ueber Partenkirchen, Innsbruck, den Heiligenblut
Tauern ging's nach Treviso und Venedig. Groß und
bedeutend war der Anblick des Meeres, reich das Bild
Venedigs. Ueberall erscheint hier Rietschel als ein
schneller, lebendiger Beobachter, nicht blos auf dem
Gebiete der Kunst, sondern auch des Lebens, der Ge=
sellschaft, des Staats. Italien, damals zuerst von dem
nicht zu unterdrückenden Einheitsgedanken bewegt, bot
ein unruhiges, nicht immer erfreuliches Bild. Schon
der erste Eindruck der italienischen Orte unter der ge=
priesenen Herrschaft Oesterreichs war dem deutschen Sinne
des Künstlers unheimlich — schmuzige Häuser, viel faules
Lumpengesindel, das ist allerdings der erste Anblick, den
das Betreten des classischen Landes gewährt! Rietschel
war fern von jener idealisirenden Richtung, welche mit
unbedingter Begeisterung alles hinzunehmen pflegt, was

das italienische Leben bietet, und er verlor über den reichen Schätzen der Kunst, wie sie als lebendiges Zeugniß fast aller Jahrhunderte dem Auge erscheinen, nicht den Blick, das Herz und Mitleidsgefühl für die zum Theil bejammernswerthen gesellschaftlichen Zustände dieses herrlichen Landes, dieses reichbegabten Volks.

Als Rietschel Italien, seit Dürer für die deutschen Künstler das Land der Schule und Erholung, betrat, war die Zeit vorüber, wo Overbeck, ein neuer Fra Beato Angelico, in stiller Abgeschiedenheit mit seinen deutschen Freunden im Kloster St.-Isidoro „ein durch Freundschaft, Religion und heilige Begeisterung verbundenes gemeinsames Leben" führte; vorüber die Zeiten, wo Cornelius, Veit und Schadow, die maestri della maniera secca, in der Casa Bartholdi die Geschichte Joseph's „in jugendlicher Herzenslust" mit Ueberwindung aller Schwierigkeiten malten; verschwunden die Zeit, wo jener Verein von Talenten und Charakteren, getragen von allem, was das Vaterland und Italien Großes und Schönes bot, den Kampf gegen französische Thrannei und Frivolität und gegen die Beschränktheit deutschen Kleinwesens aufnahm; verschwunden die Zeit, wo der vom Feuer edler Kunstbegeisterung erfüllte Schnorr mit Cornelius, Overbeck und Veit jenes unsterbliche Leben in der Villa Massimi sich entfalten ließ, das wie ein blühender Baum über die deutsche Kunst sich ausbreitete, dem veröbeten, sonnenverbrannten Boden Labung und Kühle gewährend; verschwunden die Zeit, wo Thorwaldsen mit den Kunstgenossen in der römischen Osteria bei Gesang und Wein in unbefangenem Gespräche plauderte und im Leben um ihn herum die schönsten Motive zu seinen Göttern und Helden fand; verschwunden die Zeit, wo der geistvolle Kronprinz Ludwig inmitten edler Künstler, das Haupt mit dem Lorberreis der Mediceer geschmückt, echt königliches Leben um sich verbreitete.

Verschwunden das alles! Thorwaldsen fühlte sich bereits nicht mehr heimisch, der Gedanke, Rom zu verlassen, keimte wol schon damals in ihm. Cornelius hatte nur einen vorübergehenden Aufenthalt wieder dort genommen, und Overbeck hatte sich bereits gänzlich in die egoistisch fromme Abgeschlossenheit seines Lebens zurückgezogen. Wenn auch noch ein Kreis von Männern dort lebte, welcher mit warmer Theilnahme an der Entwickelung deutscher Kunst hing, so war doch jener Zauber, welcher stets auf Zeiten sittlicher Erhebung ruht, nicht mehr zu spüren.

Dennoch war Rom, oder vielmehr das Kunstleben daselbst, für den deutschen Künstler damals noch mehr als jetzt, und es schien die Zeit noch nicht ganz vorübergegangen, „in der" — wie Springer treffend sagt — „mit der römischen Luft selbst der Trieb zu ernstem Wirken, das energische Streben nach Vollendung eingeathmet wurde und auch mittlere Talente, durch die anregende allgemeine Atmosphäre gehoben, Tüchtiges leisteten".

Für den Bildhauer galten überdies in dieser Beziehung andere Bedingungen als für den Maler. Man hatte nicht wie jetzt Gelegenheit, die vorzüglichsten Werke der Antike und der Renaissance in trefflichen Abgüssen kennen zu lernen und zu studiren, und es gab somit bis dahin keinen großen Bildhauer, der dieser Stadt nicht einen Theil seiner Bildung verdankte. Wenn auch die Behauptung Winckelmann's, „die Empfindung des Schönen könne allein in Rom völlig richtig und verfeinert werden", jederzeit gewagt erscheint, so ist doch so viel gewiß, daß die bildhauerische Anschauung — und sei es zunächst nur äußerlich und namentlich bezüglich der Marmortechnik — hier durch das reichentfaltete Leben der Antike und der Werke der modernen Sculptur bereichert und vervollständigt wird. Ueberdies ist die römische Natur in Menschen, Thieren und Landschaft vorwiegend plastisch.

Die Eindrücke Norditaliens wirkten auf Rietschel in mancher Beziehung enttäuschend. Erst in Florenz lebte er voll und freudig auf. Aber was ist auch Florenz! Schon bei dem Namen geht einem das Bild einer großen gestaltenreichen Zeit auf. Der Anblick dieser Stadt vereinigt aber für den Deutschen die Pracht und leidenschaftliche Entfaltung des Lebens der italienischen Blütezeit mit dem behaglichen Sein, der frischen Regsamkeit der deutschen Reichsstädte, und hier zuerst fühlt er sich von einem in Geschichte, Poesie und Leben verwandten Zuge angeheimelt. Vor allen waren es hier unter den Bildhauern Ghiberti, Donatello Verocchio, Lucca della Robbia, unter den Malern Ghirlandajo und Masaccio, welche den jugendlichen Künstler anzogen. Das war echt florentinisches Leben! Das war es ja, was auch er erstrebte — diese feine Charakteristik, dieses reale, unmittelbar zum Verständniß sprechende Leben bei jeder Entfernung von allem kleinlichen Beiwerk, dieser Ernst und diese männliche Kraft der Durchführung. Namentlich bot Masaccio dem Bildhauer durch die Großartigkeit seiner Gewänder eine reiche Fundgrube von Anschauungen.

Michel Angelo machte in seinen zwar kühnen, aber übertriebenen Marmorarbeiten keinen befriedigenden Eindruck auf den damals noch suchenden, nach der Wahrheit ringenden jungen Künstler. Rietschel war darin sehr ehrlich und sprach dies offen aus; ihn konnte die genial-subjective Willkür, mit welcher Michel Angelo dem möglichst ergreifenden Ausdrucke eines Gedankens zu Liebe gezwungene, ja unmögliche Stellungen seinen Gestalten aufdrängt, bei seinen Körperformen ins Ueber-triebene und bei der Größe seiner Gedanken oft in bittere Herbheit verfällt, nicht ansprechen und fesseln. Das Streben nach gewaltigem Ausdruck der Gedanken auf Kosten der Naivetät — das lag nicht in des jungen Rietschel Wesen.

Es ist eine ziemlich weitverbreitete, bedauerliche Unwahrheit und eine gewisse Großmannssucht, wenn junge, zum Theil noch ganz unreife und ungebildete Künstler eine schwärmerische Verehrung Michel Angelo's zur Schau tragen, dieses auf einsamer Höhe wandelnden Geistes, zu dem der gewöhnliche Blick kaum hinaufreicht. Ein mit aller Liebe der Kunst sich hingebender Jüngling wird, in den meisten Fällen, von solcher Größe zwar gleichsam gebannt, aber nicht begeistert sein. Nur die Statue des Bacchus in den Ufficien, das Marmor-relief der Madonna, endlich die Statue Lorenzo's, be-kannt unter dem Namen il pensiero — ohne Ueber-treibung, wahrhaft großartig, hinterließen dem jungen Künstler damals einen tiefen Eindruck. Dem spätern einsichtsvollen und gereiften Meister erschienen freilich

Michel Angelo's Gebilde unter einem andern Gesichts=
punkte; die volle Auffassung des gewaltigen Künstlers
wurde nicht mehr durch Eigenthümlichkeiten, welche die
Jugend abstoßen mußten, behindert, und es hat wol nur
wenige deutsche Bildhauer gegeben, welche von so be=
geisterter Verehrung und allertiefstem Verständnisse des
großen Florentiners erfüllt waren wie Rietschel.

Von Florenz aus wurde Livorno und Pisa besucht,
wo das Campo=Santo den bedeutsamsten Eindruck auf
den Künstler machte, während in Livorno ein neueres
Werk, ein Denkmal des Giovanni di Bologna und
daran die Gestalten der vier nackten Sklaven wegen der
Tüchtigkeit der Arbeit sein Erstaunen erregten. Ueber
Perugia ging's dann nach Rom.

Bevor Rietschel jedoch hier seinen dauernden Winter=
aufenthalt nahm, reiste er nach Neapel, wo er mit
Eduard Bendemann zusammentraf, dessen bereits in
Berlin angeknüpfte Bekanntschaft erneuerte und von da
an zu demselben in innig=freundschaftliche Beziehung
trat, welche auf der gegenseitigen Gesinnung, einem
wahren Streben und tiefer Gemüthswärme die dauerndste
Grundlage fand.

Pästum und Capri wurden besucht, der Vesuv
bestiegen, Herculanum und Pompeji durchstreift, voll
Entzücken ward in den Wundern der Natur und der
antiken Vergangenheit geschwärmt.

Vor allem interessirten die vorzüglichen Marmor=
werke und die Bronzen des Museo Borbonico den
Bildhauer. Die Vollendung und Natürlichkeit in der
Antike war es überall, welche Rietschel anzog. Sein
Auge übte sich hier auch in dem Takte, bei Porträt=

aufgaben bis an die Grenze zu gehen, wo die Vollendung nicht kleinlich wird. In diesem Gleichmaße der Ausführung und geistigen Durchdringung ist das Geheimniß eines Kunstwerks enthalten, welches nicht blos für seine Zeit, sondern für alle Zeiten berechnet ist. In diesem Gleichmaße liegt des Kunstwerks höchster Reiz, liegt insbesondere das Interesse, welches die Werke selbst noch der scharf charakterisirenden römischen Porträtkunst erwecken. Es mag schönere und geistvollere Werke des Alterthums geben als z. B. die Agrippina oder die Statuen der beiden Balbus zu Neapel, allein nicht viele so erfreuliche, daß man sie immer und immer wieder gern anschaut. Vor allem der ältere Balbus! Pferd und Mann sind voll Leben, „das Pferd, stolz darauf einen solchen Reiter zu tragen, scheint zu schnauben", dieser Mann, der sicher und ruhig es beherrscht, mit dem scharfen geistreichen Antlitz, scheint zu athmen, und dennoch nirgends kleinlicher Naturalismus und lebloses Beiwerk. Jede Linie stimmt zum Ganzen und bringt in dem Beschauer unbewußt jenes befriedigte Gefühl hervor, jene Ruhe des Gemüths, wie sie keine andere Kunst als die Plastik zu erzeugen vermag.

Neben den allbewunderten Kunstwerken waren hier auch besonders die antiken Geräthschaften für unsern Künstler von anziehendster Wirkung. Die Grazie, die Bedeutung der Formen auch hierin faßte er mit dem schnellsten Blicke, er skizzirte viele der antiken Gefäße Gemälde und Bronzen, und es schreibt sich vielleicht von daher die ihm eigenthümliche Vorliebe und Begünstigung für schöne Formen bei den Erzeugnissen des Handwerks.

Nach einem kurzen Aufenthalte in Neapel kehrte er nach Rom zurück. Hier begann erst recht das Sehen und Lernen. Es ist erstaunlich, mit welcher Spannkraft er in der kurzen Zeit die Eindrücke alle verarbeitete. Neben seinem Tagebuche führte er ein sehr ausführliches und genaues Verzeichniß aller der Denkmale der Baukunst, der Sculptur und Malerei aus alter und neuer Zeit, welche er gesehen, mit kurzer Schilderung und Charakterisirung des Eindrucks, den sie ihm gemacht. Dies Verzeichniß bildet ein ziemlich starkes Buch. Daneben zeichnete er fleißig die schönen Modelle, welche Rom damals besaß, die berühmte Angelina und wie sie sonst hießen; faßte lebendig Motive, wie sie sich dort auf den Straßen der Stadt und den Wegen des Gebirges in den Gestalten der Menschen darbieten, mit sichern Strichen auf. Auch eine überaus große Menge schön gezeichneter Gewandmotive stammt aus jener Zeit.

Eigentlich zu arbeiten, hatte ihm Thorwaldsen, der ihn sehr freundlich aufgenommen, widerrathen, indem er meinte, daß er die kurze Zeit anwenden möchte, „alles recht ordentlich zu sehen, zu behalten und so zu sammeln“. Rietschel folgte auch diesem Rathe; um doch aber etwas zu thun, wie er sich ausdrückt, arbeitete er das kleine Modell der Königsstatue nochmals um, und zeichnete überdies auch die vier Eckfiguren zu dem Postament des Friedrich August-Denkmals. Nach Hübner's Angabe fanden diese Zeichnungen durch ihre innige und eigenthümlich strenge Auffassung, die sich an den Stil der ältern italienischen Sculptur anlehnte, und insbesondere durch die bei Bildhauern sonst seltene technisch vollendete Durchführung allgemeine Bewunderung in der Künstlerwelt, und auch Cornelius, dem Rietschel sie vorgelegt, hatte seine Zufriedenheit damit zu erkennen gegeben. *)

Auch zu dem gesellschaftlichen Leben der Deutschen in Rom trat Rietschel bald in Beziehung. Es waren gerade damals eine Anzahl jüngerer Künstler, welche er von Berlin her kannte, versammelt, die den Ankommenden freudig empfingen und umgaben. Wilhelm Schadow und seine Familie und fast alle ältern Schüler desselben, Sohn, Hildebrandt, Hübner, Bendemann, Rietschel's persönliche Freunde von Berlin her, waren bereits dort. Das Bendemann'sche und Hübner'sche Haus bildeten den geselligen Mittelpunkt für diesen Kreis, und die Anwesenheit Felix Mendelssohn's, der eben in vollster Frische jugendlicher Kraft stand, verlieh dem Zusammenleben noch ein musikalisches Element von unbeschreiblichem Reize.

Freilich war dies ein anderer Kreis als jener frühere, welcher die deutsche Kunst wieder erweckt hatte. Es lag in der Sinnesart der düsseldorfer Künstler eine andere Richtung des Geistes und Gemüths, eine andere Auffassung des Kunstideals. Wie schon erwähnt, waren sie im Herbste 1828 mit ihren Productionen zum ersten mal in Deutschland aufgetreten. Von dem Enthusiasmus, welcher diese talentvolle Künstlerjugend empfing, kann man sich heute keinen Begriff machen. Im Jahre 1830 war Sohn's Hylas mit den Nymphen auf der berliner

---

*) Diese Zeichnungen befinden sich im Besitze der Frau Rietschel.

Ausstellung erschienen und galt in Zeichnung und Com=
position für eins der vollendetsten Kunstwerke. Lessing's
„Uhland'scher König" erregte nicht minder die Bewun=
derung, Hübner's Bildniß seiner Frau strahlte als ein
Meisterwerk in erster Reihe. Die Zeit Rafael's schien
in den jugendlichen Künstlern wieder aufgegangen. Sie
selbst waren von solcher Anerkennung gehoben und durch
ihre natürliche Anlage unterstützt, konnten sie sich der=
selben mit dem vollen Gefühle innerer Zufriedenheit
erfreuen; ihre Thätigkeit in Rom wurde dadurch nur
gesteigert. Dazu waren insbesondere Hübner und Bende=
mann mit einer feinen, sehr umfassenden Bildung aus=
gerüstet, welche sie fähig machte, Italiens reiche Schätze
mit mehr Verständniß als andere zu genießen. Rechnet
man endlich noch dazu, daß gerade diesem Kreise die
Begünstigung zu Theil geworden, sehr wohlbemittelt zu
sein, so kann man sich vorstellen, daß heiterste Lebenslust
hier herrschen mußte, daß Arbeit und Studien mit ge=
nußreicher Erholung wechselten, daß man sich hier mit
vollem Glücksbehagen den schönen Eindrücken Italiens
überließ.

Daß Rietschel sich diesem Lebenskreise nicht völlig
hingeben konnte, ist leicht nachzuempfinden. Er hatte
in seiner Vergangenheit andere Voraussetzungen. Eine
harte, engbegrenzte Jugend mit manchem Kummer der
Seele, der keinem Armen ausbleibt, lag hinter ihm.
Er hatte das Leben — bei seiner natürlichen Anlage
zur Sorge und Unruhe — von schwerer Seite kennen
gelernt, und wenn ihm auch auf seiner künstlerischen
Laufbahn das Glück nicht abhold gewesen, so war er
doch nicht allgemein anerkannt und erfreute sich nur

in den näheren Kreisen seiner künstlerischen Umgebung der Hochschätzung. Er — seine schönsten Freuden, seine tiefsten Leiden in seinem eigenen beweglichen Seelenleben findend, sich nie genügend, oft nicht voll vertrauend und auf dem Wege des Suchens und Ringens, mit dem Drange, sein innerstes Wesen in künstlerischen Gebilden auszudrücken — konnte sich mit solcher genügsamen Unbefangenheit jenem Glücksbehagen nicht hingeben. Er war oft in unruhiger, in nicht glücklicher Stimmung und hatte manche Kämpfe innerer Bildung durchzumachen. So mochte er hier und da wenig mit jenem glücklichen Kreise innerlich zusammenstimmen, dennoch war er darin gern gesehen und er hatte ihm der angenehmen und belehrenden Stunden viele zu danken.

In Rom traf er auch seinen Freund Milde und lernte er endlich den höchstbegabten Erwin Speckter, dem er schon lange in Freundschaft verbunden war, von Angesicht und äußerm Wesen kennen. Speckter selbst erzählt in seinen Briefen von der Liebe, welche sie, ohne daß sie sich persönlich gekannt, miteinander verbunden habe und die so lebendig gewesen sei, daß, als nach Rom die falsche Nachricht von Speckter's Tod gelangt, Rietschel's heftigster Schmerz in Thränen ausgebrochen wäre. Dennoch war diesem die Persönlichkeit Speckter's, mit dem er nun oft zusammenkam, nicht so sympathisch, als er geglaubt hatte. Auch den Maler Preller traf er hier wieder an, welcher, bei der Pflege des jungen Goethe von der Blatternkrankheit angesteckt, dem Tode nahe gewesen war.

Thorwaldsen's Atelier besuchte der junge Bildhauer oft. Eine Welt, dem gewöhnlichen Leben entrückt, eine Welt des Schönen und Herrlichen that sich da vor ihm auf, daß er oft, wenn er daraus fortging, das kleine Gärtchen vor der Werkstatt wie im Traume durchschritt und erst wieder durch die blühenden Blumen an diese Welt des Seins erinnert wurde.

Sonst war es eben vor allem der Vatican, in dessen Räumen er köstlichste Stunden des Lernens verlebte. Reich waren die Eindrücke überhaupt, welche Rom auf Rietschel hervorbrachte, und oft äußerte er in seinem spätern Leben: so groß, so wunderbar, so herrlich sei diese Stadt, daß wenn man dort wäre, Reiche und Welten verschwänden; es sei der einzige Ort, nach dem er eine fortdauernde Sehnsucht habe. Andererseits fühlte er aber auch schon damals die Gefahr eines solchen Aufenthalts und wie der volle Zauber und Reiz dieses Lebens den Geist leicht gefangen nehme. Er „kann sich recht gut denken, wie man sich des Fleißigseins in Rom entwöhnt, da überall Neues und überwältigend Schönes zu schauen, das bei aller Lust zur Arbeit doch zur Hingabe an den Genuß verführt und so das Gemüth in steter Unruhe erhält". Ruhig von Gemüth — meint er — könne man aber nur werden in der Unruhe der geistigen Arbeit.

Mancherlei Umstände trugen dazu bei, um dem Künstler den Genuß Italiens in etwas zu beeinträchtigen. Einerseits waren die Nachrichten aus der Heimat sehr beängstigend, die politischen Unruhen wurden in vergrößertem Maßstabe gedacht und dargestellt, andererseits, war Rom selbst in vollster Aufregung und Bewegung. Am 2. Februar 1830 gab der erste Kanonenschuß das Zeichen, daß der Cardinal Capellari zum Papst gewählt sei. Als Gregor XVI. bestieg er den „schädlichen"

Stuhl. Unmittelbar auf die Papstwahl folgte der Carneval, aber ebenso schnell die Nachricht, daß Bologna abgefallen und dort eine neue Regierung eingesetzt sei. Der Carneval war deshalb flau und leblos. Während dieser Zeit liefen allerhand Gerüchte von Schlachten zwischen den Insurgenten und päpstlichen Truppen ein. Edicte wurden erlassen, Hülfe von oben in den Kirchen erfleht. Wo sollte da die Freude herkommen? Immermehr vergrößerten sich die Gerüchte vom Aufstande. Rom selbst, von Militär ziemlich entblößt, wurde unsicher. Es war gefährlich, des Nachts allein sich auf die Straße zu begeben. Eine schwere, gedrückte Stimmung herrschte überall. Die Fremden wurden durch die Gesandtschaften gewarnt. Patrouillen zu Pferd und zu Fuß durchzogen Rom, Schildwachen wurden erschossen, Untersuchungen und Verhaftungen fanden statt. Rottenweise durchzogen die Trasteveriner — selbst eine ungezügelte Masse — die Stadt, um die Ruhe und Ordnung aufrecht zu erhalten. Alle Sammlungen waren geschlossen, daher schickten sich viele Künstler an Rom zu verlassen. Da es überdies als eine Möglichkeit erschien, daß bei steigenden Unruhen der Heimweg gänzlich abgeschnitten werden könne, so beschloß auch Rietschel, jetzt schon in die Heimat zurückzukehren.

Mit dem Kammergerichtsrath Wilke, Dr. Jakobsohn und dem Maler Jordan aus Magdeburg machte er sich Ende Februar auf den Weg. Da die Straßen bereits sehr unsicher waren, mußten die Reisenden ihren Aufenthalt in dem herrlichen Siena und in dem lieb gewonnenen Florenz abkürzen. Bologna war bereits in vollem Aufruhr, in Modena der Herzog verjagt. Als

die Reisenden endlich die österreichischen Vorposten er=
reichten, wurden sie in das Hauptquartier des com=
mandirenden Obersten escortirt, von wo aus sie aber
unangefochten bis Verona und von da nach München
gelangten.

Rietschel wurde von seinen Freunden in Deutschland
mit offenen Armen aufgenommen. Der Ruf einer großen
Thätigkeit war ihm vorausgeeilt; auch empfing ihn in
München der Auftrag, Luther's Kolossalbüste in Mar=
mor für die Walhalla auszuführen. Abgesehen davon,
daß ein solcher Auftrag für den Wiederbeginn seiner
Thätigkeit in Deutschland an sich schon erfreulich gewesen,
so war es namentlich gerade dieser Gegenstand, der
den jungen Künstler befriedigte. „Ich soll eine Büste für
die Walhalla machen" — schreibt er am 21. März 1831
an Rauch — „und rathen Sie, welchen Kopf! —
Luther! — ich bin so glücklich darüber, daß ich es nicht
aussprechen kann."

Es ist ein eigenthümlicher Zufall, daß somit das erste
Werk, welches Rietschel für die Oeffentlichkeit ausführte,
gleichsam eine Vorarbeit zu jener Schöpfung bildet,
welche ihn am Schlusse seines Lebens beschäftigte, deren
Beendigung — sein sehnlichster, heißester Herzenswunsch —
er nicht erleben sollte!

Rietschel hatte sich entschlossen, auch wenn sich, wozu
die Befürchtung bei den eingetretenen Unruhen sehr
nahe lag, der Auftrag für das Denkmal Friedrich
August's des Gerechten nicht realisirt hätte, vorerst seinen
Aufenthalt wieder in Berlin zu nehmen. Durch die
inzwischen an ihn gelangte definitive Beauftragung war

er hierzu sogar genöthigt, da er das Hülfsmodell der Königsfigur unter Rauch's Leitung anfertigen sollte. Ueberdies öffnete sich in Dresden vor der Hand nicht die geringste Aussicht auf Thätigkeit für ihn. Dort war das Interesse für die Sculptur noch in keiner Weise erwacht. Der Hof und der Adel waren zum Theil nicht kunstliebend, zum Theil nicht vermögend genug, um Bestellungen bei Bildhauern zu machen, deren Werke durch die Auslagen an Material und Arbeitskräften natürlich kostspielig zu sein pflegen. Wenn jetzt in der Anweisung einer bestimmten Summe im Staatsbudget Gelegenheit zu Bestellung monumentaler Werke wenigstens einigermaßen geboten ist, wenn die Kunstvereine — was freilich sehr selten geschieht — zufällig ein wirklich vortreffliches Kunstwerk kaufen und damit eine kleine Abhülfe für das im allgemeinen mangelnde Interesse der Reichen geboten scheint — blos scheint — so war damals selbst hiervon keine Rede.

Dagegen war in Berlin durch Rauch, Schinkel, welchen nach und nach ein weiter Wirkungskreis zu Theil geworden, durch die Ausschmückung neuentstehender Bauten, und bei der lebhaftern Betheiligung des Volks an öffentlichen Kunstangelegenheiten gerade für einen Bildhauer von bedeutenden Anlagen eine Zukunft leichter zu begründen.

Bevor Rietschel sich in Berlin niederließ, besuchte er das ihm lieb gewordene Lauchhammer und feierte hier seine Verlobung mit Albertine Trautscholb, einer Tochter des dortigen Oberfactors Trautscholb, einem Mädchen von reichen Geistes- und Gemüthsanlagen, zu welcher ihn vom ersten Augenblicke des Sehens an eine tiefe Neigung des Herzens hinzog.

„Mein Muth ist für die Zukunft gewachsen", mit diesen Worten kündigte er einem Freunde seine Verlobung an, „denn damit es ihr wohlgehen kann, wird der Himmel meinen festen Willen kräftigen und mein Bemühen segnen."

Es war ein schönes Pfingstfest, welches Rietschel im Jahre 1831 in dem Pfarrhause zu Kötschenbroda an der Elbe bei dem trefflichen Onkel seiner Braut, dem Pfarrer Trautschold, verlebte, voll Sonnenschein und Jugendglück! An der Seite einer anmuthigen Geliebten, in dem Erinnern an die herrliche Vergangenheit und die Eindrücke des schönen Italien, in dem seligen Gefühle der Gegenwart und in der Gewißheit und dem Vertrauen auf eine thätige Künstlerzukunft! Von diesem Glück ist auch der Briefwechsel zwischen ihm und seiner Braut ein treues Spiegelbild. Aber nicht blos dies, er ist mehr! Es leuchtet aus ihm ein fast rührendes Streben hervor, sich gegenseitig zu bessern, zu klären, zu versittlichen. Es ist eine Fülle von hohem Ernst neben dem glücklichen Geplauder der Liebe darin erkennbar, und man sieht, wie diese beiden jugendlichen Seelen, von einer echt christlichen Auffassung ihrer Lebensziele durchdrungen, danach rangen, sich diesen hohen Zielen zu nähern, ihre zukünftige Ehe unter diesem Gesichtspunkte zu schließen und zu führen.

Bald nach seiner Ankunft in Berlin begann Rietschel an der Büste Luther's zu arbeiten und vollendete dieselbe dann auch in Marmor. Freilich gelangte sie erst im Jahre 1847 in der Walhalla zur Aufstellung; zur endlichen Anerkenntniß, daß der confessionelle Gesichtspunkt Scheidungen wenigstens in der Geschichte der

Verdienste nicht hervorrufen sollte. Außerdem arbeitete der Künstler in Rauch's Atelier an dem lebensgroßen Hülfsmodelle zur Kolossalstatue Friedrich August's unter des Meisters unmittelbarem Einflusse.

Bereits vor dem Jahre 1827 war der Entschluß gereift, dem Könige Friedrich August von Sachsen ein Denkmal zu errichten. Dasselbe sollte durch freiwillige Beiträge und Sammlungen „unter allen Ständen des Königreichs" ins Leben treten, ein Comité, an dessen Spitze Johann Herzog zu Sachsen stand, sollte die Angelegenheit besonders betreiben. Rietschel war entschlossen, bei der ausgeschriebenen Concurrenz sich zu betheiligen, und hatte ein Modell eingereicht, welches den König sitzend, mit einem Hermelinmantel bekleidet, darstellte. Dasselbe hatte vor andern den Vorzug erhalten und es wurden nur einige Ausstellungen dagegen seitens der Commission erhoben. Der Zopf, welchen der König bekanntlich getragen, sollte in Wegfall kommen und das Haar, „ungeachtet möglichste Porträtähnlichkeit zu beobachten, mehr im antiken Stile zu halten sein". Der Hals sollte bloß dargestellt werden, und endlich wurde in Bezug auf das Costüm bemerkt, daß zwar eine ganz antike Bekleidung, wiewol selbige in plastischer Hinsicht den Vorzug vor allen andern verdiene, doch sonstiger Rücksichten wegen nicht wohl annehmbar, jedoch ebenso wenig die im Modell angebrachte halbmoderne beizubehalten sei. Man hatte es daher für zweckmäßig befunden, „die Art des fürstlichen Costüms, die noch vor dem sogenannten Mittelalter, als zur Zeit Karl's des Großen, gebräuchlich gewesen, in Antrag zu bringen". Das Costüm Karl's des Großen für Friedrich August den Gerechten! Antik herabwallendes Haar — etwa wie bei Dannecker's Schiller — für einen Mann, der sich in den beengendsten Hofformen bewegte!

Rietschel sendete im Jahre 1829 von München aus eine veränderte Skizze ein. Der Zopf war weggelassen, die für künstlerische Darstellung günstigere Tunica angebracht, der gewünschte Eichenkranz aufs Haupt gesetzt und das Herrschaft andeutende Scepter in die Hand gegeben. Rietschel, der mit den Anschauungen der Commission nicht übereinstimmte, hatte sich aber um so leichter dem Ansinnen dieser Aenderungen gefügt, weil er voraussah, daß, wenn der König vor den Augen der Commission in so idealer Erscheinung sich zeigen werde, diese von selbst das Bedürfniß nach größerer Lebenswahrheit fühlen würde. Und so war's. Der Künstler erhielt nun definitv am 24. Juli 1830 den Auftrag, ein anderweites Modell, „welches er unter den Augen der Künstler in Rom, namentlich Thorwaldsen's, unter Zugrundelegung seines zuerst eingereichten" fertigen sollte, einzureichen. Der Kopf sollte wieder ohne Kranz, das Haar nicht antikisch, sondern zusammengebunden, auch die Tracht nicht à la Karl's des Großen sein, denn es durfte wieder der Uniformkragen und der Stiefel unter dem Hermelin zum Vorschein kommen.

Rietschel sendete mit der in Rom gefertigten Skizze auch die großen Zeichnungen zu den vier Regententugenden bei seiner Rückkehr aus Italien ein. Auch daran hatten einzelne Herren von der Commission mancherlei auszusetzen; der eine hatte sich z. B. ein weiblicheres Ideal von der Gerechtigkeit gemacht und wünschte „demgemäße" Abänderung. Allein alle Bedenken und Wünsche

welche bei Comités, denen nicht ein bereits über alle
Zweifel berühmter Künstler gegenübersteht, endlos zu
sein pflegen, weil man in der Regel, anstatt von dem
allgemeinen Gefühl des Schönen sich leiten zu lassen,
kunstrichterlich das gefährliche Gebiet des Einzelnen betritt, wurden durch den Prinzen Johann, der von Anfang an bei dieser Monumentsangelegenheit mit wahrhafter Kunsteinsicht verfuhr, beseitigt. Er pflichtete den
von der Commission gemachten Bemerkungen nicht bei,
sondern erklärte es für das Zweckmäßigste, daß der
Künstler nach eigener Einsicht verfahre, da nichts bedenk-
licher sei, als wenn Laien in die Idee eines Künstlers
hineinpfuschen wollten, woraus immer nur etwas Halbes
werden könne.

Am 30. November 1831 wurde der Vertrag abgeschlossen, wonach Rietschel unter Rauch's Oberleitung
die Modelle der Hauptfigur in sitzender Stellung zu zwölf
Fuß Höhe in Proportion, und die der vier Eckfiguren
des Postaments zu fünf Fuß Rheinisch, gegen ein Honorar
von 12000 Thalern zu fertigen unternahm: ein Preis,
der nicht übermäßig erscheint, wenn man bedenkt, daß
nach des in dieser Beziehung sehr erfahrenen und ver-
ständigen Bildhauers Tieck Berechnung die Auslagen auf
6044 Thaler veranschlagt worden sind. Bereits im
Mai 1832 zeigte Rauch dem Prinzen Johann an, daß
Rietschel das große Hülfsmodell vollendet habe und
daß es allen Bedingungen, welche ein gutes Kunstwerk
charakterisiren, entsprechend ausgefallen sei.

Die vier Eckfiguren wurden von dem geschickten
Gießer Fischer in Berlin gegossen und ciselirt, welchem
Rietschel am 14. März 1833 die Gerechtigkeit, im

September desselben Jahres die Milde, im October 1834 die Frömmigkeit und am 8. October 1835 die Weisheit zum Gusse ablieferte. Die Hauptfigur sollte in Dresden gegossen werden. Dieser Versuch misglückte aber völlig, und man war genöthigt, den mislungenen Guß im Jahre 1839 zur Reparatur und Vervollständigung nach Lauchhammer zu senden.

Wie bereits erwähnt, ist der König sitzend dargestellt. Rauch hatte an dem Denkmale König Maximilian's von Baiern die Erfahrung gemacht, wie schwierig es ist, in eine so ungünstig sich vertheilende, nach unten massenhafte Gestaltung lebendige Profilirung zu bringen; er hatte jedoch mit dem ihm eigenen Scharfsinn diese Schwierigkeit erfaßt und zum Theil dadurch überwunden, daß er das Piedestal reich mit Figuren belebte und so Postament und Statue gleichsam in einen Linienfluß brachte, welcher das Auge nicht auf der Gestalt des Königs allein ruhen läßt, sondern sie immer wieder sogleich in Beziehung zu den im Piedestal ausgesprochenen Gedanken setzt. Es mag dies nach Ansicht der Prediger von der plastischen Ruhe ein Fehler sein, es liegt aber hierin gerade das Geheimniß der immer neuerfrischenden Wirkung dieses schönen Denkmals, welches ein echt populäres geworden ist.

Wenn nun Rauch auf das Rietschel'sche Werk unmittelbaren Einfluß geübt hat, so bleibt zu erklären, warum dennoch der Gestalt Friedrich August's die freie, unbefangene Haltung, dem ganzen Denkmal die Lebendigkeit fehlt, welche Rauch's Monument auszeichnet. Was Rauch in frischer Arbeit, mit selbständiger Ueberwindung aller Schwierigkeiten originellerweise erstrebt und erreicht hatte, das mußte wol lebendig und gut wirken; kein Wunder aber, daß eines andern, wenn auch noch so correctes Werk, in welchem die für den Einen Fall gefundenen und anwendbaren Gesetze einer fremden Individualität sich als beengende Norm aufdrängten, den Beschauer kalt läßt. So ähnlich daher die Gestalten Maximilian's und Friedrich August's im ganzen gedacht sind, so verschiedenen Eindruck machen sie. Es ist nicht zu leugnen, daß König Max eine günstigere Persönlichkeit bot als Friedrich August. Auch ist zu berücksichtigen, daß in Baiern Königsmantel und Scepter zuweilen noch wirklich in Gebrauch sind, daß der Wittelsbacher von jeher einen gewissen Hang zum Königsschmuck gehabt und das Volk seine beiden Könige öfter in solchem Costüm gesehen, während wol kaum irgendjemand Friedrich August den Gerechten in jenem Anzuge, in welchem er auf seinem Denkmal dargestellt ist, erblickt hat. Daher kommt es auch, daß trotz der überaus großen Porträtähnlichkeit des Kopfes das Volk seinen frühern König in dieser Gestalt kaum zu erkennen vermochte.

Zu alledem trat schließlich noch der Uebelstand hinzu, daß Rietschel bei der Gestaltung des Piedestals keine entscheidende Stimme hatte, dessen unverhältnißmäßig hohe und ungünstige Form nun wesentlich die Wirkung der daran befindlichen Figuren beeinträchtigt.

II.

(1832—1846.)

Nachdem Rietschel das lebensgroße Hülfsmodell der Friedrich August=Statue in Berlin vollendet hatte, feierte er zu Lauchhammer im Kreise seiner Familie und seiner Freunde im October 1832 seine Hochzeit und begründete dann seinen neuen Hausstand in Dresden, wo sich ihm inzwischen doch günstigere Aussichten, als es anfänglich schien, geboten hatten. Seine öffentliche Stellung war die eines Professors an der Akademie der Künste. Im wesentlichen hatten hier die Verhältnisse sich nicht geändert. Von dem Zustande, in dem sich die sogenannte Modellir=klasse befand, kann man sich schwerlich eine Vorstellung machen. Da wurden, anstatt tüchtiger Studien nach der Antike und nach der Natur, erbärmliche Originale, kleine Medaillons u. dgl. von jungen Leuten, welche noch keinen Begriff von der Form des menschlichen Körpers, viel weniger von der richtigen Anlage einer Gestalt hatten, doppelt und dreifach vergrößert. Die

Schüler arbeiteten in steinhartem Thon mit Holz= und Eiseninstrumenten, welche kaum einen Finger lang waren, und schnitten mehr, als daß sie modellirten. Da galt es denn vor allem — Geduld, und Rietschel hat sie redlich bewährt. Er mußte erst das Material selbst tauglich vorrichten, „Thon vorkneten", Instrumente vorzeichnen und anfertigen lassen, welche einigermaßen tauglich waren, sie mit der Hand führen lehren, kurz von Grund aus alles ändern, alles von neuem beginnen. Dazu kam, daß er bei seinen eigenen Arbeiten gar keine Hülfsmittel vorfand. So war er, um nur Eins zu erwähnen, genöthigt, die Gipsgüsse und derlei Arbeiten in seinem eigenen Atelier vorzunehmen.

Wenn man auf diese Anfänge blickt und damit den heutigen Zustand vergleicht, wo so viele talentvolle junge Künstler von tüchtigster Bildung bemüht sind, den Ruhm, welchen Dresden als eine Kunststätte, insbesondere der Sculptur, einnimmt, zu erhalten, wenn man das rege Schaffen in deren Werkstätten belauscht; dann muß man rühmend anerkennen, daß das Hauptverdienst hiervon dem unermüdlichen, energievollen Streben Rietschel's und seinem eminenten Lehrtalente zu verdanken ist.

War die Stellung eines akademischen Lehrers somit eine ziemlich mühevolle für ihn, sodaß er selbst meinte, man verlange ein wenig gar zu viel, so war im übrigen seine Lage eine sehr glückliche zu nennen. Am Ziele langersehnter Wünsche, an der Seite einer trefflichen Gattin, am eigenen, wenn auch noch so bescheidenen, dennoch wohlbegründeten Herde, einen reichen Wirkungs=kreis vor sich, theilnehmende Freunde in der Nähe, für die Hände und fürs Herz Arbeit vollauf! „Ich darf nicht wagen, Gott um mehr Glück zu bitten", so rief er damals aus, „er hat mir mehr gegeben, als ich je zu hoffen wagte; nur Eins schenke er mir, das stete Bewußtsein meines Glückes, damit ich es dankbar preise und nicht voreilig kleinmüthig werde, wenn die Sonne nicht immer scheinen will. Ich denke und hoffe, es wird anders mit mir, als es gewesen, meine Kraft ist ja nun eine doppelte geworden!"

Sein häusliches Glück wurde durch die Geburt einer Tochter vermehrt. „Es ist ein stärkendes Gefühl" — mit diesen Worten meldete er das Ereigniß dem an allem theilnehmenden Rauch —, „Lebensglück und Lebensnoth anderer von sich abhängig zu wissen, und ich achte jeden für arm, der dies nicht erfahren kann oder erfahren hat." Zu den Freuden des Hauses gehörte für ihn auch die öftere Anwesenheit seiner Schwester Groschky und seiner treuen Mutter, welche jedoch nie lange in Dresden verweilte, sondern bald wieder nach ihrem Häuschen in Pulsnitz, „in dem sie vierzig Jahre lang wenig Freuden und viel Leid erlebt", zurückkehrte. Einige Jahre nach des Sohnes Niederlassung in Dresden starb sie zu um so größerm Leidwesen desselben, als er jetzt im Stande gewesen wäre, ihr das Alter angenehm zu machen und ihr reichlichere Hülfe zu gewähren.

In jener Zeit arbeitete Rietschel, wie schon erwähnt, an den Modellen der vier Regententugenden für das Friedrich August-Monument. Sie sind nach dem Urtheile Julius Hübner's die Glanzpunkte an dem vollendeten Monument und „zeigen schon in der zarten Knospe die sinnige Eigenthümlichkeit Rietschel's, die sich in spätern

Werken zur vollen reichen Blüte entfaltete". Nach Her=
mann Hettner's Ansicht gehören diese Erstlingsarbeiten
zu dem Vollendetsten, was Rietschel geschaffen hat.

Die Gerechtigkeit, eine ernste Gestalt mit breitem
Gewande, trägt ein Schwert in der einen Hand, während
sie mit der andern die Gesetzestafel, auf das linke Knie
angestemmt, vor sich hält. Die Frömmigkeit hat mit
beiden Händen ein Kreuz umfaßt und senkt den Blick
andächtig zur Erde. Der Kopf dieser Gestalt ist von
vollendetster Schönheit. *) Die Milde führt in der Linken
einen Stab, während sie die rechte Hand zum Frieden
mahnend in die Höhe hebt; in reichen Falten umhüllt
der Mantel die schöne Gestalt.

Diese Arbeiten nehmen in der Entwickelung Rietschel's
eine eigenthümliche Stellung ein. Sie sind noch Er=
zeugnisse der ersten, in jugendlicher Begeisterung auf=
genommenen Eindrücke der ältern Italiener, poetisch und
innig gedacht und empfunden; es liegt aber ein gewisser
Zwiespalt zwischen der jugendlichen Auffassung und
Naivetät der Conception, und der unleugbaren be=
fangenen Correctheit der Durchführung. Es würde wohl=
thätiger berühren, wenn die Arbeit an diesen Figuren
weniger correct wäre, vielmehr die Spuren jener Mängel
an sich trüge, die mit dem jugendlichen Empfangen und
Empfinden nothwendig verbunden sind. Rietschel war
bei der Ausführung sehr ängstlich gewesen. Er hütete
sich, die frischen Holzstriche so stehen zu lassen, wie sie dem

---

*) Für den Kunsthandel vervielfältigt durch den Gipsformer
Wiesing in Dresden.

Modell eine lebensvolle und warme Erscheinung verleihen; denn er fürchtete die Feile des Ciseleurs und suchte deshalb die einzelnen Theile gleich so zu schaffen, daß sie im Metall ziemlich unberührt bleiben konnten, — ein Irrthum, denn die Wirkung im Metall wird stets eine andere sein als im Thon= oder Gipsmodell; sie ist allenfalls — was Rietschel später in so hohem Grade verstand — annähernd zu berechnen, aber nie genau von vornherein zu bestimmen. Ueberhaupt sind die Bronzebedingungen bei diesen Gestalten nicht immer innegehalten. Die Bronze verlangt andere Behandlung der Formen als jedes andere Material, namentlich verbietet sie eine starke Anhäufung von Falten, da leicht durch die Tiefe der dunkeln Schatten für das Auge gleichsam Löcher entstehen, welche die Gesammtwirkung stören. Die Fläche muß hier überall dominiren, die tiefen Bohrstriche, welche der Marmor erlaubt, müssen vermieden werden. Rietschel hat dies nicht überall beobachtet. So vortrefflich endlich die Gestalten gegossen sind, so entsprechen sie doch den Modellen nicht vollständig. Rauch selbst berichtete über den Guß einer derselben in folgender Weise: „Ich sah die letzte Statue fast vollendet ciselirt, sie schien mir ziemlich gut ausgeführt, wie es die Leute so verstehen, die keine Kenntniß des Nackten und der Formen, der Falten und ihrer Organisation haben", und Rietschel klagte oft darüber, daß er diese Arbeiten nicht unter seinen Augen könne vollenden lassen.

Die Ausführung von Kunstwerken in Bronze bleibt, so wie sie jetzt betrieben wird, überhaupt ein Uebelstand. Es muß hierin, soll nicht die Bildhauerkunst empfindlich gefährdet werden, eine Aenderung eintreten. Alle

Künstler, denen ihre Werke am Herzen lagen, haben das bitter empfunden, und Rauch selbst ruft einmal aus: „Ich bin recht unglücklich in dieser Gegenwart, wenn ich besonders auf das Bestreben der letzten funfzehn Jahre zurückblicke. Nichts, was mir Freude machen kann, da alles entfernt von mir und als Mercantilwaare ausgeführt wird", und ein andermal: „F., der Kunstgießer, weilt im Mineralbade, während die Gehülfen mühsam Geschaffenes zerhobeln. An diesem Leibe der Bronzearbeit gehe ich körperlich und moralisch zu Grunde."

In frühern Zeiten war der Kunstguß nicht ein eigener, von der Bildhauerei abgetrennter Zweig der Kunstindustrie, sondern der Künstler besorgte ihn entweder selbst oder er leitete und vollendete wenigstens die Herstellung der gegossenen Werke. Handwerk und Kunst gingen hier Hand in Hand: man lebte der sehr richtigen Ansicht, daß ein echtes Kunstwerk die unmittelbaren Spuren der Schöpferhand an sich tragen, durch sie gleichsam die Signatur erhalten müsse. Das ist's ja, was einem Kunstwerke den frischesten Zauber verleiht, daß man den sichtbaren Spuren der menschlichen Hand, welche Göttliches hervorgebracht, nachzugehen vermag und so gleichsam einzudringen meint in die geheime Werkstatt des Schaffens! Daher entzückt uns das Thonmodell mit seiner Frische der Arbeit mehr als das danach geformte Modell in Gips, und es liegt die Schuld hiervon nicht blos in dem kalten, todten Material, sondern auch darin, daß schon bei dieser Umformung häufig ein Theil der Unmittelbarkeit und Feinheit des Originals verloren geht. Bei der Uebertragung eines Modells in Marmor fühlt auch heute jeder Künstler, dem sein Ruhm und seine Ehre theuer sind, das Bedürfniß, selbst die letzte Hand anzulegen. Nur bei der Uebertragung in Erz scheint man dies nicht für nothwendig zu erachten, und gerade hier wäre die vollendende Hand des Künstlers am wünschenswerthesten. Es ist von selbst verstänblich, daß ein Metallguß nie ganz rein sein kann; einzelne Blasen, Unebenheiten des Gusses sind fast unvermeiblich, und selbst da, wo sie nicht vorhanden, sind boch minbestens die Gußnähte und die Gußhaut, eine chemisch auf der Oberfläche befinbliche Oxybablagerung, abzunehmen. So vorsichtig dies geschehen mag, der Gießer muß immer die Oberfläche, welche der des Modells entspricht, in Angriff nehmen. Er berührt immer — sozusagen — ben geweihten Boden des Kunstwerks. Allein mit dem bloßen Abnehmen der Gußhaut ist es nicht einmal gethan. Man hält mit Recht bagegen ein, baß das Metall seiner Beschaffenheit nach die Ciselirung verlange, baß burch sie erst Geist und Leben ins Material gebracht werde, basselbe erst ben ihm eigenthümlichen Charakter erhalte und bewahre. Die Ciselirung des Metallgusses ist also eigentlich die letzte Hand am Kunstwerke, von ihr hängen jene tausend kleinen, feinen Schönheiten ab, welche der Laie nicht zu bezeichnen vermag, die aber alle zusammen bahin wirken, baß ein Kunstwerk auf ihn einen wohlthuenden Einbruck macht. Es ist also unbebingt nothwendig, baß der Künstler selbst bei der Ciselirung mit thätig sei, dieselbe wenigstens bis ins einzelne beaufsichtige und leite. Dazu kommt, baß das

Erz ein sehr angenehm, leicht und weich zu bearbeitendes Material ist und sich darin die feinste Empfindung ausdrücken läßt.

Trotz alledem überlassen unsere Bildhauer ihre Werke dem Gießer, dieser, meistens ein Unternehmer im Stile der neuesten Zeit, seinen Ciseleuren, Handwerkern, welche nach hergebrachten Regeln daran herumraspeln und die eigentlichen Feinheiten derselben zum großen Theile vernichten. Aber selbst wenn dieser Uebelstand nicht vorhanden wäre, würde die letzte Hand des Bildhauers schon um deswillen am Erzwerke sich als nothwendig herausstellen, weil in allen Fällen mancherlei, was im Erze eine durchaus andere Wirkung hervorbringt als im Gipsmodell, geändert und dem Material accommodirt werden muß. Man hat, indem man das Mißliche dieser Verhältnisse fühlte, in neuerer Zeit häufig dem galvanoplastischen Niederschlage, welcher ja ein Abklatsch des Modells sei, den Vorzug vor dem Gusse gegeben; allein ein auf diesem Wege hergestelltes Kunstwerk macht in der Regel einen trockenen Eindruck. Man glaubt eine Töpferarbeit und kein Metallwerk vor sich zu sehen. Der frische Metallglanz, der, auch wenn sich die natürliche Patina darauf gebildet und die störenden Glanzlichter hinweggenommen hat, nie ganz erlischt, ist der gerade diesem Material eigenthümliche Reiz; ihn aufgeben heißt das Wesen des Materials selbst zerstören.

Dem Uebelstande ist äußerlich nicht abzuhelfen. Die Heilung muß von innen kommen. Den Künstler müssen verständnißvolle Arbeiter umgeben, welche seine Winke zu befolgen im Stande sind und ihm die Einwirkung auf die Bearbeitung des Gusses erleichtern, während eine solche jetzt auch für denjenigen, der sie beabsichtigt, nur schwer und selten möglich ist. Freilich läßt sich für die heute bestehenden Verhältnisse nicht jene innige Verbindung des Handwerks mit der Kunst herstellen, wie sie zu Zeiten eines Dürer oder Peter Vischer bestand; damals galt die Kunst noch für ein Handwerk, darum stand dieses jener nahe. Die alten Handwerker waren zugleich Künstler, die sich ihre Façons selbst durcharbeiteten und so Werke bildeten, welche allen Ansprüchen genügten und den Stil und Charakter der Zeit ebenso energisch aussprachen wie eigentliche Kunstwerke. Solche Verhältnisse wider=sprechen unsern heutigen Auffassungen. Die Trennung zwischen Handwerk und Kunst ist einmal vorhanden, aber aus dieser bei größerer Ausdehnung des Lebens an sich gebotenen Trennung ist eine Kluft geworden, eine Kluft, unter welcher Kunst und Handwerk in gleicher Weise leiden. Die Verachtung des Handwerks in der Kunst droht die Künstler, und die Unfähigkeit der künstlerischen Auffassung beim Handwerk die Handwerker um ihren schönsten Lohn zu bringen. Alle wahrhaft bedeutenden Künstler der neuesten Zeit haben dahin gestrebt, diesen Dualismus aufzulösen. Namentlich in der Sculptur wirkt derselbe traurig, er untergräbt die Lust des Künstlers an seiner Arbeit und stumpft nach und nach das Auge des Beschauers ab. Genährt wird das Uebel durch unsere Akademien. Anstatt daß in den modernen Kunstanstalten diejenigen Kräfte, welche zur Ausübung der erfindenden Kunst keine Befähigung in sich tragen, wenigstens zu tüchtigen Kunsthandwerkern herangebildet würden; anstatt daß man Gießer, Ciseleure,

Goldarbeiter, Klempner, Stuccateure, tüchtige Muster=
zeichner u. s. w. mit gediegenen Kenntnissen zur Aus=
übung ihres Handwerks und zu geschickter Nachahmung
anzulernen suchte, ruft man meist in mittelmäßigen
Kräften große Ansprüche hervor, welche nur der bedeu=
tendere Künstler zu machen berechtigt ist, untergräbt die
Genügsamkeit bei enger gesteckten Zielen und erzeugt so
jenes Proletariat von Künstlern, welche um billigen
Lohn für Kunsthändler malen und alle Jahre die Aus=
stellungen mit ihren schlechten Bildern beschicken, um
nach und nach zu verkommen. Bevor hier keine Aende=
berung eintritt, kann auch von Hebung der daraus fol=
genden Uebelstände keine Rede sein.

Rietschel hatte bei der Kolossalstatue Friedrich August's
um so mehr darunter zu leiden, als hier der Guß völlig
mißlang. Man glaubte, Ambition und guter Wille
genüge zur Herstellung desselben, und ließ ihn in Dresden
bewerkstelligen; man übersah aber dabei, daß nur sehr
große Einsicht oder vielfache Erfahrung etwas Vortreff=
liches zu leisten vermöge. Wie bereits erwähnt, konnte
der durchlöcherte Guß erst in Lauchhammer wieder etwas
in Ordnung gebracht werden.

Neben dem Friedrich August=Monument beschäftigten
Rietschel zunächst die Arbeiten am Universitätsgebäude zu
Leipzig. Auf dem nach Schinkel's Entwurfe gebauten
Portal sollten zwei stehende Figuren angebracht werden,
die Musen Kalliope und Polyhymnia. Die Verbindung
der beiden Statuen mit dem reichen Untersatze ist nicht
unharmonisch, die Kalliope, welche eine nachdenkende
Stellung einnimmt, sogar ein höchst gelungenes Werk.
Mehr Interesse aber erwecken die Figuren des Giebelfeldes,

welche nach Rietschel's Modellen in Stucco, einer Mischung von Kalk, Gips, Sand und den nöthigen Cementbestandtheilen, acht Fuß hoch ausgeführt wurden. Der Künstler hatte die Aufgabe erhalten, die vier Facultäten darzustellen. Er wählte hierzu nicht einzelne allegorische Figuren, welche sich durch ihre Attribute nicht immer klar genug kenntlich machen, sondern mehrere mit Anwendung der verschiedenen Thätigkeiten beschäftigte Gruppen. In der Mitte des Giebelfeldes steht die höhere Erleuchtung, Begeisterung, der productive Gedanke, als Urbedingung alles geistigen Strebens. Die Flamme auf dem Haupte deutet auf das geistige Licht. Die weibliche Gestalt, mit ziemlich bewegten Gewändern, steigt von einer Stufe hernieder; sie betritt die Erde gleichsam als ein Bote von oben, ihre Arme sind ausgebreitet, weil sie alles umfaßt. Zu ihrer Rechten ist die Theologie dargestellt, hier nicht als die christliche Religionslehre, sondern als die Lehre vom Göttlichen überhaupt genommen. Ein Greis spricht zu dem in Bewegung des Gemüths sich ihm zuneigenden jungen Hirten von göttlichen Dingen, indem er mit der Hand nach oben weist. Neben der Theologie ist die Philosophie in der Gestalt eines Lehrers verbildlicht, der nachsinnend zur Erde schaut. In der einen Hand hält er einen Schlüssel, das Symbol des Forschens, Findens, Erschließens; vor ihm ruht, halb sitzend, halb kniend, ein Jüngling, aufmerksam seinen Worten lauschend.

Auf der andern Seite des Giebelfeldes, zunächst der Mittelfigur, erblicken wir die Jurisprudenz; ein Jüngling, auf die Fasces gestützt, folgt der Erklärung des neben ihm sitzenden Lehrers von dem Begriff der Ge= rechtigkeit. Die Medicin endlich wird durch einen Arzt, welcher dem Kranken die Schale reicht, dargestellt. Letztere Gruppe ist schön und ausdrucksvoll; sie beruht, ebenso wie die von der Theologie, auf dem richtigen, von Rietschel angestrebten Darstellungsprincip, indem sie ohne alles Beiwerk von Allegorie verständlich ist. Bei den Gruppen der Philosophie und Jurisprudenz dagegen fiel der Künstler aus seiner Rolle und zog die Allegorie unvermittelt herbei.

Betrachtet man das Ganze, so macht das Giebelfeld keinen günstigen Eindruck. Die Ecken sind von einer pein= lichen Leere, der Zusammenhang der einzelnen Gruppen ist zu lose. Auch erscheinen die Köpfe aller Figuren etwas zu groß, weil die Gesichtslängen in natürlicher Proportion genommen sind, während doch die zu Archi= tekturdecoration dienenden Figuren immer eine etwas kleinere Gesichtslänge haben müssen, um, von unten gesehen, im richtigen Verhältniß zu erscheinen. Sollte das Giebelfeld eine markigere Wirkung hervorbringen, was bei der sonstigen Trivialität der ganzen Fronte des Universitätsgebäudes allerdings wünschenswerth wäre, so müßte die mittlere Figur nicht reliefartig, wie dies bei antiken Werken der Art der Fall ist, gehalten sein, sondern im Gegentheil mächtig rund hervortreten. Aber abgesehen von diesen Mängeln ist die Tüchtigkeit der Durchbildung, die Lebendigkeit des Vortrags und ein originelles Streben nach Freiheit von dem Herkömm= lichen nicht zu verkennen, wie denn auch ein feinsinniger Kunstkenner, Dr. Karl Schiller in Braunschweig, in diesen Gestaltungen den originellen Künstler sogleich heraus=

gefühlt, und, als er später in der Lage war, sich nach einem Bildner für die Ehrenstatue Lessing's umzusehen, sein Augenmerk auf den ihm durch kein anderes Werk bekannten Rietschel gelenkt hat.

Da die Commission für die dem König Friedrich August zu errichtenden Denkmale noch im Besitz von disponibeln Geldern war, wurde von ihr beschlossen, auch die Aula der Universität auf geeignete Weise auszuschmücken. Man übertrug diese Aufgabe ebenfalls Rietschel, der sich insbesondere des Wohlwollens und der Achtung des damaligen Herzogs Johann zu Sachsen zu erfreuen hatte. In dem Contract vom 4. October 1836 übernahm Rietschel die Fertigung von zwölf Reliefs in Gips, je 6½ Fuß lang und 4 Fuß hoch, die Culturgeschichte der Menschheit darstellend, und außerdem die vier Marmorbüsten der Könige Anton, Friedrich August, der Prinzen Maximilian und Johann.

Die Darstellung der Culturgeschichte in den zwölf Reliefs, welche sich auch in dem Treppenhause der königlichen Bibliothek zu Dresden befinden, ist einfach, ungesucht und natürlich. Von „gewaltiger Composition", von „weiser Anordnung", von „stilvoller Weihe", von „machtvoller Bewegung" u. dgl. kann man hier allenthalben nicht viel sprechen. Dennoch interessiren, fesseln und erfreuen die Reliefs den Beschauer bei jeder Betrachtung aufs neue. Dieser höchst wohlthuende, immer neue Reiz liegt in der anspruchslosen Darlegung klarer Gedanken, in der liebevollen Durcharbeitung derselben. Wie Rietschel seine Ideen in die ungesuchtesten Worte kleidete, so spricht er sich auch künstlerisch in diesem Werke aus. Er ist darin jedem klar und verständlich, seine Schöpfung ist so anheimelnd, so echt deutsch, so frei von allem Haschen nach außerordentlichen Gedanken, wozu gerade dieser Gegenstand so leicht verlockte, so liebenswürdig schlicht, daß sie für alle Zeiten ein würdiges Denkmal unserer Gegenwart und des in ihr enthaltenen gesunden Kerns bleiben wird.

Schon Hettner wies darauf hin, wie gut es wirkt, daß in den einzelnen Zeitabschnitten das Stilgefühl der jedesmaligen Epoche durchklingt und troß dieser anziehenden Mannichfaltigkeit der Zauber zwingender Einheit in dem Ganzen gewahrt ist, — eine Wahrheit, ebenso fein gefühlt, als schön ausgesprochen. Vielleicht vermag eine kurze Schilderung der Reliefs dies Urtheil noch zu bekräftigen.

In der Mitte des ersten derselben erhebt sich ein beschattender Baum. Während auf der einen Seite schwer hinwandelnde Stiere, von ihrem Führer gestachelt, den Pflug ziehen, kniet auf der andern Seite in Andacht, das Haupt nach dem Sternenhimmel gerichtet, ein ehrwürdiger Greis, welcher den mit ihm auf die Knie Gesunkenen die Wunder da oben deutet. Ein Hirt ruht unter dem Baume und horcht ebenfalls auf die Lehren des Alten. Ackerbau und Viehzucht waren die ersten Beschäftigungen des cultivirtern Menschen; die selbstbewußtere Anschauung der Natur führte zur Erkenntniß eines höhern Wesens.

Das zweite Relief versetzt uns in das Culturleben Aegyptens. In geregeltem Taktschritte ziehen Männer mit dem typisch gebundenen Lächeln, nur mit dem afrikanischen Schurze bekleidet, den auf Walzen ruhenden Koloß einer Sphinx, „der gigantischen Wächterin des Gräberfeldes", an Stricken weiter. Die Walzen werden von einem andern Manne in der Richtung erhalten. Neben dem Steinbilde schreiten Jünglinge, in den Händen Palmzweige tragend, einher, während ein Aufseher, auf der Plinthe des Sphinxbildes selbst stehend, auf ein Blech mit einem Hammer den Takt schlägt, um den Schritt der Ziehenden zu leiten und anzuspornen. Im Hintergrunde erheben sich die Pyramiden an der Grenze des fruchtbaren Nilthals, das noch durch eine ferne Palme angedeutet ist. Die Gestalten sind sehr lebendig und doch von jener Gebundenheit des geistigen Ausdrucks, welche jene Culturperiode charakterisirt.

Der lebendige Sinn, der thatkräftige, selbstbewußte Geist des griechischen Volks, im Gegensatze zu jener eintönigen Kolossalität, zu jenem Bilde strenger Regel und Gesetzmäßigkeit, erscheint uns im nächsten Relief. Stolz und frei erhebt sich der Bau eines griechischen Tempels, die Bildsäule Homer's davor. An deren Fuße ist eine Gruppe von Männern um einen begeisterten Volksredner versammelt. Ein Bildhauer, an der Statue der Athene beschäftigt, hält in der Arbeit ruhend inne, das Haupt halb horchend nach dem Redner gewendet, zum Zeichen, daß die Kunst Griechenlands in steter Beziehung zum Staatsleben war, an ihm den lebhaftesten Antheil nahm. Unter schattigen Pinien erblicken wir Plato in erhabener Ruhe auf einen Marmorsessel gelagert; ein jugendlich anmuthiger Jüngling, von schöner Sinnlichkeit erfüllt, und ein ascetisch strengerer Jünger hören dem Philosophen zu. Heiter und bewegt! — das ist der Grundzug dieses Reliefs.

Ebenso gut gewählt, die Zeit charakterisirend, ohne allen Aufwand von Mitteln, ist das folgende Moment.

Ein römischer Feldherr ist siegend heimgekehrt. Mit dem Lorber bekränzt und in reicher glänzender Rüstung der römischen Krieger, die Toga leicht von der Achsel zurückgeschlagen, steht er vor dem Senat, er hat die Kronen eroberter Reiche vor demselben niedergelegt; sie dem Staate darbringend, weist der Feldherr mit ausgebreiteten Händen darauf hin. Er hat den Fuß hart an die Stufe gestellt, auf welcher die Sessel der Consuln sich befinden, zum Zeichen, daß er ebenbürtig mit jenen sei, kein Sklave des Staats, sondern ein mit den obersten Leitern gleichberechtigter Bürger. Krieger schleppen Gefäße voll Gold, andere eine eroberte Statue herbei. Dem Römer war die Kunst anfänglich nicht eine innerlich nothwendige Erscheinungsform des Volksgeistes, sondern eine Zierde des Lebens, die er, wie andere Schätze, erobernd heimtrug.

Das fünfte Relief stellt die Verbreitung des Christenthums unter den Germanen dar. Ein vornehmes Paar läßt sich mit gläubiger Hingebung taufen. Dem hinter demselben knienden Diener ist die Taufe kein Act eigener innerer Ueberzeugung; obgleich er sie an sich vollziehen läßt, merkt man seiner Haltung doch an, daß ihm die heidnischen Gottheiten in Wald und Hain lebendig bleiben, während ihm das Kreuz, das von den Gehülfen des Bonifacius errichtet wird, bedeutungslos in nebeliger Ferne schimmert. In tiefem Schmerze und trotzigem Hasse wendet sich eine Heldengestalt von dem Anblicke des siegreichen Kreuzes ab, welches den alten Glauben und den heiligen Brauch verdrängt.

Im nächsten Bilde erhebt sich, die Zeit am besten charakterisirend, ein gothischer Bau. Baumeister und

Werkmann im Vorgrunde miteinander berathend. In der Mitte des Reliefs zwei Ritter, welche auf hohen Rossen, geleitet von dem begeisterten, auf einem Maulthiere voranreitenden Mönche, nach dem Heiligen Lande ziehen, während ein dritter mehr im Hintergrunde und eben aus dem Thore herausreitend, mit ausgestrecktem Arm ein Lebewohl zurückwinkt. Ein Sänger bringt den Scheidenden den letzten Gruß dar.

Die moderne Zeit bereitet sich vor. Dante ist der Markstein. Sein Bild erblickt man auf dem nächsten Relief im Hintergrunde. Ein Lehrer auf dem Katheder, eine Gruppe schreibender Zuhörer vor ihm, deutet das Aufblühen der Universitäten an. Durch eine Mauer von dieser Gruppe getrennt, thut sich vor uns das Gemach eines deutschen Hauses auf, in welchem bereits der Luxus der Fensterscheiben, jener grünlichen, runden, mit Blei eingefaßten Gläser, sich bemerkbar macht. Eine Buchdruckerpresse ist in voller Thätigkeit, ein Gehülfe dreht, ein anderer setzt, der Meister prüft das gedruckte Blatt.

In einem außerordentlich lebendigen Bilde, welches den Beschauer in den Hafen einer niederländischen Stadt versetzt, stellt der Künstler den Welthandel des 15. und 16. Jahrhunderts und den Verkehr der verschiedensten Völker dar. Der Leuchtthurm und der Mastenwald im Hintergrunde deuten den Hafen an. Ein vlämischer Handelsherr schließt mit dem Armenier ein Geschäft ab, die vor ihnen stehende Tonne wird als Zahlbret dienen. Jubelnd betritt, aus der fremden Welt einen Affen und einen Papagai mit sich führend, der Matrose den heimatlichen Boden; Neger wälzen, mit ihren breiten Schultern sich anstemmend, einen Ballen auf die Wage. Ein vornehmer Käufer, ein Bild jener stolzen Handelsherren des 16. Jahrhunderts, steht prüfend da, während ein anderer ihm die Güte der Waare anpreist.

Die Befreiung von der Gewalt der römischen Kirche, der Gegenstand des neunten Reliefs, ist in den Gestalten Huß', Luther's und Melanchthon's ausgesprochen. Während zur einen Seite der Reformatoren in einer Gruppe von Jünglingen mehr der Einfluß der Reformation auf Wissenschaft und Lehre angedeutet ist, wird auf der andern Seite die tiefgreifende Beziehung zu dem innersten Leben der Familie gezeigt. In gläubiger Andacht drängt sich eine solche zum Hören des Worts. Rietschel hat seine eigene Familie, seine Aeltern, sich, seine Frau und Kinder darin dargestellt.

Das folgende Bild soll daran erinnern, wie die Kunst es war, welche dem 16. Jahrhundert jenes Gepräge blühendsten Lebens gegeben. Rafael steht vor einer Staffelei, ein Weib mit einem Kinde, das Modell zur Madonna Seggiola, sitzt vor ihm. Während der glücklichste Meister, im Vollgenusse der Natur, empfänglich und liebenswürdig erscheint, sitzt Michel Angelo, fast finster das denkende Haupt auf die eine Hand gestemmt, vor dem Plane zur Peterskirche, in der andern Hand hält er den Zirkel. Hinter ihm erblickt man seine Entwürfe zu Moses und zu den Fresken der Sixtina. Die andere Hälfte des Reliefs versetzt in das nürnberger Werkstattleben. Peter Vischer arbeitet an der Gestalt eines Apostels, Erzpfannen um sich herum, um anzudeuten, daß er der treffliche Meister des Gusses. Albrecht Dürer steht vor einer Staffelei, in einer Hand eine Zeichnung, in der andern den Stichel.

Die großen geistigen Fortschritte in Kunst und Wissenschaft vom 17. bis zum 19. Jahrhundert sind durch die Gestalten Mozart's, Shakspeare's, Goethe's, Kant's, Lessing's, Alexander von Humboldt's und James Watt's in ungesuchter und natürlicher Verbindung veranschaulicht.

Da jedoch alle diese großen Ergebnisse ungenießbar und unersprießlich wären, ohne einen festen Rechtsstand, so entwickelt sich jenes Verfassungsleben, welches Herrscher und Volk nicht mehr als getrennte Gegensätze, sondern als gleichnothwendige und gleichberechtigte Factoren, da beide nur an Einem Ziele arbeiten, umschließt. Der Künstler hat sich in dem zwölften Relief die Aufgabe gestellt, die Festsetzung und Verbriefung dieser gegenseitigen Rechte bildlich zur Anschauung zu bringen.

Zu diesen Reliefs hat Rietschel Entwürfe gezeichnet, welche zum Theil von der nachherigen Ausführung abweichen und sich im Besitze seiner Frau befinden.

Neben solchen größern Arbeiten waren inzwischen die vier Büsten für die leipziger Aula in Marmor, zwei Medaillons für das Historische Museum zu Dresden, ein Taufstein für die Kirche zu Oelsnitz, mehrere Büsten, unter ihnen die von Rietschel's erster Frau, des Hofraths Böttiger u. a. m., sowie die Kolossalbüste des Königs Anton in Eisen entstanden und vollendet worden. Diese Arbeiten insgesammt befestigten Rietschel's Stellung immermehr, machten seinen Namen geachtet. Ende des Jahres 1834 erhielt er durch den Geheimrath von Klenze im Auftrage König Ludwig's das Anerbieten der Professur der Bildhauerkunst in München mit einem jährlichen Gehalt von 1200 Gulden. Verlockend war dies Anerbieten ohne Zweifel. In Dresden nicht viel Aussichten auf größere und ehrenvolle Aufträge, in München deren mehr als genug. Dazu das weiter bildende Zusammenleben mit begabten, begeisterten Künstlern, das ganze, reiche, breite Kunstleben, wie es damals dort in vollster Blüte der Entwickelung stand. Bei Rietschel überwog aber, wie wir sogleich sehen werden, ein anderes Gefühl, und überdies die Liebe zur Heimat und zu dem bereits angebauten Boden. Er spricht sich darüber gegen Rauch unumwunden aus: „Ich habe eine gewisse Dankbarkeit und Verpflichtung gegen Dresden insofern, als man mir mit soviel Zuvorkommenheit gar vieles bewilligt, mich unterstützt, mit den bedeutendsten Arbeiten, die es hier gab, geehrt hat. Vor mir war nichts von meiner Kunst hier, ich habe wenigstens einen kleinen Grund gelegt; wenn ich fortgehe, könnte auch darüber wieder Gras wachsen." Er entschloß sich daher zu bleiben, und gab diesen Entschluß nach München kund. Dort hatte man aber gar nicht erst auf Rietschel's Antwort gewartet, sondern Schwanthaler an die jenem bereits angebotene Stelle berufen und das frühere Anerbieten gänzlich ignorirt — ein Verfahren, welches namentlich Leo von Klenze, der das häufig schwierige Amt der Vermittelung bei allen Kunstunternehmungen des raschen Königs hatte, das Peinliche seiner Lage sehr unangenehm fühlen ließ.

Mußte schon einmal der Umstand, daß Rietschel gerade in die Schule desjenigen Meisters kam, bei welchem er am entschiedensten die in ihm ruhenden Fähigkeiten wecken konnte, als für seine künstlerische Entwickelung höchst günstig anerkannt werden, so war es ein nicht minder glücklicher Zufall, daß er jenem Rufe nach München nicht folgte. Rietschel, welchen bei allen Entschlüssen eine in Erstaunen versetzende Unbefangenheit der Beurtheilung seiner selbst leitete, hatte die richtige Empfindung von der innern Gefahr, die ihm in München gedroht haben würde. Sogleich in dem ersten Briefe an Rauch, in welchem er das Für und Wider discutirt, sagt er: „Ein größerer Widerstand würde sich der Art und Weise entgegensetzen, wie ich arbeite und arbeiten möchte; einen Gegenstand vollenden und mit allen den Kräften, die ich habe, dem näher bringen, was er als plastisches Kunstwerk werden soll — das ist mein Streben. Dort würde ich aber über Hals und Kopf eilen müssen und in dieser Eile mich zwar als erfindender Künstler mehr ausbilden, als vollendender aber versinken. Das fast dämonische Kunsttreiben des Königs hat mich manchmal nicht zu wahrer Freude daran kommen lassen. Wird diese Kunstblüte — so lediglich auf Einem Willen beruhend — lange währen?“

Und hatte Rietschel nicht vollkommen recht? Wie erging es Schwanthaler, diesem genialen Bildhauer? Er wurde mit Aufträgen so überhäuft, daß er den an ihn ergehenden Bestellungen nicht genügen konnte; dennoch haschte er stets nach neuen und stellte dabei so geringe Honorarforderungen, daß es von vornherein nicht möglich war, dafür eine Arbeit anders als nur sehr flüchtig zu behandeln. Es entstand eine Thätigkeit, welche man die „münchener Eilkunst“ nennen könnte, und die Vielmacherei ist bekanntlich der Ruin der Sculptur. Den tiefern, leidenschaftslosern Betrachter ergreift ein um so größerer Schmerz, wenn er sieht, wie dieser Geist, der über alles gewöhnliche Maß hinaus begabt war, so herrlich begonnen und wie wenig er vollendet hat. Man halte nicht dagegen ein, daß Schwanthaler statt der Sorgfalt bei Ausbildung der Form, statt der Feinheit der Naturempfindung „etwas ungleich Wichtigeres ein= zusetzen habe, nämlich die wirkungsvolle Einfachheit der Form und die Unabhängigkeit von Muster und Modell". In der Bildhauerkunst ist eben die Durchbildung der Form das specifisch Künstlerische, und wer hat mehr durchgebildet als die Griechen in ihren besten Werken? So vollendet waren die Gebilde eines Phidias, eines Praxiteles, daß selbst die schwächsten Nachbildungen, wie sie zu Hunderten in spätern Zeiten geschaffen wurden, nicht völlig die tiefe Durchbildung des Originals zu verwischen vermochten, während nach münchener Anschauungen es genügte, geistreiche, flüchtige Entwürfe von mittelmäßigen Künstlern ausarbeiten zu lassen.

Es würde zwischen König Ludwig und einem Künstler von Rietschel's Naturell auch wahrscheinlich bald zu Conflicten gekommen sein. Letzterer hatte Kunstüber= zeugungen, auf welchen er sehr fest beharrte, von denen er kein Haar breit wich. Dazu gehörte die, daß ein Kunstwerk im vollsten Sinne nur als solches wirklich gelten könne, wenn der Gedanke sich in der vollendeten Durchbildung klar auspräge. Darin würde er sich auch in München nicht haben beirren lassen; der König Lud= wig hatte aber — verzeihlich gewiß — das Bestreben, Begonnenes rasch zu Ende zu führen. Er hatte viel sich vorgenommen, und wie kurz ist das Leben! Den Bedenken der Künstler gegenüber verfuhr er dabei sehr resolut. Mancher klagte über seine eigenwillige Weise, die Vollendung von Kunstwerken zu befehlen, und so groß war oft seine Ungedulb, ein Werk fertig zu sehen, daß er z. B. hier und da Anfängern in der Fresco-malerei nicht erlaubte, Mislungenes von der Wand abzuschlagen, weil er dadurch eine Verzögerung be-fürchtete. Es sei fern, das geniale und gewaltige Kunststreben des großen Königs, dem nach Rauch's Aus-spruch die Aufgabe gestellt schien, alles das in der Kunst zu erfüllen, was die meisten Fürsten Deutschlands wunderlicherweise bis dahin unterlassen hatten, ver-kleinern zu wollen. Zu wahrer echter Würdigung von König Ludwig's Wesen gehört eben auch diese Seite, und es ist nichts schwächlicher, als ängstlich die Be-rührung von Absonderlichkeiten zu vermeiden, in der Furcht, es möchte dadurch eine große Persönlichkeit ver-lieren, während sie doch im Gegentheil uns dadurch nur näher gebracht wird. Wir würden es dem Ge-schichtschreiber wahrlich wenig Dank wissen, hätte er aus Verehrung vor dem gewaltigen Papste Julius II. uns etwa dessen eigenwilliges Verfahren gegen Künstler verschwiegen.

Infolge des Entschlusses, Dresden nicht zu verlassen, wurde Rietschel eine geringe Gehaltserhöhung zu Theil, sodaß er bei bescheidenen Ansprüchen vor Noth geschützt war, dafern es ihm an Bestellungen gefehlt hätte. Im übrigen lebte er sehr glücklich. Er verkehrte damals schon in dem Carus'schen und Tieck'schen Kreise und unterhielt auch sonst vielfache gesellige Beziehungen. Mit Rauch blieb er in lebhaftem freundschaftlichen Ver-kehr. Fast kein Jahr verging — in dieser Zeit und

später — ohne daß er eine Reise nach Berlin unter=
nahm, sich an den Arbeiten Rauch's erquickte, erfrischte,
an ihnen lernte, gelegentlich sich auch eines entschiedenen
Gegensatzes zum Meister klar bewußt wurde. Dieser
hatte damals gerade die Victorien für die Walhalla
sowie die Statue Albrecht Dürer's zu bilden, und stand
auf dem Höhepunkte seiner Kunst, die in dem Monu=
ment Friedrich's des Großen später zu ihrem vollsten und
schönsten Abschlusse gelangen sollte. In dem Verhältniß
zwischen Meister und Schüler gibt es eine gefährliche
Klippe, an welcher oft dessen Bestand zu scheitern
pflegt. Es ist dies das Selbständigwerden des Schülers
und die Lostrennung von des Meisters unmittelbarem
Einfluß. Wenn man weiß, welche Mühe es kostet,
einen Bildhauer heranzuziehen, so wird man den Wunsch
des Lehrers begreifen, die herangebildeten Kräfte zur
eigenen Hülfe benutzen zu können. Auch Rauch hatte
den Wunsch gehegt, Rietschel möchte noch einige Zeit
länger in seinem Atelier arbeiten. Letztern aber drängte
es nach unabhängiger Stellung. Auch Rauch schlug
später noch hier und da den Ton des Lehrers an, den
der Schüler mit seiner dankbaren Gesinnung gewiß gern
hörte, den er aber zugleich als selbständiger Meister,
wenn er mit seinen eigenen gewonnenen Ansichten nicht
übereinstimmte, auch zurückzuweisen wußte. Daß beide
hierin das Rechte fanden, daß es nie auch nur zur
kleinsten Mishelligkeit kam, spricht ebenso für die hohe
Liebenswürdigkeit Rauch's wie für den Charakter seines
Schülers. Eine Stelle in dem brieflichen Verkehr der
beiden Männer ist für die Art, wie sie damals zueinander
standen, zu charakteristisch, als daß sie nicht angeführt zu

werden verdiente. Es war davon die Rede, daß Rietschel Ludwig Tieck's Büste modelliren sollte. „Nun noch eine ernste Bitte an Ihre Bemühung" — so schreibt Rauch — „welche das Bildniß Ludwig Tieck's betrifft, das der gemeinsame Freund Friedrich Tieck schon seit 1805 unternehmen wollte, aber wie es scheint, bis zum Jahre 1835 nicht zu Stande bringen wird. Alle hiesigen Freunde wünschen mit mir, daß Sie es unternehmen möchten, den gefeierten Dichter recht heroisch — ja nicht zu zahm — ihm seine wahre Lebendigkeit ablauschend, aufzufassen." Rietschel antwortete hierauf: „Ihr Antrag, Ludwig Tieck's Büste zu machen, hat mich überrascht, ich fühle mich geehrt, diesem gefeierten Dichter dadurch ein Denkmal zu stiften, aber auch sehr befangen, da ich die Bedeutung des Mannes, die Schönheit seiner Züge und die Ansprüche seiner Verehrer kenne — doch den weichen und romantischen Tieck kann ich mir nicht heroisch, wol aber nobel denken —; was nutzt es, wenn ich ihm kühne Stellung und Blicke gebe, die seinem Charakter fremd sind. Ich werde jene Zahmheit zu vermeiden suchen, die Sie von mir fürchten — früher vielleicht mit Recht!"

Rietschel machte sich jedoch an diese Arbeit nicht, als er hörte, der französische Bildhauer David d'Angers beabsichtige, Tieck's Büste in kolossalem Maßstabe zu modelliren, um sie sodann in Marmor auszuführen. David, welcher im Jahre 1831 die geistvolle Enkelin des ehemaligen Directors der französischen Republik Lerévellière Lépaux geheirathet hatte, war durch diese Heirath zugleich in die Lage versetzt, sehr freigebig mit seinen Arbeiten Geschenke machen zu können.

Bereits früher hatte derselbe Goethe's Büste in Marmor gebildet. Sie ist als ein recht originelles Gegenstück zu dem Dannecker'schen Schiller in der Bibliothek zu Weimar aufgestellt. Rietschel bezeichnete selbst den Eindruck dieser Büste schlagend: „Was hat David aus diesem Kopfe gemacht? Man hat Mühe, den Eindruck wieder los zu werden, damit er einen nicht des Nachts beunruhige." Jetzt, im Jahre 1836, kam David wieder nach Deutschland, um die Büsten von Rauch, Carus und Tieck zu arbeiten und sie dann den von ihm hochverehrten Männern zu schenken. Rietschel sollte ihn jetzt persönlich kennen lernen. „David ist bald drei Wochen hier", schreibt er dem Pfarrer Trautscholb, „er besuchte mich alsobald mit Vogel (der ihn in Paris zum Freunde gewonnen), nicht sowol aus besonderm Interesse für mich, als um meine materielle Hülfe beim Modelliren Tieck's in Anspruch zu nehmen. David ist ein liebenswürdiger Mann, sechsunddreißig bis achtunddreißig Jahre alt, blonder Schnurrbart, blauer Rock, wie der der sächsischen Communalgarde, sieht wie ein kleiner Kosack aus. Ich habe ihm nach meinen Kräften gedient mit Zeit und Uebernahme unangenehmer Besorgungen, er hat dies liebenswürdig dankbar aufgenommen. Alle Büsten modellirt er kolossal, Tieck's Büste aber ist lebensgroß, er arbeitet langsam, besonnen, Tieck hat vierzehn Tage hindurch des Tags drei bis vier Stunden und länger gesessen. Ich kann gegen Dich aufrichtig sein und will es nur zu Dir gesagt haben, daß ich fühlte: anch'io sono scultore, daß ich keine Ursache fand, muthlos zu werden. Die Büste hat sehr viel Schönes, gar manche Schwäche. David ist geistreich, doch, was seine jetzt hier sichtbaren

Arbeiten, seine Ideen in einem in Kupfer gestochenen Werke des Denkmals Foy's anlangt, so braucht sich der Deutsche nicht zu verstecken; gebt letzterm Arbeit und Gelegenheit zur Ausbildung genug, so kann er nicht blos in die Schranken treten, ich behaupte, er wird zu den Vordern gehören. Solche Gelegenheiten lehren die eigene Kraft fühlen, ich kenne recht wohl ihre nahen Grenzen und werde sie nie überschätzen, aber des Wenigen, das man hat, muß man sich ganz bewußt werden."

Außerdem hatte Rietschel während David's Aufenthalt in Dresden zwei Modellskizzen von ihm gesehen, die Gutenberg's und der Freiheit. „Erstere schön, wenn auch nicht gemacht, aber gedacht", so schreibt er darüber an Rauch, „man kann sich ein Bild dieses Mannes vorstellen — denkend, geistig und charakteristisch, anders als Thorwaldsen's Gutenberg, dem jede Individualität abgeht. Die Freiheit steht in theatralischer Stellung mit Freiheitsmütze und kurzgeschürztem Kleide, in der Rechten krampfhaft Lorber und Rolle mit 1789 und 1830 haltend, in der Linken — eine Flinte!"

So sehr sich Rietschel in seiner Kunstanschauung im Gegensatze zu dem geistvollen Naturalisten fühlte, so konnte doch diese mitten im Leben der französischen Nation stehende, markig ausgeprägte Persönlichkeit einen gewissen Eindruck auf ihn zu machen nicht verfehlen. „David's liebenswürdiges, republikanisch offenes Naturell, seine Bescheidenheit, wahre Kunstbegeisterung und seine Anerkennung deutscher Verdienste" fesselten Rietschel — und in Einem Punkte fühlte er mit ihm eine gewisse Verwandtschaft. Die leidenschaftliche Energie David's hatte ihn nicht blos an die Spitze seiner Kunstgenossen gehoben,

sondern ihn auf die Höhe des nationalen Lebens über=
haupt gestellt, und was sein Kunststreben anlangt, so
kann man es mit den wenigen Worten eines französischen
Kunsthistorikers kennzeichnen: „Au lieu de faire les
dieux d'une religion morte, il voulait, qu'on sculptât
les grands hommes d'une patrie vivante." In seinen
letzten Zielen war aber auch Rietschel ein echt nationaler
Künstler.

Mitten in seinen größern bestellten Arbeiten ergriff
ihn wieder die Lust zu componiren, es drängte ihn,
sein Leben und seine Stimmung im Kunstgebilde nieder=
zulegen. In jener Zeit einer glücklichen Existenz kam
er auf den Gedanken, die vier Weltalter in Friesform
zu entwerfen. Besonders reiche und mannichfaltige Mo=
tive gewährten das eherne und eiserne Zeitalter. Trotz=
dem ergriff der Künstler zunächst mit voller Lust das
goldene Weltalter und hat allen Jubel, allen Sonnen=
schein eines glücklichen Lebens in dieser Composition
niedergelegt.

Einem herrlichen, mitten unter den Menschen wei=
lenden Götterpaare werden von verschiedenen Gruppen
von Männern, Weibern, Kindern, Opfer an Früchten
und Blumen gebracht. Jagd und Viehzucht beginnen
dann des Tages Geschäfte, kühlende Ruhe und Labung
bringt der schattige Baum. Der ausruhende Jüngling
braucht nur die Hand zu erheben, um den früchteschweren
Zweig zu sich niederzubeugen und die saftige Frucht zu
genießen. Schützende Genien begleiten den Menschen,
wachen über diese in holdem Glücke hingelagerte
Familie. Der Bach umspült in rieselnder Lust die
sich im Bade Erquickenden, mit dem Storche spielen

übermüthige Kinder am Wasser. Auch die Spiele der Kinder bewachen gute Genien. Heitere Erholung bringt dem Jäger und Hirten der Abend, in lustigem Tanze stampft der Jüngling lebensfroh den Boden und der Uebermuth der Weinlaune läßt jenen den Sprung des Bockes nachahmen, — bis Lust und Glück verstummt und der Schlaf seine Zauberkraft auf die Geister ausübt, sein Bruder, der Tod, aber die im Glück und Frieden hingeschiebenen Seelen schmerzlos zum Himmel entführt.

Nicht lange sollte indessen des Künstlers häusliches Glück währen. Am 11. Juli 1835 starb ihm die geliebte Gattin. Gerade seinem Naturell war vor allem das Glück einer von Liebe erwärmten und beseelten Häuslichkeit ein tiefes Bedürfniß, darum traf ihn dieser Schlag doppelt schwer. Künstlersorgen wurden erschwert durch die Sorge um zwei Kinder, welche ihm seine Frau hinterlassen, von denen jedoch das eine bald nach dem Tode der Mutter starb.

Nachdem Rietschel, um sich von den schmerzlichsten Eindrücken etwas zu erholen, im Herbst 1835 der Enthüllung des König Max-Denkmals in München an der Seite Rauch's, dem er ja treulich an der Arbeit geholfen, beigewohnt und im Kreise der Künstler mit dem Meister „schmerzlich-frohe Festtage" in der bairischen Hauptstadt verlebt hatte, erwartete ihn am Ende des Jahres eine flüchtige decorative Arbeit, indem zum Geburtstag des Königs von Sachsen eine hohe Ehrensäule mit einer kolossalen Victoria errichtet werden sollte. War diese Arbeit auch nur eine ephemere, so war sie doch für den bildenden Künstler nicht zu gering anzuschlagen. Erstlich ist, um mit Rauch's Worten zu sprechen, wenn aus der Improvisation kein Geschäft gemacht wird, solche für die Elasticität der Kräfte sehr ersprießlich, und sobann liefern gerade solche Arbeiten dem Künstler ebenso förbernde Erfahrungen, was Wirkung auf die Ferne oder von der Höhe herab anlangt, als diejenigen, welche jahrelang auf die Endresultate warten lassen. So gelungen war übrigens diese Improvisation, daß der Gedanke, die Ehrensäule in dauerhaftem Material auszuführen, lebhaft von der Bürgerschaft Dresdens ergriffen wurde. Der König lehnte dies aber aus Bescheidenheit ab.

Im Beginn des Jahres 1836 ernannten sowol die wiener wie die berliner Akademie Rietschel zu ihrem Ehrenmitgliede. Es waren dies die ersten Auszeichnungen, welche ihm auch in weitern Kreisen zu Theil wurden, deren er später so viele erhielt. *) In welcher Weise er solche Dinge aufnahm, zeigen seine eigenen Worte, die er bamals an einen Freund richtete: „Es vereinigt sich alles, mir meine Stellung angenehm zu machen,

---

*) Rietschel wurde Ehrenmitglied der Akademien von Berlin und Wien 1836, München 1850, Stockholm 1856, Brüssel 1858, Kopenhagen 1858, der Accademia bi San-Luca 1858, Antwerpen 1860, correspondirendes Mitglied der Akademie von Paris 1851, Membre de l'Institut de France 1858. Er hatte das Ehrenbürgerrecht von Braunschweig und Weimar; war von der philosophischen Facultät zu Jena zum Doctor creirt 1857; im Besitze der Preismedaillen von Berlin 1850, London 1852, der großen goldenen Ehrenmedaille der Pariser Ausstellung 1855, warb Ritter des königlich sächsischen Civilverdienstordens 1843, des bairischen Maximilian-Ordens 1853, des preußischen Rothen Adlerordens 3. Klasse 1856, Ritter der französischen Ehrenlegion 1856, Comthur des weimarischen Falkenordens 1857, Inhaber des preußischen Ordens pour le mérite 1858.

überall begegne ich so vielen unverdienten Bevorzugungen, die mich, ich hoffe es, nie von dem Wege abbringen sollen, auf welchem man dem Ziele seiner künstlerischen und sittlichen Ausbildung zustreben soll. Wenn sich manchmal solche Beweise von des Glückes Gunst häufen, da wird mir Angst, ich erblicke nur des Glückes Laune, und Launen ändern sich, denn sie gehen oft nur nach dem Scheine. Ich werde thun, was ich kann — nämlich meine Pflicht; und dankbar annehmen, wenn mir Gutes wird, nie meinen, daß damit etwas Besonderes errungen sei."

Nachdem Rietschel die Arbeiten am Friedrich August=Monument und für die Universität zu Leipzig beendet hatte, wäre für ihn keine Aussicht vorhanden gewesen, ein größeres künstlerisches Werk unternehmen zu können, wenn nicht Herr von Quandt auf Dittersbach das Modell einer lebensgroßen Nymphe, welche er in seinem schönen Park aufstellen lassen wollte, bestellt hätte. Eine halb=nackte weibliche Gestalt schreitet lauschend und schüchtern sich umblickend ins Wasser vor, mit dem Fuße es berührend, mit der Rechten den Krug unterm Arm haltend, mit der Linken das Gewand aufschürzend. Der Kopf ist außerordentlich anmuthig, die ganze Haltung des Körpers, an sich sehr schwierig, ist im Ausdruck deutlich, wenn auch in der Bewegung eine gewisse allzu große Befangenheit nicht zum vollen Genusse des Anschauens kommen läßt. Die Gestalt ist gänzlich fern von dem Eindrucke des Nackten; es ist die keusche Natur und nicht das Modell, das sich zeitweise entkleidet, darin sichtbar. Leider ist dieses Werk in dem widerwärtigen Material des Zink ausgeführt, welches abgesehen von seiner eigenen Unbelebtheit und Unschönheit die häßliche Eigenschaft besitzt, das Modell bei der Uebertragung fast gänzlich zu vernichten. Marmor, für derartige Kunst= werke das einzig schöne Material, war freilich schon da= mals zu einer Höhe des Preises gestiegen, die es jedem Auftraggeber, wenn er nicht über enorme Mittel gebot, schwer machte, darin eine Arbeit zu bestellen. Kostete doch ein Block Marmor von beiläufig 120 Kubikfuß und von jener zwar guten, doch nicht ersten Qualität, dem sogenannten Fossa del Zechino, der im Jahre 1812 auf 90 Francesconi — also ungefähr 150 Thaler — kam, im Jahre 1840 über 1400 Thaler.

Das nur erwähnte Werk, welches Rietschel selbst scherzweise „die ewige Wassernixe" nannte, weil er sehr lange daran gearbeitet, war unter mancherlei Schwierig= keiten entstanden, da er die zarteste momentanste Be= wegung gewählt hatte. Von allem grünblichen Rathe und von erbärmlichen Modellen in den schwierigsten Stadien verlassen, hatte er mit ermüdeten Augen immer von neuem gekämpft, die feine schüchterne Bewegung bis in die kleinsten Punkte zu berichtigen. „Ach", ruft er in einem Briefe an Rauch aus, „daß die Erfahrungen so schwer und kostbar in unserm Kunstleben zu sammeln sind und die Anwendung erst dann möglich wird, wenn alles vorbei ist und das Leben dazu! Man möchte manchmal in tiefe Verzweiflung gerathen, daß Wollen und Können so gar selten harmonisch sind — ein Zwie= spalt, der einem recht viele Lebensfreuden verbittert. Die Erkenntniß des Guten steigt — wenigstens im Ver= hältniß zum Können — zum Erschrecken, und man fühlt sich vom Ziele nur immer weiter zurückgeschleudert!"

Noch während Rietschel mit diesem Werke beschäftigt war, erhielt er von dem Rentier John, einem geachteten Kunstfreunde in Frankfurt, welcher durch seine Verhandlungen mit Thorwaldsen als Secretär des Goethe-Denkmal-Comité bekannt ist, auf Passavant's Empfehlung im April 1837 den Auftrag, eine Ceres von drei Fuß Höhe in Marmor auszuführen. Die Statue war für den Baron Stieglitz in Petersburg bestimmt und befindet sich noch daselbst. Rietschel hatte zwei Skizzen eingeschickt, von denen die eine sich mehr der Antike näherte, während die andere moderner gedacht, den Vorzug größerer Lebendigkeit hatte und von dem Besteller auch gewählt wurde.

Die Figur trägt das Haupt frei — in der Skizze war es von einem Schleier verhüllt, was nicht unangemessen das Geheimnißvolle der Göttin ausdrückt — vielfaltig fließt das Gewand von ihren Schultern, in der Hand hält sie eine Sichel. So voll schöner Intentionen diese Gestalt ist, so trägt doch auch sie die Spur eines unruhigen Suchens, eines Schwankens zwischen der Antike und der modernen Kunstweise an sich.

Während dieser Arbeit bewegten schmerzliche Lebenserfahrungen des Künstlers Seele. Nach dem herben Verluste der ersten Gattin hatte er neuen Frieden in dem Wiederaufbau seiner Häuslichkeit, in der Verbindung mit Charlotte Carus neues Lebensglück gefunden, welches durch die Geburt seines Sohnes Wolfgang nur vermehrt wurde. Aber nicht lange sollte dies Glück währen, bald sollte die dunkle Wolke zum zweiten mal über sein Leben ziehen. Schon nach anderthalbjähriger beglückender Ehe starb die zärtlich geliebte Gattin nach schwerem Leiden.

Die Grundstimmung seines Gemüths, das auch in der Nacht des Schmerzes stets nach Verklärung rang, legte er damals in einer friesartigen Zeichnung „Charon" nieder *), wozu ihm folgendes Gedicht Goethe's die Anregung gab.

Die Bergeshöhn warum so schwarz?
Woher die Wolkenwoge?
Ist es der Sturm, der droben kämpft,
Der Regen, Gipfel peitschend?
Nicht ist's der Sturm, der droben kämpft,
Nicht Regen, Gipfel peitschend,
Nein, Charon ist's, er saust einher,
Entführet die Verblichnen;
Die Jungen treibt er vor sich hin,
Schleppt hinter sich die Alten;
Die Jüngsten aber, Säuglinge,
In Reih' gehenkt am Sattel.
Da riefen ihm die Greise zu,
Die Jünglinge, sie knieten:
„O Charon halt! halt am Geheg,
Halt an beim kühlen Brunnen!
Die Alten da erquicken sich,
Die Jugend schleudert Steine,
Die Knaben dort zerstreuen sich
Und pflücken bunte Blümchen."
Nicht am Gehege halt ich still,
Ich halte nicht am Brunnen.
Zu schöpfen kommen Weiber an,
Erkennen ihre Kinder,
Die Männer auch erkennen sie,
Das Trennen wird unmöglich!

Die Darstellung schließt sich zunächst an dieses neu=griechische Gedicht an. Heiteres Leben entwickelt sich an einem von einer Pinie überschatteten Brunnen. Schon

*) Im Besitze des Geheimraths Dr. Carus in Dresden.

wogt es wie eine Wolke heran, es sind die vom un=
erbittlichen Geschick dahingerafften Geister. Die Jugend,
die Schönheit und die Liebe in den verschiedensten
Gruppen, voll tiefster Innigkeit bis zur leidenschaftlichsten
Verzweiflung und apathischem Schmerz, sie werden von
dem auf geisterhaftem Rosse dahinsausenden Charon, der
neugriechischen Gestalt des fernhin treffenden Apoll, gejagt
in die Nacht ewiger Trennung von dieser unter ihnen
liegenden Erde. Ueber die um Rettung und Hülfe
Flehenden hinweg geht der Ritt des unerbittlichen Ge=
schicks, und wie ein wilder Aufschrei jagt vor ihm her
die auch im Tode nicht zur Ruhe kommende Seele des
Selbstmörders.

Dem in jugendlicher Kraft und gewaltiger Hoheit
dahineilenden Charon schleppen sich, wie dunkle schwer=
müthige Abendwolken, die müden Geister der Alten
und der Unglücklichen nach — Bilder voll tiefen Elends
und grauenhafter Ermattung. Ist der Künstler bis
hierher dem Gedichte gefolgt, so verfehlt er nicht, das
versöhnende Element des Friedens dieser von leiden=
schaftlichem Schmerze erfüllten, ergreifenden Gestaltung
folgen zu lassen.

In heftigem Trennungsschmerze weinen dem geister=
haften Zuge die auf dieser Erde Verlassenen nach. Da
klingt es wie liebliche Musik mitten in die Trauer hinein,
die das Gemüth in Nacht und Dunkel versenkt hat.
Es erwacht der Geist, wird angezogen und sieh — in
sanftem Fluge, das Gestirn des Friedens über ihr,
erscheint die Verklärung der Hoffnung und des Glaubens.
Ihr folgen, Blumen zur Erde streuend, die Genien
ewiger Jugend und Fülle. Unter diesen, wie ein

seliges Abendfächeln dahinschwebenden Gestalten wird
die Gruppe einer sich dem stillen Glücke der Gegenwart
hingebenden Familie sichtbar, eine Erscheinung, die wie
ein weicher voller Accord das Ganze abschließt.

Leider kennen diese Composition nur wenige Freunde
Rietschel's, eine Wiedergabe durch den Stich würde eine
schöne Bereicherung unserer Kunstanschauung bilden. Es
geht aus dieser Zeichnung des Künstlers Grazie und
geistige Beweglichkeit, seine Kenntniß des Organischen
und der Bekleidung mehr wie aus frühern hervor.
Nirgends ist ein mühsames Suchen oder reflectirtes Com-
biniren geistreicher Motive zu sehen, alles — in sich eigenthümlich — entwickelt sich ungesucht und frei. Einzelne
Gruppen sind in der Darstellung tiefster Empfindung,
geistvoller Naturauffassung und scharfer Psychologie
geradezu unvergleichbar.

Zu dem Schmerz über den Verlust der Gattin kam auch
viel Widerwärtiges in der Ausübung seiner Kunst. Gerade
in jene Zeit fiel das Mislingen des Gusses seiner Königsstatue; er hatte gar keine Aussichten, irgendwelche neue
künstlerische Arbeiten zu beginnen, nur ganz untergeordnete
Bestellungen beschäftigten ihn hier und da. Der Künstler
war damals von schwermüthiger Stimmung erfaßt, trüb
lag das Leben vor ihm und fast verschwand die Aussicht, als könne es sich je noch anders gestalten. Bendemann's Ankunft in Dresden erschien ihm daher wie ein
heller Lichtstrahl. „Ich freue mich", schreibt er darüber
an Rauch, „daß Bendemann da ist; er, der einen großen
Ruf mitbringt und ganz frei steht, kann sich hier den
schönsten Wirkungskreis schaffen. Wie sieht dieser Glückliche in ein herrliches Leben hinaus! Ich gönne es ihm

von Herzen, denn er verdient alles Glück durch Geist und Charakter. Meine Flügel, wollten und konnten sie auch nicht ganz so hoch, so konnten sie doch höher, als es mir bestimmt zu sein scheint. Ob ich sie je wieder schwingen lerne? Und wenn das ginge, ob mir auch der Raum dazu gegeben sein wird?"

Er sollte sie wieder schwingen — die Flügel! In Leid und Entbehrung sollten sie sich ihm kräftigen und stärken!

Zuerst waren es die beiden Giebelfelder des dresdener Hoftheaters, sowie die Statuen Goethe's und Schiller's, Gluck's und Mozart's, welche ihn beschäftigten. Zu den erstern waren dreißig Figuren in Zweidrittel-Lebensgröße zu modelliren, welche hierauf in Sandstein nach einem Verhältniß von sieben bis acht Fuß ausgeführt werden sollten. So wenig dankbar derlei Arbeiten für den Bildhauer sind, Rietschel zogen sie dennoch sehr an. Seinem klaren Geiste war die Lösung eines Gedankens in ungezwungener Weise, wenn auch durch räumliche Verhältnisse beschränkt, möglich und erwünscht. Die beiden Giebelfelder des Theaters werden in der Geschichte der neuern Kunst immer eine geachtete Stelle einnehmen, wenn sie auch nicht frei von Mängeln sind und insbesondere das Giebelfeld der südlichen Seite durch eine gewisse Unruhe in allzu großem Wechsel von Licht und Schatten keine recht architektonische Wirkung hervorbringt. An ihnen sollte aber der Künstler die nöthigen Erfahrungen zu jenem schönen Werke, dem Giebelfelde des berliner Opernhauses, sammeln, welches einen bedeutenden Abschnitt in seiner Entwickelung bezeichnet.

Die Entwürfe zu beiden Giebelfeldern kamen ihm plötzlich an einem Abende zur Gestaltung, an dem er sie auch sogleich ganz in der Art aufzeichnete, wie sie später geworden. Zum Gegenstande des nördlichen Giebelfeldes hatte er die Tragödie des Orest gewählt. In der Mitte steht die tragische Muse, in der rechten Ecke liegt an einem Dreifuß hingemordet Aegisth, in den Armen treuer Diener verendet Klytämnestra. Die Rachegöttinen haben schon die Fackeln entzündet, noch wendet sich die eine nach dem greuelvollen Anblick rascher, blutiger That zurück und schüttelt ihr Schlangenhaupt, während die beiden andern den Muttermörder schon verfolgen. Zur Linken der tragischen Muse erblicken wir Orest zu Füßen der Athene und des Apoll, welche den Flüchtigen, sich scheu nach seinen Verfolgerinnen Umblickenden, in ihren Schutz nehmen und die Erinnyen zurückweisen.

In dem andern Giebelfelde ist die Macht der Musik dargestellt. Ihr Genius, begeistert in die Leier greifend, nimmt auf einem Adler seinen Aufschwung in die Höhe. Zur Rechten kniet ein Jüngling, einen Lorberkranz in der Hand tragend, er bläst die Tuba. Freudig lauscht ein Greis den langentwöhnten Tönen, die an seine Heldenjugend, an eigene kühne Thaten ihn erinnern. Neben ihm rüstet sich ein Mann, dem Rufe zu folgen, sein Weib umgürtet ihn mit dem Schwerte. Zwei Jünglinge auch, die am Meeresstrande hingelagert waren, haben den Klang der Tuba vernommen, es erwacht in ihnen die Ahnung eines thatenreichen Lebens, sie haben sich die Hand gereicht und geloben sich, der Väter würdig zu leben und dem Kriegsrufe zu folgen. Ein Knabe, hinter ihnen kauernd, tränkt aus einer Schale den Schwan, den Vogel des Heldengesangs. Links von der Mittelfigur kniet eine jugendliche weibliche Gestalt mit Blumen bekränzt, sie bläst die Flöte. In sehnsüchtigem Schmerz horcht eine Jungfrau auf die Töne, durch welche ein Liebespaar sich seines vollen Glücks erst recht bewußt wird. Eine danebenlagernde Gruppe läßt sich durch das Lied zu heiterer. Lebenslust und zum Genuß des Weines anregen, während ein Knabe die Eulen, die Vögel des Trübsinns verscheucht, und das Giebelfeld in dieser Ecke reizend abschließt. *)

Während diese Modelle in Stein ausgeführt wurden, befand sich unter den Werkleuten ein Lehrbursche, armer Aeltern Sohn, aus Meißen gebürtig. In diesem erwachte eine unbezwingliche Liebe zur Kunst, als er in Rietschel's Atelier die Arbeiten entstehen sah, welche dann die Leute in Sandstein ausführten. Bald spürten die rohern Handwerker in dem Jüngling den höhern Geist und behandelten ihn übel und hart. Das Handwerk duldet unter sich keinen künstlerischen Flug. Jener Drang, der engen Banden sich zu entledigen, wurde durch diese Roheiten nur gesteigert und veranlaßte den Jüngling, Rietschel um Aufnahme in sein Atelier zu bitten. Der Meister that nur seine Schuldigkeit, indem er ihn auf das Gefahrvolle einer solchen Wahl aufmerksam machte und die Bitte abwies. Mit thränenden Augen ging er aus der Werkstatt. Aber er kam wieder, und als ihn Rietschel auch diesmal abwies, wagte er dennoch zum dritten mal die Bitte zu wiederholen. Da konnte Rietschel nicht widerstehen. Er hielt es für eine Mahnung, daß der sechzehnjährige junge Mensch so

----

*) Beide Giebelfelder sind nach einer Zeichnung von Metz von J. Langer gestochen.

energisch und consequent seinen Entschluß verfolgte. Er
nahm ihn in das Atelier auf, und es ist zu dessen
Segen gewesen. Dieser Jüngling war August Wittig,
ein Künstler von hohem Berufe. Bald stand er Rietschel
unter dessen Schülern am nächsten. Dieser liebte ihn
väterlich und hegte von ihm die höchsten Erwartungen.
Wittig war nach Rietschel's Erzählung unermeßlich fleißig;
er bedurfte, da er ohne alle Ansprüche nur der Kunst lebte,
äußerst geringer Geldmittel, die er sich durch Neben=
arbeiten erwarb.

Im Jahre 1848 erhielt er das Reisestipendium für
Rom; er verweilte dort, bis er vor kurzem einen Ruf
an die düsseldorfer Akademie erhielt. Der lebhafte
Briefwechsel zwischen Meister und Schüler liefert, abge=
sehen von der Fülle des Interessanten, da Wittig die
genauesten Berichte von Rom gab, Rietschel aber dem=
selben alles mittheilte, was auf dem Gebiete der Kunst
in Deutschland vorging, auch einen schönen Beweis da=
von, daß die Treue der alten Meister nicht erloschen,
sondern in edlern Naturen auch heute noch lebendig ist.

Unmittelbar nach den Giebelfeldern arbeitete Rietschel
das Grabdenkmal des Markgrafen Diezmann für die
Paulinerkirche zu Leipzig — eine liegende Gestalt im
Panzerhembe und reichgestickten Mantel, deren Wirkung
gut ist, indem sie durch Lebendigkeit überrascht und
zugleich befriedigt. Auch die Statuen Goethe's und
Schiller's, Mozart's und Gluck's am dresbener Hof=
theater verdanken jenen Jahren ihre Entstehung. Sie
gehören jedoch zu den weniger gelungenen Werken des
Meisters und haben ihn selbst nicht völlig zu befriedigen
vermocht.

Blicken wir auf Rietschel's bisherige Wirksamkeit zurück, so müssen wir zwar zugestehen, daß alle Aufgaben von dem Künstler in angemessener, oft glücklicher, manchmal weniger glücklicher Weise gelöst wurden, daß ihm die Kräfte gewachsen; wir müssen den Reichthum und die Vielseitigkeit seines Talents anerkennen; — aber wir können uns auch des Gefühls nicht erwehren, daß der Meister, der diese Gebilde geschaffen, sich oft in einer Befangenheit befindet, welche das Schwanken zwischen Naturstudium und idealen Gedanken hervorgerufen, daß er noch nicht die Höhe erreicht hat, auf der sich Form und Gehalt des Kunstwerks völlig decken.

Die Kunst hat die Aufgabe, die Natur, indem sie dieselbe mit dem menschlichen Gedanken vermählt, zu einer neuen, veredelten Prometheusschöpfung zu gestalten; sie muß daher die Natur gründlich studiren, sie beherrschen lernen, um sie bereinst, vom Zufälligen befreit und gleichsam dem läuternden Meere des menschlichen Denkens und Fühlens entstiegen, als Schönheit darzustellen. Jeder Künstler soll diese Metamorphose des gewöhnlichen Naturbildes in das erhöhte Kunstgebild auf seine eigene Weise vollziehen; er kann dies aber nur, wenn er die Natur vollkommen beherrscht, wie sie die Griechen zu beherrschen verstanden, welche quellend frisches Leben darstellten, fast die Natur abschrieben und ihr dennoch das ewige Gepräge des göttlichen Geistes aufzudrücken wußten. Die Arbeit, welche der Grieche auf seine Weise vorgenommen, sie hat die Kunst auch heute noch, freilich nach der Weise unserer Zeit, zu vollbringen. Aber es ist eine häufige Erscheinung, daß die Künstler diese Aufgabe nicht zu ihrer vollen Lösung bringen, daß sie entweder sich unbedingt der Natur hingeben, diese wahllos copiren, ihr höchstes Ziel in frappanter Nachahmung derselben finden und so die Kunst, welche von der Natur blos inspirirt sein, die über dem gemeinen Leben stehen muß, von ihr überwuchern lassen; oder daß sie die bereits bestehenden Kunstformen der Antike, der Renaissance u. s. w. sich zu eigen machen, sie gleichsam auswendig lernen und zum Ausdrucke idealer Gedanken benutzen, um sich die Arbeit eigener individueller Durchdringung der Natur zu ersparen.

War nun auch Rietschel von jeher fern davon, in einen dieser angedeuteten Fehler zu verfallen, stand ihm auch das Ziel der Kunst klar vor Augen, so schwankte er doch zwischen den zwei großen Richtungen der Sculptur in Berlin und München, welche einerseits mehr das correcte Studium der Natur und die reale Wahrheit, andererseits mehr die Beherrschung der historischen Kunstformen und die durch sie vermittelte ideale Gedankenwelt betonten. Alles, was in Berlin geschaffen wurde, war tüchtig und meisterhaft durchgeführt, richtig und correct, allein es ließ häufig jene geistige Freiheit, Neuheit und Wärme vermissen, welche in der münchener Kunst so lebhaft anzog, wenngleich jene Vorzüge hier oft mit Verleugnung dessen, was die Kunstwerke in Berlin so tüchtig machte, erreicht waren. Dazu kam, daß Rietschel in der ersten Zeit seines dresdener Aufenthalts vielfache, eigenthümlich künstlerische Anregung und Mittheilung entbehrte, daß seinen Arbeiten im ganzen wenig Theilnahme geschenkt wurde und ihm keine Gelegenheit zur Erfrischung im Anblick anderer Schöpfungen der Sculptur um sich und neben sich geboten war. Der

Hauptgrund aber, warum Rietschel's Kunstwerke nicht schon in dieser Zeit zur Höhe der Vollendung gelangten, lag in seinem Naturell. Die Bildhauerei ist mit andern Künsten nicht vergleichbar. Da ist nicht das Glück der ruhigen Arbeit, wie es der Maler, der Dichter wol genießt, still in seiner Zelle schaffend und fähig, sein ganzes Ich in sein Werk zu versenken, es bis ins Kleinste zu vollenden, in ihm völlig zu leben und auf=zugehen. Nein, da treibt und drängt alles. Ruhe kommt selten in ein Bildhaueratelier. Um die stillschaffende Arbeit häuft sich ein Wust von rein materiellen Dingen an, der Künstler hat mit Geschäftsleuten, mit Arbeitern zu thun und muß sich oft auf die Geschicklichkeit oder den guten Willen von Handlangern verlassen. Dabei ist er unaufhörlichen Täuschungen unterworfen; dasselbe Werk, welches im Atelier seinen Intentionen durchaus entsprach, überrascht ihn durch eine völlig andere Wirkung im Freien. „Das letztere ist es", so spricht sich Rauch darüber aus, „was uns am meisten während des Schaffens quälen muß, indem dies, ich möchte sagen außer unserer Willenskraft und Voraussicht, dem Himmel überlassen bleibt und statt wohlverdienter Befriedigung uns oft, mit schwerer Täuschung überraschend, nur unverbesserliche Schwermuth erregt." So ist's wahr, was der große Meister zu sagen pflegte, die Bildhauerei beginne mit Sorgen und höre mit Aergerniß auf.

Rietschel's feinerer Organisation widerstrebte das alles. Es war seiner schnellen Entwickelung hinderlich, und man muß um so mehr seinem energischen Streben Bewunderung zollen, wenn man sieht, wie er trotzdem gerade diese materiellen Schwierigkeiten später auf eine

Weise und mit einer Geschicklichkeit — wenn auch immer davon erregt — beherrschte, wie sie wol wenigen Bildhauern zu eigen sein dürfte!

Theils die glückliche Veränderung einzelner dieser soeben geschilderten ungünstigen äußern Umstände, theils die sympathische Kraft, welche in seinen nächsten Aufgaben selbst lag, verbunden mit der durch frühere Arbeiten reichlich gewonnenen Erfahrung, endlich die erweiterten Anschauungen der neuern Kunst, welche sein Selbstvertrauen befestigten und stärkten — alles das wirkte zusammen, um Rietschel in kurzer Zeit von den bisherigen Mängeln ganz zu befreien. Bevor wir jedoch auf seine nächsten Arbeiten eingehen, ist mit wenigen Worten die Umgestaltung der Verhältnisse zu berühren, welche damals im dresdener Kunstleben eintrat, da sie auf Rietschel's höhere und bedeutsamere Entwickelung nicht ohne Einfluß gewesen.

Die Kunstakademien hatten sich bisher als die alleinigen Pflanzstätten des künstlerischen Genies angesehen. Niemand, der nicht den schulgerechten Gang eines akademischen Cursus durchgemacht hatte, wurde anerkannt; Kräfte, welche sich selbständig und nach dem Maße ihrer eigenthümlichen Gaben mehr oder weniger im Gegensatze zu der von den Akademien eingeschlagenen Richtung verhielten, wurden abgestoßen und verketzert. Dieses Verfahren rief einen, auf den ersten Anblick unerklärlichen Ingrimm gegen die heutigen Kunstanstalten hervor und hat wol am meisten dazu beigetragen, daß man die Geschichte der Kunstentwickelung in den letzten Jahrhunderten völlig ignorirte und einen Zustand wieder heraufführen wollte, welcher dem ganzen Wesen unserer

Zeit nicht entspricht. Freilich waren es die glänzendsten Tage der Kunst, als die großen Meister umgeben waren von Jüngern und Schülern, „deren Auge und Hand sie leiteten und für deren Geist ein Licht von dem ihrigen aufging“, als ihre Werkstätten je nach dem darin sich entfaltenden eigenthümlichen Leben die Anziehungspunkte für aufkeimende geniale Kräfte bildeten. Allein jene Zeiten hatten ihre ganz besondern Voraussetzungen: die allgemeine Kunstliebe und Pflege an den Höfen; das höchst persönliche Verhältniß der Großen zu den Künstlern; die reiche Unterstützung, die letztern zu Theil wurde; die umfassenden Aufgaben monumentaler Kunst, die ihnen gestellt waren und zu deren Bewältigung sie zahlreicher Gehülfen bedurften; der Stolz der autonomischen Städte, welche ihre Ehre darein setzten, auch am Himmel der Kunst mit glänzenden Sternen zu leuchten; endlich war es der allgemeine Zug der Zeit nach corporativen Gesellschafts= formen, welcher früher das Werkstattleben der Künstler außerordentlich begünstigte. Wie soll sich dasselbe heute entfalten? wie ein fröhliches Leben von sich ausstrahlen, wenn ihm alle diese reichen Hülfsmittel abgeschnitten sind? — und nun gar in Deutschland, wo es erst seit neuester Zeit wieder zum guten Ton an den Höfen ge= hört, die Kunst zu unterstützen oder wenigstens nicht gänzlich zu ignoriren!

Für die jetzt bestehenden Verhältnisse sind die Kunst= lehranstalten — freilich dringend nothwendige Aende= rungen vorausgesetzt — ein wohlthätig conservatives Element. Sie ohne weiteres aufheben wollen hieße die bildende Kunst, wie schon Niebuhr gezeigt hat, der geistigen Anarchie und Verwilderung überlassen in einer

Zeit, wo das bewundernde Hinaufsehen zu einem echten
Meister und ein festes Anschließen an ihn so selten geworden ist. „Die Akademien sind nun in den Händen
der Regierungen, wenn diese ihre Grundfehler einsehen,
ein Mittel, das untergegangene echte Verhältniß der
Meister wiederherstellen zu helfen", und die Heilung ihrer
Gebrechen ist darin zu suchen, „daß der Geist eigener
Thätigkeit innerhalb der bestehenden Formen aufgerufen,
und nicht diese Formen zerschlagen werden".

Von ähnlicher Auffassung war auch Rietschel geleitet.
Er betrachtete die ihm zugetheilte Professur an der
Akademie nicht als eine Sinecure, er war fern von der
mephistophelischen Gesinnung solcher, welche zwar ohne
Bedenken ein Amt und die damit verbundenen Vortheile
annehmen, dann aber selbst — durch die absoluteste Theil-
nahmlosigkeit — an dem Ruin der ihnen anvertrauten
Institute arbeiten. Rietschel war eine zu edle und wahre
Persönlichkeit; es lag ihm vielmehr sehr am Herzen, daß
die dresdener Akademie eine geachtete Stellung einnehmen
möge, ihre Zöglinge wirklich zu bester Einsicht angeleitet
und in ihrem individuellen Streben unterstützt würden. *)
Vor allem fühlte er, wie nothwendig es sei, bedeutende
Kräfte für die Akademie zu gewinnen. Ein Kunstleben
im wahren Sinne des Worts hatte sich — ungeachtet

---

*) Wie sehr ihm das Beste dieser Kunstanstalt am Herzen
lag, ist unter anderm aus dem im Anhang beigefügten Entwurfe einer Umgestaltung derselben, welchen er in den vierziger
Jahren ausarbeitete, ersichtlich. Auch sonst erhob er jederzeit
seine Stimme, wenn es galt zweckmäßige Aenderungen in der
Organisation der Akademie zu befürworten.

einige recht respectable Künstler, wie Peschel, Oehme, Wagner und andere — zum Theil mit Rietschel persönlich befreundet — in Dresden lebten, doch nicht gestaltet. Es fehlte namentlich ein ausgezeichneter Maler, der neues Leben um sich her erweckte. Neben Herrn von Quandt auf Dittersbach war es insbesondere Rietschel, welcher auf den damals noch weniger bekannten Kaulbach hinwies und dessen Berufung veranlaßte. Kaulbach nahm jedoch den Ruf nicht an, ebenso wenig Julius Schnorr. Zu mächtig anziehend war damals noch für diese Männer das münchener Kunstleben. Mehr Erfolg hatte man in Düsseldorf. Eduard Bendemann entschloß sich im Jahre 1838, dem an ihn ergangenen Rufe zu folgen. Bendemann's Uebersiedelung nach Dresden war für die dortige Kunstrichtung von eingreifender Bedeutung. Er erhielt alsbald die umfassende Aufgabe, das königliche Schloß mit Fresken zu schmücken, wobei er und seine Genossen Gelegenheit hatten, die vollste Thätigkeit zu entfalten. Julius Hübner folgte Bendemann, und bald sammelte sich um ihn ein Kreis von Freunden und Schülern.

Für Rietschel war die Berufung Bendemann's von den angenehmsten Folgen; dessen liebenswerthe und edle Persönlichkeit, sowie Hübner's ausgebreitete Kunstbildung, sein reger Sinn und organisatorisches Talent, sein scharfes Urtheil auch auf andern Gebieten, der Kreis endlich von interessanten Männern, der sich in Bendemann's und Hübner's Hause einfand — das alles konnte nur fördern, anregen, beleben.

War somit düsseldorfische Anschauung und Richtung in Dresden eingezogen, so waren andererseits in den dreißiger Jahren auch andere Erscheinungen, welche nicht minder und in noch intensiverer Weise das dresdener Kunstleben charakterisiren und zu dessen Bereicherung beitragen sollten, aufgetreten. Ludwig Richter, ein persönlicher Freund Rietschel's, hatte damals begonnen, die ihm eigenthümliche Zauberwelt, mit der er das herrlichste Zeugniß von der Gefühlstiefe und dem Reichthum deutschen Lebens, deutschen Humors und deutscher Poesie ablegte, in stiller Liebe aufzubauen. Der geniale Architekt Semper war 1834 bereits an die Akademie berufen worden. Es warteten seiner bedeutende Aufgaben, der Bau des Theaters, der Synagoge und später des neuen Museums.

Semper, einer von den Baumeistern, welche bei ihren Entwürfen die Mithülfe der Bildner und Maler im Auge haben, eröffnete für Rietschel nach dieser Richtung hin ein weites Feld der Thätigkeit. Auf Veranlassung Semper's war auch Ernst Hähnel, der, früher Architekt, sich in Italien der Bildhauerkunst zugewendet hatte, nach Dresden gekommen, um an dem von jenem zu erbauenden Theater einen Fries, den Bacchuszug, zu übernehmen. Mit theilnehmender Freude schreibt Rietschel über Hähnel's erste Arbeiten in Dresden an Rauch: „Bildhauer Hähnel hier, der bei dem Monument von Beethoven mit Glück concurrirte, und wie ich höre mit Bläser zusammen den Concurs wiederholt, an dem auch Knaur in Leipzig, ein ehemaliger Schüler von mir, theilzunehmen aufgefordert ist, hat seinen Fries fürs Theater beendet und ausgestellt. Die Arbeit ist voller Frische und Leben und von schönen Linien. Er ist ein überaus talentvoller Künstler — nun, Sie werden ja diese Arbeit sehen.

14*

Dazu besitzt er für solche Aufgaben den nöthigen Humor und den kecken Uebermuth der Gedanken."

Auch mit Hähnel trat Rietschel in nähere Beziehungen, welche eine Reihe von Jahren aufrecht erhalten wurden. Die Anwesenheit eines Künstlers von Hähnel's Richtung, welche völlig dem Geiste der münchener Schule entsprach, und von seinem außerordentlichen Talent, wirkte auf die eigene Entwickelung Rietschel's nur wohlthuend. Diese Ansicht wird, trüge sie nicht den Stempel innerer Wahr= scheinlichkeit schon in sich, durch Rietschel's eigenes Be= kenntniß bestätigt. Er schrieb darüber selbst gelegent= lich und zu einer Zeit, wo das freundschaftliche Ver= hältniß der beiden großen Bildhauer zueinander nicht mehr ungestört bestand, an einen seiner nächsten Freunde: „Hähnel's entschieden andere Persönlichkeit und Indivi= dualität, seine ebenso entschieden andere künstlerische Eigenthümlichkeit und Begabung, die, das Naturalistische ganz verschmähend, damals das Ideale in seiner engsten Bedeutung erstrebte und verfolgte — diese Gegensätze bei beiderseits eifrigem künstlerischen Streben mußten auf jeden von uns eine gute Wirkung üben. Jedenfalls bekenne ich mich gern zu dem guten Einflusse, welchen Hähnel's Leistungen in der Kunst auf mich ausgeübt haben, und obwol ich ihm darin in nichts gleiche oder nur ähnele, so ist eben dadurch jedenfalls das mir Eigen= thümliche zu seiner besten Entwickelung und Aeußerung gebracht worden."

Ein Mann, der so klar dachte, konnte aber nicht an= stehen, mit unbedingter Freude auch Schöpfungen einer gegensätzlichen Richtung, sofern sie überhaupt nur die Be= dingungen eines Kunstwerks in sich trugen, anzuerkennen und zu bewundern — dem Künstler hoch anzurechnen in einer Zeit, die so sehr geneigt ist, von sogenannten Principien aus die künstlerische Production zu beurtheilen und mühsam zusammengeschnittene Schablonen auf alle Kunsterzeugnisse, mögen sie auch noch so verschiedenen Charakters sein, gleichmäßig anzuwenden!

Als endlich Julius Schnorr von Carolsfeld, neben Cornelius der bedeutendste Führer der münchener Schule, im Jahre 1841 einem an ihn ergangenen Rufe nach Dresden folgte, da machte sich die Hoffnung rege, daß Dresden dazu berufen sei, die in der Kunst der Neuzeit vorhandenen Gegensätze zu einer Ausgleichung zu bringen, welche ein neues originelles Leben hervorzubringen vermöchte. Diese Hoffnung hat sich in der Bildhauerkunst, in der Dresden bald die erste Stelle in Deutschland einnehmen sollte, zum Theil, in der Malerei jedoch nicht erfüllt. Schnorr erhielt keine Gelegenheit, monumentale Malereien in Dresden auszuführen; er nahm daher nun mit Aufwendung aller der reichen Kräfte, die ihm verliehen waren, das von ihm bereits im Jahre 1827 beabsichtigte und seitdem nicht außer Augen gelassene Unternehmen der Bibel in Bildern wieder auf und führte dies bewundernswerthe Werk in einem Zeitraume von zehn Jahren unablässiger Arbeit, unermüdlichen Schaffens zu Ende. Es versteht sich von selbst, daß Schnorr's Anwesenheit in Dresden auch für Rietschel reiche Förderung brachte. Namentlich war es Schnorr's adelicher, feiner Künstlersinn, seine hohe und getragene Auffassung der Kunst und ihrer Aufgaben, welche Rietschel stets mit innigster Verehrung und Liebe für den großen deutschen Meister erfüllte und ihn dessen

Umgang als eine herrliche Gabe des Geschicks bis zum Tode dankbar empfinden ließ.

Dadurch, daß Rietschel mit Männern verschiedener Kunstrichtung befreundet war, wurde es ihm möglich, vielfach vermittelnd in das Parteileben einzugreifen. Sein bei aller Energie des Willens, bei aller Selbständigkeit der Anschauung wohlwollender Sinn befähigte ihn vor allen dazu; und da er sich weder nach der einen, noch nach der andern Seite dem, was in jeder Kunstrichtung Treffliches geleistet wurde, verschloß, erwies sich auch auf seine eigene Entwickelung dieses Eingehen auf die vorhandenen Gegensätze von förderndem Einfluß.

Erwachte nun auf dem Gebiete der Kunst mit einem mal reges Leben in Dresden, so war dies nicht minder auch auf andern Gebieten der Fall. Die Zeit der Romantik war vorüber, Männer der Gegenwart belebten die gebildeten Kreise des geselligen Verkehrs. Julius Mosen's poetische Kraft griff auch in das Gebiet der bildenden Kunst hinüber; Snell's geistvolle Persönlichkeit wußte die Gebiete seines Wissens auch für andere zugänglich zu machen; der die Zeit und ihre Gegensätze wie kaum ein anderer Schriftsteller erfassende Karl Gutzkow kam ebenfalls nach Dresden und schuf hier, mehrere Jahre mit kundiger Hand die Bühne leitend, jene Reihe dramatischer Werke, die sich lebensfähig und kräftig auf dem deutschen Theater erhalten. Später kam auch Berthold Auerbach, mit dem Rietschel bald befreundet ward. Sein lebensfrisches eigenthümliches Naturell wirkte jederzeit wohlthuend und anmuthend auf ihn. Eduard Devrient stand als denkender und geistvoller Künstler und Kenner später der dresdener Bühne vor; auch mit ihm verkehrte Rietschel gern und legte Werth auf dessen Urtheil und seinen ästhetischen Blick. Richard Wagner endlich begann damals der Welt seine großen Tonschöpfungen vorzuführen. Im Verkehr mit allen diesen Männern fand unser Künstler mannichfachste Anregung für sein Denken und Schaffen. Es war das ganze neuerwachende, das an politischen Erfahrungen und wissenschaftlicher Ueberzeugung bereicherte Leben, welches in diesen Persönlichkeiten an den Künstler herantrat und es ihm zur vollen Klarheit werden ließ, daß auch in der Kunst nur das ureigene, im Volksthum begründete Element volle und dauernde Berechtigung das Daseins habe.

Vor allen war es aber ein Mann, der auf Rietschel's Anschauungen und die Klarheit seiner Ziele bedeutsamen Einfluß übte. Es war dies Karl Gustav Carus, sein treuer väterlicher Freund, „ein Mann, der", wie sich Rietschel selbst ausdrückte, „so befähigt ist, mittels der feinen Fühlfäden seiner Seele die wunden Saiten einer andern Seele herauszufühlen, der, wenn er zu einem Menschen in ein Verhältniß tritt, ihm dann völlig und mit einer das Gemüth fesselnden Treue, Hingebung und Zartheit angehört". Ein solcher, ein im besten Sinne des Worts schöner Geist mußte den Menschen in Rietschel mit Liebe erfüllen, während seine hohe, fast alle Gebiete des menschlichen Wissens umfassende Bildung und seine geistvolle Auffassung der Natur und ihrer organischen Entwickelung für den Künstler von eingreifender Bedeutung wurde.

Ein Ereigniß von nicht geringer Tragweite in Rietschel's Leben war auch die endlich erfolgte Genehmigung des Rauch'schen Entwurfs zu dem Monument

Friedrich's des Großen mit dem gestaltenreichen Piedestal. In der Entstehungsgeschichte dieses Denkmals ist der klare Hinweis gegeben, daß selbst die idealste Auffassung in den Formen der Antike den dringend herantretenden Forderungen charakteristisch = nationalen Lebens weichen muß, soll ein Kunstwerk volksthümlich und von echter, bleibender Wirkung sein. Schinkel hatte sieben Entwürfe zu dem Denkmal gemacht. In allen war der König „der ganzen äußern Erscheinung in seinem Leben als zufällig und vorübergehend (!!) entkleidet", in der Tracht der Griechen dargestellt: nach dem Entwurfe von 1822 stehend auf einer Quadriga mit schönen Rossen bespannt, nach einem andern als Zeus im Innern eines von Karyatiden getragenen Baues, nach einem dritten Entwurfe in antiker Tracht zu Pferde. Die übrigen Entwürfe unterscheiden sich blos durch die zum Denkmale in Beziehung stehenden Bauten, Porticus, Säulen= halle u. s. w. voneinander.

Man halte nun gegen alle diese Entwürfe den von Rauch. Kann noch ein Zweifel darüber bestehen, ob er vor denen Schinkel's den Vorzug verdiene? Hier der große König mitten in seiner Zeit! Wie athmet er gleich= sam die glorreiche Vergangenheit! Das ist der König, welcher Preußen groß gemacht, das sind die Männer, welche das erwachende Deutschland begrüßt und geführt haben, hier ist der Geist der Zeit mit historischer Treue dargestellt! Mögen jene Entwürfe Schinkel's noch so geist= reich und schön sein, sie laboriren alle an der verkehrten hochmüthigen Anschauung, als sei die Kunst dazu da, die einmal vorgefaßten Theorien einzelner Künstler von der Schönheit zu besiegeln. Der Friedrich von Lowositz, von

Hochkirchen, von Kunersdorf, der Friedrich von Berlin und Sanssouci — als Zeus oder als olympischer Wagenlenker!

Rauch fühlte tief, wie richtig sein Entwurf, wie er aus der Seele des deutschen Volks gesprochen war — darum seine Freude, als er endlich damit durchdrang, darum bezeichnete er in einem Briefe an Rietschel den Tag der Genehmigung desselben als „wenn nicht den glücklichsten, doch einen der allerglücklichsten Tage seines Lebens".

Den jüngern Meister aber befestigte und bestärkte dieses Ereigniß in seinen eigenen Anschauungen von der Nothwendigkeit einer realistisch unbefangenen volksthüm= lichen Auffassung in der Monumentalsculptur, und wenn er auch betreffs des architektonischen Theils des Friedrichs= Monuments nicht unerhebliche Bedenken hegte, so bewun= derte er doch später das Ganze als das vollendete Kunst= werk, das es unter Rauch's Händen geworden war.

„An Rauch's Friedrichs=Denkmal" — so spricht er sich in einem Briefe an einen Freund aus — „sieht man recht, wie ein Gegenstand, in seiner äußern Er= scheinung so widerhaarig, durch die Auffassung und stilvoll großartige Durchführung wahrhaft poetisch und schön wird. Das ist ein Werk, das ewig ist, und es kann keine Zeit kommen, in der es geringer geachtet werden könnte, denn es ist keinem Götzen dabei geopfert worden, weder dem Viel= oder Ge= schwindmachen noch dem lobhudelnden oder tadelnden Geschrei der Kritiker, weder dem leeren Idealismus noch dem Naturalismus. Es ist ein Werk der Begeisterung, der echten Liebe, der Gewissenhaftigkeit, reicher Erfahrungen, einem männlich starken Künstlergeiste allein angehörig. An diesem Werke wird sich die Nachwelt begeistern können, wenn viel Gepriesenes jetziger Zeit vergessen und gemißachtet ist.‟

Sonderbar nehmen sich gegen dieses Urtheil, das eine überzeugende Kraft in sich trägt, die neuerdings auftauchenden kritischen Exercitien an dem gewaltigen Werke aus!

Auch während der folgenden Jahre mußte es für den jüngern Meister ein unabläſſiger Sporn sein, wenn er jenen sah, der, beinahe siebzig Jahre alt, sich noch mühte wie ein Jüngling, mit beispielloser Gewiſſenhaftigkeit die eingehendsten Studien bei seiner Arbeit machte, mit unermüdlichem Eifer das riesenhafte Material zusammentrug und mit jugendlicher Kraft gleichsam von neuem zu lernen begann. Nichts drückt die Gesinnung Rauch's bei diesem Werke, aber auch die Stellung Rietſchel's zu ihm deutlicher aus, als wenige Worte eines an letztern gerichteten Briefs: „Sie nur können beurtheilen, wie diese Arbeit die letzten Lebensfunken von allen Seiten anschürt, um dies mir von Gottes Gnade allein beschiedene große Werk zu vollenden, wozu ich auch im Weiterschreiten wirklich lichte Hoffnung zu sehen wagen darf. Wären Sie nur hier in der Nähe, damit ich manchmal die Stimme klarer, wahrer Beurtheilung in den Krisen lähmender, ja töbtender Ungewißheit auf Augenblicke vernehmen könnte! Ich hoffte stets, mich von dieser, bei jeder kleinen Arbeit eintretenden Noth frei zu machen. Aber so ist's mir nicht geworden, und nur kämpfend gelingt es mir manchmal, dies ewige

Hinterniß zu bewältigen, welches durch Ein Wort, Einen Blick des frischen Auges des Freundes alles erspart werden könnte."

Würdig eines so ringenden großen Meisters war Rietschel's Streben.

Eine große Bereicherung seiner Anschauungen bot dem empfänglichen Künstler überdies eine im Monat Juni des Jahres 1843 unternommene Reise nach Belgien, Paris und Rouen. Die Mittel hierzu wurden ihm von der sächsischen Regierung gewährt, da er von dem ihm früher bewilligten Reisestipendium nur einen Theil verbraucht hatte. Ein über hundert enggeschriebene Quartseiten enthaltendes Tagebuch gibt Zeugniß von der Umsicht und Unermüdlichkeit, mit welcher er die Eindrücke eines ihm nach vielen Richtungen hin neuen Lebens in sich aufnahm. Vor allem war für den Künstler der Anblick der herrlichen Meisterwerke der niederländischen Schule, van Eyck's, Memling's, van der Weyden's u. s. w. von unschätzbarem Werth. Dieser klare und deutliche Ausdruck des Gedankens in der Durchführung, diese treue Wiedergabe der Natur, welche indessen nur dazu diente, den geistigen Gehalt zu erhöhen, dieses innige Durchdrungensein von den Aufgaben, die diesen Künstlern vorlagen, wirkte auf Rietschel's Naturell beglückend, ihn in seinem eigenen Streben kräftigend, bestärkend. Haben doch diese Werke einige Jahre später auf den Altmeister der deutschen Sculptur noch solchen Zauber ausgeübt, daß er meinte, er habe hier genossen, wie er sich's kaum jemals noch zugetraut hätte, und er sei sich wie eine dürre Pflanze vorgekommen, die von mildem Thaue wieder neu belebt würde.

Die Werke der neuern belgischen Bildhauer sprachen ihn wenig an. Mit Ausnahme einiger glücklich gearbeiteter Büsten und abgesehen von der schönen Behandlung des Marmors, fand er nicht viel Lobenswerthes zu bemerken. Er sah zuerst die Statue Grétry's in Lüttich, „eine Figur ohne Geschmack, ohne Zusammenhang und Knochen"; dann das Monument der Märtyrer des 30. September zu Brüssel, „ein zwar verdienstliches Werk, aber von etwas gewöhnlicher Idee"; und das ziemlich unerfreuliche Standbild Rubens' in Antwerpen — die hervorragendsten Werke der de Geefs. Weniger befriedigt, als er erwartet hatte, war er von den Werken der neuern belgischen Malerkunst. Damals hatte sich noch nicht die in ihrem Ursprunge sehr gesunde, in ihrer Durchführung freilich hier und da nicht ganz von Manier frei gebliebene Reaction gegen die moderne belgische Kunst geltend gemacht, welche auf Vermittelung und innern Zusammenhang mit deutscher Kunstweise gerichtet ist. Noch waren de Keyser, Biefve und Gallait die Hauptvertreter der verschiedenen Richtungen in der belgischen Malerei; aber trotz der Vorzüge ihrer Werke, welche Rietschel gerade besonders anzuerkennen bereit war, fühlte er doch zu lebhaft, daß eine eigenthümliche Kunstweise sich hierauf nicht begründen lasse.

Desto mehr zogen ihn belgisches Leben und des Landes politische Zustände an, und er konnte nicht genug den wohlthätigen Eindruck schildern, den der Aufenthalt in diesem wahrhaft constitutionellen Lande mit allen seinen politischen Erscheinungsformen mache. In Paris wurde er von dem Bildhauer David und dessen geistvoller Frau mit der den Franzosen eigenthümlichen

Liebenswürdigkeit aufgenommen. Raoul Rochette zeigte sich dem Künstler außerordentlich freundlich und war ihm in seiner Stellung vielfach behülflich. Die beiden Maler Paul Delaroche und Ary Scheffer bewiesen ihm die höchste Anerkennung, und namentlich ward die Beziehung zu dem letztern bei dessen Vorliebe für das Deutschthum sogleich eine ziemlich innige. Das Maßvolle in der Kunstweise Paul Delaroche's, die Allseitigkeit seiner künstlerischen Bildung, „die innige Verknüpfung einer regen Phantasie, eines offenen Sinnes für das Leben mit vollendeter Farbenkenntniß", vor allem aber das ganz selbständig auf der eigenen Natur beruhende Streben des Künstlers, das waren Eigenschaften, zu denen Rietschel's Weise sich hingezogen fühlen mußte. Auch Ary Scheffer war den Weg gegangen, „auf welchem er unverhohlen realistische Schilberung und pünktliche Natur= wahrheit zum durchgebildeten Idealismus vollendet hatte". Er war ein Meister, der an Tiefe der Empfindung die meisten französischen Künstler überragte. Von den Werken der neuern Malerei fand Rietschel die Künstlerversamm= lung von Paul Delaroche in der Ecole des beaux arts „bewunderungswürdig", der Eindruck dieses Bildes ge= hörte für ihn zu den bedeutendsten der Reise.

Unter den Bildhauerwerken erfüllten ihn die von Puget, Hudon, Bouchardon mit Erstaunen; er meinte, er habe eine größere Feinheit und Kühnheit des Meißels, ein gediegeneres Verständniß der Formen noch nie gesehen, fügte aber auch sein Bedauern hinzu, daß diese Werke meist völlig geschmacklos gedacht seien. Unter den Neuern war es David d'Angers, den er zu den denkenbsten, achtungswerthesten Künstlern zählte. Namentlich fiel ihm deſſen Philopömen in den Tuilerien als ein Werk von höchſter Eigenthümlichkeit auf, mehr charakteriſtiſch als ſchön, aber mit Empfindung gedacht und mit meiſterhafter Technik durchgeführt. Dies Werk und die Bildſäule des Generals Foy, edel in der Auffaſſung und Durcharbeitung, mußten ihn mehr anziehen als die kalten und oft koketten Figuren von Pradier, Foyatier und andern, während andererſeits David's barocke und nachläſſige Reliefs und das Giebelfeld des Pantheon ihn mit wahrem Abſcheu erfüllten. Einzelne Werke Dumont's, deſſen liebenswürdige Perſönlichkeit er ſpäter kennen lernte, erregten wegen des feinen Naturſinnes, der ſich in ihnen geltend macht, ſein Intereſſe. Boſio fand er glücklich in der Behandlung jugendlicher Körper, ſonſt aber höchſt arm in ſeinen Ideen, ſchwach und ſtillos. In ſchönen frühern Werken von Foyatier, Pradier, Duret, Rude glaubte er einen bedeutenden Abſtand gegen deren viel ſchwächere neuere und neueſte Productionen wahrzunehmen, wie er denn überhaupt die Ueberzeugung davontrug, daß die Gründung des verſailler Muſeums auf die Künſtler — wenigſtens auf die Bildhauer — mehr nachtheilig als günſtig gewirkt habe.

Im ganzen machte das Treiben und Leben in Paris, ſo ſehr er die Tüchtigkeit der Franzoſen, die wir Deutſche meiſt zu unterſchätzen pflegen, anerkennen mußte, auf ihn unverkennbar keinen durchweg wohlthuenden Eindruck.

Mit dem freudigen Rufe: „Die deutſche Kunſt darf überall kühn in die Schranken treten!" war er ins Vaterland zurückgekehrt. In Karlsruhe beſuchte er Schwind. Er fand ihn dort in herrlicher Thätigkeit und erfreute sich innig an dessen Glücke, „welches in jedem Laute sichtbar sei".

Rietschel selbst konnte sich in jenen Jahren keines Uebermaßes von Künstlerglück rühmen; er vermißte schmerzlich gerade in dieser Zeit, in der eine so mächtige Umwandelung in ihm und um ihn her vorging, bedeutende Aufträge, welche seine Thätigkeit in Anspruch genommen hätten. Auch er hatte die Herbheit des Vaterlandes und dessen Zähigkeit in Ertheilung der gebührenden Anerkennung zu empfinden. So wurden ihm während der Jahre 1842 und 1843 nur ganz untergeordnete Aufträge zu Theil: außer einigen wenigen Büsten, meist nach Todtenmasken, nur die Herstellung zweier kleiner Modelle zu Figuren sowie eines Reliefs am Eingange der Ficinus'schen Apotheke zu Dresden.

Es waren dies für den Künstler wirkliche Prüfungszeiten, deren Schwere er tief empfand. So schreibt er an Rauch, nachdem dieser eben eine große Arbeit vollendet hatte: „Ich denke mir Ihr Ausruhen im Kreise der Liebsten nach solcher Arbeit, Spannung und Sorge wie das Adam's im Paradiese. Ich ruhe auch wie Adam, aber vor dem Paradiese. Die Thür macht einen gewaltigen Unterschied dazwischen." Dennoch ließ er sich durch den Mangel an verdienter Anerkennung nicht niederdrücken, vielmehr verdanken wir gerade jenen Verhältnissen einige seiner größten plastischen Schöpfungen. Auch wurde er in solchen Zeiten wieder zum Zeichnen von Compositionen gedrängt, wozu er sich, sobald er mit Vollendung größerer Arbeiten beschäftigt war, in denen dann seine Thätigkeit völlig aufging, nicht die nöthige Muße gönnte.

So faßte er im Jahre 1842 den Entschluß, namentlich durch Bendemann, der stets als treuer Freund sich bewährte, hierzu aufgemuntert, den Fries „Jakob's und Joseph's Wiedersehen", dessen Composition oben geschildert worden, als Relief auszuführen. „Derselbe ist etwas, das mich warm macht", berichtet er an Rauch; „ob ich ihn einmal verkaufen kann oder nicht, danach frage ich nicht; ich muß Arbeit haben, die mich erfüllt, bei der ich mich glücklich fühle und glücklicher werde. Wollte ich auch etwas suchen, was leichter einen Käufer fände, der Gegenstand würde mich vielleicht nicht so erfreuen. Man hat nicht Talent zu allem, und nur das kann wahrhaft gelingen, wobei nicht nur die Hand und der Kopf, sondern auch das Herz ist." Rietschel hat von diesem Friese nur einen Theil, die Gruppe des Wiedersehens selbst, aber in wunderbar schöner Weise vollendet. Es ist hier aller Zauber jugendlicher Lieblichkeit in der Conception mit der meisterhaftesten und freiesten Behandlung des Stoffes gepaart. Mit Recht ist dieses wenig gekannte, jetzt im Besitze des Rietschel-Museums zu Dresden befindliche Relief als eins der schönsten und vorzüglichsten Werke des Meisters bezeichnet worden.

In der Fortsetzung dieser Arbeit wurde der Künstler zunächst durch die an ihn ergangene Aufforderung unterbrochen, sich an der Concurrenz wegen eines dem Astronomen Olbers in Bremen zu errichtenden Ehrenstandbildes zu betheiligen. Obwol er kein Freund der alles wahre Kunstleben vernichtenden Concurrenzen war, er vielmehr nur mit Qual und Befangenheit sich dabei betheiligte, während ein bestimmter Auftrag ihn allemal ganz erfüllte, so ließ er sich dennoch veranlassen, ein Modell einzusenden. Da jedoch mit ihm zwei Bremer, der Gehülfe Schwanthaler's, Lossow, und Karl Steinhäuser, concurrirten, so gab man, ungeachtet Rietschel's Entwurf viele Freunde fand, dem von Steinhäuser eingesandten den Vorzug und entschädigte Rietschel durch ein ziemlich ansehnliches Honorar für sein halblebensgroßes Modell. Der berühmte Astronom richtet in demselben beobachtend das Haupt nach oben; den Zirkel in der Hand, stützt er sich mit einem Arme auf den Globus, welcher auf einem reichverzierten Postament steht. Mit der andern Hand hält er eine Tafel an das Knie gestemmt, um die gemachte Beobachtung darauf zu fixiren. Die eine Seite der Gestalt, welche in moderner Kleidung dargestellt ist, wird durch den von den Schultern herabwallenden Mantel bedeckt, während das Standbein frei erscheint. Rietschel folgte in diesem Entwurf noch gänzlich der Rauch'schen Auffassung.

Mehr Erfolg hatte der Künstler mit einer spätern, zwar an sich untergeordneten decorativen Arbeit, welche er aber mit dem höchsten Eifer erfaßte und worin er zum ersten mal auch in weitern Kreisen als der hervorragendsten Künstler einer anerkannt worden ist. Es war dies ein großes Hochrelief für das Giebelfeld des Opernhauses in Berlin. Er entwarf hierzu zwei sehr schön ausgeführte Zeichnungen. Die eine stellte Apoll als Mittelfigur unter den Musen und Grazien dar, während auf der andern, nach welcher das Werk auch zur Ausführung kam, in der Mitte die Muse der Musik, in die Saiten der Harfe greifend, auf einem

Schwane emporschwebt. Zur Rechten ist in einer leicht=
bewegten verschlungenen Gruppe der Tanz, zur Linken die
dramatische Kunst in den Gestalten des Dichters mit der
tragischen und komischen Muse und der Satire zur An=
schauung gebracht. Hiermit sind die Hauptstrahlen der
in dem Hause gepflegten künstlerischen Leistungen ange=
deutet, doch die Musik dominirend. Zur Seite des Tanzes
befinden sich die Grazien, zur Seite der dramatischen
Kunst die Malerei und Sculptur, als diejenigen Künste,
welche in inniger Wechselbeziehung zu jenen stehen, wäh=
rend die Ecken meisterhaft und reizend durch, humoristi=
schen Bezug habende, spielende Kinder ausgefüllt sind.
Die Aufgabe war für einen Künstler um deswillen wenig
verlockend, weil das Giebelfeld in einer Höhe angebracht
ist, welche die Betrachtung eines Kunstwerks kaum mehr
gestattet, und weil die Composition in das „unhistorische"
und unschöne Material des Zinks übertragen wurde.
Dennoch führte Rietschel sein Werk bis zu äußerster Vollen=
dung und aufs fleißigste, zugleich aber auch mit noth=
wendiger Berücksichtigung der Fernwirkung durch. Ersteres
war von ihm zu erwarten; äußert er sich doch mit be=
weglichen Worten über die künstlerische Liebe, welche die
Griechen in dieser Hinsicht bekunden, und bei ihm war
zwischen Wort und That kein Zwiespalt. „Es hat mich
immer", schreibt er in einem seiner Notizbücher, „mit
einer Art Rührung und Bewunderung erfüllt, daß die
parthenonschen Giebelfiguren an der Rückseite ebenso
vollendet sind als vorn. Der Künstler wußte, daß wenn
dies Werk aus seiner Hand und seiner Werkstatt war,
nie ein menschliches Auge dahin blicken könne, wo seine
Liebe, Mühe und Sorge das Reizendste geschaffen und

gepflegt hatte. Jetzt nach über zweitausend Jahren ist es uns, mehr durch glücklichen Zufall als durch geschichtliche Nothwendigkeit, vergönnt, diese treuen Liebesopfer einer echten Künstlerseele zu entdecken. Warum that dies der Künstler, da soviel Zeit und Mühe verloren schien? Er that es aus wahrhaft göttlichem Schaffensdrange, das, was da werden sollte, vollkommen und seiner selbst wegen werden zu lassen, wie die Blume auf einsamem Abhange in menschen- und thierlosen Einöden blüht; sie nutzt nichts als Nahrungsmittel für Thiere, sie erfreut kein menschliches Auge, und doch ist sie so vollkommen entwickelt wie die prachtvollste Blume des Ziergartens. Da ist kein Nebenzweck, nur harmonisch vollkommene Entwickelung, um ihren göttlichen Schöpfer zu preisen!"

So machte er sich denn auch an dieses Werk mit dem liebevollsten Fleiße. Er hat es, einundvierzig Fuß lang, mit neunzehn sieben bis acht Fuß in Proportion hohen Gestalten, unter den ungünstigsten äußern Umständen begonnen und in der im Verhältniß zur gewissenhaften Durchführung erstaunlich kurzen Zeit von acht Monaten — vom Januar 1844 bis Monat August desselben Jahres —, welcher Termin ihm gesetzt worden war, vollendet. Er fertigte die Arbeit in seinem kleinen Atelier auf der Brühl'schen Terrasse zu Dresden. Der Giebel stand nicht blos im Mittelraum, sondern reichte durch zwei Thüren hindurch in zwei Nebenräume, sodaß er nie einen Gesammtüberblick haben konnte; in dem engen Raume befanden sich außerdem die Treppen, Stühle und Tritte, in ihm mußte auch die Form gegossen werden, mußten die Modelle Platz finden. Der Künstler hatte von seiner Arbeit nicht mehr als sechs Schritte Rückstand und neben verwendbarer Hülfe auch mehrere junge Leute, die ihn mehr aufhielten als förderten. Es wäre der letztere Umstand nicht besonders zu erwähnen, wenn nicht durch die Schnelligkeit dieser durch und durch vollendeten Arbeit, die an sich schon in der Geschichte der Sculptur eine seltene und bemerkenswerthe ist, die irrige Meinung Einiger berichtigt würde, welche sich den Künstler langsam und allzu bedenklich schaffend gedacht haben. Rietschel arbeitete vielmehr mit jener Heftigkeit, die fast allen großen Bildhauern eigen ist, an dem Werke. „Mich verdrießt die Zeit, wo ich essen muß", rief er aus. Aber es war nicht blos Arbeitshast, sondern wirklicher innerer Schaffensdrang. „Diese Arbeit ist mir eine Freude, noch keine hat mir solchen unverwüstlichen Arbeits= drang gegeben. Die Zeit ist mir die schönste meiner künstlerischen Thätigkeit gewesen."

Rauch und andere Bildhauer in Berlin waren von Bewunderung für das schöne Werk erfüllt. Ersterer, der jederzeit fern von Schmeichelei, jedoch auf liebens= wertheste Weise bereit zur Anerkennung des Guten war, schrieb darüber an Rietschel: „Ueberall ist das rechte Princip der Natur in großartigen Formen harmonisch in allen Theilen durchgeführt. Hier muß es dem Bild= hauer klar werden, daß mit der größten göttlichen Befähigung ohne die feste Grundlage der Kenntniß organisch lebendiger Natur kein dauernder Werth des Geschaffenen, noch weni= ger aber ein Fortbilden entsprechender Kunst möglich ist. Dies Werk wird Sie verewigen!" Auch Dr. Ernst Förster, der kritische Vertreter der münchener

Schule, erkannte damals in fast begeisterter Weise die Vorzüge dieses Werks an.*)

Es ist aber nicht zu leugnen, daß trotz der hohen Schönheit desselben und trotzdem, daß die Erfahrungen, welche der Künstler an den dresdener Giebelfeldern gemacht hatte, ihn hier zu einer größern Ruhe, einer plastischern, die Einzelheiten klar und deutlich in ihrer Schönheit hervorhebenden Vertheilung von Licht und Schatten gelangen ließen, doch auch hier noch in manchen Gestalten „ein Schwanken zwischen der Einfachheit der Antike und einem mehr der Gegenwart angehörigen Reichthum von Gegensätzen" erkennbar ist. Dennoch erscheint in diesem Werke der Bildhauer zum ersten mal völlig frei von unvermittelt sich ihm aufdrängenden Einflüssen, zum ersten mal ist seine vollbewußte Persönlichkeit, unbeengt durch von außen herantretende Gesetze, darin ausgeprägt. Diese Freiheit bewirkte, daß ihm einzelne Gebilde, wie die der tragischen und komischen Muse, in höchster Vollendung gelungen sind. Somit nimmt gerade dieses Werk in Rietschel's Kunstleben eine höchst bedeutsame Stelle ein, und wenn der Meister in dem Ganzen desselben noch nicht das Höchste, was er seiner Natur nach erreichen konnte, geleistet hat, so lag dies theilweise in der Aufgabe selbst, welche zwar seinem Geiste und seiner Phantasie große Befriedigung gewährte, aber bei alledem sein Herz nicht völlig zu erwärmen und auszufüllen vermochte.

In der schon damals in Angriff genommenen, später erst vollendeten Ehrenstatue Thaer's zu Leipzig ist zwar

---

*) Eine Abbildung desselben befindet sich im „Kunstblatt", Jahrgang 1846.

die realistische Auffassung vorherrschend, jedoch durch
Geschmack und strenge Wahl gemildert. Mehrere Entwürfe,
welche der Künstler zu diesem Standbilde gemacht hatte,
zeigen, wie er bei schärferer Durchdenkung seiner Auf
gaben zu immer größerer Einfachheit gelangte. Thaer
ist als Landwirth dargestellt, zugleich aber wird durch
die demonstrirende Bewegung der Hand auf seine Stel=
lung als Lehrer hingewiesen. Einfach, ernst, denkend
steht die kräftige Gestalt da; die Kleidung, die hohen
Stiefeln, der Mantel sprechen deutlich die Intention
aus, und bemerkenswerth erscheint, daß der Mantel hier
nicht der gewöhnliche Deckmantel, sondern ein wirklich
zur Charakterisirung mit beitragendes Gewandstück ist.
Der monumentale Charakter dieser Figur war um so
schwieriger zu erreichen, als Rietschel auf die Porträt=
ähnlichkeit der in der Erscheinung so wenig poetischen
Individualität angewiesen war und er leicht in Gefahr
gerathen konnte, ein großes Genrebild statt einer Ehren=
statue herzustellen. Die schwierige Aufgabe hat ihn denn
auch ziemlich lange beschäftigt, und wenn er in dem
ausgeführten Werke mehr nicht erreicht hat und hat er=
reichen können, als daß er eine lebendig und unge=
zwungen stehende, sich bewegende, charakteristische Gestalt
mit weder genrehaft natürlichen, noch ideal unwahren
Gewandmotiven zur Erscheinung gebracht, so ist dasselbe
als eine unmittelbar vorbereitende Arbeit zu den spätern
vollendeten Monumentalstatuen immerhin von größter
Bedeutung.

Nach Vollendung des Giebelfeldes für Berlin arbei=
tete Rietschel mehrere Büsten, darunter die des Forstraths
Cotta in kolossalem Maßstabe, die der Frau Professor

Hübner in Marmor, und andere, sowie mehrere Porträt=
medaillons; endlich aber auch als „Gelegenheitsarbeit“,
wie er sie selbst nannte, jenes unter dem Namen „Der
Christengel“ weitverbreitete und bekannte Relief, einen
von faltenreichem Gewande umflatterten Engel mit
mildem Antlitz, welcher, das Heil der Welt auf seinen
Armen tragend, umgeben von kleinern Engeln, durch die
heilige Nacht dahinschwebt: ein Werk voll anmuthiger
Empfindung, das er dem Kunstverein zum Geschenk machte,
„da demselben einige kleine Gewinne noth thaten“.

Aus jener Zeit rühren ferner einige Compositionen
in wohlausgeführten schönen Zeichnungen her, welche
sich im Besitz verschiedener Kunstliebhaber befinden. Vor
allen sei hier einer Niobe gedacht.

Es ist der Augenblick gewählt, in dem Apollo
das dunkle Gefieder der schwirrenden Pfeile entsendet,
der Moment des Verderbens, welches über das stolze,
in seinem Glücke sich mit den Göttern messende Weib
hereinbricht. Diese Niobe ist eine königliche Frau, voll
Leidenschaft, das Bild einer im Glück sich überhebenden,
im Unglück mit dem Schicksal zürnenden Menschenseele.
Meisterhaft ist um sie herum der Kampf und das
Ringen mit dem unvermeidlichen Tode in der blühenden
Jugend der Niobiden entwickelt.

Auch eine „Grablegung“ von origineller Auffassung
und schöner ergreifender Stimmung, sowie ein „Bethle=
hemitischer Kindermord“ verdanken jenen Jahren ihre
Entstehung. Namentlich in letzterer Zeichnung bekundet
sich Rietschel's Meisterschaft in der Beherrschung des
nuancirtesten Ausdrucks der Empfindungen, und man
kann diese Composition eine wahre Tonleiter des Schmerzes

um den Verlust des Geliebtesten nennen. Rietschel hat sich nicht an die herkömmliche Darstellung gehalten, in welcher der Kampf der Schergen mit den Müttern sichtbar ist. Er hat sehr wohl gefühlt, daß dieser Moment zwar Gelegenheit gibt, schöne Stellungen und lebendige Bewegung zu zeigen, daß aber dieser Vorgang — ein roher Kampf gegen Wehrlose — das Gemüth des Beschauers nicht zu fesseln vermag. Er hat daher den Augenblick nach vollbrachter blutiger That gewählt. Die Schergen haben sich bereits entfernt, die Mütter erkennen nach dem wilden, verzweiflungsvollen Kampfe um ihr theuerstes Eigenthum jetzt erst ihren Verlust, suchen, fassen, drücken die gemordeten Kinder an sich, geben sich völlig ihrem Schmerze hin. Still weinend, die Hände vor ihr Antlitz gepreßt, kniet eine junge Mutter vor dem kleinen hingestreckten Leichnam, ein Knabe sucht sie streichelnd zu trösten. Starr vor Schmerz glaubt ein anderes Weib nicht an das Entsetzliche, rüttelt und ruft ihr Kind, das doch schon leblos in ihren Armen liegt. Hier wilder Unglaube, — dort weihevoll versöhnender Schmerz! Durch die sie umgebenden Gruppen drängt sich eine großartige Frauengestalt mit weithin flatternden Gewändern, schon aus der Ferne hat sie ihr Kind erkannt und streckt die Hand nach ihm aus. Stille, stumme, stumpfe Rast nach heftigen Leiden ist in jenem verhüllt dasitzenden Weibe, Verzweiflung in einem andern ausgeprägt, welches völlig gebrochen sich auf den theuern Leichnam wirft. Mehr vom Anblick solchen Schmerzes als über das Schauspiel des Todes erschreckt, wendet sich eine verhüllte Gestalt hinweg. Vor Trauer matt ist dort ein jugendlich schönes Weib rückwärts gesunken.

Die Arme des Geliebten, welcher liebkosend ihren Kopf
hält, haben sie umfangen, ein Bild, das in seiner lieb=
lichen Schönheit versöhnend spricht. Mehr im Hinter=
grunde schließt eine Frauengestalt, ihr Kind fest in den
Armen haltend, die ganze Composition ab. Sie flieht
aus dem Getümmel des Schmerzes, um mit ihm allein
zu sein; und so verlassen auch wir diese Darstellung mit
der Ueberzeugung, daß der Künstler, der solchen Aus=
drucks fähig, des Schmerzes tiefste Fülle in der eigenen
Seele erlebt haben muß.

III.

(1847—1857.)

Die nächste Veranlassung zur Aufnahme einer Arbeit, welche Rietschel's vollendete Meisterschaft bekundete und zugleich seine ganz besondere Kunstrichtung darthat, war die im Jahre 1846 erfolgte Bestellung eines Grabdenkmals für den unerwartet schnell vom Tode dahingerafften, hoffnungsvollen Sohn eines Polen. Der Vater wollte seiner trostlosen Gattin damit eine Tröstung und Erbauung geben, und Rietschel wählte eine Pietà — die Mutter Gottes beim Leichnam Christi kniend, wie er meinte „das beste Trostbild für eine trostlose Mutter". Da die Ausführung in Marmor beabsichtigt war, Rietschel aber hierin betreffs des Kostenanschlags wenig Erfahrung besaß, so wandte er sich an Rauch mit der Bitte, ihm einen Anschlag zu machen, indem er hierbei die charakteristischen Worte fallen ließ: „Ich möchte nicht Schaden haben, doch auch mit bescheidenen Ansprüchen mich begnügen, daß mir eine solche Arbeit nicht entgeht. Beurtheilen Sie es nach dem Maßstabe, den ein junger Bildhauer anlegen mag (ich bin schon einundvierzig Jahre gewesen), der zwar von seiner Arbeit leben soll, dem aber seine Ehre mehr werth ist als Geldverdienen." Die Frage wegen des Kostenanschlags erledigte sich aber unmittelbar darauf insofern von selbst, als der Auftraggeber, durch persönliche Verhältnisse gezwungen, von der ganzen Be= stellung zurücktrat. Doch war der Gegenstand einmal angeregt und der Künstler so davon erfüllt, daß er das Werk nun auch ohne Bestellung auszuführen beschloß — für den nicht bemittelten Bildhauer ein seiner Kunst gebrachtes Opfer, da die Auslagen bei einer der= artigen Arbeit sehr bedeutend zu sein pflegen. Erst im Jahre 1850 wurde dem Künstler die hohe Freude zu Theil, die Pietà für den kunstliebenden König Friedrich Wilhelm IV. in Marmor auszuführen zu können. Sie bildet jetzt den schönsten Schmuck der Friedenskirche zu Potsdam, der letzten Ruhestätte des frommen Königs.

In des Künstlers Nachlaß befinden sich mehrere Skizzenmodelle zu der Pietà. Ihre Zeitfolge ist daraus erkenntlich, daß bei jedem folgenden die Motive ein= facher werden und sich denen des ausgeführten Werkes nähern. Die erste Skizze mochte durch die Erinnerung an ein Bild Ary Scheffer's: „Der todte Christus, um= geben von den beiden Marien und Johannes", angeregt worden sein, sie lehnt sich noch völlig an die herkömm= lichen Darstellungen an. In dem Werke selbst aber ist der Künstler durchweg neu, die Auffassung des Gegen= standes eine aus protestantischem Bewußtsein hervorge= gangene. Während nämlich die Pietà=Gruppen früherer, insbesondere der italienischen Bildhauer lediglich eine Verherrlichung der Maria, der Mutter Gottes, sind,

der in ihrem Schose ruhende Leichnam mit seiner Linien=
bewegung untergeordnet und nur dazu verwendet er=
scheint, die Gestalt der Maria selbst zu heben, hat
Rietschel sehr wohl gefühlt, daß die Bedeutung des
Heilands nur dadurch hervortreten könne, daß er von
der Mutter getrennt, als ein von ihr verehrter und be=
trauerter heiliger Leichnam dargestellt werde. Auch andere
deutsche Künstler haben annähernd dasselbe Bedürfniß
empfunden. Schon in einem ältern Werke in der Kirche
zu Heilbronn, neuerlich in einer Composition Führich's,
ist die Trennung des Leichnams von der Gestalt Maria's
ausgesprochen, ohne aber so entschieden und bewußt und
mit solch innerlicher Gewalt zur Anschauung gebracht
zu sein. Auf ein anderes Motiv, welches den Künstler
zu der von ihm gewählten Anordnung der Gruppe ver=
anlaßt hat, weist Ernst Förster in seiner „Geschichte der
deutschen Kunst“, V, 441, hin, wenn er sagt: „In
der Regel sieht man die Gruppe so angeordnet, daß
die Mutter den todten Körper ganz oder zur Hälfte im
Schose hat, wobei die Rücksichten auf Linien und Maße
überwiegend maßgebend waren und sind. Daß mit dieser
Anordnung das natürliche Gefühl verletzt werde,
scheinen wenige Künstler in Betracht gezogen zu haben.
Bei Rietschel überwog die Achtung vor diesem natürlichen
Gefühl die Rücksicht auf Linien und Maße: er legte
den heiligen Leichnam an den Boden und ließ Maria
neben ihm niederknien. Ganz versunken in den Anblick
des von seligem Frieden übergossenen Angesichts des
Todten löst sie sich in Einem großen Schmerz auf, aber
ohne Jammer und Leidenschaft. Wol läßt sie die ge=
falteten Hände sinken, aber doch betet ihre Seele fort.

Nur eine von der Bedeutung des Gegenstandes er=
griffene und durchwärmte Phantasie konnte der Gestalt
diese Feinheit der Bewegung und des Ausdrucks geben;
aber auch nur damit wird das Gemüth des Beschauers
wirklich getroffen und will das künstlerische Gefühl für
Anordnung Einwendungen, namentlich gegen die recht=
winkelige Stellung der Maria gegen Christus machen,
die bildhauerische Oekonomie über Marmorverlust Be=
schwerde erheben, — jedermann erkennt doch, daß mit
einer wahrhaft beseelten Gruppe mehr gewonnen ist
als mit einer tadellos geordneten, und — Rietschel's
Pietà ist beseelt." Aber welche Fülle der innern Er=
lebnisse, von Künstlerglück, von Schmerz und Leid des
beweglichen Menschenherzens hat nicht auch der Meister
in diese Arbeit niedergelegt! Fast in keiner andern ist
sein ganzer innerer Mensch so zu erkennen wie in dieser.
Nachdem der Hartgeprüfte im Jahre 1841 es gewagt,
sich und seinen Kindern von neuem eine Häuslichkeit
zu verschaffen, seine Gattin Marie, geborene Hand, ihm
seitdem in glücklicher Ehe zwei Kinder geboren hatte,
klopfte der Tod zum dritten mal an der Thür an,
um auch dies Glück zu zerstören. Während der schweren
Krankheit und des herben Scheidens von der noch in
der Blüte der Jahre stehenden Gattin war diese Arbeit
sein Trost und seine Erquickung; viele schmerzliche, aber
auch manche tiefbeglückte Stunde weihevoller Empfindung
hat er bei diesem Werke verbracht. Das ist's auch, was
geheimnißvoll den Beschauer ergreift, fesselt, in ihm die
vollste Mitempfindung erregt; man fühlt, daß dies
Kunstwerk mit dem Herzen geschaffen, daß es darum
ein Anrecht auf unsterbliches Leben habe. Vor allem

ergreifend ist Maria, deren nach dem Leichnam herniederblickendes Antlitz von unsaglichem Gram und doch von einem Schmerz, der sich in Demuth beugt und zu beten vermag, erfüllt ist. Von dem geistig verklärten Wesen des Sohnes, von seinem wahrhaft göttlich schönen Antlitz, über dessen Züge der ewige Frieden ausgegossen ist, gleitet der Blick immer wieder hinauf zu dem Haupte der Mutter, dessen Anblick unmittelbar an das Herz greift, hinauf zu der leidenden und doch so schönen Gestalt, zu dem Gewande, „das in jeder Falte die gewaltsame Erschütterung ihres Innern nachzittern läßt“. So hat Rietschel, indem er die Verbindung von Sohn und Mutter keine körperliche, durch Linienbewegung äußerlich hergestellte und dramatisch sich gestaltende sein ließ, mit unnachahmlicher Schöpferkraft dieselbe allein durch geistige Bezüge, durch die innerliche Macht und Durchbildung des Ausdrucks hergestellt und damit ein Werk hervorgebracht, welches für alle Zeiten als ein Kunstwerk edelster Gattung gelten wird.

Der Meister bedauerte später manchmal, daß er in der Auffassung des Gegenstandes nicht noch energischer sich von den herkömmlichen Liniengesetzen entfernt habe. Indem er die Gestalt Christi sehr edel und fein hielt, erhöhte er zwar die Bedeutung des todten Körpers, aber er beeinträchtigte die Wirkung auf die Seele des Beschauers wieder durch den Umstand in etwas, daß er dem Körper eine sozusagen zu angeordnete Stellung gab. Er hat dem Haupte des Heilands eine Unterlage bereitet, sodaß dasselbe etwas erhöht ist, wodurch der Körper den Eindruck des sorgsam Zurechtgelegten macht. Um wie viel ergreifender noch würde es sein, wenn das heilige Haupt unmittelbar auf der Erde aufläge und so der Gegensatz der edeln Geistigkeit und des bis zum tiefsten Leid, zum bittern Tode Versinkens noch drastischer hervorträte. So sehr war Rietschel von der Richtigkeit seiner Ansicht, daß sich bei einem solchen Gegenstande die herkömmlichen Liniengesetze der Wahrheit und Tiefe des Ausdrucks unterzuordnen hätten, überzeugt und durchdrungen, daß er noch in seinem letzten Lebensjahre versicherte, er würde, wenn ihm das Glück gewährt wäre, die Pietà wiederholen zu können, die Gruppe in der angedeuteten Weise verändert darstellen.

Die Pietà nimmt in der modernen Kunstgeschichte insofern eine höchst bedeutende Stelle ein, als sie unter den sehr wenigen Werken der neuern Sculptur, welche sich einen religiösen Gegenstand zum Vorwurfe genommen haben, eins der edelsten und wahrsten ist, sich gleichmäßig von herkömmlicher Behandlung und schwächlichem Nazarenerthum, wie von absichtlicher Modernität fern hält und zuerst energievoll den Weg angibt, auf dem überhaupt heutzutage noch zwischen religiöschristlichen Gegenständen und dem Gemüth der Menschen irgendwelche tiefere Bezüge herzustellen sind.

Schon im Jahre 1857 war von Braunschweig aus, wo Gotthold Ephraim Lessing's Asche ruht, der Gedanke an ein Denkmal für den unsterblichen Geistesheroen durch den kunstsinnigen Dr. Karl Schiller angeregt worden. Ein Comité, an dessen Spitze der Staatsminister von Schleinitz stand, veranlaßte eine Sammlung. Sie fiel nicht glänzend aus, doch konnte man mit Rauch vor der Hand in Verhandlung treten. Dieser war aber zu beschäftigt um sogleich an die Arbeit gehen zu können, und schlug später dem Comité vor, das sich endlich in der Lage sah, ihm einen äußersten Termin zu stellen, man möge sich mit einer unter seiner Aufsicht vergrößerten Copie der am Friedrichs=Denkmal angebrachten Lessing=Figur begnügen. Als das Comité hierauf nicht einging, trat Rauch von dem ihm gewordenen Auftrage zurück. Es war nicht leicht, einen Künstler zu finden, welcher der Aufgabe gewachsen war. Dr. Schiller war ein viel zu feiner Kenner, als daß er sich nach der großen Bestellungs= werkstätte in München gewendet hätte. Er wollte ein originelles, vollendet durchgeführtes Kunstwerk. Der Anblick einiger geringerer Arbeiten Rietschel's war die Veranlassung, daß er sich an diesen mit der Anfrage wandte, ob er die Arbeit übernehmen wolle. Rietschel nahm den Antrag sehr lebhaft auf und bedang sich für die Herstellung des Gipsmodells nach Höhe von acht Fuß sechs Zoll Rheinisch die geringe Summe von 1000 Thalern aus. Er ging mit gleicher Freude daran, als hätte er neben künstlerischer Genugthuung auch pecu= niären Gewinn zu hoffen. Nur für den Fall, daß das Comité inzwischen zu ausreichenden Mitteln kommen sollte, sicherte er sich eine Nachzahlung von 300 Thalern — gewiß ein im Vergleich zu heutigen Künstlerforderungen bescheidener Anspruch, zumal wenn man bedenkt, daß die Auslagen für ein derartiges Werk über 500 Thaler betragen, der Künstler also im günstigsten Falle 800 Thaler Honorar für eine über ein volles Jahr seine Kraft und Energie in Anspruch nehmende Arbeit erhielt. Reichern Lohn erntete er freilich in der Anerkennung des ge= sammten deutschen Volks.

Gleich von Anfang an ging Rietschel mitten auf die Sache los. „Die Aufgabe bleibt", so schreibt er im ersten Briefe an Schiller, „wie alle Porträtstatuen unserer Zeit, eine schwere, und wie es einem öfter während der Arbeit scheint, unüberwindliche, da die Kunst nicht blos Charakteristik, sondern auch und vorzugsweise Schönheit verlangt. Ich sehe schon im voraus manchem heißen Tage entgegen. An Freudigkeit, Willen und Anstrengung soll es nicht fehlen"; und an einer andern Stelle: „Lessing ist ein Mann, der nicht durch eine äußere Handlung und Attribut bezeichnet werden kann; was ihn charakterisirt, ist eben unbarstellbar — Geistesreichthum und Schärfe, Urtheil, Wahrheitsgefühl. Er kann nur, wenn es mir gelingt, als ein geistreicher Mann dargestellt werden, dem man Leben, Begeisterung, Energie ansieht. Jede Symbolik seiner Thaten in Stellung und Bewegung würde die Charakteristik schief führen."

Auch Dr. Schiller hatte sich sofort höchst bemerkenswerth über seine Auffassung Lessing's gegen Rietschel ausgesprochen. „Jedenfalls dürfte der Nachwelt am meisten mit einem Standbilde gedient sein, welches Lessing nicht allein mit dem Gepräge seines Geistes, sondern auch mit dem seiner Zeit darstellte und zwar ohne alle fremdartige Zuthat. Seine Charakteristik ließe sich vielleicht in die wenigen Worte fassen: Kühner Wegebahner mit Besonnenheit. Da Lessing nicht allein als Gelehrter und als Philosoph, sondern auch als Kritiker, Dichter und Theolog, und in den drei letzten Gebieten neue Richtungen bezeichnend, gewirkt hat, so möchte es schwer sein, ihn in eine bestimmte Kategorie zu bringen.

Beim Studium seiner Werke habe ich keinen Zug entschiedener ausgeprägt gefunden, als die Klarheit seines Blicks, welcher selbst das blendendste Licht zu ertragen vermochte, und eine anmuthige Ironie, von edelster Humanität gemildert: Züge, die ich auch in allen Abbildungen seiner Persönlichkeit ausgesprochen fand.“

Rietschel begann nun nicht nur Lessing's Werke von neuem zu studiren, sondern verschaffte sich auch eine gründliche Kenntniß der gesammten Literatur über denselben. An bildlichen Hülfsmitteln standen ihm vor allen Lessing's Todtenmaske und das ausgezeichnete Porträt in der Gleim'schen Sammlung zu Halberstadt zu Gebote, dessen Meister nicht bekannt ist und welches einst Goethe, der es sich auf kurze Zeit nach Weimar erbeten hatte, so sehr anzog, daß er sich nur schwer von demselben wieder zu trennen vermochte. Rietschel's nächste Frage war natürlich nach Lessing's sonstiger äußerer Erscheinung. Sonderbarerweise enthielten alle Biographien so gut wie nichts hierüber. Auch Dr. Schiller, der gelehrte Sammler der auf Lessing Bezug habenden Literatur, fühlte sich nach seinem eigenen Geständniß in die Enge getrieben, als er von Rietschel um Notizen angegangen wurde. Derselbe entschloß sich daher, die unleugbar vorhandene Lücke auszufüllen. Noch lebte in Braunschweig die verwittwete Posträthin Henneberg, Lessing's Stieftochter, deren im Lessing'schen Briefwechsel unter dem Namen „Malchen König“ mehrfach gedacht ist, eine ehrwürdige, sechsundachtzigjährige Matrone, welche bei Lessing's Tode im Alter von zwanzig Jahren stand, und die, noch im Besitze ungeschwächten Geistes, sich einer Erstaunen erregenden Frische des Gedächtnisses erfreute. Auch der Vicarius Friedrich König, Lessing's Stiefsohn, konnte noch Nachweisungen geben. Zur rechten Zeit sammelte Schiller die möglichen Notizen, denn schon im Jahre 1848 starb die hochbetagte Stieftochter Lessing's. Die von Dr. Schiller entworfene Skizze *), welche durch Rietschel's Arbeit hervorgerufen wurde und zunächst für diesen bestimmt war, gibt ein so lebensfrisches Bild von Lessing's Persönlichkeit und hat so entschieden auf Rietschel's Vorstellungen eingewirkt, daß dieselbe, soweit sie Lessing's körperliche Erscheinung betrifft, hier Raum finden mag:

„Eine charakteristische Schilderung der Persönlichkeit Lessing's möchte um so mehr Schwierigkeiten darbieten, als nicht allein die seit seinem Tode verstrichenen sechsund=sechzig Jahre mit ihrem Flügelschlage manche Erinnerung verweht und verwischt haben dürften, sondern weil Lessing überhaupt weder ein Mann von auffallendem Aeußern, noch von Sonderbarkeiten und Manieren war. Deshalb fiel es auch schon bei seinen Lebzeiten schwer, sein Aeußeres charakteristisch aufzufassen. Wenn dem nicht so gewesen wäre, so würden wir sicherlich von seinen Zeitgenossen mehr über diesen Punkt erfahren haben, denn bei einem so bedeutenden Manne, wie er war, interessirt auch das Aeußere. Mit diesem ging es ihm aber wie mit seinem Geiste, der sich ebenfalls fern von aller Manier zeigte; weshalb denn auch wenige Schriftsteller gleich wenig Nachäffer gefunden haben wie er, gerade weil der Geist nicht zu copiren ist. Wie

---

*) Der treffliche Aufsatz ist mitgetheilt in Herrig's „Archiv für das Studium der neuern Sprachen und Literaturen", Bd. 4.

sich bei Lessing keine einzelne Geistesthätigkeit auf Kosten einer andern geltend machte, sondern wie eine harmonische Bildung das Gepräge seines Geistes war, so entsprach derselben auch die harmonische Gesundheit seines Körpers. Seine Gestalt war fast über mittlere Größe, denn wenn er auch weit entfernt von Corpulenz war, so muß man doch eine gewisse Gedrungenheit seiner Figur mit in Anschlag bringen, welche den Menschen immer kleiner erscheinen läßt, als er wirklich ist, und Lessing erschien keineswegs klein. Die Haltung seines Körpers war gerade und höchst natürlich, nichts Gezwungenes, nichts Forcirtes, weder in der Stellung, noch im Gange, noch in den Bewegungen. Seine Figur war ebenmäßig, ohne gerade in ihren einzelnen Theilen auffallend schön zu sein, aber der Gesammteindruck war wegen der harmonischen Zusammenwirkung ein wohlthuender. Deshalb läßt sich über seine Hände und Füße im Stehen, Gehen, Sitzen und Liegen nichts weiter bemerken, als was von dem natürlichen und graziösen Anstande seiner ganzen äußern Erscheinung gilt. Das Gefühl für das Schickliche war so mit seinem Wesen verwachsen, daß er sich, auch selbst im engsten Freundeskreise, niemals eine anstandswidrige Nachlässigkeit oder auch nur eine nachlässige Bequemlichkeit in seiner Haltung erlaubte. Nur beim Meditiren und Schreiben pflegte er mehr gekrümmt zu sitzen, welcher Uebelstand denn auch wahrscheinlich zu seinem spätern Brustleiden nachtheilig beitrug. Das Schönste an ihm war das Haupt, welches er auf dem gedrungenen Halse natürlich und frei emporzurichten pflegte. Aber vor allem dominirte auf dem geistvollen Antlitz von blühender

nicht gerade rother Gesichtsfarbe das offene, klare, tief=
dunkelblaue Auge. Der Blick war nicht stechend, nicht
herausfordernd, aber entschieden und unbefangen, gleich=
sam ein ungetrübter Spiegel, der sein Object rein und
scharf auffaßt. Rascher Gedankenflug, schalkhafte Grazie
und ein herzgewinnendes Wohlwollen sprühten aus
seinem Blicke ihre siegreichen Geschosse. Dieses Auge
war aber von um so gewaltigerer Wirkung, als dasselbe
in leuchtender Milde schon aus weiter Ferne seinen
Gegenstand zu firiren vermochte. Sein Haar trug er
von der Stirn nach dem Rücken zu gekämmt, an beiden
Seiten der Schläfe zu einer Locke gekräuselt und hinten
in einem Haarbeutel endend. Nach der Locke zu schließen,
welche ihm im Tode abgeschnitten und mir von seiner
Tochter geschenkt worden ist, war die Farbe der Haare
ein schönes Lichtbraun, mit nur einzelnen Silberfäden,
als Spuren des Kummers und der Sorgen, durchmischt.
Referent gesteht offen, daß er im Hinblick auf den damalo=
ligen Zeitgeschmack und auf mehrere Porträts Lessing's,
auf welchen unverkennbar eine Perrüke angedeutet ist,
anfänglich in die Behauptung bescheidenen Zweifel setzte,
daß sich Lessing bei seinem langen üppigen Haarwuchse
der seinerzeit herrschenden tyrannischen Perrükenmode
nicht unterworfen, sondern sein eigenes Haar nach dem
damals üblichen Schnitte habe frisiren und pudern lassen.
Allein für die obige Behauptung spricht wirklich der
Umstand, daß Lessing als Bräutigam, als er bei einer
Kahnpartie in Hamburg das Unglück hatte ins Wasser
zu fallen, nur seinem Haarbeutel, den eine hülfreiche
Hand ergriff, die Errettung aus dem feuchten Elemente
zu danken hatte. Auch in seiner Kleidung bot Lessing

nichts Auffallendes dar. Er kleidete sich, wie es Sitte und Anstand mit sich brachten, zwar elegant und stets sehr sauber, doch nie stutzerhaft. Gewöhnlich sah man ihn im kurzen Beinkleide, im Winter mit einem wärmern Rocke bekleidet. Einen Mantel trug er, wenigstens in Wolfenbüttel, nie. Mit der Farbe der Kleidung wechselte er freilich, doch war ihm am liebsten ein nicht auffallendes Grau. Als er einst von seiner Tochter gefragt wurde, warum er Rock und Weste von gleicher Farbe gewählt habe, erwiderte er: «Man muß sparen, mein Kind.» Bei dieser Sauberkeit eines sorgsam gewählten Anzugs, der bei einem wohlproportionirten Körper und bei einem natürlichen Anstande vortheilhaft kleidete, machte seine äußere Erscheinung einen angenehmen Eindruck. Dieser aber wurde vorzüglich gehoben durch ein unbeschreiblich freundliches, zuvorkommendes, wenn auch entschiedenes, doch anspruchsloses Wesen; durch die Anmuth, mit welcher seine lebhaften Bewegungen von seinem rastlosen Feuergeiste geleitet wurden; vor allen Dingen aber durch den zum Herzen dringenden Ton seiner zwischen Tenor und Bariton schwebenden klangreichen Stimme. So gehörte denn Lessing zu den wenigen großen Geistern, welche durch ihre persönliche Erscheinung nicht verloren, sondern vielmehr gewannen. Einem pedantischen Gelehrten sah er freilich nicht ähnlich, aber dafür ahnte man in ihm auf den ersten Blick den wahren Weltweisen, den harmonisch gebildeten Mann."

Wenn auch, wie Rietschel treffend bemerkt, weniger die Persönlichkeit des Mannes in Haus und Familie, als sein Wirken in der Welt den Maßstab für seine Auffassung geben mußte, da dies ewig bleibt und den eigentlichen Menschen enthält, so trug die fleißige Skizze doch mancherlei zur Charakterisirung Lessing's bei.

Auf einer im Sommer 1847 unternommenen größern Reise nach dem Rhein und Süddeutschland berührte Rietschel Halberstadt und Braunschweig, wo er Dr. Schiller persönlich kennen lernte, dem er seit dieser Zeit in inniger Freundschaft verbunden blieb. Es waren schöne Tage, die er in Braunschweig verlebte, gewürzt durch die herrlichsten Kunstgenüsse in Architektur und Malerei. Mancherlei wurde auch besprochen, was die Auffassung Lessing's anging. Rietschel behauptete damals noch, es sei künstlerisch unmöglich, ihn ohne Mantel darzustellen; Schiller dagegen meinte, dem echten Künstler müsse auch ohne dieses widersinnige Hülfsmittel die Darstellung gelingen. Rietschel's klare Empfindung gab zwar von Anfang an den Bedenken gegen den herkömmlichen Mantel recht, aber es kostete großen Entschluß, von einer Darstellungsform, welche namentlich durch Rauch in die deutsche Kunst eingebürgert worden ist, abzugehen. Allein Rietschel war nicht der Mann, der vor der Durchführung eines Gedankens zurückschreckte, wenn er denselben nur erst für richtig und in sich begründet hielt. Diese Festigkeit war ein Stück lausitzisches Erbtheil, das er mit seinen großen Landsmännern Lessing und Fichte theilte. Dazu kam, daß Rietschel auf seiner Reise durch die Städte Süddeutschlands von der Dürftigkeit des Mantelmotivs bei Darstellung moderner Persönlichkeiten schlagend überzeugt werden mußte. Sah er doch den Goethe'schen Mantelkoloß in Frankfurt a. M., die herkömmlichen Gestalten, wie sie aus Schwanthaler's Atelier kamen; sah er doch die Statue

Schiller's in Stuttgart. Mitten in der Vorbereitung einer schöpferischen Arbeit ähnlicher Art begriffen, mußten dem denkenden Künstler die Augen über die völlige Unzulänglichkeit, die tiefe Mangelhaftigkeit in der Auffassung neuerer Porträtstatuen aufgehen, er mußte zu der Ueberzeugung kommen, daß der Nachwelt mit jenen Allgemeinheiten der Darstellung von Männern unserer Zeit, mit jener Verballhornisirung der Charakteristik wenig gedient sein könne, daß der Nachwelt eine Persönlichkeit nur in der specifischen Kleidung der jedesmaligen Zeit gezeigt und aufbewahrt werden könne.

Im Februar 1848 hatte er nach Vollendung seiner Pietà einige Skizzen zum Lessing entworfen, alle ohne den üblichen Mantel. Er kündigte seinen Entschluß mit wenigen Worten an: „Ich will ihn ohne Mantel machen. Lessing suchte im Leben nie etwas zu bemänteln, und gerade bei ihm wäre mir der Mantel wie eine rechte Lüge vorgekommen. Ich denke, das Costüm wird sich machen, und wäre es meines Wissens das erste der neuern Monumente, welches ohne dieses gepreßte Hülfsmittel dargestellt würde."

Der Künstler hatte in seiner Auffassung, wie die vorhandenen Skizzen nachweisen, mehrere Stadien durchgemacht. Auf der ersten war Lessing mit einer perorirenden Gesticulation dargestellt, ohne daß dadurch die eigentlich geistige Bedeutsamkeit erhöht worden wäre. Von Skizze zu Skizze gelangte er zu immer größerer Einfachheit, bis er endlich jene Gestalt schuf, welche er nachher im Großen in der Bewegung beibehielt.

Im März sandte er die Skizze nach Braunschweig. Da der Mantel beseitigt war, bedurfte es, damit die

Füße für die Statue nicht allzu dünn erschienen, einer den leeren Raum einigermaßen füllenden Stütze, und der Künstler wählte einen Eichenstamm. Lessing, ganz im Costüm seiner Zeit — Rock, kurze Pantalons, Strümpfe und Schuhe — gekleidet, stützt sich leicht mit der Hand darauf, in der er ein Heft hält. Er steht fest und gedrungen da, den Kopf wie schnell zur Seite wendend, aufmerksam, scharf, energisch etwas ins Auge fassend, die rechte Hand auf der Brust, nicht mit der Bewegung eines Betheuernden, sondern leicht wie im Sprechen bewegt, mehr das Auge darauf hinführend, daß ihm alles von Herzen kam, dem innersten Drange nach Wahrheit entspringend. Diese Hand ist gleichsam der Zeiger auf des hohen Mannes edelm Herzen!

Wol selten hat eine Arbeit den Auftraggeber so befriedigt, wie es hier der Fall war. Das Comité sprach sich einstimmig dahin aus, daß die Auffassung Lessing's nichts zu wünschen übrig lasse, und äußerte nur die Hoffnung, daß es dem Künstler beim großen Modelle glücken möchte, ganz dasselbe auszudrücken, „was diese meisterhafte Skizze enthalte, diese Hoheit, Ruhe und Natürlichkeit“. Schiller erkannte sogleich die Bedeutung der Rietschel'schen Auffassung für die neuere Monumentalplastik überhaupt. „Und wie herrlich macht sich“, schreibt er voller Begeisterung, „das Costüm. Ich könnte Sie umarmen, daß Sie sich den verwünschten Carbonari haben abhandeln lassen. Aber glauben Sie mir auch, diese naive Auffassung wird eine neue Epoche in der Plastik begründen, wie ich denn auch überzeugt bin, daß keinem der großen Geister in neuerer Zeit ein würdiger Denkmal gesetzt worden ist, als Lessingen durch Sie.“

Wenn Rietschel bei so entschiedener Begeisterung für seine Arbeit und bei den gewandten Federn, die dem Kreise der braunschweiger Kunstgenossen zu Gebote standen, mit Bestimmtheit erwarten konnte, daß der Ruf dieser Conception auch in weitere Kreise bringen werde, so zeigt es nur um so auffälliger seine tiefe Scheu vor aller journalistischen Reclame, wenn er — ganz im Gegensatze zu andern Künstlern — alles Ernstes als unerlaßliche Bedingung hinstellte, daß keine Kritik oder Beschreibung seiner Arbeit in irgendwelches Journal gebracht werde. Es kann aber auch nicht geleugnet werden, daß die warme Aufnahme der Skizze in Braunschweig auf Rietschel einen überaus wohlthuenden Eindruck ausübte.

Mit vieler Freude ging er im Frühjahr 1848 an die Arbeit und baute das große Modell auf. Er trug die Ueberzeugung von der Wahrheit seiner Auffassung in sich und war selbstbewußt genug, um zu wissen, daß er etwas Gutes schaffen werde, daß er bei dieser Arbeit — wie er sich ausdrückte — „einige alte Fesseln abgeworfen habe".

Beim Lessing fühlte Rietschel sich zum ersten mal fern von jener hier und da eintretenden Unzufriedenheit und unglücklichen Stimmung während der Arbeit, welche das Los fast aller bedeutenden Bildhauer zu sein scheint und von der selbst ein so glückliches Naturell wie Thorwaldsen nicht frei geblieben ist.

Dies Werk war des Meisters Erholung in der aufregenden Zeit des Jahres 1848. Der Triumph der Lüge, der Heuchelei und des Fanatismus, der immer drohender hervortrat, verstimmte seine Seele so, daß er

an dem guten Ausgange der Bewegung, an der er leb=
haften Antheil genommen, verzweifelte und sich nach stiller
Abgeschlossenheit sehnte. Da trat ihn bei der Arbeit
Lessing's glaubensmuthige reine Persönlichkeit lebendig
entgegen. An ihrer Verherrlichung im plastischen Gebilde
erfrischte sich sein eigenes Herz, und er meinte selbst: „Bin
ich mit ihm zusammen, vergeß ich alle Aufregung."

Während der Arbeit, im Anfange des Jahres 1849,
machte Rietschel eine Reise nach Berlin, lediglich zu dem
Zwecke, Rauch's Arbeiten zum Monument Friedrich's des
Großen, namentlich die Behandlung des Costüms jener
Zeit zu betrachten, um die Erfahrung mit Nutzen bei sei=
nem Lessing anwenden zu können. Er verlebte mit Rauch
eine höchst glückliche Woche, wohnte bei ihm und fühlte
sich so wohl wie im väterlichen Hause. Als die dresdener
Maitage kurz hierauf das Haltlose der politischen Be=
wegung, deren Ziele ins Weite, Blaue hinausgingen,
darlegten, als der Kanonendonner über die friedliche
Stadt erdröhnte, die mehr zum Wohlleben und zum
Genuß in Natur und Kunst bestimmt scheint, und Kar=
tätschenfeuer von Dächern und Barrikaden knatterte, da
war auch der Lessing nicht ohne Gefahr, indem dessen
einzelne große Formstücke sehr wohlgeeignete Barrikaden=
theile hätten abgeben können.

Am 9. Juli 1849 zeigte Rietschel die Vollendung
der Statue Lessing's nach Braunschweig an. War schon
die Skizze lebendig gedacht gewesen, hatte sie den
Beschauer befriedigt, so überraschte die bei weitem nicht
geahnte Fülle von Schönheit und Leben in dem großen
Modell nur um so mehr. War auch die Bewegung der
Skizze im ganzen beibehalten, so war doch alles feiner,

seelischer ausgesprochen, auch eine nicht unwesentliche, auf die geistige Bedeutung des Denkmals Einfluß habende Veränderung getroffen, indem sich die Hand statt auf einen Eichenstamm, wie in der Skizze, auf einen abgebrochenen antiken Säulenschaft stützt. Rietschel erachtete selbst den Eichenstamm als Symbol der deutschen Gesinnung für „zu abgedroschen“ und motivirte seine veränderte Wahl mit folgenden Worten: „Lessing hat die Antike erkannt ist in sie eingedrungen, sein Geist hat trotz der lebendigsten Deutschheit etwas Antikes, er ist rein menschlich klar, ohne alle falsche Empfindung, ein voller frischer thauiger Sommermorgen. Alles, was diese Eigenschaft hat, alles Göttliche ist sich verwandt, die Form und der Rock kann nun griechisch oder deutsch sein.“

Das vollendete Modell übte auf alle, die es sahen, eine überraschende Wirkung aus; beim braunschweiger Publikum, das sonst norddeutsch zäh, zum Enthusiasmus nicht gerade aufgelegt ist, erregte die Gestalt tiefe und warme Begeisterung, welche sogar so weit ging, daß man alles Ernstes vorschlug, man möge dieses Standbild nicht gießen lassen, da beim Gusse möglicherweise das Modell zu Grunde gehen könnte.

Das Lessing=Comité fühlte, daß für ein solches Werk der gezahlte Preis von 1000 Thalern kein auch nur annähernd angemessenes Honorar sei, sah sich aber damals außer Stande, die in Aussicht gestellte Nachzahlung von 300 Thalern zu gewähren. Wie wenig eigennützig der Künstler in solchem Falle war, geht aus seiner Antwort auf die hierauf bezügliche Entschuldigung des Dr. Schiller hervor: „Sie thun übel an sich und mir unrecht, wenn Sie von einer Schuld sprechen, die Sie drückt. Ich

habe damals nur geäußert, daß, wenn Sie Ueberfluß
an Geld hätten, d. h. so, daß Sie, um es anzuwenden,
es zur Ausfüllung des Stadtgrabens benutzen müßten
Sie mir einen Zuschuß gewähren möchten. Allein ich
glaube nicht an Ueberfluß. Lassen Sie das Postament
dafür seiner poliren und alles gut herstellen und voll=
enden, und ist dann noch übrig und ist Herr Howaldt
nicht etwa zu Opfern genöthigt worden, dann erst, aber
nur dann erst nehme ich dankbar eine Vergütung an.
Bis dahin ist mir das Comité nichts schuldig und die
Bezahlung für meine Arbeit ist abgemacht, wie ich auch
die Quittung gestellt habe."*)

Der Guß der Statue kam in die Hand des Inspectors
Howaldt in Braunschweig, eines Mannes, der in stiller
ernster Weise echtes Künstlergefühl, technisches Geschick
und unermüdlichen Eifer der Aufgabe entgegenbrachte.
Obwol damals noch nicht im Besitze von bedeutenden
Hülfsmitteln — seine Werkstätte war eine gewöhnliche
Parterrestube im Carolinum — brachte er den Guß in
einer Vortrefflichkeit zu Tage, welche ihresgleichen sucht,
und ciselirte ihn mit solcher Pietät und künstlerischer
Empfindung, daß nicht das Geringste von den Feinheiten
des Modells verloren ging, dieselben vielmehr durch die

---

*) Später konnte ihm die versprochene Summe von 300 Thalern
nachgezahlt, auch an die Herstellung von Reliefs am Postament
gedacht werden. Als Curiosum mag erwähnt sein, daß in
dem Standbild Lessing's ein Stück der Zeitbewegung gleichsam
in Erz verewigt ist, indem 449 Thaler vorhandene Beiträge
zur deutschen Flotte, da diese selbst schmählich zu Grunde ging,
dem Lessing=Comité überwiesen worden sind. So lebte ein
Stück der deutschen Flotte bisher wenigstens in deutscher Kunst!

wärmere Natur des Erzes in erhöhtem Grade zur Geltung kamen.

Rauch, der Howaldt's Arbeit in Braunschweig gesehen, erklärte sie für ein classisch durchgeführtes Gußwerk, stellte es bei weitem über das des Friedrichs-Denkmals und war überhaupt vom Anblick des Erzbildes so ergriffen, daß er es gegenüber den mit ihm bei der Besichtigung Anwesenden mit der Vollendung der Elgin'schen Giebelstatuen verglich und meinte, wenn der Lessing einmal von seinem Postament in ein Museum wandern sollte, die Nachwelt gleichermaßen über diese herrliche Arbeit in Erstaunen gerathen werde. Und damit dieses Werk seinem Schöpfer nur Freude mache, waren die Verhältnisse des reizenden, von Professor Nicolai in Dresden entworfenen Postaments so glücklich getroffen wie bei wenigen Standbildern.

Nur wegen der Inschrift am Denkmal gerieth der Künstler in eine gewisse, ihn charakterisirende Aufregung, indem das Comité darauf Geburts- und Todesjahr und Ort angegeben wissen wollte, er aber sehr eifrig dagegen war. „Ich protestire", so schreibt er, „gegen Kamenz und Braunschweig. Es ist an dem Monument eines Mannes, der der Welt angehört, unerhört, daß Geburt und Tod, aber mehr noch die Orte angegeben sind. «G. E. Lessing dem großen Denker und Dichter das deutsche Vaterland.» So gehört sich's, und so will ich's vor aller Welt vertreten. Ihre Grabsteininschrift mag auf den Kirchhof passen! Noch einmal, ich protestire gegen diese Inschrift, über die man lachen wird, da der Mann, dem das Denkmal gilt, so obscur sein muß, daß man seine Lebensgeschichte daraufsetzt.

Ich kann mich in der That ganz außerordentlich darüber ärgern.“

Er hatte sich wenigstens nicht umsonst ereifert, denn auch die Inschrift wurde nach seinem Wunsche.

Erst am 29. September 1853 wurde das Standbild Lessing's enthüllt, ohne daß Rietschel an dieser Festlichkeit theilnahm. Die Kritik verstummte vor diesem Werke bis auf Einen Tadel. Er betraf den Säulenfuß, auf den sich Lessing stützt. Man sagte, wenn Lessing eine antike Säule gleichsam als Symbol beigegeben wäre, so hätte man jedenfalls ein classisches Vorbild wählen müssen, der von Rietschel gewählte Säulenfuß gehöre aber keiner der bestehenden Säulenordnungen an. Der Künstler war sich aber selbst ganz klar darüber, daß der Säulenfuß in der Baugruppe des Erechtheums das Ideal der attischen Ordnung sei; er wählte aber diesen nicht, weil er mit seiner Sockelplatte und dem Wulste zu sehr auslabet, was für die Gestalt störend gewesen sein würde. Er wählte daher die schmalste Säulenform, eine Composition ähnlich dem Säulenfuße vom Tempel des Apollo Didymäus, einer frühern Form als der der höchsten Blüte, und er meinte, indem er über den ihm gemachten Vorwurf sich humoristisch hinwegsetzte, die Bedeutung bliebe dieselbe; wer es rüge, mache ihm den Vorwurf, und er sei so stumpf, den hinzunehmen, da er lieber das künstlerisch Rechte, als das archäologisch Richtige wolle.

Als sich die Geldmittel später mehrten, war Dr. Schiller entschlossen, zwei Reliefs am Postament anbringen zu lassen. Rietschel entwarf hierzu zwei Zeichnungen sowie eine Modellskizze. Es ist keine Allegorie in diesen

Reliefs, es ist, wie sich Wolfsohn ausdrückt, eine leben=
dige Bildschrift. Rietschel selbst beschreibt in einem Briefe
an Schiller seine beiden Entwürfe auf das Klarste: „Die
dramatische Muse, die Muse Lessing's (der vor dem
dreißigsten Jahre kein reifes dramatisches Product an=
nahm) denke ich mir nicht so zart jungfräulich, mehr
kräftig gesund, sitzend, den rechten Arm mit dem Griffel
in der Hand auf eine Maske aufgelehnt, die nun einmal
das erkennbare Symbol geworden, in der linken Hand
des ausgestreckten Arms einen Spiegel, den sie der
Welt vorhält, auf dem Schose ein Buch, in das sie
schreiben soll. Frei in den Armen der Muse steht in
einfachster Bewegung, den einen Fuß gehoben, auf das
Buch gesetzt, eine Flamme auf dem Kopfe, ein Kind.
Ich wollte damit charakterisiren, daß Lessing uns zur
Natur, Naivetät zurückgeführt hat; das Kind soll das
Unmittelbare, die göttliche Eingebung, den Instinct des
Rechten andeuten, das nicht gesucht und erreflectirt
wird, das von selbst da sein muß; darum steht das
Kind in den Armen der Muse, ohne von ihr berührt
zu sein, ihr selbst gleichsam unbewußt. Zur Seite der
Muse zwei Knaben; der eine, auf Lessing's komische
Dichtung deutend, die ein für allemal die französische
Perrüke und den Kothurn verwarf, kehrt mit einem
Besen diesen herkömmlichen Theaterputz weg; der andere,
um die auf das Studium des großen Engländers fußende
dramatische Richtung anzudeuten, ist in das Lesen des
Shakspeare vertieft.“

In einem zweiten runden Relief beschreibt Rietschel
den Kritiker. Eine edle, ernste, weibliche Gestalt sitzt
forschend vor einem Buch, das sie mit der Fackel

beleuchtet; hinter ihr steht ein Knabe mit der Geisel, ihrer Winke gewärtig, vor ihr ein anderer Knabe, das aufgeschlagene Buch haltend und eine Wasserwage als Symbol gerechten Abwägens von Lob und Tadel. *)

Alle Kunsthistoriker der neuesten Zeit haben aner= kannt, daß Rietschel mit seinem Lessing neue Wege ge= bahnt. Der Jubel, mit welchem dies Standbild auf= genommen wurde, hatte eben darin seinen Grund, daß jeder Deutsche, jeder Verehrer des großen Mannes, wie Springer treffend sich ausdrückt, sich der lautern Freude über die tiefgreifende Wahrheit der Auffassung, über die klare und scharfe Charakteristik unsers freiesten Denkers hingeben konnte, die auch darin das Wesen Lessing's treu widerspiegelt, daß sie auf einen prunkenden Schein verzichtet und nur mit einfachen, an sich an= spruchslosen Mitteln wirkt. Rietschel war insofern sehr glücklich, als sein Werk sofort zu siegreicher Geltung gelangte. Selbst von den extremsten Richtungen wurde anerkannt, daß in diesem Denkmal die ideelle und die Porträtaufgabe gleichzeitig erfüllt waren. **)

---

*) Die Reliefs werden nun nach Rietschel's Tode, da er während seines Lebens vor drängendern Arbeiten nicht dazu kam, von dem Bildhauer Hultsch ganz nach den vorhandenen Entwürfen ausgeführt.

**) Interessant ist in dieser Beziehung der Ausspruch Kaul= bach's. Er sagte darüber: „Diese Figur ist eine der schönsten Monumentalstatuen, die ich kenne. Es ist eine mächtige, herr= liche Gestalt, von einer Klarheit und Sicherheit in der ge= sammten Erscheinung, die nichts zu wünschen übrig läßt, und was im Costüm, als solchem, unserm Geschmack etwa nicht zusagen möchte, das vergißt man doch völlig über dem großartigen

Die Lessing=Statue hat eine ganze Literatur über Idealismus und Realismus hervorgerufen, und man hat das Rietschel'sche Werk die vollendetste Einheit der idealistischen und realistischen Richtung genannt, freilich ohne daß damit die Sache selbst genauer bezeichnet, noch viel weniger der müßige Principienstreit zum Schweigen gebracht wäre. Die meisten legen das Schwergewicht in das Costüm und den Wegfall des Mantels. Darin liegt aber das Zwingende dieser Gestalt nicht allein. Abgesehen davon, daß Rietschel nicht einmal der erste war, welcher die Zeitcostüme ohne Mantel anwendete, daß schon Schadow's Ziethen und der alte Dessauer ohne dieses traurige Behelfmittel dargestellt sind, liegt die geistige Bedeutung seines Werks tiefer. Es ist die vorzüglich klare Geltendmachung des physiognomischen Charakters und die einheitliche Durchführung desselben im ganzen Körper. In dem festen freien Hinausblicken, auf den straffen Muskeln dieses Gesichts liegt eine „unantastbare Morgenfrische". Man muß nicht müssen, dies oft wiederholte Wort Lessing's, spricht die ent=schlossene, muthig feste Haltung der Gestalt, jeder Muskel aus; es ist als ob einem dieser Mann von Erz da

---

Eindruck, den das Ganze auf den Beschauer hervorbringt. Wie steht der Mann mit dem vernichtenden Wortschwert so fest und geistesbewußt da — — wie schaut er offen und frei jedem, auch dem heftigsten Gegner, ins Antlitz! Und sitzt ihm nicht auch der Rock ganz so, daß man seine Freude daran haben kann? Man sieht, wie sich der Körper und die mächtigen Schul=tern in diesem Gewande frei und ungezwungen bewegen. — Man darf ihn nur vom Rücken ansehen und man weiß, daß das kein anderer sein kann als Lessing oder ein Mann gleichen Schlages, gleich eisernen und doch edeln Gepräges" u. s. w.

oben auf seinem Postament einen moralischen Ruck gäbe, so gerade und herrlich, so fest, so einfach, so jeder Zoll ein Mann, der sich nicht am Barte zupfen läßt, und dennoch so klar und mild steht er da. Jede Ansicht spricht denselben innern Gehalt aus, vermehrt und bestärkt den Totaleindruck, und wenn man diese Gestalt nur allein im Rücken sehen könnte, mit der straffgezogenen Rockfalte über den Schulterblättern, so würde man wissen, weß Geistes Kind es sei, den die Nachwelt hier geehrt hat. In dieser richtigen, durchdachten und durchlebten Motivirung der Aufgabe, in dem steten Festhalten des ihr zu Grunde liegenden Naturbildes liegt die Wahrheit; in dem innerlichen Durcharbeiten des Stoffs, in dem Herauskehren des darin wohnenden Geistes, in dieser Arbeit, welche Gedanke und Materie, die größten Gegensätze an sich, miteinander vereinigt, sodaß wir gezwungen sind, Inhalt und Form in diesem Werke ungetrennt betrachten zu müssen, liegt die wahrhaft schöpferische Thätigkeit des Künstlers. Sie vollbringt der Mensch nur mit seinem ganzen eigensten Sein, und wo wir sie in einem Werke vollbracht sehen, da wirkt die Kunst auf den Beschauer in ihrer entfalteten Macht, da ergreift sie Leben und Sein des Volks, da hat sie ein Recht, in der ersten Reihe der menschlichen Interessen aufzutreten. Dann verschwindet die Frage nach Idealismus und Realismus und nach allen den Schablonen, womit wir uns quälen, und es genügt uns die Empfindung — des Kunstwerks! Ein solches Kunstwerk ist Rietschel's Lessing.

Rietschel selbst hat sein Verhalten als Künstler zu den Fragen nach Ideal und Schönheit, zu den Gegen-

sätzen von Realismus und Idealismus sehr klar ge=
zeichnet, wenn er in einem seiner hinterlassenen Notiz=
bücher schreibt:

„Was für Erklärungen man auch von dem Begriffe
Ideal und Schönheit gegeben hat, keine ist für mich
genügend und erschöpfend. Ein Ideal nach gewöhn=
lichem Maßstab soll als eine mustergültige Durchschnitts=
form gelten. Damit wird das Individuelle ausgeschlossen,
und nur individuell kann und muß die Schönheit sein,
wenn sie die Bedingung ihrer selbst in sich tragen, in
sich lebendig und bewegt sein soll. Die Schönheit ist
so mannichfaltig wie das Häßliche, sie ist keine bloße
Negation des Häßlichen, sondern ein positiv Lebendiges,
Thätiges, Wechselndes. Das Höchste und Schönste,
weil auch in sich Neue und Lebendige, kann nur erreicht
werden dadurch, daß der Künstler sich eine Individua=
lität denkt. Individuell ist aber noch nicht, was wir
gewöhnlich in Wirklichkeit so nennen, und was meist
nur ein in seiner Entwickelung vielfach gestörter, deshalb
ungleichartig entwickelter menschlicher Organismus ist.
Jeder menschlichen Daseinsform liegt eine besondere
göttliche Uridee zu Grunde. Denkt sich nun der Künstler
ein seinem Gegenstande entsprechendes Individuum, und
findet er dazu eins in der Natur, zu welcher er stets
zurückkehren muß, so soll er nicht die Natur nehmen
wie er sie findet (auch wenn sie schön ist, wird er sie
nicht so nehmen können), ebenso wenig soll er sie er=
gänzen nach hergebrachten Idealbegriffen, sondern er
soll die göttliche Uridee, welche der Daseinsform dieses
Menschen zu Grunde liegt, sich vorzustellen, sich mit
aller Kraft des Geistes in sie hineinzudenken suchen, er

soll die Natur umgestalten, wo jene Uridee in ihr nicht zu ihrem vollen Ausbruck und Verwirklichung gekommen ist. Diese Uridee also, der kein Individuum in seiner Entwickelung vollkommen entspricht, ist das Ideal, das der Künstler sich zu denken, zu erstreben hat. Es unterscheidet sich von dem, was gewöhnlich darunter verstanden wird, dadurch, das dies Eins, jenes unendlich ist. Freilich ist das Ideal in diesem Sinne auch nie erreichbar, denn des Künstlers Schaffen gleicht hier fast dem göttlichen. Es ist dies Ideal der Wahrheit vergleichbar, die nie gefunden wird, und der uns zu nähern unser ewiges und allein gültiges Sehnen und Streben ist. Aber eben dieses Streben gibt allem unsern Handeln überall den rechten Halt und das wahre Ziel.

„Von diesem Gesichtspunkte aus erscheinen mir die Sculpturen des Giebelfeldes am Parthenon gedacht und gemacht. Der Ilyssus, neben die meisten der als vorzüglich bekannten Statuen gestellt, ist wie unmittelbar nach der Natur, — im allersublimsten Sinne naturalistisch, — erscheint als ein vollkommenes, in seiner Entwickelung ungekränktes, großartig schönes Individuum. Da ist nichts, was nicht an diesem Körper gewachsen sein müßte, nichts, was nicht als ganz zusammengehörig erschiene, und ich kenne keine Antike, welche eine so schöne und vollkommene Individualität darstellte. Aber diesem Meisterwerke zunächst rechne ich dann die Gruppe des Ajax und Patroklus, den Torso, den Ilioneus, den schlafenden Faun in München und die Venus von Melos.“

An einer andern Stelle sagt er: „Es ist Gebrauch in der Kritik geworden, denjenigen Künstler, welcher dem wirklichen Leben entrückte Gegenstände ausgeführt hat, Idealisten, und den, welcher einen Gegenstand aus dem Leben glücklich darstellt, Realisten zu nennen. Ich würde ebenso gern ideale Gegenstände behandeln, ja oft noch lieber, wenn mein Geschick sie mir zuführte, und würde ein sogenannter Idealist verschmähen, Lessing's, Goethe's und Schiller's Monument zu bilden, wenn es ihm aufgetragen würde? Gewiß nicht! Nicht, was der Künstler schafft, sondern wie er's schafft, bezeichnet — wenigstens für mich — den Idealisten und Realisten.

„Ist denn das Idealismus, wenn ich nach einem gewissen schematischen Zuge und Form eine Gestalt, ein Gewand bilde, dem man es ansieht, daß es aus der Erinnerung — wenn auch ohne Idee — hervorgegangen, oder besser bezeichnet, das aus dem Kopfe gemacht ist, und dem das Zufällige, Liebenswürdige, Naive der Natur fehlt, das nur durch immer neues Anschauen derselben sich ergänzen kann? Ist das Realismus, wenn ich in diesem Sinne die Natur ansehe und benutze, und meine Idee dadurch erfrische und belebe? Nach meiner Meinung gibt es für die Kunst par excellence, die das Höchste, Schönste, Harmonischste will, keinen Idealismus und keinen Realismus. Beides sind Abarten der Kunst! Ist Phidias in den Parthenonswerken Realist oder Idealist? Keins von beiden, er ist höchster Künstler und Schöpfer eines Werks, das die vollendetste Lösung in sich trägt, keinem Gattungsschulbegriff angehört. Der sogenannte Realist steht ebenso auf dem idealen Boden, wenn er einen Gegenstand der Gegenwart mit Schönheit, seiner Wahl darstellt, die Natur seiner Idee unterordnet, von der Natur sich leiten, aber nicht beherrschen läßt, wie der sogenannte Idealist auf realem Boden, wenn er bei einem Gegenstand nach höchsten, idealsten Begriffen von der Natur sich so fesseln und beherrschen läßt, daß er seine Idee der Natur unterwirft, Auffassung, Ausdruck, Massen und Linien von ihrem zufälligen Erscheinen abhängig macht. Schwind's große Composition, die sogenannte Beethoven'sche Symphonie, wo lauter moderne Kleider, Fracks und Brillen zu sehen sind, ist so ideal, wie manche mythologische und heilige Geschichten nicht gehalten sind. Weil ich Lessing, Goethe und Schiller ganz in ihren Zeitbeziehungen geschaffen und vielleicht glücklich und lebendig dargestellt habe, so heiße ich nun Realist. Nicht daß ich im Gegensatze Idealist heißen möchte, ich will keins von beiden. Ich möchte das Eine nur, daß Idee und Darstellung harmonisch schön und lebendig ist.

„Ich benutze die Natur, ich copire sie nie. Nur wer wahllos copirt ist Realist, und dann hat das Wort einen schlimmen Sinn. In diesem Sinne kann man einen Künstler mehr idealistisch oder mehr realistisch nennen, je nachdem er zu dem einen oder andern hinneigt, denn die Mitte zu halten ist schwer!"

Bevor Rietschel das große Lessing-Modell begann, arbeitete er eine lebensgroße Büste Lessing's, „da es wahrlich eine Schande sei, daß keine solche — wenigstens keine ordentliche — existire"; nachdem er aber das Modell vollendet hatte, copirte er nach demselben jene kleine, weitverbreitete und höchst populär gewordene Statuette, welche leider auch in zahlreichen schlechten Nachbildungen existirt. Er hatte überhaupt in jener Zeit so viel zu thun — wie er an Rauch berichtet —, daß sein Former vollauf für ihn zu arbeiten habe, eine Nachricht, welcher er den Wunsch nicht beizufügen vergißt: „Möchte es doch andern Künstlern auch so gehen!"

Gleichsam als wollte Rietschel durch die That be= weisen, daß ihm die Behandlung idealer Gegenstände neben den streng durchgeführten Werken der modernen Monumentik nicht nur möglich, sondern wie ein Aus= ruhen, eine Erholung von der ernstern Arbeit des Denkers und Historikers sei, schuf er theils gleichzeitig, theils un= mittelbar nach Lessing die Statuette Goethe's, in antikem Costüm gleich Zeus auf einem Throne sitzend — die Fixirung einer kolossalen Decorationsfigur, die er zum Goethe=Fest 1849 im Harmoniesaale zu Dresden aufge= baut hatte, ferner eine kleine Copie seiner Pietas, einen Heiland am Kreuze mit Maria Magdalena an dessen Fuße in Dreiviertel=Lebensgröße *), ein überaus schönes Medaillon, Carus' Psyche personificirend, jene bekannten Reliefs „Die vier Tageszeiten", sowie die Reliefs „Amor auf einem durchgehenden Panther" und „Amor, den Panther stachelnd" — die meisten dieser Arbeiten ohne Bestellung.

Thorwaldsen hatte bereits im Jahre 1815 jene beiden berühmten Basreliefs „Die Nacht" und „Der Tag" in einer glücklichen Morgenstunde entworfen und später vielmal ausgeführt. „In der Gestalt eines schönen Weibes, das gesenkten Hauptes, seine beiden Kinder, den Schlaf und den Tod, in den Armen, still durch den tiefen Raum dahinschwebt, hatte er die Nacht

---

*) 1850 in Sandstein, 1857 von der Erzgießerei Lauch= hammer in Bronze ausgeführt.

dargestellt. Um das Haupt windet sich ein einfaches Tuch und unter demselben verräth sich ein Kranz der schlafbringenden Mohnblume. Während des leisen Flugs auf müden Flügelschlägen ruht der linke Fuß gemächlich über den rechten geschlagen." Das erste Motiv zu dieser Darstellung mag Thorwaldsen in der antiken Kunst, welche die beflügelte Nyx darstellt, gefunden haben, es mag ihm in der bekannten Zeichnung Carstens' wieder nahe getreten sein. Der „Tag" stellt die fröhliche Eos dar, „die über die Erde dahinschwebend Rosen des Morgens über den östlichen Himmel streut. An ihrer Schulter lehnt der heitere Hesperus, seine Fackel hoch emporhebend". Kaum irgendeine von den herrlichen Schöpfungen des großen Dänen hat so weite Verbreitung gefunden wie diese, und man kann mit seinem Biographen Thiele ausrufen: „Solange die Kunst stehet, werden Thorwaldsen's «Tag» und «Nacht» fortleben!"

Rietschel hielt das Vorhandensein einer solchen Schöpfung nicht ab, sich an demselben Gegenstande zu versuchen. Was er schuf, holte er ja aus seiner innersten Natur heraus; darum mußte auch sein Werk etwas ganz Verschiedenes und Neues in sich tragen. Während Thorwaldsen nach Art der Griechen uns einen Vorgang mehr auf epische Weise vorträgt, deren innern Gehalt nur der Gebildetere versteht, versetzt Rietschel in verständlicherer, mehr subjectiver Weise den Beschauer in die poetischen Stimmungen, welche die Tageszeiten in der Seele des Menschen erregen, schildert plastisch diese Stimmungen selbst. Er hat zu Trägern derselben dem Knabenalter angehörende nackte Kindergestalten gewählt und die natürlichsten Embleme ihnen beigegeben, doch würden auch ohne dieselben die verschiedenen Naturempfindungen ganz allein aus den Gesichtern und der Haltung der Körper erkenntlich sein.

Träumend hüllt sich der Genius der „Nacht" in sein leise bewegtes Gewand, das halb über den Kopf gezogen ist, in der müden, lassen Hand hält er Mohn=köpfe an sich gelegt. Von dem leisen Wehen der Nacht wird er am stillen Himmel dahingetragen — neben ihm fliegt, lautlos, die Eule.

Der Genius des „Morgens", ein leichtbeschwingter, schelmisch kecker Knabe, tritt wie in übermüthigem Spiele den lichtscheuen Vogel mit dem Fuße von sich, während ihm zur Seite die Lerche singend emporsteigt. Leicht flattern die Locken des fröhlichen Hauptes im Morgen=wind; während er mit der einen Hand die Fackel empor=hält, streift er mit der andern das Gewand von sich, das in den Lüften lustig flattert. Frische Morgen=stimmung überkommt einen, wenn man diese keckbewegte Composition erblickt.

Kühn und rasch „wie Apoll's goldener Sonnen=strahl selbst" schwingt sich in getragenem Rhythmus, in der einen Hand den vollen Kranz der Sonnenblumen emporhaltend, mit der andern nach dem leichtbeschwingten Schmetterling über ihm haschend, die Glieder strahlend von gesunder heiterster Lebensfülle — der lichte, sonnige Tag auf dem dritten Relief dahin.

Leiser schwebt der Genius des Abends, „vom Nach=klang der Tageswonne in seligem Sinnen mit Däm=merung und Phantasie umgeben", mild bewegt ist Haar und Gewand, das Auge blickt halb träumerisch zur

goldenen Erde nieder. Die schönen Glieder sind im Er=
matten, schon senken sich die Schwingen herab, wie die
Hand die Fackel matter sinken läßt; neben ihm flattert
die Fledermaus, das Sinnbild „für die luftigen Züge
der alles durchschwebenden Einbildungskraft". So führt
uns diese Gestalt die ganze träumerische Schönheit eines
Sommerabends vor die Seele.

Diese Compositionen sind in ihrer Motivirung bis
ins kleinste klar und verständlich, in ihrer Durchführung
von so seltener Vollendung, daß sie allein hinreichen
würden, des Künstlers Ruf für immer zu erhalten.
Herr von Wöhrmann in Dresden hat sich das Verdienst
erworben, diese schöne Schöpfung in Marmor ausführen
zu lassen, und bildet dieselbe seitdem einen Schmuck
seines Hauses. *)

Gleichsam als hätte sich der Künstler noch nicht
genügt in den Spielen heiterer Phantasie, schuf er in
demselben Jahre das obenerwähnte Relief „Amor auf
einem durchgehenden Panther".

In gewaltigen Sätzen, mit seinen Pranken die Erde
nicht berührend, fliegt das wilderregte Thier schnaubend
und brüllend dahin, den Schweif hoch geschwungen, auf
ihm sitzt, mit seinen Händen sich krampfhaft an seinem
Felle am Halse anklammernd, den Kopf eingezogen und
weinend um Hülfe schreiend, der sonst so übermüthige
Gesell; aus seinem Köcher, der leicht auf seinem Rücken
hängt, springt durch die heftige Bewegung ein Pfeil
nach dem andern heraus.

____

*) Rietschel zeichnete auch die „Tageszeiten" mit dem Blei=
stift für das „König Ludwigs=Album". Gestochen sind die=
selben von Schleich.

Als König Friedrich Wilhelm IV. dies Relief sah, brach er in andauernd herzliches Gelächter aus, es gefiel ihm so, daß er sogleich die Marmorausführung bestellte, und in der That ist der Humor der Darstellung so fein, so frisch und naiv, daß er seine Wirkung auf niemand verfehlt. Der reizende Gegenstand wurde von Rietschel mehrmals in Marmor ausgeführt, unter andern für Lord Charles Townsend in London, für den er später als Gegenstück den „Amor, welcher übermüthig den Panther stachelt und neckt", arbeitete. *)

Als Rietschel im Jahre 1850 mit allen diesen Werken, zu denen noch die Pietas sowie die Marmorbüste Felix Mendelssohn's kam, auf der berliner Ausstellung auftrat, erregte er die höchste Bewunderung und Anerkennung. War es schon interessant, eine solche Mannichfaltigkeit der Vorwürfe, wie sie sich hier darstellte, von einem und demselben Künstler behandelt zu sehen, so war es erstaunlich, wenn man auf jedem dieser verschiedenen Gebiete einer Kunstleistung begegnete, die kaum ent= scheiden ließ, für welches derselben der Künstler am meisten befähigt wäre — so rief damals, fast wie aus Einem Munde, die Kunstkritik aus. Wenn man genauer die Stimmen der damaligen Tagespresse vergleicht, so war es insbesondere ein Umstand, der Rietschel's Ruf von da an zu allgemeinster Anerkennung gelangen ließ. Seine Werke lassen zwischen dem, was er geben wollte, und dem, was er wirklich gab, keinen Bruch entstehen, der Inhalt ist in der Form harmonisch ausgeprägt. Für diesen Vorzug ist aber gerade das Volk, welches nicht

---

*) „Der durchgehende Panther" gestochen von Langer.

kritisirt, höchst empfänglich, und darauf beruht auch, abgesehen von den Gegenständen, die er behandelte, des Künstlers Popularität in Deutschland.

Man hat nach Rietschel's Tode hier und da ausgesprochen, es habe ihm an dem genialen Reichthum der Gedanken gemangelt. Abgesehen davon, daß selbst bei flüchtigem Ueberblick dessen, was Rietschel geschaffen, diese vage Behauptung nicht Stich hält, ist sie auch schon an sich ziemlich nichtssagend, da es beim Bildhauer auf den bloßen Gedankenreichthum wenig ankommen kann. Sehr treffend spricht sich in dieser Beziehung einer unserer feinsinnigsten Kunsthistoriker aus: „Bei den bildenden Künsten, die es mit der Ueberwindung der sichtbaren Formen, mit der Bekämpfung der starren und ewig widerspenstigen Materie zu thun haben und die Macht der Idee nicht, wie der Dichter und Musiker, wieder durch Ideen, sondern durch das stoffliche Reme= dium verklären müssen, kommt es viel weniger darauf an, wie viel Gedanken ausgesprochen werden. Nur wie sie ausgesprochen werden, das ist die wichtige Frage, an welcher allein die Erkenntniß der Künste Antheil nimmt. Die größte Zahl geistreich erdachter Compo= sitionen mittelmäßig ausgeführt, reicht nicht hin, einem Künstler Ruhm zu geben, doch eine einzige Madonna von Rafael, wenn auch der Name des Meisters ver= schollen wäre, oder der abgebrochene Junokopf in der Villa Ludovisi werden aller Welt laut und unwider= sprechlich zurufen, daß die unbekannten Schöpfer dieser Reliquien zu den hocherhabensten Genien des ersten Ranges gehören. Dieses Diplom des wahren Künstler= adels würde ihnen nicht die Masse ihrer darin entwickelten

Ideen zusichern, sondern nur die Vollendung, mit der sie einen einfachen und begrenzten Inhalt in der vollkommensten Form idealisirten. Ihr schönes Wollen ging vollkommen auf in der schönen That. Dies allein ist das höchste Ziel, wonach die bildende Kunst zu ringen hat." Freilich kann dies Ziel nur durch jenen Fleiß erreicht werden, wie er unserm Meister wahrhaft eigen war, und welcher nicht etwa blos anhaltende Thätigkeit und Arbeitsamkeit bedeutet, sondern das Glück, „das ein Künstler in unermüdlicher Vervollkommnung seines Werks findet, schöpferische Sehnsucht, das geistige Bild ganz in sichtbare Formen hineinzuarbeiten".

Während Rietschel mitten in vollster künstlerischer Thätigkeit zum klaren Bewußtsein seiner Kraft gekommen war, gerade jetzt, wo diese mit der Gewißheit der Zustimmung der Besten seines Volks, der Zustimmung der Nation sichtlich gewachsen war, da rief ihm die Fügung des Lebens ein „Halt" zu.

Im Februar des Jahres 1851 hatte er sich auf einer Reise nach Braunschweig eine hartnäckige Erkältung zugezogen, welche einen mehrere Wochen anhaltenden Husten hervorrief, bei dessen Aufhören sich Lungenblutungen einstellten. War schon von früher Jugend an und in mancherlei Entbehrungen der Keim eines Brustübels gelegt worden, so hatten schwere und erschütternde Gemüthsbewegungen, rastlose Anstrengung bei seinem geistigen Schaffen, dasselbe mehr und mehr entwickelt. Sein treuer, väterlicher Freund Carus hatte ihm angerathen, ein Jahr in einem mildern Klima zuzubringen, und so beschloß er im Sommer 1851 nach Palermo zu reisen. Schon vorher war aber an ihn ein Ruf an die Akademie zu Wien ergangen. Graf Franz Thun empfand zu tief, welche Bedeutung die bildenden Künste in ihrer Entwickelung für den Staat in geistiger und materieller Beziehung haben, und daß sie einer andern Förderung bedürften, als diejenige war, welche ihnen bisher in Oesterreich zu Theil geworden. Die Berufung einiger bedeutender Künstler nach Wien war die Folge dieser mehr und mehr sich geltend machenden Anschauungen. Auf dem Gebiete der Sculptur herrschte in Wien eine trostlose Oede. Rietschel war im Anfange nicht ganz abgeneigt, dem Rufe zu folgen; auch Rauch, der Rietschel's Uebersiedelung nach Berlin seit Jahren schon gewünscht hatte, meinte zwar, es sei für ihn das Zerrinnen des freudigen Traums eines gemeinsamen Fortlebens schmerzlich, doch redete er ihm nicht ab, da sich ihm in der Sculptur ein fast unbearbeitetes Feld darbiete, zu dessen Ausbildung er keinen geeignetern, keinen zweiten Meister kenne. Dennoch erklärte der Künstler, neben seiner Liebe zur Heimat hierzu auch durch den ungewissen Zustand seiner Gesundheit gedrängt, bald darauf seine Nichtannahme. Rietschel — in Wien! das wäre gewiß für die Entwickelung der neuesten Kunstgeschichte eine Thatsache von Bedeutung gewesen, und dennoch ist sein Entschluß, dem Rufe nicht zu folgen, als ein glücklicher anzusehen. Würde sich der Künstler des Lessing, der spätere Schöpfer des Luther-Monuments in dem damaligen Wien des Concordats glücklich gefühlt haben? Ganz gewiß nicht. Er gehörte nicht zu jenen deutschen Dämmernaturen, die, wenn sie nur den Meißel oder Pinsel führen, sich um die Außenwelt nicht kümmern. Er betheiligte sich mit seinem ganzen Herzen viel zu sehr an der Entwickelung, dem Geschicke seines Vaterlandes, er hatte von Lessing's und Luther's Geist gerade genug in sich, hatte viel zu entschiedene Sympathien und Antipathien, als daß er von der Entwickelung der katholischen Herrschaft in den nächsten Jahren unberührt geblieben wäre. Und wäre wol sein Luther in dem damaligen Wien entstanden? Schwerlich — oder die Geschichte der Bildhauerkunst wäre um eine Ironie reicher!

Die Zeit des Aufenthalts in Italien, wohin er sich 1851 begab, war für Rietschel keine glückliche, bei ihm machte der Mensch ebenso vorwiegend seine Ansprüche geltend wie der Künstler. Nur kurz vorher hatte er sich entschlossen, sein häusliches Glück, das ihm wie die leuchtende Spitze seines Lebens erschien, welche alles unter und neben sich in schönem Lichte verklärt, mit Gottes Hülfe nochmals aufzubauen, und sich am 30. April 1851 mit Friederike Oppermann aus Regensburg ehelich verbunden. Nun mußte er in dem ungewissen Zustande seiner Gesundheit, seiner Zukunft hinaus in ein fremdes Land, mußte Gattin und Kinder und alles, was er liebte, zurücklassen, die künstlerische Arbeit, ohne die er sich nicht zu denken vermochte, mußte ein Jahr lang ruhen, und dennoch drängten ihn Aufgaben, die ihrer Natur nach die Vollendung in einer bestimmten Zeit erheischten — die Sculpturarbeiten des dresdener Museums. Er selbst bezeichnet seinen Aufenthalt in Palermo als eine Verbannung, und er meinte, er werde für seine Kunst wenig forttragen. „Schonen und Schonen, Ruhe, Sonne, das ist allein die Losung! Es will viel Geduld, und ich erkenne wol in dieser Prüfung eine höhere Hand, die meinem unruhigen Wesen Ruhe zu gewinnen

lehren will. Es schmeckt bitter, doch soll's nicht an mir
verloren sein." So schrieb er damals aus Italien.
Durch die Freundlichkeit der in demselben Winter in
Palermo anwesenden Deutschen sowie durch die Liebens=
würdigkeit einiger Sicilianer wurde ihm der Aufenthalt
so erträglich als möglich gemacht. Aber es gelang
selten, ihn recht zu erheitern. Nur wenn er in jener
herrlichen Natur sich befand, dann konnte ihn momentan
das innigste Entzücken, häufig aber auch schmerzliche
Sehnsucht ergreifen. Vor allem war es die Umgebung
der am Fuße des Pellegrino liegenden Villa Belmonte,
wo er in träumerischer Ruhe halbe Tage verweilte.
Allerdings ein wahrhaft beneidenswerther Aufenthalt,
einer der herrlichst gelegenen Gärten! In frischsaftigem
Grün ragte riesenhafter Cactus empor, aus Büschen und
Hecken duftete das süßeste Aroma, Blumen in über=
reicher Fülle blühten in schimmernden Farben. Ueber
die Wipfel der tiefer liegenden Orangenwaldung, deren
Früchte lockend und glühend aus dem Dunkel hervor=
leuchteten, schaute man hinaus auf das weite Meer,
auf das herrliche Küstenbild von Sicilien. Sphinxartig
lagerten sich, den Golf des goldenen Palermo gegen=
über abgrenzend, die Berge der Bagarie weit hinaus
in das leuchtende Blau der See. In duftiger Ferne
dämmerten die Gebirge des Meerbusens von Cefalù
herüber, hinter denen kaum noch sichtbar — wie ein
Stern am lachenden Himmel — der Aetna sein
schneeiges Haupt erhob. Mit meisterhaften Zügen hat
Rietschel dies Bild in einer großen Bleistiftzeichnung
festgehalten, wie er denn überhaupt von der Schönheit

der palermitanischen Natur öfter zum Zeichnen angeregt wurde. In Palermo lernte er den auch in Deutschland durch seine Betheiligung an dem Sartorius'schen Werke über den Aetna bekannten, überaus talentvollen Archi= tekten Ludovico Cavallari kennen, den er später dringend und mit Erfolg zu einer Professur an der Akademie zu Mailand empfahl. In Rom sah er seinen Schüler Wittig wieder, welcher damals gerade mit der Gestalt eines Jägers beschäftigt war, knüpfte die Bekanntschaft mit dem liebenswürdigen Tenerani wieder an und er= freute sich insbesondere auch an Wolf's Arbeiten. So= weit es sein Zustand erlaubte, genoß er Roms herrliche Kunstschätze und verlebte im Vatican Stunden glücklichen Vergessens von allem Leid des Lebens im Anblick der herrlichen Antiken, der Meisterwerke Rafael's und des großen Florentiners.

Im Frühling 1852 betrat Rietschel wieder die ge= liebte deutsche Vatererde. Mit wahrhaftem Jubel be= grüßte er die ersten deutschen Laute in Südtirol. Meran stand in vollster Blüte des Frühlingsschmucks, in helleres Blau schienen die Bergeshöhen getaucht, deren Gipfel noch im Schnee erglänzten; voll weißer Blüten hingen die Bäume, die duftige Apfelblüte vor allem erquickte das Auge. Im Wiesengrund und von den fernern Bergwänden herab rieselten die silberglänzenden Wasser und spiegelten tausendfach das Glück — es ist Frühling — wieder. Es war wol einer der glücklichsten Tage Rietschel's, als er in Meran seine Frau wiedersah, mit der er dann eine schöne Zeit genoß. Seit einem Jahr — meinte er — habe er nicht mehr gelacht, und er hole es jetzt in Meran nach.

Ein Umstand war freilich auch geeignet, seine Stimmung zu erhöhen. Das war die Nachricht — die erste, die ihn beim Wiederbetreten des deutschen Vaterlandes begrüßte —, daß er berufen sei, die Ehrenstatuen der beiden größten Dichter desselben, Goethe's und Schiller's, zu bilden.

Karl Alexander, Erbgroßherzog von Sachsen-Weimar, hatte seit der Aufstellung der Herder-Statue den Gedanken verfolgt, auch den drei andern Sternen Weimars, wie sie König Ludwig nannte, Ehrenstatuen zu errichten. Schon im Jahre 1849 war hiervon die Rede. Rauch sollte Schiller's und Goethe's Standbild herstellen, während für Wieland Rietschel in Vorschlag gekommen war. Rauch hatte bereits auch eine Modellskizze der beiden Dichter, in einer Gruppe vereinigt und in antikem Costüm, eingereicht. Im Laufe der Verhandlungen ergab sich jedoch ein Widerstreit zwischen den Ansichten Rauch's und König Ludwig's. Letzterer hatte sich nämlich gegen den Erbgroßherzog erboten, das vorräthige Metall von Navarinkanonen, im Werthe von 7000 Gulden, zur Herstellung des Erzgusses zu schenken, hatte aber als Bedingung seines Beitritts zum Unternehmen, welches mit Hülfe des deutschen Volks zu Stande gebracht werden sollte, folgende Punkte festgestellt: „Nicht nur Goethe, auch Schiller muß einen Lorberkranz haben; nicht in antikem Costüm können Schiller und Goethe in Weimar auf öffentlichem Platze aufgestellt werden; nicht in Berlin, sondern in München werden die Statuen gegossen." König Ludwig wollte nicht, daß mit unsern größten Männern — wie er sich immer schlagend ausdrückt — eine „Maskerade" getrieben werde, und auch beim Erbgroßherzog mochte das seit Lessing's Standbild in Deutschland allgemein gewordene Verlangen nach unmittelbarer historischer Treue überwiegend sein. Rauch ging auf die ihm gestellten Bedingungen nicht ein, namentlich deshalb nicht, weil er das Werk in Berlin unter seiner Aufsicht ausführen lassen wollte. „Wir haben hier unbeschäftigte Gießer und Ciseleure, denen ich mit vollem Vertrauen unter meinen Augen diese Arbeiten übergeben könnte." Außerdem widersetzte sich diesem Anerbieten ein bei Rauch sehr tiefgehendes Gefühl. Er selbst nannte es „Ambition". Es war ebenso natürlich, daß der Künstler, welcher seit einem Zeitraum von vierzig Jahren rastlos an dem Aufblühen der Sculptur und der damit zusammenhängenden Thätigkeit in Berlin gearbeitet, wünschen mußte, daß dies Nationalwerk, wenn er den Auftrag übernahm, auch in Berlin gegossen würde, wie es andererseits erklärlich war, daß der rührige König, dem die von ihm geschaffene Erzgießerei sehr am Herzen lag, den Guß für dieselbe begehrte. Ueberdies wollte Rauch sich nicht der Forderung des modernen Costüms fügen; er hatte vor kurzem erst sein riesenhaftes Denkmal Friedrich's des Großen beendet und freilich so viele Pantalons, Stiefel, Knöpfe, Schnüre und Tressen an seinen militärischen Helden zu machen gehabt, daß er sich nach anderm sehnte. Der Erbgroßherzog hatte nun zwischen dem König und dem Künstler zu entscheiden und er stellte sich mit vollster Ueberzeugung auf die Seite des Königs. Rauch lehnte somit ab, und als man sich daher nach einem andern Künstler umzusehen genöthigt war, richteten sich die Blicke zunächst auf den Bildner Lessing's.

Unterm 11. Mai 1852 ließ Dr. Ernst Förster, welcher dem ganzen Unternehmen sehr nahe stand, im Auftrage des Erbgroßherzogs an Rietschel die Frage ergehen, ob er die Herstellung des Modells zum ehernen Ehrendenkmal Schiller's und Goethe's übernehmen wolle. „Das Herrlichste, was Deutschlands Neuzeit" — ruft er aus — „der Geschichte dargebracht, ist die Erscheinung Goethe's und Schiller's. Mit dem Rufe, dies Herrlichste zu verherrlichen, begrüße ich Dich im Vaterlande."

Fürwahr, es war dies für den Künstler ein schöner Willkommen! Dennoch sprach sich Rietschel über die Annahme noch nicht aus. Ihm ging die treue Bewahrung freundschaftlicher Rücksichten über alles, und er wollte zunächst von Rauch selbst die Gründe hören, welche diesen bewogen hätten, auf das ganze Unternehmen zu verzichten. Erst in Weimar, und nachdem ihn vor allen Hofrath Schöll, ein treuer Freund Rauch's, über das Verhältniß desselben zur Sache aufgeklärt, endlich letzterer selbst ihm dringend die Annahme empfohlen hatte, faßte er den Entschluß, das ihm angetragene Werk zu übernehmen.

In Weimar hatte er auch die Rauch'sche Skizze gesehen, welche sich jetzt im Schillerhause daselbst befindet. Dieselbe stellt Goethe und Schiller nebeneinander in Tunica, Griechenmantel und Sandalen dar. Goethe hebt den Lorberkranz hinter Schiller's Schulter empor, als ob er diesen damit bekrönen wollte, ihn jedoch so haltend, daß er zwischen beiden Häuptern sichtbar wird. Dieser Gedanke ist glücklich und plastisch klar. Weniger bedeutend und deutlich ist die Bewegung der andern Hand Goethe's, welche er Schiller reicht.

Rietschel machte von Anfang an gegen Rauch kein Hehl daraus, daß er die Auffassung im antiken Costüm nicht für die wünschenswerthe halten könne, während Rauch von deren Richtigkeit innig durchdrungen war und sich nur schwer von dem Auftrage getrennt hatte. Spricht er sich doch ganz offen gegen Rietschel über die „Widerwärtigkeit" aus, „welche in die Goethe-Schiller-Denkmalsache gebracht worden" sei, und fügte hinzu: „Bliebe mir Zeit bei den angefangenen Arbeiten, so würde ich auf der Stelle unbestellt die Modellausführung meiner Gruppe lebensgroß beginnen, um sie zu fixiren, und zur etwaigen Marmorausführung in größerm Maßstabe vorbereiten — das sind aber Luftschlösser für den Fünfundsiebzigjährigen, wie Sie denken können." Rietschel aber hatte schon vorher gegen ihn brieflich geäußert, er würde, wenn Rauch's Marmorgruppe vielleicht für eine andere Stadt bestellt würde, darin nur eine Herzensgenugthuung finden und dies zugleich im Interesse der Kunst wünschen. „Ihr Entwurf ist schön", — fügt er hinzu — „bedeutungsvoll, würde dem hohen Gegenstande genug thun. Wie soll ich die Aufgabe lösen? Im modernen Costüm! — das ich zwar von vornherein als hier nothwendig angesehen und ansehen muß, wobei ich aber die Schwierigkeiten erkannt habe" u. s. w. Es ist ein Verlust, daß Rauch sein Werk nicht unternahm. War auch seine Auffassung eine entschieden irrthümliche, so wäre doch die Aufgabe von ihm kräftig und lauter gelöst worden und immerhin ein schon durch die Vergleichung interessantes Werk entstanden. — Jedenfalls war der ganze Vorgang ein für das Verhältniß der Künstler gefährlicher und es gereicht beiden zur Ehre, daß er die Innigkeit desselben in keiner Weise auch nur auf kurze Zeit zu trüben vermochte.

Beiden Dichtern waren zwar in Frankfurt a. M. und Stuttgart schon Ehrenstatuen errichtet, aber abgesehen davon, daß sie mehr lokaleres Interesse hatten, konnten sie dem deutschen Volke nicht völlig genügen. Die Vernachlässigung in Schwanthaler's Goethe ist selbst dem blödesten Auge zu auffallend sichtbar, Thorwaldsen's Schiller in Stuttgart traf aber in der Darstellung zu wenig mit dem Bilde überein, welches in der Seele des Deutschen von seinem großen Dichter lebt; ja es gab das Werk zur Zeit seiner Errichtung zu herbem, theils unberechtigem Spotte Veranlassung.*) Mag man auch mit dieser Art von Kritik nicht einverstanden sein, es ist doch nicht zu verkennen, daß dem allen das nicht zu unterdrückende Bedürfniß nach voller Lebenswahrheit

---

*) So hieß es z. B. in den „Hallischen Jahrbüchern", Mai 1839:

> Wie, wer stehet denn hier? Wer ist denn der grämliche Mann da?
> Kränklich, brütend in sich. weinerlich, leidend, gedrückt?
>   Ei, wer sollte denn auch den großen Schiller nicht kennen,
>   Dem sein deutsches Volk dankbar dies Denkmal gesetzt?
> Wie, das wäre Schiller, der Dichter der handelnden Freiheit?
> Schiller, der Feuergeist, der für die Menschheit geglüht!
> Schiller ist es etwa, der Kantianer, der einsam
> Grübelnd über des Geists dunkle Verwicklungen sann.
> Aber der Dichter? Nein, dem wölbte sich anders die Stirne,
> Blickte das Adleraug' kühn in den Himmel hinaus,
> Schwellte mit anderer Kraft sich trotzig die untere Lippe,
> Schob das markige Kinn voll und antik sich hervor.

Und weiter unten:

> Daß er sich nur nicht regt! Entfällt ihm der Büschel von Falten,
> Den er vom Mantel im Arm schleppt: er stolpert und fällt.

Denselben Gedanken sprach auch Dingelstedt in einem seiner Gedichte (erste Auflage) aus.

auch auf dem Gebiete der Sculptur zu Grunde lag. Jetzt errichtete nun Deutschland der Gemeinschaft der beiden großen Geistesheroen in Weimar — der Stätte ihres gemeinsamen Lebens und Wirkens — ein Denkmal, und Rietschel war es vorbehalten, dem Drange nach lebensvoller Wahrheit der Gestalten Genüge zu leisten.

Nachdem das großherzogliche Haus von Weimar für die Bildung der drei Statuen, Goethe's, Schiller's und Wieland's, 6700 Thaler gewährt, das Erz der König Ludwig von Baiern geschenkt und der Großherzog von Baden die Herstellung des Postaments von schönem Granit aus seinen Mitteln bestreiten zu wollen erklärt hatte, wurde die für die Guß= und Errichtungskosten noch nöthige Summe von beiläufig 12000 Thalern durch Sammlungen in Deutschland zu decken beschlossen. Hier= bei ist und bleibt es eine charakteristische Thatsache, daß zu diesem Denkmal, welches „die deutsche Nation" ihren größten Männern errichtete, sehr viele, ja die meisten deutschen Fürsten gar nichts beitrugen, der Kaiser Napoleon aber und zwei französische Prinzen mit 2600 Francs auf der Einnahmeliste figuriren, Berlin, welches später so energisch für die auf dem Gensdarmen= markt daselbst aufzustellenden Dichterstatuen sammelte, zu dem Denkmal in Weimar Einen Thaler beigesteuert hat, während Mailand einen Beitrag von 44 Thalern einsandte.

Am 8. Juli 1852 wurde der Contract zwischen dem Erbgroßherzog Karl Alexander und Rietschel abgeschlossen, wonach letzterer die Herstellung der beiden neun Fuß drei Zoll hohen Modelle gegen ein Honorar von 5500 Thalern übernahm.

Der Gedanke, die beiden Dichter in ihrer Zusammen=
gehörigkeit, welche in Norddeutschland wenigstens zu
einer Art Begriff geworden ist und gar nicht mehr weg=
gedacht werden kann, darzustellen, sie deshalb in einer
Gruppe zu vereinigen, somit auch ihre persönlich freund=
schaftliche Beziehung anzudeuten, war vom Erbgroß=
herzog ausgegangen, er entsprach völlig dem Wunsche
des deutschen Volks und dem des Künstlers. Wie sehr
dieser aber damals noch im Zweifel über die Möglichkeit
der Durchführung war, weist eine Bestimmung im Con=
tracte nach, der zufolge sich Rietschel vorbehielt, die Fi=
guren als Einzelstatuen auszuführen, dafern er beim
Entwerfen der Skizze die feste Ueberzeugung gewinnen
sollte, daß es künstlerisch unmöglich sein würde, beide
Statuen modern costümirt als Gruppe zu vereinigen.

Rietschel ging sofort, nachdem er inzwischen auch
die Arbeiten fürs Museum zu Dresden begonnen hatte,
an die schwierige Aufgabe. Ende des Jahres 1852
war der Entwurf hergestellt, dessen Gedanke später im
großen Modell zum vollendeten Ausdruck gekommen ist.

Die beiden Dichter stehen nebeneinander. Der Künstler
hatte — wie er sich selbst ausdrückt — in Goethe die
selbstbewußte Größe und klare Weltanschauung in mög=
lichst ruhiger und fester Haltung, hingegen Schiller's
kühner strebenden idealen Geist durch mehr vorstrebende
Bewegung und etwas gehobenern Blick zu charakterisiren
versucht. Die Gestalten selbst sind nach Kleidung und
Individualität so gehalten, wie ihre Stellung im Leben
es bedingt, Goethe im Hofkleid, Schiller in der ge=
wöhnlichen bürgerlichen Tracht seiner Zeit. Da eine
körperliche Berührung als Zeichen ihrer Freundschaft

ſtattfinden mußte, ſo glaubte er in der Lage der linken Hand Goethe's auf Schiller's Schulter das trauliche Gemüthsverhältniß anzudeuten. Goethe, als ein Mann von funfzig Jahren, zehn Jahre älter als Schiller und früher im Beſitze des höchſten Ruhms, hält den Kranz feſt, den er als Symbol der Unſterblichkeit errungen, den ihm die Nation gereicht hat. Schiller, ſeiner hohen Bedeutung ſich bewußt, faßt zugleich an denſelben, aber es iſt nur ein flüchtig Daranrühren dieſer feinen Hand, welcher keine Zeit gegeben war zum ruhigen Feſthalten des einmal gewordenen und errungenen Glücks, der Hand, — die nur kurze Friſt den Kranz des Dichterruhms berührte, um ſich dann in ſehnſüchtiger Bewegung nach den Sternen zu erheben.

Es iſt kaum zu begreifen, wie man hier und da dieſe Handbewegung verſchieden zu deuten vermocht hat — ſie iſt völlig klar. Ein anderes Bedenken wurde gegen die Vermiſchung von Symbol und wirklicher Lebenswahrheit erhoben. Rietſchel ſelbſt hat ſich über dies Bedenken hinweggeſetzt. Er ſchrieb an Dr. Schiller in jener Zeit: „Nur Ein Motiv mit dem Kranze, den Goethe hält und in welchen Schiller hineinfaßt, erregt verſchiedene Anſicht. Die Künſtler finden Gedanken und Darſtellung, wie ich die Handhabung des Kranzes gefaßt, ſehr glücklich, — die Schriftleute haben Bedenken, Symbol und wirkliche Lebenswahrheit nebeneinander —! Ich meine, man ſoll den erſten Eindruck auf ſich wirken laſſen. Durch Reflexion und Abſtraction kann man das Blaue vom Himmel herunter als unpaſſend erkennen. Ich glaube, ich habe in Goethe den Herrſchenden, in Schiller den Strebenden dargeſtellt."

In Weimar erregte der Entwurf ungetheilten Bei=
fall. Der geniale Maler Preller, der gewiß nicht der
realiſtiſchen Richtung in der Kunſt huldigt, war voll
Begeiſterung dafür, meinte, es habe ſich ſeiner eine totale
Freude bemächtigt, ihn ein tiefes Anheimeln beim An=
blick durchdrungen, und er verſicherte, daß ihn ſelbſt die
Bekleidung, der Rauch'ſchen Idealgewandung gegenüber,
nur angenehm berührt habe. Auch in München fand
die Skizze gute Aufnahme, namentlich war man — wie
nebenher zu bemerken — über Rietſchel's Art zu ſkizziren
in Erſtaunen verſetzt. Und in der That ſind ſeine
Skizzen darin vorzüglich, daß ſie überall die künftige
feine Ausbildung zwar nur vorzeichnen, dennoch aber
ſo vorzeichnen, daß man die Ausbildung ſelbſt gar
nicht vermißt.

König Ludwig ſprach ſeine große Zufriedenheit aus,
wie aus einem von ihm an den Künſtler gerichteten
Briefe hervorgeht, ſtieß ſich aber an dem „Degenkleide“
Goethe's, im Gegenſatze zu Schiller's Rock, während
einige wenige Stimmen Münchens auch hier dem Mantel
mit dem obligaten „Faltenwurf“ das Wort redeten.
Dennoch blieb Rietſchel bei ſeinem Entwurfe ſtehen.
Nichts drückt die Geſinnung deſſelben, mit der er die
Arbeit begann, beſſer aus, als die wenigen Worte
eines Briefs an König Ludwig, mit welchen er die
Skizze nach München begleitete: „Möge ſich das, was
hier in dieſer wie in jeder Skizze nur unzulänglich an=
gedeutet werden konnte, bei tieferm Durchführen und
Durchdenken im Großen dem hohen Ziele — das
deutſche Volk damit zu befriedigen — nahe führen
laſſen!“ Die Ausſprache dieſes Wunſches gegen den

großgesinnten König hat aber um so mehr Werth, als ein Künstler gerade ihm gegenüber leicht versucht sein konnte, des Königs Befriedigung und Beifall als das Ziel seines Strebens hinzustellen.

Rietschel begann bald nach Genehmigung des Entwurfs die großen Figuren aufzubauen. Wer mit den Schwierigkeiten einer plastischen Arbeit überhaupt vertraut ist, der kann ermessen, in wie erhöhterm Grade dieselben bei Gestalten in modernem Costüm hervortreten. Was in der Intention sich ganz glücklich macht, was in der Skizze geistreich und lebendig erschien, ist oft beim großen Modell nicht anzuwenden. Schatten und Lichtmassen wirken anders, die Contouren schneiden sich hier in ganz anderer Art, theilweise entgegenstrebende Linien und Bewegungen des Gewandes bleiben zu überwältigen. Und nun gar hier, wo die Bewegung der einen Figur die der andern bedingt, den innern geistigen Zusammenhang, der in der Skizze glücklich angedeutet war, im Großen herzustellen, überall verständlich zu bleiben, die großen Massen geistig zu durchdringen, — es war eine Arbeit, die dem Künstler bei allem Glück des Schaffens oft Tantalusqualen verursachte. *)

---

*) Bei der Porträtbildung der beiden Dichter stand ihm das reichste und ergiebigste Material zu Gebote: fast alle Originalbildnisse Goethe's und Schiller's, der Abguß von Goethe's Kopf über das Leben, Schiller's Todtenmaske, ein Abguß seines Schädels u. s. w. Der Rietschel'sche Goethe-Kopf weicht beträchtlich von dem Rauch'schen ab; er ist in den Formen weicher, in jüngern Jahren und in der Zeit gedacht, von der Goethe sagt, es sei für ihn ein neuer Frühling gewesen, in welchem alles froh nebeneinander keimte und aus aufgeschlossenem Samen und Zweigen hervorging. Schiller's Kopf ist wesentlich

„Meine Arbeit" — schreibt er an Rauch — „ist seit einem Vierteljahre auf demselben Punkte, d. h. es ist scheinbar noch derselbe. Ich ließ damals die Kleider anlegen und jetzt stehen die Herren wieder nackt da, aber ich denke meiner Idee entsprechender. Welch eine Arbeit ist eine Aenderung oder Besserung an solch kolossaler Figur — und nun zwei zusammen! Ich fürchte durch langes Arbeiten ein Kinderspott zu werden." Später schreibt er einmal nach einem kurzen Aufenthalt in Berlin: „Seit ich zurück bin, habe ich mit meiner Goethe-Schiller-Gruppe große Noth durchgemacht. Das erfrischte Auge erkannte sogleich entschiedene Mängel in der Stellung der beiden Figuren, und ich begann mit radicaler Aenderung, bei der mir manchmal der Muth gesunken ist, sodaß ich glaubte, es weder geistig noch körperlich durchzuführen. Sollte ich Ihnen erzählen meine Noth und Kämpfe und Anstrengung, so würde ich Ihre Hand öfters nach den Haaren fahren sehen, begleitet mit einem stöhnenden, mundverschlossenen Hm! mit zugedrückten Augen!"

Wer Rietschel damals in seinem Atelier gesehen, der muß die Empfindung mit sich fortgetragen haben, daß dieser Mann, wie er anscheinend in milder Ruhe, innerlich aber

---

anders in der Schädelbildung als die Dannecker'sche Büste. In derselben hat sich der Künstler offenbar durch das ihm vorschwebende Arrangement und die ganze Intention des Kopfes zu etwas übertrieben breiter Darstellung der Hirnschale verleiten lassen. Der mit Sicherheit als Schiller gehörig aufgefundene Schädel widerlegt dieselbe. Dieser Thatsache und mehr noch einem innern instinctiv richtigen physiologischen Triebe folgte Rietschel, wenn er Schiller's Stirn weniger breit und mehr gerundet darstellte.

mit heftiger Leidenschaft und rastlos schuf, ein gutes Stück seines Lebens, sein ganzes Sein in die Arbeit legte.

Die Schiller-Goethe-Gruppe wurde freilich nicht zu dem Zeitpunkte vollendet, welcher contractlich als wünschenswerth angenommen worden war. Womöglich sollte sie 1854 vollendet sein, Rietschel hat aber zwei volle Jahre länger daran gearbeitet. Erst Anfang des Jahres 1857 konnte die Ablieferung des großen Modells an die münchener Erzgießerei erfolgen. Wie von selbst verständlich, war König Ludwig ungeduldig. Schon am 3. September 1857, als dem hundertjährigen Geburtstage Karl August's, sollte die Gruppe in Weimar zur Aufstellung gebracht sein. Dies war der Wunsch der beiden Fürsten, König Ludwig's und Großherzog Karl Alexander's. Wie war es möglich, den Guß in so kurzer Zeit herzustellen? Allein mit wahrhaft humaner Schonung verfuhr der Großherzog, und es bewies die tiefgehende Achtung des Fürsten vor einer Künstlerindividualität, wie die Rietschel's war, wenn er an denselben schrieb, die Innigkeit, mit der Rietschel seiner Aufgabe lebe, habe ihn tief gerührt; großes Vertrauen habe er zu ihm gehabt, als er ihm die Aufgabe angeboten, und man wechsele Vertrauen nicht, er vertraue ihm ebenso, daß er das Rechte und Mögliche thun werde, sei es nun, daß sich die Gußvollendung zu dem gewünschten Termine noch erreichen lasse, sei es nicht; er möge also bei Anwendung derjenigen Beschleunigung, die ohne Nachtheile für das Werk thunlich sei, nur ja seine Gesundheit im Auge behalten und sich keine übermäßige Anstrengung auferlegen, denn dies verursacht zu haben wolle und könne er nicht verantworten.

Was dem Künstler und allen andern unmöglich erschien, das bewerkstelligte der energische Director von Miller, mit einer Erfahrung freilich von über hundert Erzstatuengüssen hinter sich. In wenigen Monaten — eine in der Geschichte der Erzgießerei wol noch nicht vorhanden gewesene That= sache — waren die beiden Kolosse geformt, gegossen, ciselirt, an Ort und Stelle abgeliefert. Der Guß gelang vorzüglich, in der Ciselirung wurde jedoch zu sehr geeilt. Rietschel konnte dies, obwol er zur Anordnung der Arbeit nach München reiste, nicht mehr verhindern. Eine andere Behandlung wäre freilich wünschenswerth gewesen, und von der Schönheit des Werks im einzelnen erhalt der nicht den vollen Begriff, der blos das Erz= bild sieht. Das Modell ist nicht erreicht. Dieses aber steht zu München in einem Raume der Erzgießerei — so schlecht beleuchtet, daß dessen Aufstellung in einem andern günstigern Lokale, dem es zur Zierde gereichen könnte, im Interesse der Kunst höchst wünschenswerth erscheint.

Leider hatte die angestrengte Arbeit während der letzten Jahre des Meisters Gesundheit nicht zu befestigen ver= mocht, und er selbst spricht sich darüber gegen Dr. Schiller aus: „Meine Dichtergruppe ist fertig, ich bin aber auch mit meinen Kräften zu Ende, nervös erregt, ab= gespannt, von steter Anspannung körperlich geplackt — oft bis zum Zusammensinken. Da habe ich über drei Jahre daran gearbeitet, zwei und ein halbes Jahr ununter= brochen; dafür erhalte ich 5500 Thaler — Auslagen habe ich 1600 Thaler — kommt aufs Jahr 1300 Thaler Verdienst. Wenn ein Mann wie Bièfve in Brüssel für eine Skizze 1—200 Louisdor verlangt und erhält, der sich doch mit Gallait nicht im entferntesten messen kann, wenn er vom König von Preußen für ein großes Bild, das er in einem Jahre zusammenwirkt, 10000 Thaler erhält, so treten dem deutschen Künstler bei oben ange= deuteten Verhältnissen eigene Empfindungen entgegen. Doch das ist's nicht, was mich glücklich machen würde, obschon es zu schätzen ist — wird aber die Wirkung im Freien die rechte sein? Ich kann es im Atelier nicht beurtheilen und lebe so lange in Spannung, bis der Moment da ist, um die Freude — statt des Geldes zu genießen — oder in meiner künstlerischen Thätigkeit für — ich fürchte — immer geknickt zu sein. Es liegt ein Lebensaccent für mich auf dieser Arbeit, es ist viel, dazu viel Unberufenes darüber gesagt worden, die Spannung ist erregt für einen Gegenstand, der jeden Deutschen interessirt. Helfe Gott zum guten Ausgang!"

Trotz der Erschöpfung gestattete ihm der rastlose Schaffensgeist keine Ruhe; schon in demselben Briefe schreibt er: „Wenn die Dichtergruppe fort ist, fange ich Weber's Statue an und die Quadriga für Braunschweig, wenn sie noch von mir gemacht werden soll. Auch ein Kinderfigürchen habe ich in Auftrag zur Marmoraus= führung. Ich sehne mich nach Neuem. Es kommt mir manchmal vor, als wäre ich dumm geworden und könnte nichts mehr schaffen, weil alle meine Gedanken — bei Tag und bei Nacht — allein und in Gesellschaft, von Einer Sorge, Einem Streben, Einem Bilde erfüllt waren." Dies Erfülltsein des Künstlers von seinem Werke — es hat reiche Früchte getragen, denn ebenso erfüllt ist das Werk von des Künstlers Geist. In der feinempfundenen, leidensvollen und sich doch über alles irdische Leid erhebenden Gestalt Schiller's, in der herrlichen Zuverſicht Goethe's liegt ein gut Stück Leben und Sein des Künſtlers ſelbſt.

Die Begeiſterung, welche dies Werk in Deutſchland hervorrief, war eine in der Geſchichte der Kunſt ſeltene und ganz allgemeine — ſchon in Dresden, wo das Gipsmodell ausgeſtellt wurde, dann in München, endlich in Weimar. Es war ein Ereigniß — die Ankunft dieſes Modells in der Erzgießerei zu München. Die Künſtlerwelt gerieth in Bewegung, man war einig darüber, daß der Eindruck überwältigend ſei. Alle vorgefaßten Meinungen und Wünſche mußten verſtummen vor der Schönheit und Lebendigkeit des Werks, vor dem Ernſte und der Gediegenheit der Durchführung. Ein Ruf freudiger Bewunderung ging durch alle Zeitſchriften damaliger Zeit, und namentlich unter den münchener Künſtlern war das Gefühl allgemein, „daß dieſe Arbeit als eine wirkliche Eroberung der Plaſtik daſtehe".

Der Director der Erzgießerei, von Miller, berichtete an das Comité in Weimar, daß von den vielen Statuen, die ihm von den Künſtlern unſerer Zeit zum Erzguſſe anvertraut worden, noch kein Modell eine ſolche Vollendung gezeigt hätte wie dieſes, und daß, wenn ſein Eifer in dieſer Aufgabe noch einer Steigerung fähig geweſen wäre, es beim Anblick des herrlichen Kunſtwerks hätte geſchehen müſſen. Die höchſte Anerkennung zollte auch König Ludwig dem Künſtler. Er war völlig elektriſirt, als er die Gruppe ſah, und rief mehrmals mit bewegter lauter Stimme: „Das iſt mein Schiller!" So ſtimmte das Bild mit ſeinem Ideale zuſammen.

Die dresdener Künſtler beſchloſſen, dem Schöpfer der Goethe-Schiller-Gruppe, „von deren bewältigender

Wirkung noch alle Herzen voll waren", eine dankbare Huldigung darzubringen, und veranstalteten am Abend des 14. Februar 1857 eine „Rietschel-Feier" im festlich mit Bildwerken des Meisters decorirten Saale des Deutschen Hauses. Bei Beginn des Mahles wurde ein großes Transparentbild der Goethe-Schiller-Gruppe enthüllt, auf welchem die Büste Rietschel's unmittelbar unter dem Lorberkranze so gemalt war, daß es schien, als würde dieser von den Dichtern dem Künstler aufs Haupt gesetzt. Eduard Dorer hatte diesen Gedanken zugleich als Festgruß aus der Schweiz gesendet:

Neidlos leuchten im Bild, wie im Leben, Schiller und Goethe,
    Jedem gebühret der Kranz, keiner verlangt ihn für sich.
Lebte das Erz, wohl eilten die Fürsten der Sänger und flöchten
    Neidlos, Rietschel, zum Dank dir um die Stirne den Kranz!

Mit rührender Ueberraschung erhob sich die Versammlung, dem Gefeierten entgegenjubelnd; diese Stimmung vermehrte sich, als Professor J. Hübner in seiner bekannten geistreichen Weise einen Trinkspruch folgenden Inhalts brachte, der die damalige Stimmung besser als alle andern Auseinandersetzungen charakterisirt:

Auf Principien ward viel geritten,
Ueber Costüme hin- und hergestritten,
Ob antik — ob nach deutschen Sitten —!
Viel Gelehrtes gab's wiederzukauen,
Manch Abgeschmacktes zu verbauen,
Du hast den Knoten entzwei gehauen!
Du kannst sagen, wie Hutten gesagt:
„Vorwärts, mir nach — ich hab's gewagt!"
Ja, der Geist ist's, der macht lebendig,
Steckt nicht im Kleide — webt inwendig,
Wenn wir uns durch und durch begeistern,
Können wir auch den Zopf bemeistern —

> Denn in der Kunst gilt nur das Gelingen,
> Das muß die Gegner selber bezwingen.
> Der sie vereinigt die streitenden Geister
> All' in Bewunderung — es lebe der Meister!

Unter all den geistreichen Toasten und Reden bedeutender Männer bildeten Rietschel's einfache Worte, mit denen er in bezaubernder Anmuth, schlichter Herzenseinfalt seinen Dank ausdrückte, den Glanzpunkt des Abends; die ganze Milde und Reinheit seines Innern sprach aus dem bescheidenen edeln Manne, und die tiefe Rührung, die ihn selbst bewegte, theilte sich den Anwesenden mit, als er meinte, das Wohlwollen, das ihn während seiner künstlerischen Thätigkeit vielfach beglückt, habe ihn auch als Künstler gefördert, und er für jeden Vorwärtsstrebenden dieses Wohlwollen verlangte, welches verschiedene Ansichten, Tadel, Streit und Kampf nicht ausschlösse, aber den Kampf weihe und fruchtbringend zu allem Guten mache, den Irrthum beseitige, den Zweifel kläre.

Reicher noch belohnt und nicht geknickt, wie er gefürchtet, wurde er durch die jubelnde Begeisterung, die sich kund gab, als die Statuengruppe am 4. September 1857 zugleich mit dem Standbilde Wieland's von Hans Gasser enthüllt wurde. Es war ein Nationalfest im edelsten Sinne, diese Gedenkfeier des deutschen Volks an den herrlichen Fürsten Karl August und an die ihm in Geist und Freundschaft verbundenen Dichter.

Für Rietschel war es ein ergreifender Augenblick, als Director Heiland seine begeisterte Rede, welche der Enthüllung voranging, mit den Worten schloß: „Der Dichter irdische Erscheinung festzuhalten und sie in unvergleichlichen Gestalten, verbunden durch den Kranz des

Ruhms, auf die Nachwelt zu bringen, das ward dem geistvollen Künstler beschieden, dem Deutschland bereits seinen Lessing verdankt. Ihm gelang es, dort jenes majestätische Haupt zu bilden,

Welchem Phöbus die Augen, die Lippen Hermes gelöset,
Und das Siegel der Macht Zeus auf die Stirne gedrückt,

bei dessen Anblick die Seele des Beschauers voll ward wie der Thautropfen von der Morgensonne, — hier dieses edle, im Abglanz einer idealen Welt verklärte Antlitz, voll von jenem Muthe, der den Widerstand der stumpfen Welt besiegt,

Von jenem Glauben, der sich stets erhöhter
Bald kühn hervordrängt, bald geduldig schmiegt,
Damit das Gute wirke, wachse, fromme,
Damit der Tag dem Edeln endlich komme.

Der Kranz aber, der sie verbunden hält, ist zugleich dein Kranz, mein deutsches Volk — der Kranz, mit dem sie dich königlich geschmückt haben vor allen Völkern der Erde. Schaue es selbst und kränze deine Dichter mit neuer Verehrung und neuer Liebe!"

Die Stimmung im Augenblick der Enthüllung selbst schildert ein Augenzeuge in lebhafter Weise*):

"Als die Bänder der Umhüllung gelöst waren und ein Luftzug den weiten großen Mantel aufblähte, gleich als wollten die Gestalten nun endlich heraus und sich in ihrer Glorie zeigen unter den Versammelten, mit Dank und Lobpreis Erfüllten, — als die Umhüllung fiel und die Sonne, die im Rücken der Denkmäler stand, sie zum ersten mal beschien und mit dem Sonnenglanze

---

*) „Morgenblatt", Jahrgang 1857, Nr. 42.

der Jubelruf wetteiferte, der sich freudig aus der Brust aller löste und nicht enden wollte — da, wer kann sagen, was da das Herz des Meisters bewegte, der dieses edle Werk geschaffen? Alles war hingegeben in den Einen großen Augenblick, und man konnte nicht anders, immer wieder mußte sich der Jubelruf wiederholen.

„Es gibt Hochpunkte des Lebens, deren Temperatur gar nicht auszumessen ist, weil es nicht gegeben ist, in=mitten der Erhabenheit dieser selber Herr zu werden. Wir begrüßten die Heroen deutschen Geistes in ihrer Auffassung durch die Kunst; es war als könnte man ihnen lebendig darbringen den Dank, den die Nation und die ganze gebildete Welt ihnen schuldet, und die Blumen, welche die Jungfrauen streuten, waren wie ein schönes Opfer, das man den Verklärten darbrachte, und sie standen da in Erz gegossen, lebendig und doch wortlos!

„Wer vermöchte die beiden Heroen, wie sie erz=gegossen dastehen, zu schildern in Worten? Ihr Dastehen ist ein Wort, ein großes, unaussprechliches! Und was das Wort nicht sagen kann, das spricht sich im Bilde aus für das Auge. Die Hand, das Auge des bil=denden Künstlers spricht die Dinge selber, das Wort faßt die Dinge nicht, sondern nur unsere Wahrnehmung von ihnen in Empfindungen und Gedanken. Im Aus=drucke der Erscheinungen und innern Wahrnehmungen sind alle Künste verschiedene Sprachen. Der Gedanke läßt sich übersetzen, jede Sprache behält aber etwas für sich, das nur ihr eigen ist.

„Und wenn auch die Menschengestalt zu allen Nationen spricht, diese Gestalten hier sagen uns Deutschen noch etwas mehr. Es ist unser eigenes erhöhtes Leben, das wir in ihnen erschauen. Die Tausende und Abertausende, die mit Bewunderung und Dankbarkeit zu allen Zeiten hier heraufschauen werden zu diesem Denkmale, sie werden mit stiller Freude erfüllt dastehen. Der Augenblick aber, da zum ersten mal die Sonne vom Himmel zu ihm herab= und Tausende von hellglänzenden Augen zu ihm hinaufschauten, dieser Augenblick war ein Stück Beseligung aus der Unendlichkeit.

„Und wieder, wie mußte es dem Künstler zu Muthe sein? Er stand da und hielt beide Hände auf die Brust; in seinem frommen Gemüthe war Andacht und Dank gewiß das einzig Lebendige. Und ist es nicht eine hohe Gunst des Geschicks, nach einem solchen heilig beseligenden Moment, nach einem Augenblick Eingedrungenseins in die Unsterblichkeit noch fest und frisch im hellen Leben zu stehen? In diesem Augenblick mußte der Meister die Weihe des Daseins als höchsten Lohn empfinden. Als nun der Großherzog mit heller Stimme von der Tribüne Rietschel zu sich heraufrief, da begann von neuem begeisterter Jubelruf, während der Großherzog dem Künstler die eine Hand auf die Schulter legte und mit der andern die Hand faßte, die so Herrliches geschaffen. Der begeisterte junge Fürst wendete den Künstler nach den Versammelten hin, und aufs neue erhob sich der Jubelruf.

„In alten Zeiten ließ man bei Kaiserkrönungen Wein aus Brunnen springen, daran alles Volk sich erlabte, und von selbem Getränke belebt, gewann alles eine gleiche Stimmung, war ein gemeinsamer Puls des Lebens in allen. Das war heute ein Geistesbrunnen mit einem Feuerwein ohne gleichen, der nun strömte und alle mit Einem Göttertranke belebte.“

Die Festesstimmung ist nun längst verklungen, der Meister des Bildes dahingeschieden, der Goldglanz des Erzes hat einem dunklern Bronzeton Platz gemacht, die völlig objective Betrachtung wird durch keine äußern Umstände mehr beeinflußt. Es ist seitdem in lebhaftem Streit und Widerstreit viel über diese Gruppe auf dem Gebiete der Kunstkritik verhandelt worden und man hat vollauf Zeit gehabt, unbedingteste Bewunderung und einseitige kleinliche Bemäkelung abzuwägen, zu einem unbefangenen Urtheile zu gelangen.

Die Aufstellung der Gruppe am Theaterplatze zu Weimar ist ungünstig. Da die Sonne den größten Theil des Tags den Gestalten im Rücken steht, hat die Vorderseite blos Reflexlicht. Dies ist für die Beschauung ein widerwärtiger Umstand, und es ist unbegreiflich, warum Rietschel, was er so leicht vermocht hätte, den=selben nicht vermied und nicht die Aufstellung der Figuren gerade gegenüber dem jetzigen Platze und mit der Vorder=seite dem Theater zugewendet beantragte. Die Größen=verhältnisse der Gruppe zum Piedestal sind außerordent=lich glücklich berechnet; das letztere, nach Rietschel's Wünschen von Professor Nicolai in Dresden entworfen, ist unzweifelhaft eins der besten architektonischen Werke dieser Art. Das Oblongum mit abgestumpften Ecken, nicht viel höher als die Statuen selbst, läßt diese dem Beschauer lebendig nahe treten und hebt auf graziöse Weise mit seinen bewegten Linien den Blick zur Gruppe empor.

Was nun die Gestalten selbst anlangt, so ist vor allem zu betonen, daß auch hier wie beim Lessing die Bedeutung

des Kunstwerks nicht in der schlagenden Wirklichkeit der
zufälligen Erscheinung, sondern vielmehr in dem wahr-
haften Herauskehren des geistigen Wesens und der psycho-
logisirenden Verwerthung alles Außenwerks liegt. Aber
es ist hier in der künstlerischen Behandlung ein Fortschritt zu erkennen. Man muß einmal den Lessing neben
Goethe und Schiller gesehen haben, um beurtheilen zu
können, wie viel voller und einfacher bei letztern der
Vortrag, wie viel weniger Gewicht auf interessante Zufälligkeiten gelegt ist, wie viel ruhiger alle Flächen wirken.
Auch in der Betonung des Costüms macht sich ein merk-
barer Unterschied geltend. Rietschel hatte, nachdem er
einmal das Vorurtheil überwunden, als sei das Costüm
zur Zeit Lessing's absolut unschön, sich mit einer gewissen Lust der in vielfacher Hinsicht anziehenden Arbeit
hingegeben, und es ist nicht zu leugnen, daß das
Lessing-Costüm in seiner Eleganz und einem gewissen
der Persönlichkeit zu Hülfe kommenden Aplomb für die
künstlerische Behandlung nicht uninteressant ist. Hier
war dies anders; sowol das enger anliegende Degen-
kleid Goethe's, als der lange Rock Schiller's lassen dem
Künstler wenig Spielraum, sind bei weitem ungünstiger.
Rietschel konnte diesen Uebelstand nur überwinden, indem er das Costüm, noch mehr wie dies beim Lessing
geschehen, in seiner psychologischen Bedeutung auffaßte,
dasselbe als Mittel für den wesentlichen Ausdruck behandelte. Dies ist ihm denn auch völlig gelungen.
In Schiller's ganzer Gewandung, in der Art wie er
sich trägt, in der Bewegung der länger gezogenen
Falten an Beinkleidern und Aermeln ist das Wesen
des Idealisten sprechend ausgedrückt — während in

Goethe's sorgfältig angelegter Kleidung der elegante Geschmack, in den kürzern, sich straffer den breitern Formen anpassenden Falten die feste und entschiedene Gewandtheit des Weltmanns unverkennbar ist. Man brauchte nicht zu wissen, daß diese Gestalten Schiller und Goethe sind, man könnte ihnen die Köpfe abnehmen, man würde dennoch, und zwar nicht blos an der verschiedenen Körperbildung, sondern schon am Costüm, das der Künstler voll zwingender Kraft mit dem verschiedenen Naturell in vollendete Einheit gebracht hat, die Geistesart dieser Männer auf den ersten Blick erkennen. In dieser Beziehung hat sich der Künstler auch als feiner Menschenkenner bewährt. Mit diesem Streben nach organischer Einheit vom Scheitel bis zur Sohle und bis ins zufällige Außenwerk hat es Rietschel erreicht, daß man hier in diesen Gestalten die Schwere und die Beseelung, die Bedeutung und die Liebenswürdigkeit in Einem empfindet, daß in ihnen nicht blos Goethe und Schiller, sondern unser bestes Sein, die Spitze unserer Cultur sowol in der realen Beherrschung des Lebens, als im idealen Streben nach Vervollkommnung sichtbar wird. Mit welchen Mitteln der geistigen Arbeit der Meister diesen Erfolg erreicht hat, dem läßt sich kaum nachgehen, wir sehen eben blos das Gewordene. Wie die Glieder so gestellt, berechnet, arrangirt sind, daß bei jeder einzelnen Figur nur Ein Motiv herrscht und doch beider Motive so abgewogen sind, daß man fast von jedem Standpunkte aus mit dem der einen zugleich das Motiv der andern Gestalt bemerkt und dies nur zur Erhöhung der Verständlichkeit beiträgt; wie die anliegenden Gewandmassen von den freier fallenden klar gesondert erscheinen;

wie die kleinen Spiele, in denen sich das Charakteristische
der Bewegung so fein markirt, dennoch nicht die Ein=
fachheit der anliegenden Flächen zerstören; wie die Natur=
formen dem ungünstigen Kleiderschnitte zum Trotz deutlich
ausgeprägt sind — das alles bekundet die durchdachte
Anordnung des großen Meisters. Selbst in der Rücken=
ansicht, sonst so ungünstig wegen der gradlinigen Rock=
falten Schiller's, ist die organische Eigenthümlichkeit ebenso
siegreich zum Ausdruck gebracht. Wie der Nacken Goethe's
aus dem Steifkragen hervortritt, der Kopf fest aufsitzt,
und wie man abwärts über Rücken, Wade, Knöchel *)
von dem Anblicke einer ganzen, sich selbstbestimmenden
Individualität festgehalten wird; wie dagegen Schiller's
etwas mehr gebeugter Rücken den Eindruck des Liebenswür=
digen vermehrt, wie das Haar über den sich leicht der
Schulter anschmiegenden Rockkragen spielt — das alles
kann nicht übertroffen werden und erscheint doch sehr
einfach und natürlich. Es ist eben Schiller — Goethe!
Ein jeder versteht diese Bilder vollständig und — darin
liegt ihr unversiegbarer Zauber, wenn auch Zeiten kommen
sollten, in denen eine andere Strömung der Kunstkritik
dies Werk zu bemäkeln vermöchte.

Ueber der lebensvollen Erscheinung der Dichter ver=
gißt man fast das Motiv, das sie plastisch zueinander
in Beziehung setzt — den Kranz, den Goethe hält und
an welchen Schiller rührt!

---

*) Rietschel's wie Rauch's Statuen stehen auf ordentlichen
Plinthen und nicht auf schiefen Ebenen, welche man eine Zeit
lang in München beliebte. Allen so stehenden Figuren ist von
vornherein die Kugel aus der Pfanne gefallen.

Der Lorberkranz ist zwar als das Symbol der höchsten Ehren in unserer Anschauung geläufig geworden, er kann sehr wohl dargereicht, mit der Hand empfangen und gehalten, braucht nicht auf den Kopf gesetzt zu werden. Aber ebendeshalb ist er kein wirklicher Kranz mehr, der zugleich zum Schmucke der Menschenerscheinung gehört, sondern er bedeutet Ruhm, Unsterblichkeit. Der Kranz in der Dichtergruppe ist daher immer eine fremdartige Metapher. Sie würde unerträglich sein, wenn die Gestalten keinen andern Vorzug hätten als den realistischer Lebenstreue. Dadurch, daß das geistige, ideale Gepräge der Individualitäten so scharf ausgesprochen ist, wurde die Kluft, welche stets zwischen Symbol und Realem bleibt, geringer; förmlich ausgefüllt hat sie der Künstler nicht. Es ist nicht zu leugnen, es hört gerade da, wo der Gedanke des Denkmals und warum man die beiden Männer in Einer Gruppe vereinigt hat, ausgesprochen sein soll, die Lebenswahrheit auf und es tritt eine symbolische Bezeichnung dieses Gedankens an deren Stelle. In dem Einen Kranze soll ausgesprochen sein, daß die beiden Dichter gemeinsam das höchste Ziel erreicht haben und daß die Nation für sie nur Eine Bewunderung, Einen Preis habe, in den sie sich neidlos theilen. Gestehen wir, daß der Künstler, so verständlich er den Gedanken aussprach, dennoch hier das Gebiet der Monumentalplastik fast verläßt, und wenn die Gruppe dennoch durch dies Kranzmotiv nicht in das blos graziös anmuthige Gebiet verfällt, sondern mächtig und ernst wirkt, so ist dies nicht ein Beweis für die Richtigkeit und plastische Eigenschaft des Verbindungsmotivs, sondern nur dafür, daß der

Künstler durch seinen Ernst, seine Tiefe, seine geistige Kraft das fremdartige Element darin wie mit einem Schilde gedeckt hat. Abgesehen hiervon, macht die allzu dünne Behandlung des Kranzes im Profil einen etwas störenden, unruhigen Eindruck.

Man kann nun hierin recht oder unrecht haben, man kann möglicherweise anderes auszusetzen finden — das einzig Richtige bleibt doch, was Rietschel selbst ausgesprochen, wenn er sagt: „Ich meine, man soll den ersten Eindruck auf sich wirken lassen." Dieser Eindruck ist aber unbestritten ein feierlicher, ernster, sozusagen weihevoller, und wenn man am frühen Morgen die Erzbilder anschaut, wenn die Sonne ihre ersten Strahlen darauf wirft und sie in das beste vollste Licht setzt, dann meint man, man höre das Erz erklingen in wunderbarer Harmonie, so lebensvoll sprechen die herrlichen Geister zu uns, und man muß mit ihnen zugleich auch den Meister lieben, der sie geschaffen!

Noch bevor Rietschel sich ausschließlich mit dem Schiller=Goethe=Denkmal beschäftigte, schon im Jahre 1852, begannen die großen Sculpturarbeiten am dresdener Museum. Bereits früher ist darauf hingewiesen worden, wie es Semper's geniale Kunstweise charakterisirt, daß er bei seinen Bauwerken auch andern Künsten, insbesondere der Plastik gern vollen Spielraum der Betheiligung gewährte, daß er gewissermaßen dieser Betheiligung bedarf, um völlig verständlich sich zu machen und seinem Hange nach prächtiger Entfaltung zu genügen. Diesem Sinne des Baumeisters ist es zu danken, daß das dresdener Museum eins der reichsten und großartigsten Bauwerke der neuesten Zeit geworden ist.

Der Plaſtik war daran die Aufgabe zugewieſen, in tief=
ſinniger Bildſchrift den Zweck, die Beſtimmung des
ſchönen Baues klar und deutlich zu veranſchaulichen.
Es ſollten in dem reichen Relief= und Statuenſchmuck
neben den Fenſter= und Thürbogen Stylobaten, über
den Fenſtern auf der Attike diejenigen Kreiſe in Sage,
Religion und Geſchichte dargeſtellt werden, aus welchen
die große hiſtoriſche Kunſt — antike wie moderne — ihre
kräftigſte und edelſte Lebensnahrung geſogen und damit
in Zuſammenhang die Geſtalten der Männer gebracht
werden, welche die Entwickelung dieſer Kunſt am ſchla=
gendſten bezeichnen.

Der Entwurf des an der Südſeite dargeſtellten Cyklus
rührt von Hähnel, der an der Nordſeite von Rietſchel
her. Aber über dem Ganzen herrſcht in Gedanken und
Durchführung eine ſo große innere Einheit, wie ſie nur
bei der den Zwecken der Kunſt auf reinſte Weiſe dienenden
Eintracht der ſo verſchiedenen Künſtlernaturen erreicht
werden konnte.

Auf der dem Theater zugewendeten Nordſeite ſollte
die große Kunſtwelt des Griechenthums zur Erſcheinung
kommen. Die ganze Haltung der ſinnvollen Bildſchrift
iſt hier, angemeſſen dem ernſtern Charakter des Baues,
ſozuſagen objectiv epiſch. An den Stylobaten des Mittel=
portals iſt in vier Reliefs die vorhomeriſche Sagenwelt
in den Kämpfen des Hercules mit der Hydra, des Perſeus
mit dem Drachen, in der Geſtalt Jaſon's mit dem gol=
benen Vlies und dem Ringen des Theſeus mit dem
Minotaurus dargeſtellt. Ueber den Bogen der beiden
kleinern Portale lagern in blühenden Jünglingsgeſtalten
die vier Elemente, darauf deutend, daß die griechiſche

Weltanschauung die Natur in ihren verschiedenartigen Er=
scheinungen zuerst mit Bewußtheit getrennt und belebt hat.
Reizende Kinderfriese über den Seitenportalen entwickeln
die gymnastischen Spiele. War ja doch die Ausbildung
des Körpers die Grundlage für die schöne Entwickelung
des gesammten Geisteslebens! Die darüber zu beiden
Seiten befindlichen Medaillons stellen Prometheus, unter
Athene's Leitung den Menschen formend, und Pygmalion
mit dem unter Hülfe der Venus entstandenen Thonge=
bilde — Kraft und Schönheit als reizende Gegensätze —
dar; über dem großen Portalbogen aber erhebt sich die
sagenhafte Dichtkunst in Orpheus' und Amphion's Bildern.
Das sind die Grundelemente, auf denen sich die große
griechische Gestaltenwelt des Homer und Hesiod, die in
den Bogenwinkeln der großen Mittelfenster angebracht
sind, aufbaut.

Die Götter des Olymps, Zeus und Here, Poseidon
und Athene, Apollo und Artemis, Ares und Aphrodite,
Hephästos und Bacchus, schließen sich als Verzierung in
den Bogenwinkeln der Façadenfenster auf der linken
Seite Hesiod's, auf der andern an Homer's Seite die
Heroen Herakles und Perseus, Theseus und Jason,
Kastor und Pollux, Hektor und Achill, Agamemnon und
Odysseus an. Ueber den Fenstern sind in Medaillons
die neun Musen sammt Apoll sichtbar und ist damit der
Zusammenhang in dieser Welt des Griechenthums, durch
die Kunst vermittelt, ausgesprochen. Auf den Säulen
des Mittelbaues erheben sich in freistehenden Statuen
die acht Fuß hohen Gestalten des Perikles und Phidias,
des Lysippus und Alexander, der Männer, die in Kunst
und Staatsleben, welches getrennt hier nicht gedacht

werben kann, ben Gipfel unb Glanzpunkt bes Griechen=
thums bezeichnen.

Ist somit hier unter Bezugnahme auf bie im Museum
befinbliche Sammlung ber Mengs'schen Gipsabgüsse bie
antik=plastische Welt betont, so ist an ber Südseite bie
christlich=romantische Stoffwelt in freierer, mehr subjectiv=
poetischer Weise zur Anschauung gebracht. Hier brängt
sich an bem als Triumphbogen componirten Mittelbau
zu beiben Seiten bes großen, über bem Hauptthor befinb=
lichen Runbbogenfensters ber Anblick ber beiben in Nischen
stehenben acht Fuß hohen Kolossalgestalten Rafael's unb
Michel Angelo's entgegen. Hettner hat ben künstlerischen
Gebanken bei ber Wahl bieser Gestalten sehr treffenb ent=
wickelt, wenn er sagt *): „Rafael unb Michel Angelo
sinb hier nicht blos als bie vollenbetsten Meister ber
mittelalterlich italienischen Kunstentwickelung erfaßt, son=
bern zugleich als bie hervorragenbsten Träger unb Ver=
treter zweier entgegengesetzter, aber sich boch gegenseitig
ergänzenber Richtungen. Rafael ist ber Träger unb
Vertreter jener unmittelbaren, naiven, glücklich in sich
befriebigten Seelenstimmung, bie heiter unb klar ben
innern Frieben in still lieblichen, naiv anmuthigen Formen
verkörpert. Michel Angelo bagegen ist ber Träger unb
Vertreter jener zweiten grunbverschiebenen Richtung bes
unablässig titanischen Ringens unb Stürmens, bas mit
ber Enge bes Lebens in Zwiespalt, selbstbewußt über
bie Beschränktheit ber menschlichen Natur hinausstrebt
unb alle seine ernsten unb großartigen Gebilbe mit bem

---

*) „Wissenschaftliche Beilage ber Leipziger Zeitung", Jahr=
gang 1855, Nr. 86.

ahnungsvollen Schrecken einer unerreichbaren Unendlich=
keit durchhaucht und durchschauert. Rafael ist, um in
der Sprache der neuern Aesthetik zu reden, der Träger
und Vertreter des anmuthig Schönen, Michel Angelo
der Träger und Vertreter des dämonisch Erhabenen.
Dieser tiefgreifende Gegensatz ist für die Erfindung
und Anordnung aller übrigen Bildwerke maßgebend
geworden."

Entsprechend den Kämpfen der griechischen Helden=
sage sind hier an den Stylobaten des Mittelbaues der
heilige Georg mit dem Drachen und die Judith mit
Holofernes' Haupt auf der Seite Rafael's, auf der
Michel Angelo's der Kampf Siegfried's mit dem Drachen
und Simson's mit dem Löwen dargestellt. In den
Bogenwinkeln der Seitenportale entsprechend den vier
Elementen der Nordseite, erblicken wir hier die Sibyllen.
Wo dort das heiter sich gestaltende Naturleben hervor=
tritt, ist es hier die Vermählung des Uebersinnlichen und
Menschlichen, die Versenkung des menschlichen Geistes
in die Geheimnisse der übersinnlichen Welt, welche gleich=
sam die Grundlage der romantischen Kunstwelt bildet,
und zwar sehen wir hier die „Sibyllen auf Rafael's
Seite anmuthig und klar, als die Offenbarerinnen der
Liebe und des Friedens, rechts auf der Seite Michel
Angelo's ernst und gewaltig, als die Offenbarerinnen
des strengen Gesetzes und des unabläſſigen Kampfes".
Ebenso sind die beiden Siegesgöttinnen, die den Zwickel
des Hauptthores schmücken, verschieden gebildet, die
Siegesgöttin der linken Seite reicht Rafael die Palme
des Friedens, die der rechten dagegen Michel Angelo den
krönenden Lorber.

In den beiden Friesen über den Seitenportalen ist das Leben des Malers auf Rafael's, das des Bildhauers auf Michel Angelo's Seite in muthwilligen Kinderspielen, darüber in Medaillons entsprechend dem Pygmalions mit der Venus die drei Grazien, dem des Prometheus die drei bildenden Künste in ernstern Gestalten dargestellt; auch hier wieder das schöne Gedankenspiel der Gegensätze in Kraft und Schönheit widerspiegelnd. Ueber Rafael's Gestalt erhebt sich in einem Medaillon der Pegasus, über der Michel Angelo's die Sphinx als Andeutung, daß in übersprudelnder Dichterfülle Rafael's Kunst in die heitern Gefilde himmlischer Klarheit führt, während sich Michel Angelo's tiefsinniger Ernst nur allzu gern in die räthselvollen Geheimnisse der menschlichen Seele versenkt. In den Bogenzwickeln des mittlern Fensters klingen die großen Namen der gefeierten Meister noch einmal nach in den Gestalten der Erzengel Rafael und Michael, und oben in den Reliefs der Balustrade ist dieselbe Gedankenbeziehung wiederum variirt, indem auf seiten Rafael's der Traum Jakob's, der auf goldener Leiter die Engel zu sich herniedersteigen sieht, auf der Michel Angelo's das Ringen Jakob's mit Gott dargestellt ist.

So ist der Gegensatz der beiden Richtungen in der verschiedenen, der alttestamentarischen, nordischen, christlichen und der Stoffwelt der Renaissance angehörenden Gebilden immer von neuem angeschlagen und in der That ein wahrhafter Sieges- und Triumphbogen der beiden göttlichen Meister errichtet. Folge- und gedankenrichtig sind die Bogenzwickel der Fenster auf Michel Angelo's Seite mit den alttestamentarischen Gestalten von Adam und Eva, Noah und Abraham, Melchisedek und Jakob, Moses und Aaron, Josua und Samuel, David und Salomon, Jesaias und Jeremias, Daniel und Ezechiel; links auf Rafael's Seite mit Maria und Johannes dem Täufer, Matthäus und Marcus, Lucas und Johannes, Petrus und Paulus, Stephanus und Laurentius, der heiligen Katharine und Cäcilie, Gregor und Karl dem Großen, Barbarossa und Gottfried von Bouillon geschmückt.

Sechs freistehende, acht Fuß hohe Gestalten krönen die Attiken, es sind die Repräsentanten der großen Zeit der Florentiner Giotto und Dante, während die Blüte deutscher Kunst in Holbein und Albrecht Dürer uns entgegentritt und den Abschluß Cornelius und Goethe bilden.

Nach einer zwischen den Künstlern getroffenen Uebereinkunft übernahm Rietschel die Statuen des Perikles und Phidias, Holbein's, Dürer's, Giotto's und Goethe's, sämmtliche Bogenzwickel auf der Südseite links, sowie auf der Nordseite die Reliefs der griechischen Heroen, die Medaillons der Musen, Polyhymnia, Erato, Thalia, Urania, Terpsichore, die sämmtlichen Reliefs des nördlichen Mittelbaues, endlich auf dem nach der Stadtseite gelegenen Flügel die Medaillons der Germania und Italia, auf dem nach dem Zwinger zu die Zwickelfiguren Amor und Psyche und das Medaillon der Roma Christiana, endlich auch die beiden Reliefs in den Lunetten über den Eingängen zur Bildergalerie und zu den Mengs'schen Abgüssen, welche in schönem Gegensatz Amor, die schlafende Psyche wach küssend, und Prometheus darstellend, zu den vorzüglichsten Compositionen an dem schmuckreichen Baue gehören. Hähnel dagegen erhielt die Statuen Alexander's und Lysipp's, Rafael's und Michel Angelo's, Dante's und Cornelius', sowie sämmtliche übrige Arbeiten.

In Hähnel's und Rietschel's Atelier entwickelte sich nun ein reiches Schaffen und ein blühendes Gestalten=leben. In jener Zeit gemeinsamer Arbeit wirkten die Gegensätze in den Naturen und Kunstweisen der beiden Meister entschieden am günstigsten aufeinander. Einer fühlte sich durch den andern angespornt, es war ein Wetteifer der edelsten Art, ein Kampf, welcher schöne Früchte getragen. Man kann die Jahre, in denen Rietschel neben seinem Schiller und Goethe, neben manchen andern Arbeiten, Planen und Entwürfen jene zahl=reichen und zum Theil fein durchgebildeten Kunstwerke fürs Museum schuf, in welchen in Hähnel's Atelier die herr=liche Statue Rafael's neben den übrigen Gestalten empor=wuchs, als den Beginn der Blütezeit der Sculptur in Dresden bezeichnen. Es beweist, wie die beiden Künstler von gleicher Gesinnung beseelt waren, daß sie in ein Werk, das lediglich mehr decorativen Zwecken diente, dessen Einzelheiten bei den großen Dimensionen, welchen die Betrachtung unterworfen ist, fast gänzlich verschwinden, dennoch ihre volle Kraft gelegt haben, sodaß insbesondere die Gestalten Rafael's und Dante's zu Hähnel's, wie die Holbein's, Giotto's und Dürer's zu Rietschel's vorzüglichsten Arbeiten gehören. *)

Bei der Darstellung des Perikles ist Rietschel dem Vorbilde der Büste gefolgt, welche sich in der Sala delle

---

*) Die drei Viertel lebensgroßen Modelle finden sich im Rietschel=Museum. Von Hähnel's sowie Rietschel's Figuren sind vortreffliche Statuetten durch die Gipsformer Wiesing und Lehmann in Dresden in den Kunsthandel gebracht worden.

Muse des Vatican befindet. Er ist dort mit dem Helme dargestellt, wie er seiner sehr hohen Stirnbildung wegen in der Volksversammlung zu erscheinen pflegte. Von Phidias sind Abbildungen nicht vorhanden, und da man überhaupt von seiner äußern Erscheinung nur so viel weiß, daß er einen Kahlkopf hatte, so war hier dem Bildhauer völlig freier Spielraum gelassen; er hat uns in der Statue desselben eine milde und zugleich große Persönlichkeit wiederzugeben vermocht. Bei Giotto folgte er der im Dom zu Florenz befindlichen Büste aus dem 15. Jahrhundert; auch hatte er daselbst die an der Galleria degli Uffizi stehende neuere Statue desselben von Dupré gesehen. Die Charakteristik dieses Künstlers ist Rietschel trefflich gelungen, eine Gemäldetafel neben sich haltend, von Kopf bis zu Fuß in ein weites, selbst das Haupt umhüllendes Gewand gekleidet, schaut der ernste und doch behagliche Meister, dem es auf eine wahre Darstellung seiner tiefen Gedanken vor allem ankommt, mit der scharfen Sicherheit eines objectiven Blicks in die Ferne, gleichsam das Leere mit der Fülle seiner Gedankenwelt belebend. Dürer unterscheidet sich von dem Rauch'schen in Haltung und Wesen nicht unbeträchtlich, er ist in Bau und Gesichtsbildung feiner organisirt, der deutsche Meister in seiner Schlichtheit und Innigkeit, in dem Anfluge von rührender Bescheidenheit und Beweglichkeit des Gemüths mehr betont, ohne daß deshalb der erhabene und gewaltige Ernst seiner Natur, der poetische Reichthum seines Wesens beeinträchtigt wäre.

Eine der charakteristischsten Gestalten Rietschel's ist aber Holbein. Keck und zuverlässig, eine in sich völlig abgerundete Persönlichkeit, so steht der jugendlich schöne Mann mit den feinen geistreichen Gesichtszügen da, in der einen Hand ein Skizzenbuch, den andern Arm fest in die Seite gestemmt, in das reiche Gewand seiner Zeit gekleidet, das runde Baret auf dem Haupte. Das ist der Künstler, der mit dem völlig freien Blick für die Wahrheit und Schönheit sich siegreich über die engern Grenzen der ihn umgebenden Kunstwelt emporgeschwungen hat, und es liegt ein immer von neuem fesselnder Zauber darin, bei Betrachtung dieser Gestalt fast unwillkürlich des Meisters eigene Kunstweise sich vergegenwärtigt zu sehen.

Ebenbürtig diesen Werken erscheinen Hähnel's Schöpfungen. Aber gerade hier tritt bei der Vergleichung der Unterschied in den Kunstweisen der beiden Meister am auffallendsten hervor. Man merkt überall — Hähnel schuf aus der Reflexion heraus, er wollte zunächst nicht bilden, sondern etwas sagen, er faßte bei seinen Aufgaben zuvörderst eine ganz bestimmte Intention und suchte dann dieselbe durch die Natur im Bilde zu sättigen, zu erfüllen; Rietschel schuf dagegen aus der ihm immanenten Naturempfindung heraus, mit der er sofort das Gesammtbild des innern und äußern Menschen zugleich erfaßte, die er bei der Arbeit durch den Gedanken klärte, die ihn aber während derselben nie verließ. Daher zeichnen sich auch seine Statuen des Museums sämmtlich „durch eine in großen Zügen gehaltene Charakteristik" aus, daher ist mit ihnen jedesmal sozusagen ein Treffer gezogen, und wenn man denselben einen Vorwurf machen kann, so ist es der, daß der decorative Zweck nicht immer genug im Auge behalten ist.

Daher muß man andererseits bei Hähnel überall das

feine vollendete Schönheitsgefühl, das geistreiche Arrange=
ment, die gewählte Darstellung in Falten und Linien,
die blühende Phantasie bewundern, darf aber auch nicht
übersehen, daß bei ihm die Schönheit und das plastische
Pathos manchmal auf Kosten der Wahrheit erreicht, und
die Charakteristik hier und da verfehlt erscheint. So ist
jener hochgewachsene Mann mit der stolzen Wendung
des Hauptes zur Seite, mit den feingeschnittenen, in
dem Buche blätternden Händen, mit dem reich herab=
wallenden Gewande, welches in höchster Eleganz ge=
tragen wird, mit dem graziös dahinschreitenden Fuße,
zwar eine stolzadeliche Erscheinung, etwa ein geistvoller
Kirchenfürst des 16. Jahrhunderts aus herzoglichem Hause,
aber der tiefsinnige, leidensherbe Charakter des von leiden=
schaftlicher Mystik erfüllten Dante prägt sich nicht darin
aus, und wenn nicht der Kopf unverkennbar seine Züge
trüge, würde man aus der Gestalt den Dichter der „Gött=
lichen Komödie" nicht herauszufinden vermögen. Ebenso
ist in Michel Angelo trotz aller Efforcen die geistige Bedeu=
tung dieses größten Menschen sehr unvollkommen wieder=
gegeben.

Weitaus die schönste von Hähnel's Gestalten ist die
des Rafael. Hier ist mit feinstem Gefühl den Geheim=
nissen der organischen Natur nachgegangen und die sym=
bolische Einheit in Körperbildung und Seelenausdruck
aufs glücklichste getroffen.

Ist in diesen Werken die Verschiedenheit der beiden
Meister deutlich zu erkennen, so berührten sich anderer=
seits die Gegensätze hier am nächsten und innigsten, nicht
äußerlich greifbar, aber darin, daß beide Künstler von
ihrem Standpunkte aus hier das Höchste erstrebt und

erzielt haben und damit bei aller Verschiedenheit der Auffassungen über das ganze Bilderschmuckwerk eine glückliche und erwärmende Einheit ausgegossen, in dem Beschauer die ungetheilte Empfindung von der höchsten Vollendung der Kunst erweckt haben — sei diese Vollendung nun durch die naive Hingabe an die Erscheinungswelt, oder durch die mehr reflectirte Betonung des Bedeutungsvollen erreicht.

Rietschel selbst erkannte auch die Berechtigung der in Hähnel vorherrschenden gegensätzlichen Richtung voll und unbedingt an. Als er die Statue des Rafael sah, war er davon aufs höchste befriedigt; er pries den Meister, der ein so herrliches Gebild geschaffen, glücklich, und konnte sich, obwol das persönliche Verhältniß mit Hähnel kein freundschaftliches mehr war, ihn demnach nicht etwa eine besondere Vorliebe zu übertriebenem Lobe verleitete, darüber erzürnen: daß man bei der Kunstausstellung in Berlin dem Künstler für seinen Rafael keine andere Auszeichnung ertheilt habe, als die kleine goldene Medaille, „da ihm für ein solches Werk die große wohl gebührt hätte, ja eine viel größere als die große". „Warum" — ruft er in dem an Rauch gerichteten Briefe aus —„muß denn bei uns alles einen geregelten Stufengang gehen?"

Wie Rietschel aber in der Unbefangenheit seines Urtheils so weit ging, daß er nicht anstand, Arbeiten entgegengesetzter Richtung, in denen er höhern Kunstwerth zu erblicken vermeinte, offen über die eigenen zu stellen, beweist folgende Stelle eines Briefs an seinen Freund Dr. Schiller: „Das dresdener Museum hat durch Hähnel einen bedeutendern Schmuck erhalten als durch mich, er eignet sich für diese Aufgaben besser; seine Arbeiten daran tragen den Stempel der Genialität!" — Allerdings und im wahrsten Sinne des Worts tief= bescheiden von einem Manne, aus dessen Künstlerhand die herrlichen Gestalten Holbein's, Giotto's und Dürer's hervorgegangen sind!

Unmittelbar nach Absendung des Goethe=Schiller= Modells im Januar 1857 machte sich Rietschel nach Berlin auf, um die Büste Rauch's — eine Arbeit, die er sich längst vorgenommen hatte — zu fertigen. Sein Verhältniß zu dem geliebten Meister war von Jahr zu Jahr inniger geworden. Nichts hatte es zu trüben vermocht, selbst nicht die immerhin misliche Goethe= Schiller=Denkmal=Sache; ja als bei der großen Welt= ausstellung zu Paris 1855 von deutschen Künstlern neben Cornelius allein Rietschel den großen Ehrenpreis erhielt, da war Rauch, obwol er auch die Ausstellung mit der vortrefflichen Copie des Friedrichs=Denkmals, dem Kolossalkopfe der Statue Friedrich's des Großen, sowie mehreren Büsten von Alexander von Humboldt, Schleiermacher u. s. w., also mit vorzüglichen Werken beschickt hatte, demnach eine gewisse Verstimmung über Rietschel's Bevorzugung wenigstens menschlich gewesen wäre, sogar der erste, der mit herzlichsten Worten der unverhüllten Freude den Freund beglückwünschte. Beide Männer waren sich sowol darüber, daß zwischen ihnen von einer Rivalität keine Rede sein könne, als auch über den idealen Werth oder Unwerth derartiger Aus= zeichnungen vollkommen klar.

Die Gemeinsamkeit der höchsten Interessen, welche das menschliche Herz und den menschlichen Geist bewegen

können, sie war es, welche die unerschütterliche Grundlage
der Freundschaft zwischen den beiden Künstlern bildete.
Das Versichertsein der gegenseitigen Treue und liebevollen Theilnahme verbreitete über die Gemüther beider
Männer, wenn sie beisammen waren, eine beglückende
Wärme und, sozusagen, kindliche Unbefangenheit, welche
Rauch insbesondere das anscheinend verschlossene Wesen
völlig aufgeben und mit natürlichster Hingabe vertauschen
ließ. Die Ergiebigkeit seines Witzes, seine feurige Be-
obachtungsgabe, seine ausgebreitete Weltkenntniß, der
schärfste Blick für die menschlichen Schwächen, und dabei
doch das ihn durch und durch beseelende Wohlwollen
gegen jedes redliche Streben, seine humane Liebenswürdigkeit gegen jeden — dagegen Rietschel's gutmüthiger
und oft unwiderstehlicher Humor, seine leise Selbstironie,
welche mit einem tiefen sittlichen Ernst der Lebensauf-
fassung Hand in Hand ging, seine jugendliche Begeisterung für alles Schöne, Wahre und Edle — das waren
Elemente, welche dem Umgang der beiden Männer stete
Belebung und Anregung zuführten und ihm einen be-
zaubernden Reiz verliehen.

Ihr Briefwechsel ist eine reiche Fundgrube bild-
hauerischer Erfahrungen und Rathschläge — aber nicht blos
dies. Da ist nichts ausgeschlossen von der gemüthlichen
Aussprache, keine Freude und kein Leid, sei es auch
noch so gering! An allem nahm Rauch in seiner beweglichen graziösen Weise lebhaften Antheil. Als gol-
bener Faden zieht sich durch dieses lichtvolle Bild ihres
brieflichen Verkehrs ein Zug von gegenseitiger Liebe
und Wohlwollen und von einer fast kindlichen Heiterkeit, einem Frohsinn, welcher wie ein Ausruhen nach

der oft durch schwere Wolken getrübten künstlerischen
Arbeit erscheint. Wenn nicht Rauch's edle Erscheinung
so fest und klar in aller Deutschen Herzen lebte, wenn
nicht die herrlichen Werke, die er geschaffen, seine reiche
Natur am offensten darlegten, so vermöchte die Fülle von
Ernst und Lebenslust, von Frische des Geistes und Erfahrung, von schlichter Einfachheit und rührender Innigkeit
in den an Rietschel gerichteten Briefen allein ein lebendiges
Bild von dem seltenen Manne zu geben, während andererseits Rietschel's sittlich geklärte Persönlichkeit gerade in
diesem Briefwechsel sich am deutlichsten ausspricht. Es
sei vergönnt, die Schilderung dieses für unsers Meisters
Leben von höchster Bedeutung gewesenen Verhältnisses,
wie solche durch die im Beginn desselben geschriebenen
Briefe eingeleitet worden, nun mit einigen der zuletzt
zwischen den beiden Männern gewechselten zu schließen.

Was gibt wol die Jugendfrische des glücklichen
Greises, der im Jahre 1853, sechsundsiebzig Jahre zäh-
lend, eine Vergnügungsreise in die Schweiz und im
siebenundsiebzigsten Jahre eine solche nach Italien und
Carrara unternahm, besser wieder als folgender Brief
vom 15. October 1853:

„Theuerster Freund! Nach sechs Wochen Reisefreuden
komme ich endlich dazu, ein Lebenszeichen von mir zu
geben. Sie erinnern sich wol des öfter ausgesprochenen
Wunsches, noch einmal das Wunderland schöner Thäler
und erquicklich grünender Alpen mit seinen Eishörnern
wiederzusehen! Neunundvierzig Sommer waren indessen
darüber hingegangen, ohne diese Sehnsucht zu befriedigen — das volle funfzigste Jahr dazu noch ferner
abzuwarten, schien mir verwegen, herausfordernd. So

trat ich lieber in frischem Entschluß mit Doris (Marie
in Halle abholend) die Reise ins unbestimmte Weite an.
Während ich im Geiste vom jugendlichen Rhein und
Kostniß träumte, dachte meine jugendlichere Begleitung
den Vater Rhein am kölner Dom zu begrüßen. So
ging's denn auch über Kassel, Paderborn — des Jubels
kein Ende! — der Rheinbrücke zu. Von da auf dem
Dampfboote gegen Berg, die schönen Städte, Schlösser
und die Freunde begrüßend bis Frankfurt und von da,
von den Freunden, Parthay's und Professor Henle mit
Familie begleitet, nach Heidelberg, wo wir schöne Tage
miteinander verbrachten. Von dort bis Bern fing nun
auch für mich ein Stückchen unbekannte fremde Welt
an, und begann mit einem unvergeßlich schönen Tage, den
wir dem Besuche des alten Kaiserdoms mit Schraudolph's
originell=schönen, durch den Gedanken wie die Voll=
endung den höchsten Genuß bereitenden Kunstwerke wid=
meten. Dieser Tag in Speier mit der Bekanntschaft
des bescheidenen, geistreichen Künstlers wird immer als
einer der genußreichsten unserer Reise in angenehmster
Erinnerung verbleiben. Schraudolph kennt Sie persön=
lich. — Den nächsten Kunstgenuß hatten wir an dem
ganz vollendeten freiburger Dom, dann an dem durch
seine Lage, wie auch großen Umfang hervorragenden
baseler, der in der allerthätigsten Herstellung seiner Ur=
form durch den Baumeister Riegenbach begriffen ist.
Mit welchem Gefühl — ja meinerseits Rührung —
wir den dortigen Schatz ältester deutscher Malereien
sahen, — dies würden Sie selbst nur mit mir nach=
empfinden, stünden Sie nur einen Augenblick vor dem
Stubienapparat zu Holbein's Bürgermeisterbilde Ihrer

Galerie, wovon jeder Strich nach dem Leben ein Stück= chen Seele des Künstlers enthält — solche Studien konnte vielleicht nur Rafael hinzaubern!

„Nun kamen wir über Biel, an dessen schönem See, vom Jura bekränzt, wir den alten lieben Bekannten Aurel Robert besuchten, der, seit acht Jahren glücklicher Gatte und Vater von drei Kindern, soeben zur Vollen= dung seines Wohlseins sein neues Häuschen im Wein= berge vollendet hatte. Ein friedlicheres Asyl sah ich auf der ganzen Reise nicht wieder! Von da ab ging's durch das eigenthümlich großartige Thal, das von der grün= blauen Aare durchstürzt wird, die am Abend aber vor Bern noch klarer erscheint. Am 25. August wurde die eigentliche Alpenwanderung über Thun begonnen und genau repetirt, was seit 1804 in der gleichen Jahres= zeit sich geändert oder noch vollständig in Form und Schneesweiße, wie Jungfrau, Schreckhörner, erhalten hatte. Auf Rigi=Culm, wo wir damals Holz und Feuer selbst besorgten, steht jetzt ein Logirhaus, wo ich mit sechzig andern Gästen schlief. Tags vorher hatten sich neunzig Gäste eingefunden, worunter denn viele Bürsten= binder=, Lohgerberfamilien, und als solche im Lords= gewande sich geberdeten — wir deutsche Leute aber da= gegen stets den zweiten oder gar letzten Rang einnahmen und schlecht nach britischer Kochart tractirt wurden. Leider war nun schon der größte Theil der Reisezeit consumirt, als wir die schöne Pensionsanstalt Interlaken verließen und die höhern interessantesten Theile des berner Oberlandes zu bereisen anfingen. Schon am 9. September gelangten wir von Kostnitz nach Friedrichshafen zum Schlusse der eigentlichen Schweizerreise, wo dann freilich andere Herrlichkeiten unserer warteten. Vorerst die alte Reichsstadt an der Donau mit dem würdig majestätischen Dom, an dessen Restauration unter dem tüchtigen technischen Baumeister Ferdinand Thrän wir uns erfreuten. In Stuttgart ist durch den Königsbau wie sonstige Kunstthätigkeit sehr viel, für mich bis zum Frembgewordenen geleistet, als: das Museum, die großen historischen Wandmalereien al fresco am Schlosse von Gegenbauer, der zu meinem Bedauern abwesend war, der Rosenstein, wie der neue orientalische Zaubergarten (Wilhelma), die wunderbolle Kunst= und Gewächsausstellung dieser Lebewelt, welche 880 Fuß lange Veranden mit Fontainen und Volièren umziehen und größere springende Wässer durchweg beleben, deren Mitte — der eigentliche Festraum — in großem Maßstabe mit wahrer Festespracht vom Baumeister Zanth ausgeführt ist — das alles, bei milder Nacht erleuchtet, von Obalisken durchschwärmt, würde die Vorhalle des Himmelsfreudensaales versinnlichen. Die kolossalen Rossebändiger, in schönstem Marmor ausgeführt, im grünen Park des Rosenstein, haben mich viel weniger befriedigt wie die unsers Clodt in Erz.

„Drei Kunstgegenstände, die durch ihre Großartigkeit auf meiner Reise mich ganz erfüllt und beglückt haben, sind der Löwe bei Luzern, mehrere Cartons von Veit zu Karlsruhe und die acht Studienköpfe Lionardo's zu Weimar — lebendig, ergreifend — ich bedauerte, daß vor neunundvierzig Jahren dem Auge dies Erkennen fürs Leben gefehlt hat! Das Blatt ist unversehens voll, und ich kann nur noch sagen, wie glücklich es mich macht, Sie so wohl und in vollster Thätigkeit zu wissen.

Herzliche Grüße an alle, alle von Ihrem ganz ergebenen Freunde Rauch."

Von der italienischen Reise berichtet der Siebenundsiebzigjährige mit glücklichem Humor unter anderm:

„Tausendmal gedachte ich Ihrer auf meiner wahrhaft erquicklichen schönen Reise. Zwei Monate des Mai und Juni — wie habe ich diese Frühlingstage wie nie im Leben genossen, und wäre eine Wiederholung solchen Genusses mit Ihnen, liebster Freund, einmal möglich, ich gäbe gern und willig ein gutes Stückchen von meinem kleinen Lebensrest daran, dies zu ermöglichen. Mit einem guten Freunde Bildhauer genießt sich's auf gemeinsamem Boden doch wol noch anders, da Bildhauer überhaupt doch noch etwas anderes. sind und höher stehen als andere Leute!!"

Noch im Mai 1857 hegte Rauch den Wunsch, sich mit Rietschel, der mit seiner Frau nach München reiste, einige Zeit lang am Starnbergersee erholen zu können. Dieser Wunsch ging nicht in Erfüllung, da Rauch seines Leidens wegen nach Karlsbad reisen mußte. Rietschel ließ aber trotzdem den geliebten Meister, der es persönlich nicht vermochte, brieflich an der Empfindung des Glücks theilnehmen, welches ihn damals nach Beendigung seiner großen Aufgabe im Goethe-Schiller-Denkmal beseelte, wenn er unterm 14. Juli 1857 schreibt:

„Hochverehrter Freund! Seit einigen Tagen bin ich von meiner köstlichen Reise nach München und Tirol zurück und laborire am Katzenjammer, an der Sehnsucht nach den schönen Bergen. Ach, wollten Sie doch mit so völligem Behagen wie ich müßig gehen, da Sie es doch mit so gutem Gewissen könnten! Denn wo ist ein Mensch zu finden, der mehr geschafft hat wie Sie? Ich wollte, ich hätte mit Ihnen in den Bergen herumgehen, steigen, sitzen, liegen können, statt des Städtegeräusches, statt des Herumgezogenwerdens von Stimmungen, Misverständnissen, Zweifeln und Verdruß nur die Natur sprechen hören — im Rauschen des Waldes, der Wasser und im Summen der Insekten! Ich habe wahrhaft geschwelgt und beim Zurückkehren nach Hause immer raffinirt, ob denn nicht hier oder da noch ein Tag zuzugeben, ein neuer Abstecher zu gewinnen sei. Meine Frau theilte gleiches Glück, und unsere Stimmung war stets rosenroth. Erst hier in der Stadt drängt sich alles belästigend heran, was vom Herzen abgeschüttelt worden war, sodaß dort kein Gedanke an Vergangenes und Zukünftiges uns quälte und nur die Gegenwart beglückte.

„Nach zehntägigem Aufenthalt in München, der uns freundlich gemacht worden war, reisten wir über den Chiemsee nach Salzburg, Berchtesgaden, von da durch die Ramsau über Hirschbühl — eine bezaubernde Tour — nach Innsbruck, Partenkirchen, wo ich am Fuße der Zugspitze fünf Tage genossen habe. Als ich in Innsbruck in der «Sonne» auf die Galerie nach dem Hofe hinaustrat, ging mir der Morgen auf, an dem ich von Ihnen Abschied nahm — im Thale noch Dunkel, die Bergesspitzen Gold! Ueber den Zirlerberg habe ich mich nur in jene Stimmung hineingelebt, in welcher ich meinen Rückweg damals zu Fuß nach München zurücklegte und auf der Höhe, an gleich schönem Morgen, Ihnen meine Wünsche und Italien-Sehnsucht nachschickte. Beim Zugspitz trat stets die Erinnerung vor die Seele, wie wir uns vor siebenundzwanzig Jahren in München an der fernen Pracht erfreuten. Was ist alles dazwischen geschehen, und wie viel ist erlebt und geworden, was keine Wünsche zu hoffen gewagt hätten, und je mehr Gott gegeben, desto größer sind die Wünsche geworden! Mir ist dies eine Mahnung zu tiefster Dankbarkeit geworden. Wie gern möchte ich jetzt mit Ihnen mich aussprechen, vor allem meine Freude aussprechen, daß in dreißig Jahren, in denen ich das Glück hatte, bei und mit Ihnen zu sein und zu leben, im geistigen und herzlichen Verkehr nie etwas eingetreten ist, was einen Miston hervorgerufen, daß ich mich fort und fort von Ihnen geliebt und geschätzt wußte, daß ich in Ihnen den treuen väterlichen Freund, den großen Künstler, mein hohes Vorbild, lieben und verehren durfte. Das ist eine der beglückendsten Facetten meines Lebens, daß dies Glück mir noch lange erhalten bleibt, mein heißer Wunsch!" u. s. w.

Dieser Wunsch sollte nicht in Erfüllung gehen. Noch im Spätherbst 1857 kam Rauch nach Dresden, um einen Arzt wegen seines beschwerlichen Steinleidens zu befragen. Derselbe befand sich aber in Teplitz und es machte sich eine Reise dahin nothwendig. Da Rietschel nicht ohne Sorgen Rauch allein reisen sah, begleitete er ihn in der schon ziemlich rauhen Jahreszeit und zog sich eine hartnäckige Erkältung dadurch zu, welche das entschiedene Wiederauftreten seines Leidens veranlaßte. Auch Rauch kehrte sehr angegriffen von Teplitz zurück, verkehrte noch kurze Zeit im Rietschel'schen und Carus'schen Hause mit gewohnter Grazie und Liebenswürdigkeit, wurde aber bald von heftigen Schmerzen gequält ans Lager gefesselt. Sein schöner markiger Körper vermochte so schweren Leiden nicht zu widerstehen — er starb am 3. December 1857.

Welche Gefühle mochten damals Rietschel bewegen, als das Geläute der Glocken die Leiche des großen Künstlers bis zum Leipziger Bahnhof begleitete, und er, selbst von Krankheit zurückgehalten und in seinem Studirzimmer auf- und niederschreitend, den theuern Meister auf dem letzten Gange nicht begleiten konnte. Der Ausdruck des mildesten Friedens und sittlicher Verklärung lag in seinen schmerzerfüllten Zügen.

„Des edeln geliebten Meisters Rauch Tod" — so schrieb er nur wenige Tage darauf an Dr. Schiller — „wird auch Dich ergriffen haben. Trotzdem daß sein Alter das durchschnittlich höchste war, so hätte er doch noch zehn Jahre leben können im ungetrübten Rückblick seines großen Lebens, wenn nicht das tückische Leiden gewaltsam eingriff. Mir war immer, solange ich ihn lebend, ihn mir im Herzen nahe wußte, als hätte ich einen Halt, eine Zuflucht, einen Rath, wo jeder andere unzulänglich, eine Hülfe zur Ausdauer und zum Muthe. Mir ist's wie einem jungen Künstler, der, aus des Meisters Atelier entlassen, nun anfängt allein auf eigenen Füßen zu stehen. Nicht dem Wesen nach ist's so gewesen, denn Rauch dort, ich hier, konnte er mir unmittelbar nichts von dem Ebenerwähnten sein, aber in seiner Liebe, seinem Vertrauen zu mir, seinem Beifall lag etwas, das mich wohlthuend und festmachend berührte. Wie zwei, die auf dem Festland, weit getrennt, doch das Gefühl haben, «wenn es nöthig, könnt ihr bald beieinander sein» — so war's mit uns — nun liegt das Weltmeer dazwischen!

„Unser Verhältniß ist nun einunddreißig Jahre lang stets ungetrübt geblieben, es ist immer schöner geworden. Wie viel ich auch anders bin in meinen Arbeiten, — was ich bin, habe ich ihm doch zu danken. Mit jedem Jahre Aelterwerden wird der Blick klarer für vergangene Zeiten, richtiger für die Würdigung dessen, was wir empfangen und was wir gegeben.

„Seine Büste habe ich im Januar gemacht, und ich kann von ihr sagen, daß sie ein gutes Werk ist. Ich habe hier das sichere Gefühl, es loben zu können, und bin glücklich, daß es Rauch's würdig ausgefallen ist."

Diese Büste erregte bei Künstlern und Laien die höchste Bewunderung. Rauch selbst war davon gleichsam elektrisirt, er nannte den Tag, an dem er den Abguß des Modells empfing, einen großen Festtag und meinte, wäre er jünger, würde er sich zusammennehmen, den goldenen Schein, den Rietschel's Hand seinem Kopfe verliehen, zu erringen. Alexander von Humboldt, Rauch's langjähriger Freund, schrieb unterm 10. Mai 1857 an Rietschel: „Gerade den Tag vor der Ankunft Ihres theuern Schreibens, hochverehrter Mann, hatte ich zum ersten mal Ihre Büste unsers großen Meisters gesehen. Etwas Herrlicheres in der Sculptur der menschlichen Gesichtsbildung ist mir nie vor die Augen gekommen; da ist der höchste Naturalismus an Treue im einzelnen, dabei zugleich großartig belebt, tief im Ausdrucke des Innern, wie der Mann selbst herrschend, scharfbetont und doch voll heiterer gutmüthlicher Milde. Der Hals, der Schwung der Haare, am Stirnanwuchse von reinstem

Geschmack. Das erinnert in intellectueller Auffassung und technischer Vollendung an unsern Julius Cäsar (basalto verde, Grünstein, wenn nicht verkieselter Thonschiefer), den Visconti für das vollendetste der Bildwerke Siciliens in seiner «Ikonographie» erklärt hat. Was ich hier nur unvollkommen ausdrücke, ist ein schwacher Abglanz von dem, was mir der Gefeierte sagte, als er mich einlud. «Sie werden sehen», sagte Rauch, «was Sie noch nie gesehen; diese Büste ist das Vollendetste, was wir uns erträumen können!» Diesem Ausspruche kann ich nichts zusetzen, als daß ich in langem Lebenslaufe, in dem alle meine politischen Träume getäuscht wurden, doch das Glück genossen habe, durch zwei deutsche Männer, die beide mir wohlwollen, die deutsche Sculptur die aller Zeitgenossen hoch überflügeln zu sehen. Empfangen Sie, edler Mann, den erneueten Ausdruck meines Dankgefühls und meiner innigsten Verehrung u. s. w. Al. Humboldt."

Wo die Büste erschien, wurde sie als das bewunderungswertheste Kunstwerk auf dem Gebiete des Bildnisses angestaunt, nicht blos in Deutschland, auch in Frankreich und Belgien. L. Albin sagt in seinem „Coup d'oeil sur la situation des beaux arts en Belgique" (Brüssel 1860) von der Marmorbüste Rauch's, welche auf der brüsseler Ausstellung geglänzt: „La grandeur de l'ensemble ne perd rien à la délicatesse de l'exécution. Ce marbre est vivant et idéal en même temps; c'est bien le noble vieillard, que les années ont mûri, c'est aussi l'éternelle jeunesse du génie. Celui qui, rejetant en arrière cette chevelure de lion, a éclairé ce front puissant, qui a donné aux yeux cette expression profonde, qui a mis la pensée, si non la parole sur ces lèvres — est un grand artiste aussi. Il devait aimer son modèle de quelque affection filiale. C'est ainsi, que l'homme supérieur copie la nature, il y met du sien, une part de son âme."

Es ist bei dieser Büste von ähnlich oder nicht ähnlich keine Rede mehr, sie ist das innerste Selbst der Rauch'schen Individualität, während sie zugleich deren allgemeine Bedeutung wesentlich und erschöpfend zur Anschauung bringt. Mit welcher Delicatesse hier an die Natur gegangen, mit welcher Decenz alle Formen behandelt sind, läßt sich mit Worten nicht deutlich machen. Wie groß und fest, wie entschieden den ganzen Gegenstand ihrer Anschauung beherrschend, blicken diese Augen unter den etwas überhängenden Brauen hervor, wie heiter und kraftvoll leuchtet die Stirn, wie leicht neigt sich die Jovislocke an ihr hernieder, wie lebendig sprechend ist dieser energische und doch von Humor umspielte Mund! Es ist Rauch, wie er leibt und lebt, wie er war und vor uns stand in seinen besten Stunden, mit der in würdigem Anstand gehaltenen und getragenen Sorglichkeit seiner in Schöpfungen und Schwierigkeiten erfahrenen Seele, mit der Göttergunst und olympischen Heiterkeit, mit der Weichheit seines Wesens und Sinnes, und mit jener Zähigkeit, in welcher er an Vorsätzen und Aufgaben festhielt und fortwirkte. *)

Zu solcher Vollendung gelangte Rietschel natürlich nicht blos durch Begabung, sondern auch durch

*) Die Büste ist von C. Wiesing in Dresden vortrefflich geformt. Die Abgüsse geben unverkümmert den vollen Eindruck des Modells.

unermüdlichen Fleiß, durch den Ernst, mit dem er selbst
die kleinste Porträtaufgabe erfaßte und sich ihr wie
größern Werken hingab. Wo man aber solche Er-
folge mit solchem Streben erreicht sieht, da findet man
von neuem Hesiod's Spruch bewährt:

Vor der Trefflichkeit setzten den Schweiß die unsterblichen
Götter.

Bei Rietschel's feinem Blicke für die Natur, bei
seiner Kenntniß des innern Menschen, bei seiner Liebe
für die Erscheinungswelt ist es erklärlich, warum er
gerade im Bildnisse Ausgezeichnetes leistete. Doch sind
auch hier verschiedene Perioden seiner Entwickelung kenntlich, von der jugendlichen Naivetät, die seinen ersten
Porträts, den vier Tirolern, seinem eigenen jugendlichen
Bildnisse mit Kreide gezeichnet, dem seiner Aeltern und
Freunde innewohnt, bis zu der an einen gewissen Naturalismus sich anlehnenden Befangenheit in den Büsten
des Professors d'Alton, Hofraths Böttiger, Fürsten
Poninsky, des sächsischen Prinzen Max. Bereits in
der Büste des Prinzen Johann, dermaligen Königs von
Sachsen, welche Rietschel in Marmor für den König
von Preußen ausführte, ist diese Befangenheit überwunden
und eine größere Freiheit über die Materie erlangt.
Letztere Büste begründete seinen Ruf in Berlin. Rauch,
der gerade in diesem Theile der Sculptur während seiner
Lebenszeit sich viel hatte beschäftigen müssen und am
besten wußte, was alles von dem ersten Griffe in die
Thonmasse bis zum letzten Meißelschaben und Hammer-
schlage dazu gehört, um sich und dem Beschauer zu
genügen und zugleich ein Kunstwerk zu erzielen, war
von der Schönheit der Büste ebenso wie sein königlicher

Herr Friedrich Wilhelm überrascht und hatte nur das Eine Bedenken, daß solche Arbeit dem Künstler zu große Kundschaft erwerben würde.

Dies Bedenken war überflüssig; in Dresden wurden nur sehr wenig Arbeiten der Art bestellt, und die bestellten waren meist nicht einmal nach dem Leben, sondern nach Todtenmasken herzustellen. Es scheint fast, als ob der Schmerz über den Tod das Bedürfniß, eine geliebte Erscheinung im Bilde festzuhalten, erst zu erwecken vermöchte, ein Bedürfniß, welches doch viel eher durch die Freude am blühenden Leben hervorgerufen werden sollte.

Felix Mendelssohn's Marmorbüste, obwol noch mit einer gewissen Aengstlichkeit, weil nach der Todtenmaske, gemacht, bezeichnet ein weiteres Stadium des Fortschritts. Neben sprechender Aehnlichkeit ist in dieser Büste besonders der lebendige Ausdruck der geistreichen, rasch und blühend empfindenden Künstlerseele mit dem Anfluge einer elegischen Wehmuth in seltener Weise wiedergegeben und durch die zarteste Ueberarbeitung des Marmors fast Farbenwirkung erzeugt.

Mit jeder neuen Arbeit dieser Art erscheint es, als ob die Decke, welche das Material über den geistigen Ausdruck legt, immer dünner, durchsichtiger würde, bis das volle, echte Leben sich unmittelbar und den Stoff völlig auflösend dem Auge zeigt. In dem Kopfe der Frau Schröder=Devrient, voll plastischer Grazie, hat der Meister die Sappho= und Corinnen=Natur der Künstlerin bezeichnend getroffen und mit unverlöschlichem Reize bekleidet.

So schön die Büsten der Prinzessin Wittgenstein und des Königs Johann von Sachsen sind, sie werden in lebensvollster Klarheit übertroffen von der Büste Rauch's und der letzten Arbeit Rietschel's auf diesem Gebiete, dem Porträt des Geheimraths Carus, welches dem Rauch's völlig gleichsteht und das Bild eines in Kunst, Leben und Wissenschaft gesättigten Mannesgeistes wiedergibt.

Im Porträtmedaillon, das Rietschel in spätern Jahren vorzugsweise leicht und frei behandelte, dürfte er un= übertroffen sein. Aber auch hier welch ein weiter Weg von seinen ersten Arbeiten bis zu seinen letzten! Auch hier nirgends ein Nachlassen, immer ein Fortschritt — und was noch mehr sagen will, selbst auf der Höhe der Meisterschaft nirgends Bravour, Nachlässigkeit, Manier — überall edler Fleiß, innige Hingebung!

In dem sonst anmuthigen Medaillon der Frau Pro= fessor Bendemann (1842) ist doch noch eine gewisse Be= fangenheit erkenntlich, welche das Bild kleiner erscheinen läßt, als es wirklich ist. Gleichzeitig mit der überhaupt gewonnenen Freiheit und Beherrschung über die stoffliche Seite der Erscheinungen, die sich seit der Mitte der vier= ziger Jahre in Rietschel's größern Werken kund gibt, tritt auch eine freiere und vollere Behandlung des Porträt= reliefs, an dem er besondere Freude erst jetzt zu haben schien, ein. Er schuf deren eine bedeutende Anzahl, unter andern die Robert und Clara Schumann's (1846), Dr. Crusius' auf Rübigsdorf, Moritz von Schwind's, Dr. Auerbach's (1847), Director Schnorr's von Carolsfeld, Dr. Gutz= kow's (1848), Eduard und Emil Devrient's u. a. m.

Von höchster Vollendung ist neben dem schönen Relief des Königs Friedrich August von Sachsen, dessen unglück= licher Tod den Künstler sehr ergriffen hatte, das Medaillon des befreundeten Franz Liszt. Eine gewaltige, von

Leidenschaftlichkeit und Zartheit eigenthümlich gemischte Natur, welche zugleich imponirende Hoheit wie rührende Güte und humane Liebenswürdigkeit ausstrahlt, ein Mann, dazu geschaffen, die Menge zu beherrschen, die Frauen zu bezaubern, tritt uns in diesem Kunstwerke entgegen und wir sind in Zweifel, ob wir mehr die Porträtwahrheit oder die ideale Auffassung von der Bedeutung der dargestellten Persönlichkeit bewundern sollen.

Weit über das Porträtinteresse hinaus gehen solche Arbeiten wie die Medaillons des Herrn von Quandt, Dawison's (1859) u. a. m. Sie erscheinen wie plastische Epigramme, welche kurz und schlagend zugleich eine ganze Menschenart und doch wieder ganz individuell den einzelnen Repräsentanten derselben bezeichnen.

Auch sein eigenes Porträtmedaillon hat Rietschel 1853 gebildet, doch ist die Herstellung eines solchen Profilbildnisses mit zu großen mechanischen Schwierigkeiten verbunden, sodaß es nicht zu den besten Arbeiten des Künstlers gehört. Adolf Donndorf hat des Meisters Porträtmedaillon 1857, also in der Zeit von dessen glücklichsten Künstlerjahren gearbeitet. Dasselbe vereinigt die Vorzüge der Rietschel'schen Arbeit mit größerer Frische und Unmittelbarkeit, gibt das Bild der liebenswerthen Persönlichkeit vollkommen wieder und ist überhaupt das beste Porträt, welches aus Rietschel's spätern Mannesjahren existirt. *)

---

*) Einer Jugendarbeit, Selbstporträt des Künstlers im einundzwanzigsten Jahre, ist oben gedacht worden. Bendemann hat Rietschel's Züge in spätern Jahren in einer von Bürkner radirten Kreidezeichnung festzuhalten versucht, doch ist es ihm nicht gelungen, des Künstler's geistige Persönlichkeit zu treffen, das Porträt steht den sonst so vorzüglichen Leistungen dieses Malers nach.

IV.

(1858—1861.)

Das Jahr 1858 brachte dem Künstler große Anerkennung. Er wurde an Rauch's Stelle in die Zahl der Ritter des preußischen Ordens pour le mérite, sowie als Mitglied des Instituts von Frankreich aufgenommen, und damit äußerlich als der erste deutsche Bildhauer anerkannt. Rietschel war, obgleich er nicht nach derartigen Auszeichnungen strebte, dieselben in keiner Weise überschätzte, doch offen und natürlich genug, um nicht mit Verachtung dagegen zu kofettiren. Diese beiden Auszeichnungen hatten für ihn wirklichen Werth, da sie nicht von der launenhaften Gunst eines Hofes, sondern von der Ueberzeugung der ersten und bedeutendsten Männer Deutschlands und Frankreichs ihm dargebracht wurden.

„Ich habe die unaussprechliche Freude", schrieb damals Alexander von Humboldt als Ordenskanzler an ihn, „die mir freilich keinen Augenblick zweifelhaft sein konnte, daß Ihr großer Name in die Liste der dreißig Ordensritter für Wissenschaft und Kunst wird einge=

schrieben werden. Wir haben vor einer Stunde die Wahlzettel eröffnet. Gewöhnlich wird man in dem einigen Deutschland mit kaum neun Stimmen Mehrheit auf dreißig gewählt. Sie haben Unanimität — sieben=undzwanzig — gehabt, da drei Mitglieder wegen Ab=wesenheit nicht gestimmt haben. Das nenne ich einen moralischen Fortschritt. Ich erneuere Ihnen, theuerer College, den Ausdruck meiner freundschaftlichsten Ver=ehrung. Auch dem edeln kranken Könige, bei dem Ihr Name hoch steht, wird solche bewundernde Anerkennung eines schönen Verdienstes Freude erregen. Er wird durch mich das Resultat der Wahl erfahren u. s. w. Al. Hum=boldt. Berlin, den 15. Mai 1858."

Eine noch größere Freude bereitete ihm der Groß=herzog Karl Alexander von Sachsen=Weimar, indem er ihn beauftragte, das Ehrendenkmal seines großen Ahnherrn Karl August bald in Erwägung zu ziehen.

Schon seit längerer Zeit ging man nämlich in Weimar damit um, durch ein Ehrenbildniß Karl August's die Schuld des Dankes gegen den unsterblichen Fürsten wenigstens äußerlich abzutragen. Ueber die Auffassung machten sich jedoch gleich von Anfang an die verschie=densten Ansichten geltend.

Während auf der einen Seite die gelehrten Herren es für einen keineswegs überwundenen Standpunkt er=klärten, Karl August in römischer Cäsarentracht zu Roß darzustellen, eine solche Darstellung vielmehr für möglich und wünschenswerth erachteten, machte sich in den Kreisen des gebildetern Volks der Wunsch geltend, den geliebten Fürsten in seiner einfachen Kleidung — sprechend allein durch die geistige Bedeutung seiner Persönlichkeit — auf=

gefaßt zu sehen. Man stützte sich hierbei auf Goethe's schönes Wort:

Klein ist unter den Fürsten Germaniens freilich der meine,
   Kurz und schmal ist sein Land, mäßig nur, was er vermag.
Aber so wende nach innen, so wende nach außen die Kräfte
   Jeder; da wär' es ein Fest, Deutscher mit Deutschen zu sein.

Man erinnerte sich daran, daß dereinst Italien den Fürsten Karl August treffend bezeichnet und am schönsten geehrt habe, als es zur Feier seiner Anwesenheit in Mailand eine Denkmünze mit der Inschrift „Il principe huomo" hatte schlagen lassen. Man meinte, daß eine Darstellung Karl August's zu Roß fast wie eine Satire auf den Freund Goethe's und Schiller's erscheine, ihm gehöre ein Standbild zu Fuß, wie es die Seinen hätten!

Dem Großherzog selbst, der stolz darauf, als ein Enkel Karl August's auf dessen Fürstenstuhle zu sitzen, dessen Streben dahin geht, sein Land im Geiste seines Ahnherrn zu regieren, war diese Frage natürlich auch von Wichtigkeit. Er meinte jedoch, daß der „Zug von Fürstlichkeit" in der Gestalt am besten durch die Reiterstatue ausgedrückt würde, da Karl August's Leben die ganze große Epoche des Kampfes gegen Frankreich umfaßt, er an diesem Kampfe theilgenommen habe.

Rietschel selbst war anfänglich ganz entschieden für eine stehende Figur und sprach sich darüber gegen den Großherzog offen aus. „Wenn ein plastisches Monument" — schreibt er an denselben — „die Bedeutung hat, das Andenken eines großen Mannes der Nachwelt für immer zu erhalten, so kann es entweder ideal-poetisch, als Symbolisirung seines Lebens und Wirkens aufgefaßt werden, wie ich mir bei einem Monument

Karl Maria von Weber's, das ich jetzt beginne, bei dessen ungünstiger Persönlichkeit recht gut seine Musik als die Muse romantischer Tonkunst auf einem Postament denken könnte, das nur mit seinem Bilde und mit Darstellung seiner Schöpfungen geschmückt ein wahrhaftes Denkmal zu seinem Ehrengedächtnisse wäre, — oder es muß als ein lebensvolles Bild seiner Persönlichkeit hingestellt werden. Hier drängt sich die unabweisliche Bedingung auf, dies Bild in lebendigster Wahrheit und durch künstlerischen Stil gehoben so wiederzugeben, daß die Nachwelt den Mann in ihm erkennt, welchen ihr die Geschichte in seinem Leben, seinen Thaten überliefert hat. Nach meiner Ueberzeugung kann der Großherzog Karl August als der besondere Fürst seines Wesens nur gedacht werden in der besondern originellen Tracht, in welcher ihn die Mitwelt kannte. Die militärische Uniform, die ihn als Fürst ebenso wenig bezeichnet, da sie die eines jeden Generals ist, wird noch entfremdender wirken durch Umgebung eines Hermelinmantels, der keine Tracht mehr, sondern nur als Symbol der Fürstlichkeit geblieben ist und nun als ideales Ornament zur realen Wirklichkeit der Uniform in Contrast tritt. Das Einzige, was ich an Rauch's einzig großartigem Werke, Friedrich's II. Monument, aussetzen möchte, ist, daß er den König, welcher in seiner gewöhnlich schlichten Uniform gekleidet ist, statt eines Feldmantels, der dazu gehört, einen Hermelinpelz umgethan, der den König nicht königlicher machen kann, als er schon ist.

„Ich glaube, daß ein Fürst nicht zu Pferde dargestellt werden darf, dessen Thaten geistiger und friedlicher Natur waren, in Wissenschaft und Poesie, in väterlicher Fürsorge für das Wohl seines Landes, seiner deutschen, seiner im schönsten Sinne des Worts menschlichen Gesinnung. Die Größe dieser Tugenden wird dadurch nicht gehoben, daß ihr Besitzer zu Roß sitzt. Dies Bild würde ihm eine andere und ablenkende Bedeutung unterlegen, die nicht zu der hinaufreicht, welche er hatte und haben wird, solange deutsche Bildung besteht. Sein Bild hat sich nicht nur markirt unter den Mitlebenden seines Volks, sondern ist fest eingegraben in die Geschichte, so fest als das Napoleon's und Friedrich's II. Obgleich ersterer sich mehrfach in idealer Krönungstracht hat abbilden lassen (die er übrigens zu einer wirklichen gemacht hat), so läßt dies Bild die Franzosen doch kalt und fremd, und erst im schlichten Feldoberrock auf der Vendômesäule erkannten sie ihren ehemaligen allmächtigen Herrscher wieder. Je größer der Mann, desto mehr imponirt die Einfachheit seines Aeußern. So würde auch der Großherzog Karl August gerade durch diese Schlichtheit imponiren als ein Fürst, welcher ohne die Mittel irdischen Glanzes oder irdischer Gewalt — nur durch die Macht seines Geistes und Charakters Liebe und Begeisterung, Dank und Ehrfurcht sich erworben.

„Nur in schlichtem Kleide — das auch plastisch günstiger zu behandeln sein wird als die Uniform, würde das Bild des großen Fürsten den Deutschen näher und ganz nahe treten.

„Wenn jetzt König Ludwig von Baiern ein Reiterstandbild errichtet wird, so ist dies ein Misgriff. Die Schlichtheit in seinem äußern Leben, welche Thaler zu ersparen suchte, um Millionen für Geisteswerke auszu-

geben, sie wird nicht charakterisirt in einer poetisch=
pathetischen Darstellung zu Pferde mit Pagen zur Seite.
Es kann dies ein interessantes Kunstwerk geben, es
wird aber der innersten Beziehung zur Mit=
und Nachwelt entbehren!

„Meine Ansicht, wie ich sie hier auszusprechen mir
erlaubt habe, ist mir auf meiner einsamen Reise von
Weimar nach Dresden in voller Klarheit zur bestimmten
Ueberzeugung geworden, und sie findet, glaub' ich,
Widerklang in allen deutschen Herzen.“

Das Karl August=Denkmal wurde, da ein solcher
Widerstreit der Ansichten herrschte, nicht sogleich in An=
griff genommen. Rietschel entwarf, um dem Wunsche
des Großherzogs zu genügen, eine Skizze zu einem
Reiterstandbilde des großen Fürsten, welche sich in groß=
herzoglichem Besitze befindet.

Schon während der Arbeit mochte Rietschel fühlen,
daß des Großherzogs Empfindung, als werde der „Zug
von Fürstlichkeit“ in der Gestalt am besten durch ein
Reiterstandbild dargestellt, nicht unbedingt durch die
angeführten Argumente widerlegt werden könne, daß
dieselbe vielmehr eine sehr feine, das Wesen der Sache
mehr als alle noch so geistvollen Raisonnements treffende
sei. Erst bei der plastischen That erprobt sich eben die
Unrichtigkeit mancher an sich plausibeln Ansicht, die
Richtigkeit anscheinend verwerflicher Argumente. Rietschel
mußte bei seinem Versuche zu der Ueberzeugung ge=
langen, daß die hohe und edle Humanität Karl August's
sehr wohl in der fürstlich getragenen Erscheinung eines
Reiterstandbildes zum Ausdruck gebracht werden könnte.
Eine schön menschliche Erscheinung, Humanität, Güte

unb Geist werden freilich nicht baburch gehoben, baß ihr
Besitzer zu Pferbe sitzt, aber bas Getragensein burch
bas eble Thier, bas über bie Erbe Gehobensein ist
allerbings ber plastische Ausbruck für bie Fürstlichkeit,
unb bie obenerwähnten Eigenschaften werden — so kann
man einwenden — baburch, baß ihr Besitzer zu Roß
sitzt, auch ebenso wenig beeinträchtigt.

Marc Aurel's Reiterstanbbilb auf bem Capitol, ob=
wol es nicht zu ben ersten unb vorzüglichsten Kunst=
werken ber Römer gehörte, macht ben Einbruck eines
echt humanen Friebensfürsten, ein Zeichen bafür, baß
bas Roß an sich, wenn nur ber Ausbruck bes Ganzen
zutreffenb ist, bem Stanbbilbe keine ablenkenbe Bebeu=
tung unterzulegen braucht, wie Rietschel meinte. Bis=
jetzt ist wegen bieses Denkmals noch kein fester Ent=
schluß (gefaßt worben. Wenn sich bieser auf bie Seite
bes Reiterstanbbilbes neigen sollte, so wäre es freilich
wünschenswerth, baß Roß unb Reiter nicht bie Erschei=
nung eines gewöhnlichen preußischen Generals, sonbern
bie eines ebeln, von ebelm Thiere getragenen humanen
unb geistvollen Fürsten barböte.

Gleichsam als wollte ein günstiges Geschick bem
Künstler Gelegenheit geben, neben ben becorativen Werken
bes Museums auch an einer großen selbstänbigen plasti=
schen Arbeit wieberum zu beweisen, baß er nicht blos
auf bem Gebiete ber Porträtstatue, sonbern auch auf
bem ber Ibealplastik Großes zu leisten vermöge, baß
sein feiner Sinn für bas ibeale Reich ber Phantasie
nichts eingebüßt, im Gegentheil gewonnen unb sich be=
reichert habe, erhielt Rietschel im Jahre 1855, währenb
er noch mit ber Goethe=Schiller=Gruppe beschäftigt war,

ben Auftrag, eine Quadriga auf das braunschweiger Schloß zu modelliren, welche sobann in Bronze gegossen werden sollte.

Das von Ottmar erbaute prächtige Schloß des Herzogs von Braunschweig sollte nach dem Plane des Baumeisters auf der Plattform der Mitte ein Viergespann zieren. Der Ausschuß der Landesversammlung beschloß nun zum fünfundzwanzigjährigen Regierungsjubiläum des Herzogs, demselben irgendein Zeichen der Dankbarkeit und Ergebenheit darzubringen. Unter mehreren Projecten, unter denen auch der Bau eines Theaters sich befand, wählte man die Herstellung des den Bau des Schlosses krönenden Viergespanns.

Die Aufgabe war schon in materieller Hinsicht eine riesenhafte, denn ein jedes der vier Pferde sollte so groß wie das Roß Friedrich's II. am Rauch'schen Monument werden, also eine Höhe von 13—14 Fuß erreichen. Es erschien Rietschel wenig anregend, ein Werk für solche Höhe (das braunschweiger Schloß ist 120 Fuß braunschweiger Maß hoch) zu übernehmen. Nach mancherlei Intriguen, deren Darlegung hier nicht nothwendig erscheint, und da angeblich der Mittelbau des Schlosses das ungeheuere Gewicht des Gußwerks nicht zu tragen vermocht hätte, ging man von der ersten Bestellung wieder ab und beschloß, die Gruppe in Kupfer treiben zu lassen, wobei von selbst verstänblich eine vielfache Verminderung des Gewichts erzielt wurde.

Zur Herstellung einer solchen in Kupfer getriebenen Arbeit genügte ein Modell im Maßstabe von einem Drittel der auszuführenden Größe.

Man kam hierin Rietschel's Wünschen, ohne es zu

beabsichtigen, entgegen. Ihn hatte der Gedanke an die massenhafte materielle Arbeit beunruhigt, und wenn er auch durch die Veränderung der Bestellung eine bedeutende Einbuße an pecuniärem Vortheil trotz der ihm dagegen gewährten Entschädigung erlitt, so ward ihm doch nun erst die Arbeit angenehm.

Die Lavine materieller Anstrengungen und Sorgen, die Schwierigkeit, solch ungeheuere Massen in einem Atelier ohne unterstützende Einrichtungen zu bewältigen, war von ihm abgewendet.

Im April 1856 stellte er dem Herzog das Skizzenmodell zur Quadriga vor, welches jetzt im Museum zu Braunschweig aufgestellt ist. Nach Beendigung der Schiller-Goethe-Gruppe, noch im Jahre 1858, machte sich Rietschel an die Herstellung des Werks selbst, welches ganz besonders genau durchgeführt werden mußte, weil es als Originalhülfsmodell für das in Kupfer zu treibende Gebilde zu dienen hatte.

Ottmar hatte sich den Sonnengott als Wagenlenker und die Pferde bäumend gedacht. Rietschel entschied sich aber für eine specielle Personification der Stadt Braunschweig — eine Brunonia —, wählte auch ruhig dahinschreitende Pferde. Er hat darin recht gehabt, das ruhige Pferd ist der Monumentalplastik günstiger wegen der daraus resultirenden schönern Form. Der Künstler machte zu dieser Arbeit eingehende und ausgedehnte Studien der Natur des Pferdes.

Von Darstellungen ähnlicher Art existiren aus neuerer Zeit nicht allzu viele. Die Quadriga auf dem Brandenburger Thor zu Berlin macht im ganzen eine gute Figur. Zu den Pferden soll Schadow's Hülfsmodell, welches er zu dem schon früher einmal projectirten Denkmale Friedrich's II. in halber natürlicher Größe gemacht hatte, gedient haben. Die Arbeit selbst ist von französischen Künstlern unter Friedrich Wilhelm II. ausgeführt. In den Pferdegestalten ist wenig Feuer und Leben, ihre Haltung ist matt. Der Torso mit Decke und Gurt versehen, ist roh gearbeitet, sobaß die Pferde im Ganzen, obwol die andern Theile mit gutem Verständniß der Natur gearbeitet sind, nicht den einheitlichen Eindruck eines Kunstwerks zu machen vermögen. Die Victoria selbst ist in der Vorderansicht stattlich und belebt, während sie im Profil und von der Rückseite gesehen einen etwas dürftigen Eindruck macht.

Ein anderes Werk dieser Art ist das Löwengespann auf dem Siegesthor zu München, welches „von der Bavaria aus dem Lande getrieben wird", wie sich Rauch scherzhaft auszudrücken pflegte. Der Eindruck dieses schön gedachten Werks wird in etwas durch die unvortheilhafte Bewegung der Bavaria beeinträchtigt.

Das lebensgroße Viergespann von Rossen auf dem Thorwaldsen-Museum zu Kopenhagen von Professor Bissen stellt die Pferde springend dar, und soll weder in dem Gedanken noch der Form imponiren.

Baron von Clodt, der berühmte Schöpfer der zu Berlin und Neapel in Bronzeguß befindlichen Pferdebändiger, meinte, daß es für den Bildhauer nichts Gewagteres gebe, als das Pferd in seiner Schönheit und in wahrer Naturgröße ohne Reiter oder Decke darstellen zu wollen. Rauch selbst erklärte die Aufgabe für eine schwierige, er äußerte, als er mit dem Denkmal Friedrich's II. beschäftigt war und von einer Reise nach Petersburg heimkehrte: „im Atelier des Barons Clodt habe er erst eingesehen, wie viel erforderlich sei, um ein ordentlich organisch tüchtiges Pferd herzustellen."

Rietschel verkannte gleichfalls nicht das Schwierige der gestellten Aufgabe, dennoch wurde ihre Bewältigung nach fleißigen Pferdestudien ihm leicht. Es war eine muntere Arbeit, bei der, wie Rauch scherzhaft meinte, er keinen Karrengaul werde müßig vorübergehen sehen. Nach der geistanstrengenden Schöpfung der Dichtergruppe bot sie der Werkstatt eine neue, erfrischende und stärkende Atmosphäre.

Mit Weber's Standbild zu gleicher Zeit gingen die vier Pferde zur braunschweiger Quadriga, etwas später im Jahre 1860 die Brunonia aus des Meisters Hand hervor.

Der Anblick dieses Viergespanns ist ein imposanter. Von vier eleganten, doch kräftigen Rossen wird der griechische Triumphwagen gezogen, auf welchem die weibliche Gestalt der Brunonia steht. Die Mauerkrone auf dem stolzen edeln Haupte kennzeichnet sie als eine Personification der Stadt; mit der einen Hand hält sie die Zügel des Viergespanns, mit der andern eine Standarte. Diese Gestalt ist eine der schönsten Schöpfungen Rietschel's. Es lebt in ihr eine Hoheit, ein Ernst, eine ruhige Kraft, ein Bewußtsein des Schönen, Edeln und Guten — Vorzüge, die in um so erhöhterer Potenz erscheinen, als sie sich mit Grazie und Schönheit paaren. Diese Brunonia kann sich unverzagt neben die besten Werke der Alten stellen, so vollständig idealisirt sie die Herrschaft einer wohlthätig besonnenen, unüberwindlich schönen Kraft. Der Typus der Rosse ist von dem der Antike entfernt, sie sind zierlich individuell ausgebildet und doch völlig monumental stilisirt, die Mittellinie zwischen Rasseindividuum und Idealschöpfung ist geschmackvoll innegehalten. Wer diese Brunonia mit dem glänzenden Gespann, in ihrer heiter prächtigen und doch so ernst hohen Ruhe länger betrachtet, den überkommt jenes herrliche Gefühl, welches alle echte Kunst über den Menschen ergießt — sonniger und heller wird des Him=mels Blau, die Phantasie in die fernen Auen der Schön=heit geleitet, weit aus dem Staube der Welt in reinen Aether entrückt, in dem kein gemeiner, kein kränklicher Gedanke mehr die Seele quält!

Seit etwa drei Jahren arbeitet der vortreffliche Meister Howaldt in Braunschweig an der Uebertragung des Modells in die dreifache Größe. Er allein — und zwei rüstige Söhne! Unglaublich fast erscheint es, daß die vier kolossalen Rosse in großer Vollendung bereits fertig dastehen, ebenso der Wagen hergestellt ist und an die Brunonia die letzte Hand gelegt wird. Wenn man bedenkt, daß diese gewaltigen Gestalten mit keinem andern Hülfsmittel als dem Hammer und Schlageisen aus den Kupferplatten herausmodellirt sind, so muß man vor solcher Arbeitskraft erstaunen. Dabei sind die Einzelheiten des Modells bis ins Feinste verstanden und wiedergegeben, sodaß das in Kupfer getriebene Werk ganz den Eindruck eines guten Erzgusses macht, ja eine Durchbildung zeigt, wie sie manchem Gußwerke zu wünschen wäre.

Im April 1858 begann Rietschel das Modell zum Standbilde Karl Maria von Weber's für Dresden. Schon im Jahre 1844 — leider ist das Los aller

derartigen Unternehmungen in Deutschland die Lang=
wierigkeit und Armseligkeit — war von dem Comité
an dessen Spitze der unvergeßliche Hofrath Schulz und
später Hermann Hettner stand, ein Aufruf zu Samm=
lungen ergangen. Bezüglich der Wahl des Künst=
lers konnte man keinen Augenblick darüber zweifelhaft
sein, daß dies Denkmal einem der beiden berühmten
Bildhauer, welche Dresden innerhalb seiner Mauern
hatte, zu übertragen sein würde. Man dachte anfangs
an eine Concurrenz derselben, sah aber davon ab, da
man sehr wohl fühlte, wie mißlich es sei, bei einer
Kolossalfigur von einer kleinen Skizze auf das Kunstwerk
zu schließen, welches sich bei der Durchbildung unter der
Hand eines genialen Künstlers gestalten werde. Rietschel's
Vorschlag, das Los entscheiden zu lassen, scheint man
ebenfalls nicht annehmbar gefunden zu haben, denn man
benachrichtigte bald darauf, im Jahre 1851, die beiden
Künstler, daß man durch Abstimmung über die Wahl ent=
scheiden werde. Dieselbe traf Rietschel, der nach seiner
Lessing=Statue für die Herstellung eines charakteristischen
Porträtstandbildes allerdings genügende Garantie bot. *)

Erst nach Beendigung der Schiller=Goethe=Gruppe
konnte Rietschel an die Arbeit gehen. Wie bescheiden

---

*) In dem am 5. Juni 1851 ausgegebenen Comitébericht,
in welchem diese Wahl bekannt gemacht wurde, ist davon die
Rede, daß Karl Maria von Weber dem Meister im Leben eng
befreundet gewesen sei. Dies muß ein Irrthum sein. Als
Weber im Jahre 1826 zu London verstarb, war Rietschel zwei=
undzwanzig Jahre alt und Schüler der Akademie. Der unbe=
kannte Kunstschüler dürfte wol schwerlich der Freund des be=
rühmtesten Musikers seiner Zeit gewesen sein. Nirgends findet
sich darauf hin eine Andeutung.

er in seinen Forderungen auch damals noch war, als sein Ruf bereits die gesammte civilisirte Welt durchdrang, beweist der Umstand, daß er sich für die Herstellung des acht Fuß Rheinisch hohen Modells in Gips sowie des Standbildes selbst in Bronzeguß nur die Summe von 6700 Thalern bedang, sodaß ihm, da für den Guß und die Ausführung in Bronze, Transport u. s. w. 4200 Thaler in Anschlag zu bringen waren, für das Modell ein Honorar von 2500 Thalern verblieb.

Der Guß der Statue wurde in Lauchhammer bewerkstelligt. Unstreitig ist Lauchhammer jetzt eine der ersten Kunstgußhütten Deutschlands. Sorgfältige Ciselirung, eine reiche Erfahrung im Guß und in der metallmäßigen Behandlung desselben, endlich die angenehmen weichen Mischungen lassen die dort gegossenen Kunstwerke besonders schön erscheinen. Große ehrenvolle Aufträge, namentlich auch von den berliner Bildhauern Kiß und Drake sind dort ausgeführt worden, freilich ohne daß bei jedem Gusse in den Zeitungen großer Lärm geschlagen worden wäre. Rietschel hat an der Bedeutung und Hebung Lauchhammers nächst dem Oberhüttenmeister Trautschold großen Antheil. Er selbst machte nie ein Hehl daraus, daß ihn eine dankbare Pietät an Lauchhammer knüpfte. Von dem Besitzer desselben, Graf von Einsiedel, war er einst in der Jugend unterstützt worden, dort hatte er seine erste Frau kennen gelernt, deren Bruder, der Oberhüttenmeister Trautschold, war sein geliebter und ältester Freund, mit dem er die schönsten und frohesten Tage seines Lebens verlebt hat.

Mit ungeheuern Opfern war die Bronzewerkstatt eröffnet und fortgeführt worden. Rietschel hatte bereits früher Arbeiten, wie z. B. theilweise die Kolossalstatue Friedrich August's des Gerechten, sowie seinen Thaer daselbst gießen lassen, andere Bildhauer auf die vortreffliche Gießerei aufmerksam gemacht. Auch Rietschel's größtes noch unvollendetes Werk — die Statuen zum Luther-Denkmal — wird in Lauchhammer gegossen.

Als unser Künstler die Arbeit an der Weber-Statue begann, war er sich über deren Schwierigkeiten völlig klar. Wie bereits erwähnt, wünschte er, es möchte statt der Porträtfigur eine Idealgestalt, etwa die der romantischen Musik gewählt werden, um Weber's Bedeutung zu bezeichnen. Rietschel fühlte hierin völlig richtig. Abgesehen davon, daß die Persönlichkeit von Musikern, bei den ganz eigenthümlichen Bedingungen dieser Kunst, große Schwierigkeit für eine charakteristische Darstellung bietet — dergestalt, daß ein so bedeutender Bildhauer wie Ernst Hähnel eine der prägnantesten Figuren unter den Musikern, Beethoven, nicht genügend darzustellen vermochte, Schwanthaler's Mozart aber gar keinen bestimmten Eindruck hinterläßt, war Weber's Persönlichkeit überdies nicht nur eine ungünstige, sondern fast misgestaltete. Herabhängende Schultern und eigenthümlich nach außen gebogene Beine sind nicht künstlerisch darstellbar. Es ist zwar falsch, wenn man meint, nur Hercules- und Apollgestalten könnten Gegenstand für die Plastik sein. Nicht blos der muskulöse und graziöse Körper ist plastisch zu verwerthen, auch der ascetisch kantige, oder der überzärtliche Körper kann Schönheiten in sich bergen, die, bemächtigt sich ihrer die Plastik, höchst wirksam zur Hervorbringung eines geistigen Totaleindrucks sind. Auch die Griechen haben nicht blos

sogenannte schöne Körper gebildet. Allein die Verhält=
nisse des Körpers müssen in sich und innerhalb des
ihnen eigenthümlichen Organismus nicht unharmonisch
sein, die natürlichen Proportionen nicht verlassen. Dies
ist aber bei Weber in etwas der Fall, und Rietschel
sah sich daher genöthigt, schon deshalb den solche Mängel
verhüllenden Mantel zu wählen.

Wir wollen sehen, wie er trotz der vorhandenen
Schwierigkeiten den Eindruck des romantischen Musikers
insbesondere hervorzurufen vermocht und zugleich ein
wahrhaft monumentales Kunstwerk geschaffen hat.

Er hat den Meister in vollster Porträtähnlichkeit,
welche besonders im Profil überraschend hervortritt, hin=
gestellt. Der durchgeistigte Ausdruck des feinen Kopfes,
der in milder Neigung sich rechts nach oben wendet,
bezeichnet nicht einen Moment des Schaffens allein,
sondern auch des Vernehmens. Der etwas geöffnete
Mund, das aufwärts blickende Auge und die leise ge=
hobene, das Achtgeben ausdrückende zarte Hand lassen
den Meister den Tönen lauschend erscheinen, die ihm aus
höherer Geisterwelt herüberklingen, gleichsam als wollte
er die leise entschwebenden Klänge eines Pianissimo
festhalten. Er lehnt sich mit dem linken Arm an das
neben ihm angebrachte Notenpult. Dasselbe ist, um
die heiter prächtige Entfaltung seiner Musik anzu=
deuten, von reichstem Renaissancegeschmack und wird
durch eine kleine Karyatide, welche mit ausgebreiteten
Armen und ausgespannten Flügeln die daraufliegende
aufgeschlagene Partitur trägt, gebildet. Am Fuße des
Pultes sind inmitten reicher Ornamente die Namen der
Schöpfungen Weber's angebracht. Gekleidet ist der

Tonkünstler in der Tracht seiner Zeit, leicht schlingt sich die Binde um den Hals und halb von den Schultern entsunken ist ihm der Mantel. Nur noch von der rechten getragen, fällt er im Rücken der Statue bis zum Boden nieder, während er vorn vom rechten Arm, über den sich ein Theil desselben schlägt, gehalten wird. In der rechten Hand hält der Meister einen Strauß vollblühender Rosen und Eichenlaub, ein Symbol des Lohnes und Genusses in seinem Talent und zugleich eine Hindeutung auf den volksthümlich heitern, lebens= freudigen Charakter seiner Schöpfungen. Die an das Pult angelehnte und zugleich etwas zurückgebeugte Stel= lung, der vorgesetzte linke Fuß verleihen der Haltung etwas Leichtes, Schwebendes. Nimmt man noch dazu den maßvollen Ausdruck des Affects und die in wunder= bar schönem Linienzug, in weichem harmonischen Fluß die Gestalt umgebende, gleichsam dem Gewöhnlichen entrückende Mantelgewandung, „welche, durch und durch plastisch, doch ein Stück Musik in sich selbst trägt", so wird man fühlen, daß hier ein Meister der Töne, und zwar nicht der aus einer finstern leidenschaftlichen Welt herstammenden, sondern aus den heitern Räumen des Himmels herniederklingenden, gefeiert ist.

Inwieweit der Künstler recht gehabt hat, hier zum Mantel zurückzugreifen, darüber läßt sich streiten; wie er ihn angewandt hat, sieht er wenigstens keiner stereo= typen Verhüllung ähnlich, es ist ihm hier nicht blos die negative Aufgabe, Unschönheiten zu verdecken, zugewiesen, der Künstler hat vielmehr durch den Mantel und dessen Arrangement etwas Positives, auf die geistige Bedeu= tung der Gestalt Bezughabendes auszudrücken vermocht.

Im Herbst des Jahres 1860, während der Künstler schon durch Krankheit ans Zimmer gefesselt war, wurde das Standbild, bei welchem die schönen Verhältnisse des von Professor Nicolai entworfenen Postaments wohlthuend in die Augen fallen, auf dem hinter dem Theater zu Dresden gelegenen, von Bäumen still umfriedeten Platze enthüllt.

Nachträglich muß hier noch der Skizze Erwähnung geschehen, welche Rietschel zu einem für Gellert in dessen Vaterstadt Hainichen bestimmten Denkmal im Jahre 1855 entworfen hat, ohne daß es noch bei seinen Lebzeiten zu Ausführung des Denkmals gekommen wäre. Die Gellert-Skizze steht dem Lessing völlig ebenbürtig zur Seite, sie bekundet ebenso Rietschel's Meisterschaft und Beherrschung des Ausdrucks wie jene ausgeführte Arbeit. Es ist hierbei über das Wesen der Skizze nicht hinausgegangen, aber alles mit einer Klarheit und Bestimmtheit angegeben, eine Großwirkung erzielt, daß man eine vollendete Arbeit vor sich zu sehen glaubt.

Schlicht und einfach, in der Haltung wie von Leiden etwas gedrückt, erscheint der fromme Dichter. Mild und ernst ist der Blick in beschaulichem Nachdenken zur Erde gesenkt. Die beiden Arme hält er vorn übereinander gelegt an sich, in der linken Hand ein zusammengeschlagenes Buch, in welches er den Zeigefinger eingelegt hat. So gleichsam auch körperlich in sich gewendet, ohne irgendwelche auffallende Bewegung oder leidenschaftlichen Affect, gibt er in dem stillen Frieden, der über das edle und gute Antlitz ausgegossen ist, das lebendige Bild eines vor Gott bescheidenen und demüthigen Mannes. Dabei ist aber übergroße Weichheit vermieden, man fühlt, daß dieser Mann zugleich seines ethischen Werthes sich bewußt war, der selbst dem gewaltigen König gegenüber das rechte treffende Wort zu sagen wußte! Wie Lessing, ist er in das Gewand seiner Zeit gekleidet, aber wie ganz individuell ist dasselbe hier wieder verwerthet! Auf allen Seiten läßt es die Eigenwesenheit des Mannes klar zur Geltung kommen.

Mancherlei andere Arbeiten gingen in dieser Zeit aus Rietschel's Hand: die Büsten König Johann's, Dr. Wolf's, der Frau von Lüttichau, die Reliefs von Emil Devrient und Bendemann. Dreimal führte er auch die Büste Rauch's in Marmor aus, für den Fürsten von Walbeck, für den Geheimrath Mendelssohn in Berlin und für die Akademie zu Antwerpen, in deren schönem Sitzungssaale sie als ein Kleinod deutscher Bildhauerkunst aufgestellt ist.

Das letzte Werk Rietschel's erfüllte dessen Seele mit hoher Freude, wenn der Meister auch wegen Vollendung desselben von mancher Sorge beschlichen wurde.

Im Jahre 1856 hatte eine Anzahl hochgeachteter Männer von Worms, an ihrer Spitze der Pfarrer Keim und der Gymnasiallehrer Dr. Eich, den Entschluß gefaßt, dem großen Reformator Martin Luther in der Stadt, in welcher er vor Kaiser und Reich sein Bekenntniß ablegte, ein Denkmal zu errichten. Es war dies ein glücklicher und zeitgemäßer Gedanke. Der Person des Reformators durch die Kunst einen erneuten Zoll der Dankbarkeit zu entrichten, lag gewiß nahe in einer Epoche, in welcher auf der andern Seite, als die sich in der Kunst geltend machenden Resultate der neuesten Entwickelung der katholischen Kirche, — Mariensäulen ohne Zahl aus der Erde emporwuchsen. So wurde denn das Luther=Denkmal bald von universeller Bedeutung für die gesammte evangelische Christenheit, die Idee fand als eine lutherische Angelegenheit überall Anerkennung, und es gab bald kein von Protestanten bewohntes Land der Erde mehr, in dem sich nicht für dies Werk dankbarer Verehrung Interesse und Theilnahme gezeigt hätte.

Aber nicht blos Theilnahme, auch heftige Gegner fand es in der protestantischen Welt. Das „Sächsische Kirchen= und Schulblatt" glaubte dagegen auftreten und die Theilnahme der sächsischen Geistlichen am Sammeln abschwächen zu müssen. Freilich war diese Gegnerschaft für die Sache selbst allenthalben nur von Vortheil, denn es beeilte sich nun jeder, wenn irgendmöglich, darzulegen, daß die Anschauungen des „Sächsischen Kirchen= und Schulblatt" nicht die seinigen seien. Das Unternehmen machte große Fortschritte. Das höchste Verdienst hierbei hat der Ausschuß und seine beiden Präsidenten, welche mit seltener Umsicht und Beharrlichkeit bisher die Denkmalsangelegenheit geleitet haben. Die Darstellung derselben wird einst einen sehr interessanten Beitrag zu unserer Culturgeschichte abgeben; hierher gehört dieselbe nur, soweit sie mit Rietschel's Schöpfung in unmittelbarstem Zusammenhang steht.

Vor zwei Misgriffen blieb das Comité durch den Rath der einsichtigsten Männer bewahrt, vor der anfänglich beabsichtigten Concurrenz und vor der Idee der Verbindung eines architektonischen mit einem plastischen Kunstwerke, nämlich der Aufstellung von Luther's Standbild unter einem tempelartigen Baue.

Die Concurrenzausschreibung bei künstlerischen Unternehmungen ist erst in neuerer Zeit mehr und mehr in
Gebrauch gekommen. Thatsachen, welche sich auf dem
Gebiete des Handwerks und der Industrie bewährt hatten, glaubte man auch auf die Kunst übertragen zu
können. Gewiß hat derjenige, welcher die Concurrenzen
im künstlerischen Schaffen erdachte, es mit der Kunst
gut gemeint, von ihrem innersten Wesen hat er aber
zuverlässig keine Ahnung gehabt. Die Concurrenzen
bieten in keiner Weise Garantie nur dafür, daß der
erste Zweck — die Möglichkeit einer Wahl unter den
Arbeiten der Besten — erreicht werde, denn es lehrt
die Erfahrung, daß die tüchtigsten Künstler, wenn sie
nicht äußere Noth dazu zwingt, sich in der Regel nicht
dabei betheiligen; und selbst wenn diese Thatsache nicht
entgegenstände, würde der Endzweck, das beste und
schönste Kunstwerk zu erzielen, nicht erreicht, denn Skizzen
beweisen noch keineswegs, daß der Concurrent, wenn
er auch sehr geschickt erscheint, Herr über die Vollendung
des Werks zu sein vermöge. Eine echte Composition
in der Plastik ist erst dann zur eigentlichen Beurtheilung
reif, wenn das Werk in seiner letzten Vollendung da —
und auf dem Platze seiner Bestimmung steht. Es gibt
überaus talentvolle Skizzisten, die nicht im Stande sind,
eine im Entwurf vollkommen geeignete Arbeit consequent auszuführen, während es gerade unter den aller-
tüchtigsten Bildhauern Meister gibt, deren Skizzen stets
ungenügend und von geringem Eindruck gewesen sind,
während sie sich bei Vollendung der Arbeit herrlich bewähren, sodaß ihre anfangs benutzten Skizzen daneben
kaum mehr als die Grundlage ihres Werks zu erkennen

sind. Dies hat darin seinen Grund, daß sich solche Naturen erst bei weiterer Ausbildung des Werks immer tiefer in das Innerste der Aufgaben versenken. Dazu kommt noch, daß, wenn wirklich der gewählte Künstler ein tüchtiger ist, ihm von vornherein bei dem Concurrenzverfahren alle Freudigkeit und Begeisterung für die Sache gelähmt wird. Der freie Auftrag, das entgegenkommende Vertrauen und die unbedingte Zuversicht in seine Kraft — das begeistert den Künstler, aber nicht jenes unwürdige Probeausstellen, welches, während es ein Mittel zur Vereinigung sein soll, in Wirklichkeit zum Erisapfel wird und widerwärtige Parteiungen aller Art hervorruft. Der Künstler, für welchen man sich zuletzt entscheidet, erhält — so drückt sich der Maler Gustav König treffend aus, zum Pathengeschenk Misgunst, Neid und Aergerniß jeder Art bei seiner Wahl mit eingebunden, wahrhaftig kein Mittel, ihn während der Ausführung seines Werks in der freudigen Begeisterung zu erhalten, die zum Entstehen und Vollenden eines Kunstwerks vor allem erforderlich ist.

Im Beginn des Jahres 1858 trat das Comité zu Worms, von dem Grundsatz ausgehend, daß eine Kunstangelegenheit dann am besten gewahrt ist, wenn sie vertrauensvoll einem bewährten Meister in die Hände gelegt wird, mit Rietschel in directe Verbindung. Es übertrug ihm die Aufgabe, weil es die Ueberzeugung hegte, daß er sich mit der vollen Hingebung seines künstlerischen Genius einem Gegenstande widmen werde, auf welchen erwartungsvoll die Blicke der ganzen protestantischen Welt gerichtet seien.

Rietschel erfaßte die Aufgabe mit vollstem Feuer und tiefster Freude des Herzens.

„Wie soll ich" — so schreibt er am 2. Februar 1858 an den Ausschuß — „der Empfindung Ausdruck geben, mit welcher Ihr geehrtes Schreiben vom 26. Januar mich erfüllte, das mir den Auftrag ertheilte, Luther's Monument zu bilden! Welch ein Auftrag! Wo könnte es einen solchen noch geben, der ehrenvoller, erhebender, begeisternder sein möchte? Bei der ersten Kunde Ihres Unternehmens war es wol natürlich, wenn der Wunsch in mir entstand, daß ich der glückliche Künstler sein möchte, welcher mit Lösung dieser schönen, erhabenen Aufgabe betraut werden möchte. Zweifelte ich auch nicht, daß mein Name bei der Wahl des Künstlers in das Bereich Ihrer Erwägungen gezogen werden würde, so blieb doch noch eine große Kluft zwischen Erwägung und Wahl und ich unterdrückte diesen erhebendsten meiner Wünsche um so entschiedener, je lebhafter er mich erfüllte. Haben Sie Dank für das Vertrauen, mit welchem Sie mir entgegenkommen, mich ehren; soweit mir Gott die Kraft gibt, will ich's rechtfertigen. Kann auch kein Künstler von sich sagen und versichern, daß er eine ihm gewordene Aufgabe in jeder Beziehung, in ihrem ganzen Umfange und ihrer Tiefe und zu aller Befriedigung lösen werde, so wird doch das volle Bewußtsein von der hohen Bedeutung derselben und eine hingebende Begeisterung dafür jedenfalls das Annäherndste zu glücklicher Lösung fördern und sichern. Ich bitte Gott, daß er meinen Geist erleuchte, meine Hand führe und meine Gesundheit stärke, daß ich zu seiner Ehre und zur Freude und Erhebung aller Protestanten — und, darf ich hinzusetzen auch zu einer stillen und gerechten Achtung der Katholiken, das Werk durchführe und vollende! Das helfe Gott!"

Die Wahl Rietschel's erregte überall die freudigste Zustimmung. Ein wie populärer Künstler er war, geht schon daraus hervor, daß durch seine Erkürung ein unbedingtes Vertrauen erweckt und die nöthigen sehr bedeutenden Summen in einer für Deutschland über= raschenden Weise bis auf einen verhältnißmäßig kleinen Theil beigesteuert wurden.

Nur wenige Tage nach Empfang des Auftrags stellte Rietschel bereits klar und bestimmt die beiden Gesichts= punkte hin, welche für die Auffassung maßgebend sein möchten. Entweder man setze blos Luther ein Denkmal, oder, indem man ihn mit seinen Vor= und Mitkämpfern darstelle, Luther und der ganzen Reformation, womit Luther's Verherrlichung in ihrer historischen Tiefe be= gründet und in ihrem weltgeschichtlichen Zusammenhang erscheine. Schon damals legte er in ihren Grundzügen nicht nur, sondern bis in die Einzelheiten die Idee dar, welche später mit einigen Modificationen im genehmigten Denkmalsentwurfe festgehalten worden ist.

Von Anfang an nahmen an dem Denkmalsplane viele und bedeutende Männer den lebhaftesten Antheil. Rietschel selbst besprach die Angelegenheit eingehend und gründlich mit solchen, auf deren Ansichten er Gewicht legte. Er klärte, läuterte und sichtete auf solche Weise am besten die eigenen. Mit den beiden Präsidenten des Comité, Pfarrer Keim und Dr. Eich, wurde leb= haft verkehrt, der Diakonus Pfeilschmidt, der Verfasser der „Heiligen Zeiten" und gründlicher Kenner der Refor= mationsgeschichte, bei Feststellung der zu berücksichtigenden

Thatsachen und Persönlichkeiten zu Rathe gezogen; unter den Künstlern nahmen Director Schnorr von Carolsfeld, Professor Hübner in Dresden und der unter dem Namen Luther=König bekannte Maler in München thätigen An= theil; die bedeutendsten Theologen und Historiker wur= den bei Bestimmung einzelner Persönlichkeiten befragt; Dr. Schiller's feines Urtheil kam stets erwünscht. Ein reiches Material von Büchern, Abgüssen, Gemmen, Bil= dern, Pausen und Kupferstichen wurde gesammelt, von Rietschel gründlich studirt und so die Zeitatmosphäre gleichsam eingesogen. So groß war der Antheil, der von allen Seiten dem Werke zugetragen wurde, daß, um nur eins zu erwähnen, unter vielen Zuschriften aus Nord und Süd auch eine von einem Goldarbeiter im fernsten Winkel Ungarns bei Rietschel einging, in welcher ihm alles Ernstes gerathen wurde, er möge doch, um Luther's Bedeutung recht deutlich auszusprechen, denselben im protestantischen Chorrock, das abgelegte Mönchsgewand zu seinen Füßen, darstellen.

Rietschel bezeichnete den Einfluß, welchen fremder Rath und Meinung auf sein Werk ausgeübt, sehr be= stimmt, wenn er sagt: er sei der Eitelkeit fern, die da meine, die Künstlerehre könne leiden, wenn die Gedanken nicht alle aus dem eigenen Hirn entsprängen; er habe nie ein größeres Werk unternommen, ohne mit Freunden und Männern von Geist und Wissen zu sprechen, An= sichten und Anschauungen entgegenzunehmen, um die eigenen daran zu schärfen und zu befestigen; aber er sei ganz in sich selbst durch den Proceß der Reflexion, der Prüfung — des Zweifels zu seinen letzten Resultaten bei dem Luther=Denkmal gekommen, „nur und allein mit seiner innern Ueberzeugung und auf keine Auto=torität hin".

So einsichtsvoll und erwägend er Meinungsäuße=rungen, die ihm beachtenswerth erschienen, aufnahm, ebenso mild und rücksichtsvoll war er im Zurückweisen von Rathschlägen, die er als unverständig oder unkünst=lerisch erkannte. So wies er, als davon die Rede war, ob es nicht ein gar artig Sinnbild sei, eine aufge=schlagene Bibel mit zerrissenen Ketten zu Luther's Füßen oder etwa am Postament als Relief anzubringen, ein=fach darauf hin, daß Wirkung und Bedeutung solcher allegorischen Darstellungen verschwänden neben der großen Symbolik, welche eine historische Gestalt ausspräche, und er ruft hierbei aus: „Wenn Luther dargestellt ist, so ist in ihm Licht und Fortschritt, höchste Frömmigkeit, Muth und Vernichtung geistiger Ketten, es ist die ganze Reformation symbolisirt. So kann eine Gestalt das Höchste und Umfassendste aussprechen, solche Symbolik liegt überall in der Natur, in der Geschichte. Wenn ich Luther's gedrungene Gestalt, seine kräftigen Gesichts=züge, seine mächtige Stirn und kleinen geistvollen, scharfen Augen sehe, so erkenne ich in diesen Zeichen ein Symbol, das äußerlich seinen energischen, muthigen Feuergeist auf den ersten Blick andeutet."

Im Sommer des Jahres 1858 berührte Rietschel auf einer Reise nach Bad Ems, welches er zur Herstellung seiner angegriffenen Gesundheit besuchen mußte, die Stadt Worms. Er entwickelte dort die zwei weiter unten beschriebenen Projecte, ein größeres und ein kleineres, nach denen er das Modell zum Denkmal zu entwerfen gebachte. Das Comité beauftragte ihn, beide Projecte zu modelliren, und behielt sich vor, nach Maßgabe der vorhandenen und der zu erwartenden Mittel für die Ausführung des einen oder des andern zu entscheiden.

Jetzt galt es vor allem die Frage, wie soll Luther dargestellt werden, und welche Persönlichkeiten sollen sonst noch an dem Monument Platz finden?

Anfänglich waren als die vier Vorreformatoren Petrus Waldus, Wiclef, Huß und — Reuchlin bezeichnet, welche sitzend am Postament dargestellt werden, während von den Zeitgenossen Luther's Friedrich der Weise, Philipp von Hessen, Melanchthon und — Ulrich von Hutten Standbilder erhalten sollten. Ulrich von Hutten, dessen Bild in der Geschichte noch schwankend dasteht, der den einen ein bloßer Abenteuerer, ein politisch ehrgeiziger Parteigänger, den andern ein freier deutscher Geistes= held ist, erregte, wie vorauszusehen war, Widerspruch. Rietschel selbst hatte für diese Gestalt keine Sympathie, auch sprachen sich bedeutende Autoritäten, z. B. Bunsen, gegen die Aufnahme Hutten's aus. Auch ein mehr äußerlicher Grund erleichterte das Fallenlassen Hutten's nämlich der, daß Melanchthon unter den drei ritterlichen Erscheinungen einen fremdartigen Charakter ohne ein passendes Gegenbild behalten dürfte. So blieb denn der deutsche Ritter weg. Es ist immerhin zu bedauern, daß Hutten's Standbild verworfen wurde. War er auch den Leitern der Reformation zum Theil keine angenehme Persönlichkeit, so vertritt er doch die politische Seite derselben in Deutschland in vorderster Reihe. Der deutsche Ritter hätte in der zürnenden Stellung, die eine edle Seele der Gemeinheit_ gegenüber einnimmt, unter den

Bannerträgern der Reformation Platz finden sollen, in ihr hätte er, um mit Strauß' Worten zu sprechen, denen erscheinen sollen, welche den Schlüssel der Gewissen und der Geistesbildung deutscher Stämme, durch die Kämpfe wackerer Vorfahren kaum zurückerobert, kampflos aufs neue an Rom und an eine römisch gesinnte Priesterschaft ausliefern, noch zürnender womöglich denen, welche im Schose des Protestantismus selbst ein neues Papstthum pflanzen möchten, den Fürsten, die ihr Belieben zum Gesetz erheben, den Gelehrten, denen Verhältnisse und Rücksichten über die Wahrheit gehen!

An Hutten's Stelle trat nun Reuchlin, und allerdings ist die Aufnahme des geistvollen Humanisten unter die Mitarbeiter der Reformation mehr motivirt als sein Platz bei den Vorreformatoren. Reuchlin und Melanchthon waren die hervorragendsten Männer des Wissens, Friedrich der Weise und Philipp von Hessen die Männer der That. Reuchlin, ebenso wie sein großer Schüler Melanchthon „lux mundi" seiner Zeit genannt, hat letztern der auffeimenden großen Frage zugewendet, indem er ihn an die wittenberger Universität empfahl und dadurch an Luther's Seite brachte.

Statt des bei den Vorreformatoren in Wegfall gekommenen Reuchlin wurde Savonarola gewählt. Auch gegen diese Wahl sprach sich manche Stimme aus. Er wurde einerseits als ein mystischer Jakobiner, der mit den modernen Utopisten in Eins zusammenfiele, als ein Revolutionsmann, kurz als ein Mann bezeichnet, „que l'on ne peut montrer ni à ses amis ni à ses ennemis", während er andererseits — kaum glaublich — von einzelnen Katholiken als der Ihrige in Anspruch genommen wurde. Indessen Rietschel behielt ihn trotz aller Angriffe bei.

Was nun die Darstellung des Reformators selbst anlangt, so war der Künstler anfänglich der Ansicht, daß, da Luther's That in Worms versinnbildlicht werden solle, das Augustinerkleid zu wählen und seine Erscheinung so, wie sie zur Zeit des wormser Reichstags gewesen, wiederzugeben sei. Es verlockte den Bildner hierzu einerseits der Drang nach historischer Wahrheit, andererseits wol auch der Umstand, daß der herkömmliche Luthertypus, wie er aus Cranach's Bildern hervorgegangen, ihm nicht völlig behagte. Es galt hier nicht wie beim Lessing, das Bild erst in der Nation einzuführen und allgemein bekannt zu machen, es galt, ein zwar populäres, aber nicht künstlerisches Bild so umzugestalten, daß von der historischen Wirklichkeit nicht zu viel abgewichen, daß es aber von häßlichen Zufälligkeiten befreit würde. In Luther's, des jüngern Mannes, Kopf treten bei größerer Magerkeit die scharf markirten Züge, sein geistig ringendes Wesen sehr deutlich und bestimmt hervor, während in den meisten Cranach=Bildern der Kopf etwas zu stark verfettet erscheint. Ferner versprach das Mönchskleid, mit den in der Mitte durch den Gurt durchbrochenen Falten, die Erscheinung ästhetisch freier und interessanter wirken zu lassen, als der Priesterrock über der bejahrten starken Gestalt Luther's, der mit seiner „Orgelpfeifenparallele", wie sich Rietschel auszudrücken pflegte, eine unschöne und unerträglich langweilige Masse in Aussicht stellte.

So frappirt auch im Anfang fast alle dem Unternehmen Nahestehenden von dem Gedanken Rietschel's

waren, so stimmte man den Gründen, welche für den=
selben geltend gemacht wurden, doch meist bei, und bald
hatte das Mönchskleid mehr Vertheidiger als der Doctor=
rock. Bunsen sprach sich in einem auf den Wunsch des
Ausschusses abgefaßten Gutachten für Rietschel's Ge=
danken und insbesondere auch für den Luther in der
Mönchstracht aus, ebenso von Bethmann=Hollweg, indem
er meinte, so werde unserm Volke eben der wahre Ursprung
des von Gott gewirkten Wunders einer neuen Geistes=
schöpfung des aus dem Dunkel hervorbrechenden Lichts
der Reformation wieder vergegenwärtigt, das es im
Vollgenusse seiner Nachwirkungen fast vergessen habe.

Obwol auch in der Presse ziemlich allgemein das
Mönchskleid vertheidigt wurde, so fühlte Rietschel doch,
daß er sich definitiv nicht so schnell entscheiden könne. Er
spricht dies selbst in einem Briefe an Dr. Schiller aus:
„Keiner meiner Gegner hat meine Gründe ganz desavouiren
können und ich nicht ganz die ihrigen. Für abgeschlossen
kann ich die Frage noch nicht halten, ich fühle die
große und außerordentliche Bedeutung solcher
Aufgabe und die Verantwortung, die ich dem
religiösen und confessionellen Bewußtsein des
Volks gegenüber übernehme, zu sehr."

Der Künstler arbeitete an dem Modell länger als
gewöhnlich, er deutete jede Bewegung, jede Faltenlinie
bei weitem klarer und bestimmter an, als er sonst bei
Skizzen zu thun pflegte. Dies geschah theilweise nothge=
drungen, denn der Entwurf sollte ja voraussichtlich vielen
zum Anhalt und Verständniß dienen, und es machte sich
daher im Interesse der Laien die möglichste Klarheit noth=
wendig; theils scheint eine leise Ahnung des Künstlers

Seele bewegt zu haben, daß vielleicht dieser Entwurf
bereinst als Leiter und Führer für andere Hände werde
dienen müssen.

Zu Luther's Figur hatte er drei Skizzen gemacht.
In der einen hält Luther betheuernd die linke Hand
aufs Herz, während er in der rechten die Bibel trägt.
Der Doctorrock fällt gerade von den Schultern herab.
In der andern legt Luther betheuernd die rechte Hand
auf die in der linken liegende Bibel. Die offene auf=
gelöste Hand verwandelte er später in die locker geballte
Faust, die auf das Wort der Bibel wie besiegelnd, nicht
schlagend, nicht zornig, sondern bewußt und sicher drückt.
Dadurch kam in die Gestalt ein voller ganzer Zug, wie
er noch in keinem Bilde Luther's so getroffen worden,
dadurch wurde Stellung und Bewegung ausdrucksvoller,
plastischer. Das Auge überzeugungsvoll nach oben ge=
wendet, das Haupt kühn und fest auf den Schultern,
den rechten Fuß vorgesetzt, während der Körper sicher
auf dem linken ruht, so steht der Reformator da, es
ist „die aus innerster Glaubenszuversicht kämpfende und
siegesgewisse Gestalt. Das Hin und Wider ist vorbei,
es gilt nunmehr den ganzen kriegerisch geschlossenen
Einsatz der Persönlichkeit, der der letzte und höchste
Beweis innerer unbeugsamer Ueberzeugung ist“. „Hier
stehe ich, ich kann nicht anders, Gott helfe mir!“ oder
„Gott komm mir zu Hülfe! Amen! Da bin ich!“ —
wie auf naivere Weise Luther's Wort in einem gleich=
zeitigen deutschen Druck wiedergegeben wird — ist das
Grundmotiv der Stellung und des Ausdrucks.

Rietschel hatte die letztere Skizze zuerst im Mönchs=
kleid gebildet, das in allen Beziehungen schön wirkt,

gute Linien gibt, die Bewegung des Körpers überall zur Geltung kommen und sichtbar sein läßt. Jetzt wollte er dasselbe Motiv Luther's auch im Chorrocke darstellen. Fast verzweifelte er an der Möglichkeit, da er nirgends das Gewand anliegen lassen konnte. Dreimal riß er die Skizze wieder ein, bis er endlich jenes köstliche Motiv der Gewandung, welches die Gestalt noch viel schöner und lebendiger wie im Mönchskleide erscheinen läßt und in frappanter Weise das geistige Moment in der Figur klar ausspricht, gefunden hatte.

Schon vorher und während der Arbeit insbesondere hatte Rietschel gefühlt, daß der Gedanke, Luther als Augustinermönch darzustellen, mehr auf dem Papier wie in Wirklichkeit geistreich sei; daß ihm nun der geistige Ausdruck der Gestalt durch den Doctorrock eher erhöht als beeinträchtigt schien, gab den Ausschlag für den letztern. Wie gewissenhaft der Meister zu Werke ging, ersieht man aus einer Niederschrift, die sich in einem seiner Notizbücher vorgefunden und in welcher er in dem Bestreben und Ringen nach eigener Klarheit das Für und Wider auseinandersetzt. Der Aufsatz ist überschrieben „Luther's Monument in Worms" und lautet:

„Soll die Auffassung Luther's der Ausdruck einer allgemeinen Idee seiner Persönlichkeit sein, oder soll sie das streng historische Bild derselben uns vorführen, wie es uns vorschwebt im Moment, in dem Luther die größte That seines Muthes und Glaubens vollführte, seinem Martyrium mit Standhaftigkeit entgegenging?

„Soll vor allem sein Charakter — oder zugleich auch dies Werk seines Lebens verherrlicht werden?

„Beide Auffassungen haben ihre Berechtigung, es ist die Frage, auf welcher Seite sich die meisten Gründe häufen!

„Da das Monument in Worms errichtet wird, macht sich der Anspruch an die rein historische Darstellung geltend. Der Grund, warum es dort errichtet wird, soll erkennbar sein, also — Luther's Darstellung soll erinnern an die That, die er in Worms vollführte, und weil Luther zu jener Zeit das Mönchskleid trug, muß er in demselben dargestellt werden und zugleich im Ausdrucke des entscheidenden, welthistorischen Wortes: „Hier stehe ich, ich kann nicht anders!" — dessen Ausspruch plastisch erkennbar, in Stellung und Bewegung möglich ist.

„Es ist mit Darstellung dieses Moments die Protestation als solche ausgesprochen. Dieser Moment ist der Anfang der Reformation, die Lostrennung von der katholischen Kirche, die Aufkündigung der Pflichten des Gehorsams gegen die Autorität des Papstes, der Concilien, und wenn der Anfang eines Dinges allemal das Schwerste ist, so ist gewiß auch diese That in Luther's Leben die schwerste, größte und deshalb erfolgreichste gewesen, also wohl würdig, zu ihrer Verherrlichung für sich allein ein Monument in Anspruch zu nehmen.

„Es erscheint demnach, wenn nur diese That und zwar in Worms verherrlicht werden sollte, nur das Mönchskleid gerechtfertigt, abgesehen davon, daß die interessante künstlerische Form dieses Kleides, mannichfaltig in Linien, die Bewegung der Gestalt lebendig und frei zuläßt. Dann aber darf das Postament nur Darstellungen erhalten, welche zu dieser That in Beziehung stehen oder nur bis zu diesem Zeitpunkte reichen, es wird das Denkmal dann eine Episode aus Luther's Leben verherrlichen.

„Der Plan für dieses Monument hat sich aber erweitert, es soll nicht blos ein Monument der Person Luther's, sondern ein Monument der lutherischen Reformation werden, deren Mittelpunkt und Krönung er ist. Also nicht eine Episode aus Luther's Leben, nicht ein Theil von ihm, sondern der ganze Mann und sein Wirken soll Ausdruck finden; nicht Luther und seiner That in Worms vor dem Reichstag soll ein Monument gesetzt werden, sondern Luther und der durch ihn bewirkten Reformation, und weil er in Worms den Grundstein dazu legte.

„Hätte Luther in Worms den Märtyrertod erlitten, so würde seine That noch größer und tragisch verherrlichter erscheinen, und es wäre dann auch kein Zweifel, daß er im Augustinerkleide dargestellt werden müßte; allein da Luther's Wirken als Reformator erst von da an begann und sein ganzes Leben ausfüllte, da Luther in Worms nur die falschen, der Kirche aufgedrungenen Dogmen negirte und gegen die hierarchische Gewalt protestirte, und erst von da ab sein Leben hindurch positiv wirkte, die wahren Dogmen reinigte, neu einsetzte, nicht nur protestirte, sondern reformirte, so kann und muß seine ganze große Lebensthätigkeit zusammengefaßt, nicht der werdende, sondern der gewordene Luther, der ganze Mann in seiner Durchschnittserscheinung, nicht ein Theil nur von ihm dargestellt werden. Es errichtet ihm das Monument nicht Eine Stadt, Ein Land, sondern Protestanten aller Länder, es wird nur

Ein Monument der Art für Luther errichtet, und es hat daher auch Worms nicht das Recht, die Darstellung des Reformators in seiner ganz speciellen Beziehung zu dieser Stadt zu fordern.

„Die Ansprüche an dies Monument sind also weitgreifend, es soll dem Reformator und seinem Werke geweiht sein. Reliefs sollen die Hauptthaten seines ganzen Lebens umfassen, also über die Zeit des Reichstags hinausgehen; Zeitgenossen sollen einen Platz daran finden, welche für die Reformation vor und nach Luther thätig waren. Hier muß die streng historische Wahrheit beiseite gesetzt werden, denn Reuchlin wirkte lange vor Luther's Auftreten, Philipp von Hessen, der Held des Protestantismus, der auf dem Reichstage erst siebzehn Jahre alt war, muß in den Jahren seiner männlichen Thatkraft dargestellt werden.

„Daher ist aber auch für Luther die Erscheinung und Kleidung zu wählen, welche sein ganzes späteres Leben hindurch maßgebend war, in der seine Gestalt Eigenthum der Volksanschauung geworden.

„Uebrigens wäre kein Grund vorhanden, Luther im Augustinergewande über die vier Vorreformatoren Huß, Savonarola, Wiclef und Waldus, welche am Postament eine untergeordnete Stellung einnehmen, zu stellen. Sie haben nicht weniger geglaubt und gekämpft, ja sie haben mit gleichem Glaubensmuthe mehr gelitten. Luther im Augustinergewand ist nur der neben ihnen gleichstehende Kämpfer für eine Sache, die erst beginnt, gegen ein Gift, das er ausrotten will. Aber nicht als der Anfänger, sondern als der Vollender des von jenen Vier begonnenen, von ihm durchgeführten Werks hat er das

Recht, über ihnen zu stehen, und als solcher kann er eben nur in dem Kleide gedacht werden, das Symbol durch ihn geworden für eine neue, von der katholischen Hierarchie losgetrennte Kirche.

„Nach meinen plastischen Versuchen halte ich es auch nicht für möglich, Luther's Gesicht, das zur Zeit des Reichstags durch seine Magerkeit sehr abwich von den Bildern, wie wir sie durch Lukas Cranach kennen, ähnlich, erkennbar darzustellen, wenn die Gestalt von dem uns fremd gewordenen Mönchskleid, der Kopf statt der bekannten Haartracht Luther's von der Tonsur um= geben ist, — eine Erscheinung, mit welcher wir Pro= testanten so leicht den Begriff des Fanatischen vereinigen. Die Bewegung der Gestalt wird sehr entschieden sein müssen, und nur durch Abstraction werden wir aus einem fanatischen Mönche den muthigen, entschiedenen, kräftigen Luther herausconstruiren müssen. Es ist aber die erste Bedingung eines Kunstwerks, vor allem eines Nationalmonuments, daß der Beschauer nicht durch Abstraction und Reflexion zum Begriffe desselben ge= langt, sondern unmittelbar beim ersten Blick in Besitz desselben gestellt wird.

„Luther lebt im Bewußtsein des Volks als der, wie Lukas Cranach ihn uns gegeben, und wenn es auch nicht nöthig ist, dies Bild in seinem Umfange festzu= halten, vielmehr es künstlerisch günstiger aufzufassen ist, so muß dies jedenfalls in einer dem Gesammtbilde entsprechenden Weise und nicht im Kleide der von Luther bekämpften und beseitigten Mönchsorden geschehen, die uns als etwas dem Protestantismus ganz Entgegen= gesetztes erscheinen.

„Der Künstler hat die Wahrheit der Idee der der Erscheinung vorzuziehen, wenn letztere die erste nicht zum klaren Ausdruck gelangen läßt.

„Das Motiv der Stellung und des Ausdrucks: „Hier stehe ich, ich kann nicht anders!“ kann auch im Chorrock beibehalten werden und somit an die That vor dem Reichstag erinnern, denn dies Wort oder dessen Bedeutung durchdrang Luther's ganzes Leben und jeder Schritt seiner Handlungen wiederholte es.

„Daß das Mönchskleid schöner, interessanter erscheint als der Chorrock, darf nicht allein entscheiden. Es gibt Kunstwerke, bei denen nicht die Schönheit allein, sondern die Idee und Bedeutung maßgebend wird.“ —

Im Frühjahr 1859 stellte Rietschel die beiden Modelle des Denkmals, nach dem größern wie nach dem weniger umfangreichen Plane, dem Gesammtausschuß zu Worms und dem Großherzog Ludwig von Hessen, der den Künstler sehr freundlich aufnahm, vor, und erhielt nunmehr den Auftrag, den größern Entwurf zur Ausführung zu bringen, nachdem eine Commission von darmstädtischen Kunstnotabilitäten denselben einer Prüfung unterworfen und ihn mit wenigen und unbedeutenden Desiderien für angemessen befunden hatte.

Es darf hier nämlich nicht unerwähnt bleiben, daß dem Ausschuß des Luther-Denkmalvereins, weil er, von einer Concurrenz absehend, dem nach Rauch's Tode anerkannt ersten Bildhauer Deutschlands das Werk anvertraut hatte, Herr von Dalwigk in einer etwas stark gedehnten Auffassung der Vereinsstatuten „wegen eigenmächtigen Vorgehens in dieser Sache“ sein entschiedenes Misfallen unterm 28. Juni 1858 zu erkennen gegeben

und angeordnet hatte, daß Rietschel's Entwürfe einer
von ihm — Herrn von Dalwigk — zu bestellenden
Commission zur Prüfung vorzulegen seien. So wenig
angemessen ein derartiges Verfahren gegen das Comité
wie insbesondere gegen den Künstler erschien, so waren
doch beide zu sehr von der Sache begeistert, als daß sie
sich auf ein kleinlich eitles Hin und Her einlassen mochten.
Rietschel, der auf solche Dinge überdies mit großer
Milde herniedersah, überwand seinen gerechten Stolz und
legte, seines sittlichen und künstlerischen Uebergewichts
sicher, die Entwürfe der darmstädtischen Commission vor.

Der kleinere Entwurf besteht in dem einschließlich
der dazu führenden Stufen ungefähr 18 Fuß Rheinisch
hohen Postament, darauf Luther's Standbild, 10½ Fuß
Rheinisch. An den vier Seiten des Postaments sind in
der Höhe von beiläufig 10 Fuß Nischen angebracht, in
denen auf etwas hervortretenden Sockeln die Gestalten
der vier Vorreformatoren, sitzend und im Verhältniß
von 7 Fuß Rheinisch gedacht, dargestellt sind, während
die Mitkämpfer und Träger der Reformation, Gestalten
von 8½ Fuß in der Höhe von beiläufig 8 Fuß, an den
vier Ecken des Postaments auf stark hervorspringenden
Sockeln stehen. Wenn dieser Entwurf sehr günstig be=
urtheilt, ja sogar hier und da dem größern vorgezogen
worden ist, so hat man sich hierbei von der Geneigtheit
für das Herkömmliche verleiten lassen und nicht bedacht,
daß die Statuen, während sie doch ganz individuell aus=
gebildete, das Interesse gleichmäßig in Anspruch neh=
mende Gestalten sind, hier nur als decorative Elemente
erscheinen würden und somit ihre geistige Bedeutung
unausbleiblich herabgedrückt worden wäre.

Plastisch unvergleichlich großartiger, alle Gestalten mehr zur Geltung bringend, insbesondere die Hauptgestalt Luther's viel hervorhebender ist der zweite Entwurf.

Das ist nicht mehr ein einzelnes Monument, sondern eine Anzahl von Monumenten, welche aber untereinander in Beziehung stehen und der äußern Form sowol wie dem Gedanken nach sich zu Einem Denkmal verbinden. Dem Reformator ist hier nicht mehr als einer einzelnen Persönlichkeit ein Standbild errichtet. „Er ist umgeben von einer Reihe kühner Geister, die vor, neben und mit ihm jene Befreiungsschlacht der Reformation durchgekämpft haben, oder die in mannichfach verschiedener Lebensstellung sich ihr förderlich zu zeigen vermochten. Es ist also viel mehr ein großes Gesammtdenkmal der lutherischen Reformation, in welchem die welterschütternde Bewegung nach ihrer ganzen Breite und Tiefe in der Ruhe der Gestalten aufgefaßt ist und wobei Luther's Bild nur als Krönung erscheint."

Das ganze Monument nimmt einen quabratischen Flächenraum ein, dessen Seiten je 45 Fuß Rheinisch messen. Zwei Stufenschichten bilden die Grunblage des somit aus der profanen Umgebung emporgehobenen Raums. An den vier Ecken desselben stehen auf etwa 9 Fuß hohen Postamenten die 8½ Fuß hohen Gestalten der Schützer und Förderer des Protestantismus; vorn am Eingang links Friedrich der Weise. Der markige Mann ist in der imposanten, etwas schweren Kurfürstentracht bargestellt; er trägt in der Rechten das Reichsschwert, das er schützend über den neuen Glauben gehalten, mit der andern hebt er, wie um im feierlichen

Schritte vorwärts zu gehen, das Gewand ein wenig in die Höhe. Echt und treu, eine fromme und heldenhafte Seele wie er war, so steht er da, zu seinen Füßen die Kaiserkrone, die er verschmähte.

Im Gegensatz zu Friedrich des Weisen feierlicher Getragenheit steht Philipp des Großmüthigen kecker und bewußter Muth; sein Standbild erhebt sich an der rechten Ecke. Er stützt sich, den Blick in die Höhe gewendet, fest und energisch in der Herrentracht seiner Zeit dastehend, mit beiden Händen auf sein zuverlässiges Schwert.

An den beiden hintern Ecken steht rechts Reuchlin links Melanchthon. Letzterer, gekleidet in den vorn offen herabfallenden Doctorrock, in der Linken die Bibel, mit der Rechten gesticulirend, gleichsam als ob er einen aufgestellten Satz ruhig entwickelte, ist ein Bild christlicher Einfachheit und Demuth. Reuchlin in eleganterer, stolzerer Haltung, das heraufgenommene Gewand über den linken Arm geschlagen und mit beiden Händen eine Rolle entfaltend, darlegend. Sein Kopf hat jenen im 16. Jahrhundert zuerst auftauchenden feinen geistreichen Gesichtsschnitt, den man als durch die Beschäftigung mit classischer Literatur und Kunst ausgeprägt sich zu denken hat, und welcher einzelnen Erscheinungen jener Zeit ein überaus modernes Gepräge, wie wir es etwa an Lessing's Kopf wahrnehmen, verleiht.

Der Künstler hat sonach in diesen vier Männern die weltliche und die geistige Macht, welche der Reformation fördernd zur Seite stand, gleichsam als eine eherne Schutz- und Ehrenwache, trefflich charakterisirt. Auch darin hat Rietschel seinen Takt bewiesen, daß er sämmt-

liche Gestalten in ihren ganz besondern Lebensbeziehungen
auffaßte und nicht etwa in ihrer Bewegung oder Haltung
über die Ruhe der bloßen Schilderung hinausging,
also die in Luther gipfelnde geistige Handlung nicht ab=
geschwächt und zerbröckelt hat. Daher stellte er auch
Melanchthon, obgleich dessen zarte und gleichsam durch=
sichtige Natur so sehr dazu verlockte, nicht als den innig
Bekennenden, etwa die feine Hand betheuernd auf der
Brust haltend, sondern als den gelehrten, die Dogmen
der Reformation wissenschaftlich begründenden Denker hin,
kurz in der Eigenschaft, in welcher seine Hauptbedeutung
für die Sache der Reformation ruht.

Die Vorderseite zwischen den Statuen Friedrich's
des Weisen und Philipp's des Großmüthigen ist offen,
an den drei andern Seiten dagegen sind die vier Monu=
mente durch eine 5—6 Fuß hohe Zinnenmauer ver=
bunden, welche an ihrer Innenseite mit den Wappen
derjenigen Städte geschmückt ist, die sich besonders als
Hort des Protestantismus ausgezeichnet haben. In der
Mitte jeder der drei Zinnenmauern erhebt sich, die Ein=
förmigkeit schön unterbrechend, auf etwa 7 Fuß hohem
Postament eine sitzende mauergekrönte weibliche Gestalt
im Verhältniß von 6 Fuß Rheinisch. Es sind dies Städte=
personificationen, und zwar links das protestirende Speier,
rechts das bekennende Augsburg mit der Friedens=
palme, und auf der Mitte der hintern Umfassungsmauer
das trauernde Magdeburg mit zerbrochenem Schwerte,
in stummem Schmerz das vom Gewande verhüllte Antlitz
auf die Brust niedergesenkt, den Beschauer daran mah=
nend, daß dem hohen Geisteswerke, welches in so triumphi=

renden Gestalten uns lebendig und tageshell entgegentritt, die Weihe des Schmerzes und die Läuterung durch die Nacht des Unglücks hindurch nicht gefehlt habe.

Inmitten des Monumentraums erhebt sich das eigentliche Denkmal Luther's. Das Postament, mit seiner dreifachen Stufenschicht etwa 18 Fuß Rheinisch hoch, besteht in dem Sockel, dessen Felder mit den Wappen von sechs der hervorragendsten Fürsten und zweier Städte, welche die Augsburger Confession unterschrieben haben, geschmückt sind, und in den sich darüber aufbauenden zwei Würfeln. Am untern Würfel sind die Grundzüge von Luther's Leben und Lehre in Reliefs dargestellt: der Anschlag der Thesen zu Wittenberg, der Reichstag zu Worms, die Bibelübersetzung und das Predigtamt, das Abendmahl in beiderlei Gestalt und die Priesterehe. Am obern Würfel befinden sich, dessen Felder zur Hälfte einnehmend, Inschrifttafeln mit besonders bedeutungsvollen Worten Luther's, darunter je zwei Porträtmedaillons der hervorragendsten Persönlichkeiten unter den Beförderern der Reformation, soweit sie nicht als Standbilder Raum gefunden haben, und zwar vorn Johann der Beständige und Johann Friedrich der Großmüthige, an der Rückseite Hutten und Sickingen, rechts Zwingli und Calvin, links Justus Jonas und Bugenhagen. An den vier aus dem Sockel hervorspringenden Ecken erblicken wir die vier 7 Fuß im Verhältniß hohen Gestalten der Vorreformatoren: Savonarola, Huß, Petrus Waldus und Wiclef.

Abgesehen davon, daß hierdurch klar der Gedanke ausgesprochen war, „die Reformation ist nicht blos das Ergebniß einer vereinzelten Volksentwickelung, sondern die unabweisbare Nothwendigkeit der gesammten vergangenen Geschichte", boten auch gerade die gewählten Gestalten dem Künstler erwünschte Gelegenheit, die geistigen Typen der vier Hauptnationalitäten damaliger Zeit zu erfassen und darzustellen.

Savonarola's originelle, geistdurchleuchtete Züge, wie sie von der Meisterhand seines Freundes Fra Bartolommeo festgehalten und der Nachwelt überliefert worden sind, versetzen uns lebhafter als alle schriftlichen Documente in jene durch die schroffsten Gegensätze markirte Zeit der florentinischen Parteikämpfe, machen es erklärlich, wie dieser von dem reinen Feuer eines Propheten erfüllte Mann, dieser Prediger der Buße und Entsagung, zu Grunde gehen mußte, weil ihm die bewußte Freiheit des Geistes, der volle schöne Blick für das Leben abging. Gleichsam die sinnliche Ueppigkeit seiner Zeit strafend und verdammend, mehr aber noch mit prophetisch düsterm Blick den Ausgang dieser Dinge voraussagend — so ist der große Dominicaner dargestellt. Sein Haupt ist von der Kapuze bedeckt, aus der das hagere, echt italienische Gesicht hervorschaut, die linke Hand hebt er warnend in die Höhe, während er die zusammengeballte Rechte fest an seine Brust drückt.

Huß mit dem feinen, edeln, etwas krankhaften Antlitz, zu dem heutzutage tausend und abertausend Katholiken verehrend, ja anbetend emporschauen, denn durch eine neckische Laune des Zufalls sind Huß' Züge auf den heiligen Johannes Nepomuk übergegangen, diesem gleichsam cedirt worden — bot einem Künstler wie Rietschel volle Gelegenheit, alle Tiefe innigster Liebe und Hingabe an Christum darzustellen. Sein mit dem Baret bedecktes

Haupt ist auf die Brust geneigt, mit dem Auge des Märtyrers schaut er in inbrünstigem Gebet auf das von ihm mit beiden Händen umfaßte Crucifix.

Petrus Waldus, von dem kein historisches Bild existirt, stellte der Meister als den dem Reichthum und der Pracht der Welt Entsagenden, zu dem Glücke einfacher patriarchalischer Sitten Zurückkehrenden in der Pilgrimstracht dar. In seinem Antlitz, dessen Blicke sehnsüchtig in die Ferne schauen, ist ein Strahl von dem ewigen Lichte aufgegangen.

Wiclef endlich, im Doctorgewand seiner Zeit, verräth in dem starken Knochenbau den Angelsachsen. Sein Geist ist tief versenkt in das von ihm mit der linken Hand gehaltene, auf dem Knie aufliegende Buch; der umgebenden Welt völlig entrückt, scheint diese ernste Gestalt mit den scharf markirten Zügen und dem wallenden Barte ein „Leise, leise!“ zu gebieten, so unverkennbar ist andächtige Stille über sie ausgegossen.

So stellt sich in diesen vier Männern das Suchen und Sehnen nach dem wahren Lichte des Herrn in verschiedenen Richtungen und Erscheinungsformen dar; sie gleichen in Bezug zu Luther's Bild, das so groß und gewaltig über ihnen steht, den noch unentwickelten Blättern, aus denen die volle Blüte emporwuchs; denn während in dem deutschen Luther die zum Durchbruch und Selbstbewußtsein gelangte Glaubensfreiheit sich ausspricht, kommen in jenen nur die einseitigen, erst in ihrer Vereinigung dahin führenden Gemüths- und Geistesrichtungen zur Anschauung. Darum sind ihre Gestalten sämmtlich in großer Ruhe, mehr in Zuständen wie in Handlung begriffen aufgefaßt; nur Savonarola ist bewegter dargestellt, aber auch dessen Bewegung zeigt mehr ein prophetisches Aufleuchten als eine scharf und bestimmt accentuirte Handlung. Eine solche tritt erst in Luther klar und entschieden hervor.

Der Eindruck des Ganzen ist schon im Modell ein feierlicher, großartiger. Der Entwurf fand überall die höchste Anerkennung und Bewunderung. Man mußte zugestehen, daß der Künstler es verstanden, den Beschauer in einen Gedankenkreis hineinzuziehen, „der an Fülle und Tiefe lebendiger Beziehungen, an Reichthum der Charakteristik, an durchschlagender Volksthümlichkeit seinesgleichen sucht"; man war darin einig, daß der Meister seine Aufgabe allseitig durchdacht habe, daß keine Figur bedeutungslos, keine Stelle in dem großen Ganzen inhaltsleer sei. Ja man kann mit einem geistvollen Beurtheiler des Werks ausrufen: „Es legt dies Monument ein wunderbares Zeugniß ab von der Gedankentiefe und Gestaltungskraft des Meisters, es ist eine Inspiration, so groß und so glücklich wie nur wenige in der Kunstgeschichte, und wenn man seine wunderbare Feierlichkeit still auf sich wirken läßt, meint man, es müsse, von unsichtbaren Händen gespielt, Orgelklang daherbrausen und die gesammte Gemeinde «Ein' feste Burg ist unser Gott» anstimmen!"

Und dieses Denkmal — in Worms! — dieser von den großen Gestalten deutscher Sage, Dichtung und Geschichte wunderbar belebten Stadt, vor deren Thoren einst jener Martin, später Bischof von Tours und ein Stern am christlichen Himmel, dem stolzen Cäsaren Julian gegenüber die Freiheit des Gewissens wahrte; in der später die Hofhaltung der burgundischen Könige ihr von dunkeln

Blutspuren durchwobenes Gepränge entfaltete; wo auf dem jetzt mit Blumen bepflanzten Platze vor dem Portal des Doms die fürstlichen Frauen des Nibelungenliedes, Chriemhild und Brunhild, sich zankten, durch deren Streit viel mancher Held verloren ward; durch deren Thore, — um das Gebiet sagenhafter Vorzeit zu verlassen — einst auf stolzem Rosse mit glänzend wallendem Mantel, „als wäre", wie der Chronist sagt, „die Morgenröthe einer bessern Zukunft angebrochen", im vollen Zauber ihrer Erscheinung die schöne Griechin Theophania mit Otto III., ihrem Sohne, einzog; in der Stadt, deren treuer Sinn Kaiser Heinrich's IV. Schicksal günstig wendete; in der Luther endlich — ein zweiter Martin — furchtlos Bekenntniß ablegte vor Kaiser und Reich! Diese Stadt, einst reich belebt und voll herrlicher Gebäude, erscheint heute klein und unbedeutend, und nicht ohne schmerzliche Regung kann man daran denken, wie schwer sie durch die Hand eines grausamen Feindes gelitten, der sich prahlend rühmte, er habe den Bewohnern nichts übrig gelassen als die Augen, um zu weinen! Aber als ein köstliches Denkmal ältester Zeit steht noch aufrecht der in kräftiger Plastik ein reichpoetisches Gestaltenleben entfaltende Dom mit seinen vier in ernster Hoheit und markigem Farbenwechsel von Licht und Schatten empor- ragenden Thürmen. Einst befand sich neben diesem wun- derbaren romanischen Bau des Bischofs Palast, in dem Luther erwiesenermaßen jene denkwürdigen Worte sprach. Der Bischofssitz ist längst von der Erde verschwunden, und nur die ungeheuern Gewölbe, in denen einst der Festwein lagerte, geben Zeugniß davon, wo er gestanden. Ein blühender schöner Garten ist darüber gewachsen, hinter

deſſen grünen vollen Baumeswipfeln der Dom empor=
ragt. Es iſt ein köſtlich Bild — dieſer edle Bau empor=
ſtrebend mitten aus grünendem Laube! Als der von
der Bedeutung ſeines Werks erfüllte Meiſter zuerſt dieſen
Platz betrat, war er von der Weihe der Stimmung tief
bewegt. Er allein iſt für Aufſtellung des Denkmals
geeignet, und wahrlich, ſchöner konnte er kaum für das
große Werk erdacht werden. *)

Wenn künftig die über dem herrlich blühenden Rhein=
gau untergehende Abendſonne mit ihren Strahlen die
Baumwipfel und das über ihnen in den blauen Abend=
himmel ragende Denkmal mittelalterlicher Kunſt ver=
goldet, dann wird ſie auch die Geſtalten eines Meiſters
verklären, der mit ſeinem ganzen Denken und Fühlen ein
Deutſcher war, Geſtalten ſo voll reichen Seelenlebens,
daß ſie von neuem das Wort des Pſalmiſten: „Herr=
liche Dinge werden in dir gepredigt, du Stadt Gottes!“
beſtätigen, lebendig machen werden durch die Macht
der Kunſt!

Obwol zunächſt durch die übermäßigen geiſtigen und
körperlichen Anſtrengungen bei Herſtellung des Schiller=
Goethe=Modells der durch den Aufenthalt in Palermo
anſcheinend befeſtigte Geſundheitszuſtand des Meiſters
wieder einen harten Stoß erlitten und er von da an
nie mehr zum vollen Gefühle des Geſundſeins gekommen
war, obwol er ſich im Sprechen mäßigen, jede erregende

---

*) Der Garten iſt im Beſitz einer proteſtantiſchen Witwe,
der Frau Heyl. Die Hoffnung, ihn gegen Bezahlung eines ſehr
angemeſſenen Kaufpreiſes erwerben und damit der Stadt Worms
eine der herrlichſten Zierden gewähren zu können, hat inzwiſchen
leider an dem Sinne der Frau Beſitzerin ſcheitern müſſen.

Gemüthsbewegung ängſtlich von ſich fern halten mußte, ſo gehörte doch die Zeit nach ſeiner Rückkunft aus Italien bis zum Herbſt 1860, wo ſeine Krankheit erſt bedenk= licher ſich geſtaltete, zu den andauernd glücklichſten ſeines Lebens. Sein Streben in der Kunſt erntete reiche Früchte, in ſeinem Familienleben hatte er keine Sorgen, die ihn in Ausübung des künſtleriſchen Berufs gehemmt hätten. Es iſt ſchon angedeutet worden, daß Rietſchel auch inſofern einen Charakterzug ſeiner Heimat, der Lauſitz, nicht verleugnete, als in ihm das Bedürfniß gemüthlicher Häuslichkeit tief wurzelte und ſtark aus= geprägt war. Für ihn war das Haus der Ruhe= und Ausgangspunkt ſeines Schaffens. Zu Hauſe — von der anſtrengenden Arbeit ausruhend, im Kreiſe ſeiner Familie und naher Freunde fühlte er ſich ſtets am glücklichſten.

Wer ihn im Atelier ſah oder in amtlicher Thätigkeit, der lernte wol auch die trefflichen Eigenſchaften des Menſchen in ihm kennen, aber wer in ſein ganzes inneres Weſen voller Unbefangenheit blicken wollte, der mußte ihn im Hauſe aufſuchen. Er verbreitete da das Gefühl jener wohlthuenden Wärme um ſich, welches man bei jedem echten Menſchen empfindet. Schon beim erſten Begegnen fühlte man ſich zu ihm hingezogen.

Rietſchel war von etwas hagerer, ſehr hoher Statur und ſtarkem Knochenbau. Wäre nicht ſeine Haltung ein klein wenig vorgebeugt geweſen und hätte er nicht beim Gehen den Blick zur Erde geneigt, ſo würde er den Eindruck einer zugleich ſehr ſtattlichen Erſcheinung ge= macht haben. So hatte man aber trotz ſeiner Größe und kräftigen Knochenentwickelung die Empfindung von einer feiner organiſirten Natur. Sein Gang war außer=

orbentlich rasch und ausschreitend. Wenn er des Morgens in sein Atelier eilte, ging er meist in der Mitte der Straße, um auf den Trottoirs durch Ausweichen nicht am Schnellgehen gehindert zu sein.

Sein Gesicht, in spätern Jahren ziemlich stark gefurcht, machte einen überaus treuherzigen Eindruck, die Augen schauten voll Milde und Klarheit daraus hervor und waren so frisch und ruhig, wie bei Menschen, die an den Aufenthalt in der freien Natur und den Ausblick ins Grüne gewöhut sind. Nur beim Sprechen wurde sein Blick äußerst lebendig, beim Beobachten ungewöhnlich rasch und scharf vergleichend. In Kleidung und Gebaren hatte er nichts Auffälliges, seine ganze Erscheinung war von einer wohlthuenden Harmonie durchdrungen. Dazu kam sein freundliches mildes Wesen, das fern von jeder conventionellen Lüge war, seine weiche und wohlklingende Stimme, die ganz dem Ausdruck seines Gesichts entsprach und die Empfindung von der tiefen Herzensgüte dieses Mannes erhöhte. Heftig und ungeduldig wurde er nur, wenn ihn Dummheit oder Gemeinheit der Menschen belästigte. Gegen fremde Atelierbesucher war er höflich, gegen näher stehende liebenswürdig. Gegen jene gelangweilten Menschen aber, die sein Atelier mit demselben Sinne wie die daneben befindliche Conditorei besuchten, konnte er ziemlich kurz angebunden sein, und das Gerede sogenannter Schöngeister wußte er gelegentlich sehr treffend und humoristisch zum Schweigen zu bringen.

Rietschel hatte durch große Sparsamkeit, trotzdem ihm für die meisten seiner Werke sehr geringe Honorare gezahlt worden waren, sich so viel erworben, daß er seine Familie von Sorgen befreit sah. Für seine eigene Person blieb er auch in spätern Zeiten außerordentlich einfach. Dabei war er eine von jenen frischen Naturen, die jede Freude, jede, auch die kleinste Erholung bis in ihr spätes Alter zu empfinden, zu schätzen, zu genießen verstehen. So war ihm ein Nachmittag, an dem er sich von der Arbeit freigemacht, mit seiner Familie und im Genusse der Natur verlebt, eine wahrhafte Erquickung. Mit wenigen Freunden in herzlichem Geplauder ein Glas Wein zu trinken, erfüllte sein Gemüth mit heiterm Frohsinn, ja eine Cigarre, eine dampfende Tasse Kaffee konnten ihm ein Behagen gewähren, dem er sich mit aller Unbefangenheit der Jugend hingab, an dem ihm selbst dann noch nicht die Freude vergällt war, als ihm sein Gesundheitszustand darin ein fast peinliches Maßhalten vorschrieb.

Größere Gesellschaften versammelte er nie in seinem Hause. Danach stand sein Sinn nicht. Doch hatte er oft einen engern Kreis von Freunden und Schülern um sich. Dann erzählte er gern, ohne daß er jemals das Gespräch zu beherrschen suchte; man kann sich vielmehr keinen dankbarern und getreuern Zuhörer denken, als Rietschel gewesen. Jede Meinungsdarlegung, jede Schilderung, jede humoristische Bemerkung erregte seine lebhafteste erfrischende Theilnahme, und es gibt gewiß wenig ältere Männer, die mit solcher Anspruchslosigkeit, mit solcher Milde wie er, so fern von dem Kothurn der Jahre auch den Jüngern das Wort vergönnen. In seiner Nähe fühlte man sich veranlaßt frei die innerste Empfindung herauszusprechen, das, was die Seele bewegte, ihm zu vertrauen.

Er selbst zog gern alle höhern Interessen des menschlichen Lebens in den Bereich seiner Unterhaltung, weit entfernt von der Art jener, welche dafür halten, man müsse über die tiefsten und ernstesten Fragen ein reservirtes Schweigen beobachten. Schon der ihm innewohnende Trieb nach Vervollkommnung und Verklärung seines innern Wesens duldete ein solches Sichabschließen nicht.

Gar erquicklich war es, ihn über Kunst sprechen zu hören, sein fein ausgebildeter Sinn, der weit über die Grenzen seiner speciellen Kunstübung hinausging, erkannte überall das Echte und Wahre, wußte das Schöne in beweglicher Weise mit einfachen Worten wiederzugeben. Jeder Ausdruck seiner Meinung, auch wenn sie nicht in sogenannte geistreiche Wendungen gekleidet war, sondern schlicht, einfach sich darstellte, fern von aller Phrase, hatte den Reiz und den Werth, aus Erfahrung und aus Liebe zur Kunst hervorgegangen und durch die schlagfertigen Truppen, die er in seiner eigenen künstlerischen Kraft commandirte, bekräftigt zu sein — ein Vortheil, der nur einem echten Meister zu Gebote steht.

Dem Salonleben war Rietschel selbstverständlich nicht zugethan, doch liebte er edle Geselligkeit und gab sich ihr mit der vollen Unbefangenheit seines Wesens hin. In welcher Weise er überhaupt über gesellschaftliches Formenwesen dachte, darüber spricht er sich selbst einmal aus:

„Müßte der Mensch nicht, analog wie er das in seiner geistigen und seelischen Ausbildung erstrebt, so auch in der gesellschaftlichen dahin sein Augenmerk richten, daß er seine Individualität in ihrer originellen Weise erhalte,

aber sie zur schönsten, ihr angemessensten Vollendung
bringe? Jeder Mensch trägt das Gesetz der gerade ihm
angemessenen Schönheit in sich. Da aber nun für die
Gesellschaft Ein Schema der Schönheit und Feinheit
gilt, so ist natürlich damit von vornherein Gleichartig=
keit und deshalb Langweiligkeit gegeben. Alle Menschen
benehmen sich fast durchschnittlich einer wie der andere —
wir finden Gesellschaftsfiguren, aber nicht wirklich ganze
Menschennaturen! Fast jede Besonderheit ist in der Ge=
sellschaft verpönt, und wo sie hervortritt, wird sie be=
spöttelt! Wäre es nicht schöner, wenn jeder Eigenthüm=
lichkeit — natürlich innerhalb sittlicher und ästhetischer
Grenzen — ihre Gewährung würde? sie selbst aber so
zur schönsten Ausbildung käme?

„Zur Vermittelung widerstrebender, sich entgegen=
stehender Elemente mag freilich eine angenommene Durch=
schnittsumgangsform, welche der Individualität strenge
Grenzen zieht, angemessen sein, weil es dabei nur darauf
ankommen kann, daß widerstrebende Elemente eine Form
gegenseitigen Verkehrs finden — aber sie kann nicht den
Zweck des gesellschaftlichen Umgangs überhaupt erfüllen,
in heiterm Verkehre geistig und gemüthlich geben und
empfangen und so dem Leben den Reiz verleihen, der
fördernd und anregend wie kein anderer ist.“

Seinen Jugendfreunden Thäter und Trautschold, ob=
wol meistens von ihnen getrennt, war er bis an sein
Lebensende mit gleicher Wärme und Treue wie in seinen
Jünglingsjahren zugethan. Er meinte: läge auch die
Zeit, wo man jeden liebte und von jedem geliebt würde,
wie ein Paradies hinter ihm, so kehre dasselbe doch nur
um so schöner zurück, wenn die wenigen echten Jugend=

freunde, die in der Zeit sich bewährt hätten, ihn um=
gäben.

Sein Familienleben war ein überaus glückliches.
Er bewährte darin christliche Sitte. So las er, womöglich,
vor dem Frühstück mit seinen Kindern einen ihn besonders
anziehenden Abschnitt aus der Bibel, oder ein schönes
Gerhardt'sches Lied. Sonntags besuchte er häufig mit
seinen Söhnen die Kirche; Weihnachten, Ostern, Pfingsten,
das waren für ihn noch Feste, deren religiöse Eigen=
stimmung er mit großer Frische und Unmittelbarkeit durch=
lebte. Auch sonst war er fern von der gleichgültigen
Art, welche das Leben so traurig nivellirt. Er faßte
die besondern Tage darin noch mit vollem unbefangenen
Ernste auf und versäumte nicht, in herzlich einbring=
licher Weise zu seinen Kindern darüber zu sprechen. Als
z. B. seine Tochter Adelheid confirmirt wurde, schrieb er
ihr einen Geleitbrief fürs Leben, ein herrliches Zeugniß
echt christlichen Sinnes, voll goldener Worte.

Alljährlich im Sommer machte er zur Erholung eine
Reise, oder wählte sich einen anmuthigen Fleck auf dem
Lande in der Gegend von Pillnitz zur Villeggiatur. Da
überließ er sich ganz dem Genusse der schönen Natur
und verbrachte lesend oder plaudernd manchen erquick=
lichen Sommermorgen im Walde. Wenn er dann im
Garten mit seiner Familie und zuweilen einem Freunde
unter der grünenden Laube das einfache Mahl ein=
nahm und um ihn herum Lust und Leben und heiteres
Lachen aus Blick und Mund sich kund gab, da konnte
er so glücklich, so ausgelassen sein, wie man es von
dem immerhin leidenden Manne, der bereits das funf=
zigste Jahr überschritten, kaum für möglich gehalten

hätte, da wohnte ihm die Kraft inne, alles um sich her zu bezaubern, mit dem Leben zu versöhnen, mit Dank für den Genuß der Gegenwart zu erfüllen; wohl und glücklich machte die Anwesenheit dieses herrlichen Menschen. Was war es aber, was dieser Heiterkeit eine so anziehende Kraft verlieh? Es war die Gewißheit von der Güte des Herzens, aus dem sie kam, und zu gleicher Zeit ein Zug von poetischer Sehnsucht oder Wehmuth, die sich hier und da darunter hervorstahl, gleichsam als ahnte der Künstler, der mit soviel Fähigkeit, das Glück zu erfassen, begabt war, wie bald ihm das alles entrissen sein würde. Man fühlte, daß dieser Mann, der sich der größten Heiterkeit hinzugeben vermochte, derselben leider auch als Arznei bedurfte, daß er, nach außen oft still, nach innen desto bewegter war, daß, wie er selbst sagte, wünschen, hoffen, fürchten, resigniren — den ewigen Kreislauf seiner rastlos strebenden Seele bildete; und man war selbst beglückt, wenn man ihn diesem Kreislaufe einmal in froher Lust entrückt sah. Man mußte. diese bewegliche echte Künstlernatur eben genauer beobachtet haben, um die feinen Gegensätze in seinem Empfinden mitzufühlen.

Auch in den Arbeiten, die er in den letzten Jahren neben seinen großen Werken nach seiner Wahl und Neigung vornahm, ist dieses Widerspiel der Empfindungen herauszulesen. Neben einigen Zeichnungen voll Anmuth und Grazie war er mit Herstellung einer drei Fuß drei Zoll hohen Kindergestalt in Marmor, welche ein Amerikaner ankaufte, beschäftigt. Mit leichtem Hembe bekleidet, hält das Kind in dem einen Arme eine Traube fest, über welche es die andere Hand deckend breitet, während es in kindlicher Mischung von Scheu und Lust einen Sommervogel betrachtet, der sich auf seinen Arm gesetzt hat. Indem er hier das Glück, das er in dem Heranwachsen seines jüngsten Kindes genoß, plastisch verkörpert hatte, trug er sich zur selben Zeit mit dem Plane, seinem eigenen innern Drange der Production folgend, eine Eurydice in Lebensgröße in Marmor zu gestalten. Hatte er in der Pietà die christliche Empfindung beim Verluste des Geliebtesten dargestellt und darin zugleich die Lösung des Schmerzes betont, so wollte er, gleichsam als ein Gegenbild aus der antiken Welt, in der Eurydice die Empfindung trauernder, ungestillter Sehnsucht beim Entschwinden des Glücks zur Anschauung bringen. Schon aus früherer Zeit finden sich Zeichnungen dieses Gegenstandes vor. Stillwandelnd ist Eurydice ihrem Gatten aus der Unterwelt gefolgt, er hat sein Versprechen gebrochen, aus Liebessehnsucht sich nach ihr umgeschaut und sie deshalb für immer verloren. Fern entschwindet seine Gestalt, er wandelt zum Tageslicht wieder hinauf, während Eurydice voll Schmerz ihm nachblickt. Dieser Moment ist aufgefaßt. Sie hält die Hand vor die Stirn, theils um dem in der Ferne Verschwindenden nachzuschauen und die geblendeten Augen vor dem hereinschimmernden Tageslicht zu decken, theils um ihm das letzte Lebewohl nachzusenden.

Nicht blos auf dem Gebiete seiner Kunst, auch sonst war Rietschel außerordentlich thätig. Die Morgenstunden bis acht Uhr benutzte er meist dazu, eingegangene Briefe zu beantworten oder sonstige schriftliche Geschäfte zu erledigen. Nur allein seine Aufträge beschäftigten seine Feder sehr bedeutend. Ehe noch der erste Fingerdruck

in den Thon der Skizze zum Luther-Denkmal gethan
war, hatten sich bereits mehr als einhundertundbreißig
Eingänge, Briefe, Beantwortungen u. s. w. zu einem
starken Actenstücke angehäuft. Mit Freunden stand er
in lebhaftem Briefwechsel, mit den bedeutendsten Män=
nern der Zeit in vielfachen Beziehungen. Dazu kam,
er war überaus wohlwollend und gefällig; namentlich
für jüngere begabte Künstler verwendete er gern seinen
Einfluß, mühte sich um Aufträge für sie. Nächstdem war
seine Thätigkeit mehrfach in Anspruch genommen, theils in
seiner Eigenschaft als Mitglied des Senats der Akademie,
theils durch die eine Zeit lang geführte Mitleitung des
Dresdener sowie des vereinigten historischen Kunstver=
eins. Er hielt nicht viel vom Vereinsleben im Gebiete
der Kunst, besonders nicht in Betreff des Hervorrufens
historischer Kunstwerke, sondern befürchtete, daß nie etwas
Rechtes aus dieser Treibhauscultur hervorgehen würde,
deshalb zog er sich gern und bald wieder zurück.

Auf dem Gebiete der Literatur entging ihm nicht
leicht eine neue Erscheinung, und namentlich in letzter
Zeit beschäftigte er sich viel mit Geschichte; Bestrebungen,
bei denen ihm insbesondere der freundschaftliche Umgang
mit dem geistvollen und gelehrten Professor Hermann
Hettner vielfach anregend und förderlich gewesen ist.

Ein besonders hervorstechender Charakterzug Rietschel's
war seine hohe Achtung vor jeder tüchtigen Pflicht=
erfüllung und Thätigkeit; nie sah er auf eine ordent=
liche Leistung stolz herab, er stellte sogar in einer gewissen
Naivetät Fähigkeiten, die ihm abgingen, über die Ge=
bühr hoch. An der wohlgelungenen und saubern Arbeit
eines Handwerkers konnte er sich aufrichtig erfreuen und

er spricht den Grund hiervon gelegentlich in einem seiner Briefe treffend aus, indem er sagt: „Wer für Kunstbildung kein Gefühl hat, hat es auch nicht für eine technisch saubere Vollendung. Die Sauberkeit und Reinheit beim Handwerk ist schon ein Strahl der Schönheitssonne, welche das Kunstwerk mit ihrem Licht übergießen muß, soll es ein solches sein."

Dem öffentlichen politischen Leben gegenüber verhielt sich Rietschel voll Theilnahme, ohne durch seine Natur zu irgend leidenschaftlicher Parteistellung getrieben zu sein. Er war, wie alle wahrhaft bedeutenden Männer unserer Zeit, freisinnig. Junkerhochmuth und Beamtenstolz waren ihm verhaßt und er wußte sich gelegentlich ganz mannhaft und energisch dagegen zu wahren. Er hatte Muth und Vertrauen in unsere Zeit und war überzeugt, daß sie, wenn auch vieles, was dem einzelnen von uns am Herzen liegt, zum Opfer gebracht werden müsse, dennoch Gutes und Vortreffliches reifen werde. Freilich behagte seinem friedfertigen maßvollen Sinn, voll Pietät für das bestehende Recht, nicht die demokratische Erregtheit des Jahres 1848. Nicht in Volksversammlungen, auf den Bierbänken, nicht durch wirres, halb irrsinniges Raisonniren konnte sich seiner Ansicht nach der patriotische Sinn des Volkes entwickeln und stählen. Diese Meinung hat denn auch Veranlassung zu jenem, von Berthold Auerbach umständlich besprochenen Relief der Germania — einem improvisirten flüchtigen Weihnachtsscherze — gegeben, auf dem diese im Kaiserstuhl sitzend, keck die Beine übereinander geschlagen, Taback rauchend und Bier trinkend dargestellt ist. Daß Rietschel damit nur die Frivolität gewisser Bestrebungen des Jahres 1848 und nicht das politische Gemeingefühl der Deutschen treffen wollte, bedarf keiner Erwähnung. Für sein deutsches Vaterland hatte er ein Herz, so warm und voll wie die Besten seiner Zeit.

Noch ist des Verhältnisses zu seinen Schülern zu gedenken. Rietschel erfaßte dasselbe mit einer bei den Meistern der Gegenwart seltenen Treue und Liebe. Eins forderte er freilich von ihnen vor allem, das Lernen — Lernen mit solcher Hingabe, wie er ihnen Lehrer war. Das technische Können gedachte er auch dem Begabtesten, dem Phantasiereichsten nicht zu erlassen, und damit hat er die erste Pflicht des Meisters erfüllt.

Oft äußerte er zu jungen Künstlern: großes Talent sei = 0, dagegen etwas gelernt haben = 1. „Das klingt paradox“, fuhr er dann fort, „aber leider habe ich so viel junge Männer kennen gelernt, reich begabt, doch ohne Lust und Eifer etwas zu lernen, um einst etwas zu können. Die Meinung, das Talent sei die Hauptsache, das andere sei leicht sich anzueignen und Nebensache, ist der Grund, daß sie nur das thun, was ihnen angenehm und wegen ihres Talents leicht wird. Es gibt ja keinen Menschen, der von Natur dazu angelegt ist, Anstrengung aufzusuchen und sie an und für sich zu lieben. Wie viele gehen gerade an ihrem Talent zu Grunde, während diejenigen, welche die Begrenzung ihrer Begabung kennen, aber mit Liebe und Energie das ihnen Fehlende zu ersetzen suchen, alsdann etwas leisten, was immerhin der Welt nutzt, die Menschen erfreuen kann. Bei den Leistungen eines unausgebildeten Talents kann nur herauserkannt und gefühlt werden,

was es hätte leisten können. Tritt freilich Talent und
Durchbildung zusammen, so wird daraus 10 und 100.
Das Genie freilich meine ich damit nicht; das wird sich
in aller Weise durchbilden und deshalb auch die andere
Seite als innerste Nothwendigkeit üben und pflegen."

Doch so sehr er auch das Können betonte, so wenig
Freude machte es ihm da, wo er es nur allein vorfand,
so wenig beraubte er die Talente ihrer Eigenthümlichkeit,
so sehr wußte er höchst individuelle Empfindung und
besondere Intentionen des einzelnen zu schätzen und zu
hegen. Aber jenes genialische Hinträumen und sich in
Ideen Baben, dem keine That folgt, jene Lässigkeit,
jenes allgemeine Kunstraisonnement, welches die kritische
Einsicht über das künstlerische Vermögen stellt, war ihm
grundzuwider und er beklagte sich häufig über diejenigen
jungen Männer, die nur Seligkeit in der Kunst wollten,
ohne zu ahnen, daß selige Augenblicke sparsam und nur
durch Angst und Noth zu erringen seien, wovon er bei
ihnen nur selten etwas verspüre.

So streng er gegen Laßheit sein konnte, so wohlwollend war er gegen jedes ernste Streben, er trug
wirklich Sorge für jeden seiner Schüler im Herzen,
lauschte mit liebevollster Aufmerksamkeit ihren Fort-
schritten, sah nie von kalter Höhe auf sie herab.

Dazu kam seine strenge Gerechtigkeit. Wo er wirkliche Liebe zur Kunst wahrnahm, da trat er kämpfend
dafür auf. Verwerfungen im allgemeinen waren ihm
zuwider, sie berührten ihn schmerzlich, und der Mann,
dessen Züge sonst von so gütigem Wohlwollen, von solcher
Milde belebt waren, dessen Stimme sonst so weichen Klang
hatte, konnte in zornige Leidenschaft gerathen, wenn er

Gerechtigkeit für einen jeden forderte. Dieser Sinn, der das Gute und Schöne auf jeder Seite anerkannte, wurde ihm von diesem oder jenem gelegentlich als „Schwankung" ausgelegt. In dieser Gesinnung wirkte er aber außerordentlich wohlthätig auf seine Umgebung, trug er viel zu edler Vermittlung entgegengesetzter Elemente bei, denn alle mußten zugestehen, daß es ihm stets nur um die Sache zu thun sei.

Es war aber noch etwas anderes, was auf seine Schüler großen Zauber ausübte. Sie fühlten, daß der Meister, der eine so große Beherrschung über die Mittel seiner Kunst besaß, dennoch nicht mit sich abgeschlossen hatte, sondern selbst wie ein Jüngling vorwärts strebte, sich selbst nie Genüge that, nie auf hohem Kothurn einherschritt, sondern inmitten seiner Schüler an der eigenen Vollendung arbeitete und rang, daß er bei der Arbeit das Glück und das Wehe, Künstler zu sein, in vollster Tiefe empfand.

Aus seinem Atelier sind tüchtige Bildhauer hervorgegangen: Metz, der sich später der Malerei widmete; Knaur in Leipzig, Medem in Berlin, Robert Dorer in Dresden, August Wittig in Düsseldorf, Johannes Schilling in Dresden, Gustav Kietz und Adolf Donndorf in Dresden *), Hultsch u. a. m. Einer der vorzüglichsten und begabtesten Schüler, Bruno Weiske, wurde ihm im Jahre 1859 durch den Tod entrissen. In solcher

---

*) Kietz und Donndorf hatten dem Meister bereits bei frühern Arbeiten ergiebige Hülfe gewährt. Ihnen wurde, da sie durch die gemeinsame Arbeit mit Rietschel in die Intentionen des Luther=Denkmals am meisten eingeweiht waren, einsichtsvollerweise die Vollendung desselben übertragen.

Zeit konnte man erkennen, wie Rietschel seine Meister=
schaft auffaßte und mit welchen Gesinnungen er seinen
Schülern gegenüberstand. Er war von tiefer Trauer
ergriffen; wenn er von dem geliebten Schüler sprach,
durchdrang sein Wesen innige Wehmuth über alle zer=
störten Hoffnungen, die er an diese junge Kraft geknüpft.
Als Kietz an der Statue Friedrich List's arbeitete, ließ
sich Rietschel, obwol schon sehr leidend, nach dessen Atelier
tragen, um die der Vollendung nahe Gestalt zu sehen,
sich an ihr zu erfreuen, und noch in den letzten Tagen
seines Lebens, in denen er kaum mehr den Lehnstuhl
verlassen konnte, kümmerte er sich mit lebhafter Theil=
nahme um die Arbeiten jedes einzelnen. Seine sämmt=
lichen Schüler fast standen mit ihm in Briefwechsel, am
lebhaftesten Metz, Wittig, Kietz und Donndorf. Wenn
er auf einer seiner Badereisen begriffen war, versäumten
dieselben nicht, vom ältesten bis zum jüngsten, über ihr
Leben und Treiben an ihn zu berichten, wogegen er
ihnen wiederum treulich antwortete und etwaige An=
ordnungen ertheilte.

Diese treue Theilnahme Rietschel's erstreckte sich über=
haupt auf die Bestrebungen jüngerer Männer. Ihre
wohlthätige Wirkung hat Adolf Stern in folgenden
schönen Worten trefflich geschildert: „Ich kann unmög=
lich genau bestimmen, welcher Einfluß es war, den er
(Rietschel) ausübte. Aber merkwürdig genug, man faßte
Muth, neuen Strebemuth in seiner Nähe; trotz der Krank=
heit, die ihn oft beugte, ihn viel verstimmte, ging man
doch nie von ihm, ohne sich in allen entschiedenen Vor=
sätzen gestärkt zu sehen, ohne über gewisse niederschlagende
Zeiteindrücke hinweggehoben zu sein."

Rietschel's Stellung zu den Gegensätzen und Parteiungen der neuesten deutschen Kunst ist bereits genügend angedeutet worden, hier ist nur noch zu betonen, daß ihm die persönlichen Reibungen im Kunstleben gründlich verhaßt waren und er allen Intriguen desselben fern stand.

Zugleich mag hier noch ergänzend erwähnt sein, daß er Cornelius insbesondere über alles verehrte. Als dessen Carton „Die Erwartung des jüngsten Gerichts", den man so wenig verstanden hat oder hat verstehen wollen, nach Dresden kam und dort heftige Opposition bei einem Theile der Künstler fand, da sprach Rietschel unumwunden seine Begeisterung dafür aus und erklärte ihn für eins der schönsten Werke des größten Künstlergeistes; und im Jahre 1857 schrieb er in einem Briefe an Dr. Schiller die bemerkenswerthen Worte: „Ich glaube, daß Cornelius auch für die Bildhauerei Ziel und Weg zeigend ist — in Gedanken und Auffassung!"

Wie sehr man Rietschel's Bedeutsamkeit für eine erquickliche Entwickelung unserer Kunst an maßgebender Stelle anerkannt hat, beweist die im Herbst 1858 an ihn ergangene Berufung als Director der Akademie zu Berlin. Der Minister von Bethmann-Hollweg war es, der diese Berufung veranlaßt hatte. Er ging von der Ansicht aus, daß den zum Theil gesunkenen Zuständen der Akademie zunächst durch einen Bildhauer von universellem künstlerischen Urtheil aufgeholfen werden könne. Die Malerei unserer Tage gehe in einem Idealismus, dem es am eigentlichen Können fehle, und einer artistischen Bravour und Verzerrung auseinander, deren Versöhnung nicht abzusehen sei. In der Sculptur dagegen sei diese Versöhnung gefunden und selbst für die kirchliche Kunst seien auf dieser Seite hoffnungsreiche Anfänge vorhanden. In beiden Beziehungen aber — so erachtete er — nehme Rietschel die erste Stelle ein.

Diesem eröffneten sich mit der Berufung nach Berlin Aussichten zu einer großen eingreifenden Wirksamkeit in den Kunstzuständen. Wäre er in vollem Besitze seiner körperlichen Kräfte gewesen, so würde er es für seine Pflicht erachtet haben, dem Rufe zu folgen. Gerade er, mit seiner vermittelnden Persönlichkeit, seiner nur der Sache dienenden Begeisterung, seiner, wenn es galt, nicht wankenden Festigkeit und Energie, kurz — ein Mann von seiner hohen sittlichen Bildung wäre dort zu segensvollem Wirken gelangt. Im Gefühle seiner angegriffenen Gesundheit lehnte er aber den Antrag ab, und es war somit die Empörung der berliner Blätter über die Berufung eines „Nichtpreußen" umsonst emporgelodert. Einen Erfolg aber hatte diese Anerkennung des „Auslandes" für Rietschel: es wurde ihm in Dresden ein schönes Haus mit dahinter gelegenem stattlichen Atelier eingeräumt.

Aufträge aller Art häuften sich jetzt. Mußten sie als ein Zeichen der Anerkennung den Künstler erfreuen, so konnte auf der andern Seite die Nothwendigkeit, sie in Rücksicht auf seine Gesundheit abweisen zu müssen, schmerzliche Betrachtungen in ihm erwecken.

Nur zwei Aufträge glaubte er neben dem Luther-Denkmal überwältigen zu können. Die jetzige Königin von Preußen wünschte eine Marmorarbeit von seiner

Hand in ihrem Palais zu besitzen, und Rietschel nahm den ehrenvollen Auftrag der hohen Frau mit Freuden an.

Zu gleicher Zeit wurde er zur Herstellung eines Standbildes für Ernst Moritz Arndt berufen, eine Aufgabe, die er mit großer Freude übernahm. Die feurige Persönlichkeit Arndt's war für Rietschel's Darstellungsgabe besonders günstig, und noch in den letzten Wochen seines Lebens wünschte er sich mit wahrer Sehnsucht die Zeit herbei, wo er die Skizze dieses Denkmals, dessen Bedeutung für das deutsche Volk er nicht verkannte, beginnen könnte. Häufig wurde ihm zwar gerathen, er möge diese Skizze während seiner Krankheit in der Stube machen, was er jedoch jedesmal zurückwies. Als ob man das Schwierigste und Geistigste mit gedrücktem Geiste und angegriffenem Körper vollbringen könnte! Von der politischen Seite dieser Denkmalssache war er so durchdrungen, daß er, als zunehmende Leiden die Inangriffnahme verzögerten, dem Comité „ohne Phrasen und dankbar für dessen Vertrauen" den Auftrag zurückzugeben sich erbot, damit dasselbe einen andern Künstler damit beauftragen könne; bei diesem Denkmal gerade seien noch andere, die politischen Interessen vorhanden, und es komme weniger darauf an, ob das Kunstwerk — wenn es nur überhaupt den gerechten Ansprüchen an ein solches genüge — etwas mehr und charakteristischer durchgeführt sei, als darauf, daß es stehe, zu rechter Zeit und wo das Volk am wärmsten sei.

Noch ein anderer, viel umfangreicherer Auftrag wurde ihm durch den Kaiser von Oesterreich zu Theil: die Herstellung eines Monuments für den Feldmarschall Fürsten

Schwarzenberg — eine kolossale Reiterstatue mit reichem, den Befreiungskrieg verherrlichendem Postamentschmuck. Man hatte Rietschel erwählt, „da er, wie gar kein anderer, echt monumentale geistreiche Auffassung mit der sorgfältigsten naturwahren Durchbildung, Stil und Idealismus mit realistischer Charakterschärfe zu vereinigen, und die Schwierigkeiten des Costüms durch großartig monumentale Gesammtwirkung bis zum Vergessen desselben zu bewältigen" wisse.

Auch hier hatte man sich an den bewährten Künstler erst gewendet, nachdem eine Concurrenz das traurigste Resultat ergeben hatte. Selbst die besten unter den vielen eingelaufenen Modellen waren nach dem einstimmigen Urtheil des Schiedsgerichts zur Ausführung absolut ungeeignet, und wohin leider selbst die begabtesten Stilisten gerathen können, zeigte damals eine von einem bedeutenden Bildhauer in Rom eingesandte Skizze, welche den Feldmarschall als eine lange hagere Figur in Frack und engen Tricothosen, barhäuptig mit einem Lorberkranze bekränzt, ohne Bügel auf einem nackten Pferde reitend darstellte. Nachdem Rietschel diesen Auftrag wegen seiner Umfänglichkeit abgelehnt hatte, wendete man sich auf Befehl des Kaisers an ihn, damit er sein Gutachten abgebe, wen er zur Ausführung des beabsichtigten großartigen Denkmals für den geeignetsten halte. Es ist für den persönlichen Charakter Rietschel's wie für seine Kunstanschauung gleichermaßen bemerkenswerth, daß er auf das angelegentlichste Ernst Hähnel in Dresden empfahl, indem er meinte, daß von diesem Meister, wenn derselbe das Werk auch in ganz anderer Weise wie er auffassen werde, doch ein in sich abgeschlossenes Kunstwerk ersten Ranges zu erwarten sein dürfte. *)

Im Herbst 1859 und nachdem der immerhin schwere Entschluß, den berliner Antrag abzulehnen, gefaßt war, ging Rietschel beruhigt und mit erneuter Frische an die Arbeit des Reformationsdenkmals. Zunächst wurde das Hülfsmodell zu Luther's Standbild in Dreiviertel-Lebens= größe hergestellt, sodann im Winter 1860 mit der Kolossalstatue Luther's begonnen, zugleich aber auch die Figur Wiclef's angelegt. Obwol Rietschel diesen Winter fortwährend leidend war, oft mehrere Tage hintereinander es nicht wagen konnte auszugehen, so arbeitete er dennoch mit einer Krankheit und Tod nicht beachtenden Hingebung an seinem letzten Werke. Er war, wenn es nur irgend möglich, im Atelier und dort unermüdlich thätig. Die Riesengestalt des Mannes von Worms erhob sich denn auch erstaunlich schnell in ihren gewaltigen Zügen und Formen. Es mag sein, daß die Kolossalität der Arbeit verdoppelte Anstrengung kostete und viel zur schnellern Aufreibung der letzten Kräfte des Meisters beigetragen hat.

Wohlmeinende Freunde verwünschten im Hinblick auf ihn die Richtung der neuern Sculptur nach der Kolossalität, indem sie meinten, es sei dieselbe ein Zeichen von Verfall und Ueberreizung des Geschmacks. Rietschel selbst theilte diese Ansichten nicht und meinte, er möchte die Kolossalität seiner Standbilder nicht missen, und wenn ihm zwanzig Jahre an Leben und Gesund=

---

*) Die Bildung dieses Denkmals ist infolge dessen Ernst Hähnel alsbald aufgetragen worden.

heit dafür geschenkt würden; die materielle Größe helfe zur geistigen mitwirken. Und in der That ist ihm hierin nur beizupflichten, insofern er selbstverständlich öffentliche Denkmale im Auge hatte. Ueberdies ist der Begriff der Kolossalität ein relativer. Schwanthaler's Bavaria auf der Octoberwiese in München ist eins der herrlichsten Kolossalbilder, welche in neuerer Zeit geschaffen wurden, dieselbe ist dort vollkommen an ihrem Orte, auf einem kleinern Raume würde sie erdrückend sein; aber kein öffentlicher Platz, und sei er noch so unansehnlich, ist klein genug, um nicht eine lebensgroße Gestalt, auf einem Postament stehend, dürftig erscheinen zu lassen. In den classischen Zeiten der Monumentalsculptur, des Phidias, des Michel Angelo, hat man dies sehr wohl erkannt und darum meist für übernatürliche Größe sich entschieden.

Im Sommer des Jahres 1860 trat Rietschel seine letzte Badereise und zwar diesmal nach Reichenhall an. Er hatte vorher, gleichsam als ahnte er, daß er nach seiner Rückkunft wenig mehr werde schaffen können, mit unglaublicher Anstrengung am Luther gearbeitet und die 11 Fuß hohe Gestalt im Wesentlichen vollendet. Nach seiner Rückkehr von Reichenhall bezog er das ihm eingeräumte lichthelle sonnige Haus in der Ammonstraße zu Dresden. Zwischen Wohnung und Atelier lag ein ziemlich großer Garten, beide waren aber durch einen langen heizbaren Seitengang, der zur Winterszeit dem Kränklichen Schutz gewähren sollte, verbunden. So war dem Künstler durch die edle und liebenswürdige Sorgsamkeit der sächsischen Regierung eine Stätte behaglichen Schaffens bereitet, welche ihm wol das Ge-

fühl der Pflege inmitten seiner Rührigkeit, die glückliche Aussicht in eine heitere Zukunft gewähren konnte.
Dazu kam, daß er mit seinem ganzen Wesen und
Wünschen bei seinem Werke war. Was wunder, wenn
der Meister noch im Herbst 1860, obwol schon sehr
krank, dennoch die feste Zuversicht auf seine Wieder-
genesung hegte, mit wahrer Sehnsucht ihr entgegensah,
weil ihm dann erst recht das herrliche Gestaltenleben
seines Werks aufgehen würde. Er meinte oft, er könne
nicht glauben, daß alles sich so schön gefügt, daß ihm die
höchste Aufgabe seines Lebens zu Theil geworden, daß ihm
nach langem Ringen, Entsagen, Entbehren ein so glückliches Dasein gewährt worden sei, damit es ihm sogleich
wieder entrissen werden solle. Er hatte den festen Glauben,
daß er berufen sei, sein letztes Werk zu vollenden, und
er dann erst zur ewigen Ruhe eingehen könne. Dieser
Glaube, diese Hoffnung täuschte; der bittere Kelch
der Trennung von alledem sollte ihm bald gereicht
werden!

Schon konnte er das Haus nicht mehr verlassen, im
neuen Atelier nur wenig mehr arbeiten. Doch entrang
sein treuer Eifer dem Tode noch glücklich in Luther's
Kopf jenen Typus protestantischer Energie, der helden-
müthigen Ueberzeugung, die den Tod nicht scheut.

An seinem sechsundfunfzigsten Geburtstage, dem
15. December 1860, war er schon überaus hinfällig.
Doch träufelte am Morgen der herrliche Psalm: „Ich
hebe meine Augen auf zu den Bergen, von welchen
mir Hülfe kommt", Erquickung in seine Seele. Unauf-
haltsam ging das Leiden seinen Weg; matter und matter
wurde sein Körper. Es waren trübe Wintertage, die

den sonst so thätigen Mann an den Lehnstuhl fesselten, stille lautlose Winterabende, in denen er am Kamin= feuer saß und träumend in den glühenden Kohlenherd schaute. Vergangenheit und Zukunft zogen vor seinem Auge da vorüber. Aber der Rückblick auf dies Leben voll Mühe und Arbeit mußte befriedigend und beseligend sein, denn sein Antlitz war von unendlicher Milde über= gossen. Häufig auch erging er sich in traulichem Ge= spräch, obwol es ihm schwer wurde. Sinn und Geist blieben ihm in vollster Frische, die innere Tüchtigkeit seines Wesens vermochte sich dann über Schmerz und Leiden zu erheben und häufig noch das Lichteste und Schönste freudig zu erfassen, zu gestalten, mitzutheilen.

Geduld aber vor allem hat er in seinen Leiden be= währt auf eine seltene Weise. Kein Laut unwilliger Klage kam über seine Lippen, nur von Dankgefühl gegen die treue Pflege der Seinigen war er erfüllt. Auch die schwerste Prüfung, die ihm als Künstler werden sollte, die Befürchtung, daß er sein letztes, sein höchstes Werk, an dem seine ganze Seele hing, nicht mehr vollenden könne, überstand er und legte das Schicksal desselben in Gottes Hand. Wenige Tage vor seinem Tode ließ er das große Gipsmodell seines Luther aus dem Atelier in den Garten rücken. Von seinem Krankenzimmer aus betrachtete er, im Lehnsessel ruhend, dieses sein letztes Werk. Er ordnete zwar noch einiges an, doch schien er sonst befriedigt. Am 21. Februar 1861 sollte es aus= gestellt werden, am Morgen desselben Tages, in der Frühe um 6 Uhr, entschlief der Meister sanft und schmerzlos.

Das Haupt mit dem Lorberkranz geschmückt, unter Palmen ruhend — so lag die friedliche Leiche in der

Werkstatt des Künstlers. Ihr zu Häupten erhob sich die siegesgewisse Gestalt des gewaltigen Reformators, machtvoll lebendig neben dem todten Meister, der sie geschaffen, von dessen bis ans Ende unversiegbarer Geisteskraft sie Zeugniß ablegte. Ein Bild, nicht trauriger Art, sondern voll Weihe und erhebender Kraft.

Anhang.

———

A.

Chronologisches Verzeichniß

der

von Rietschel ausgeführten Werke.

(Nach dessen eigenhändiger Aufzeichnung.)

———

1826. 1827. 1828.

Neptun, 8 Fuß hoch, für Nordhausen (in Eisenguß).

Zwei Skizzenmodelle zum König Friedrich August-Denkmal.

Statue David's.

Zwei Apostel, Petrus und Paulus, Basreliefs.

Penelope und Ulysses, Concursrelief.

Professor d'Alton, Büste.

1829. 1830.

Modell zum Vasenmaler für das Giebelfeld der Glyptothek.

1831.

Lebensgroßes Hülfsmodell zur Kolossalstatue Friedrich
    August's.

Luther's Kolossalbüste für die Walhalla (in Marmor).

1832. 1833.

Vier Statuen, die Cardinaltugenden, zum Monument
    Friedrich August's (Bronzeguß).

Wiederſehen Joſeph's und Jakob's, Basrelief. *)

Herr von Löwenſtern, Büſte
Frau Bähr, Büſte ︸ ſämmtlich nach dem Tode.
Fräulein Matthäi, Büſte

Hofrath Böttiger, Büſte nach dem Leben.

Zwei Medaillons für das hiſtoriſche Muſeum.

Taufſtein von Sandſtein nach Oelsnitz.

1834.

Zwei Muſen, Kalliope und Polyhymnia, zu dem Portal
    des Auguſteums (Sandſtein).

Zwei reich mit Figuren und Ornamenten verzierte Pylaſter
    am Portal des Auguſteums, Basrelief.

Fürſt Poninsky, Büſte nach dem Tode.

König Anton, Büſte
Prinz Max, Büſte
Prinz Friedrich Auguſt, Büſte ︸ für die Aula der Univerſität Leipzig (in Marmor).
Prinz Johann, Büſte nach dem Leben

Profeſſor Thörmer, Medaillon.

1835.

Neun Statuen für das Giebelfeld des Auguſteums
    (Stucco).

Statue Friedrich Auguſt's, 12 Fuß Proportion haltend
    (Bronzeguß).

Zwölf Reliefs der Culturgeſchichte der Menſchen für die
    Aula des Auguſteums zu Leipzig.

Büſte meiner ſeligen Frau.

Herr von Teubern, Büſte.

---

*) Irrthümlich hier aufgeführt, daſſelbe ſtammt aus dem
Jahre 1842.

1836.

Kolossalbüste des Königs Anton, nach Friedrichsstadt
(in Eisen).
Sohn des Herrn von Zöllner, Büste nach der Todten=
maske.
Ein Grabdenkmal.

1837.

Statue einer Nymphe für Herrn von Quandt (in Zink).
Hofrath Carus, Büste.
Ein Grabdenkmal.

1838.

Statue (halb lebensgroß) einer Ceres (in Marmor).
Büste meiner seligen Frau.

1839. 1840.

Dreißig Figuren, zwei Drittel lebensgroß, für das hiesige
Theater; dieselben in Sandstein bis 8 Fuß Ver=
hältniß.
Drei Reliefs in die Zwickel am Eingang ins Theater
(zwei Furien und Amor).
Madame Schröder=Devrient, Büste.
Sechs Köpfe berühmter Bildhauer (an meinem Hause).

1841.

Monument des Markgrafen Diezmann, liegend auf dem
Sarkophag (in Sandstein).
Goethe und Schiller, sitzend, lebensgroß, fürs Theater
(8 Fuß Proportion, in Sandstein).
Herr von Sternberg, Büste (Marmorarbeit).
Eine Sphinx für die Freimaurerloge.

Ornamente zum Postament Friedrich August's.
Drei Köpfe in Stucco für die Freimaurerloge.

1842.

Herr von Thümen (nach Todtenmaske), Büste.
August I. Kurfürst von Sachsen, Büste (Marmorarbeit)
    für die Walhalla.
Frau Alex, Büste.
Prinz Johann, Büste (Marmorarbeit) für den König
    von Preußen.
Frau Professor Bendemann, Medaillon (später in Marmor).

1843.

Zwei Figuren, halbe Größe, für Apotheker Ficinus
    (Sandstein).
Gluck, Statue, drei Viertel lebensgroß.
Mozart, Statue, drei Viertel lebensgroß (in Sandstein,
    7 Fuß hoch).
Ein Relief für Apotheker Ficinus.
Oberfactor Trautscholb, Büste.
Dr. Struve, Büste (Marmorarbeit).

1844. 1845.

Neunzehn Figuren, 7—8 Fuß Verhältniß, Giebelfeld an
    dem Opernhause in Berlin (in Zink ausgeführt).
Statue Thaer's, 9 Fuß hoch (Bronze).
Modell zum Olbers-Denkmal (halbe Größe).
Relief des Christkindes.
Frau Professor Hübner, Büste (Marmorarbeit).
Forstrath Cotta, Büste, lebensgroß.
Derselbe, Kolossalbüste (in Bronzeguß).

Schwester der Fürstin Löwenstein (nach dem Tode), Büste.
Meine Frau, Medaillon.
Hüttenmeister Trautschold, Medaillon.
Componist Hiller, Medaillon.
Der kleine Georg, Medaillon.

1846.

Dr. Meinert (nach dem Tode), Büste.
Professor Herrmann in Leipzig, Büste (Marmorarbeit).
Der junge Crusen (nach dem Tode), Büste.
Herr von Sydow, Büste.
Baurath Coudray (nach dem Tode) für Weimar, Büste
    (Marmorarbeit).
Geheimrath Carus, Medaillon.
Clara und Robert Schumann, Medaillon.
Madame Oppenheim, Medaillon.
Dr. Crusius, Medaillon.
Präsident Schumann, Medaillon.

1847.

Pietà, zwei Figuren, lebensgroß (später in Marmor
    ausgeführt).
Psyche, Relief.
Prinzessin Anna, Büste.
Heinrich Brockhaus, Medaillon.
Professor Schwind, Medaillon.
Dr. Berthold Auerbach, Medaillon.
Becher für Professor Schweizer.

1848.

Felix Mendelssohn-Bartholdy, Büste (Marmorarbeit).
Herr Thode (nach dem Tode), Büste.

Lessing, Büste.

Dr. Ruschpler, Medaillon.

Ihre Majestät die Königin, Medaillon.

Herr von Seidlitz, Medaillon.

Director Schnorr, Medaillon.

Eug. Carus, Medaillon.

Herr von Wodzinsky (nach Todtenmaske), Medaillon.

Gutzkow, Medaillon.

1849.

Lessing's Statue, 9 Fuß hoch (in Bronze ausgeführt).

Statuette Lessing's.

Statuette Goethe's.

Statuette der Pietà.

Frau von Wuthenau, Büste
Kind des Herrn Dr. Köchly, Büste
Kind des Herrn von Zehmen, Büste
Professor Gesenius, Büste (Marmorarbeit) } sämmtlich nach dem Tode.

Felix Mendelssohn's Büste (Marmorarbeit) zum zweiten mal.

Fräulein von Erdmannsdorf (nach Todtenmaske), Medaillon.

Frau von Bucholska (nach Todtenmaske), Medaillon.

1850.

Ein Crucifix mit Maria Magdalena zu Füßen, zwei Drittel lebensgroß (in Sandstein und Bronze).

Die Tageszeiten, vier Reliefs, Medaillons (Marmorarbeit).

Amor auf dem Panther, Relief (Marmorarbeit).

Werner, Büste.

Prinz von Glücksburg, Büste (nach dem Tode).

Mendelssohn's Büste (Marmorarbeit) zum dritten mal.

Frau Gräfin Olizar, Medaillon.

1851.

Sechs Reliefmedaillons⎫
Fünf Musen, Reliefs ⎬ fürs Museum.
Die Kirche, Relief ⎭

Amor und Psyche, Zwickelfiguren für dasselbe.

Fräulein Wittgenstein, Büste ⎱ sämmtlich nach Todten-
Herr Eckart, Büste ⎰ maske.

Professor Reil, Büste (Marmorarbeit).

Amor auf dem Panther, Basrelief (Marmorarbeit), nach
  London.

Der Christengel, Basrelief (Marmorarbeit).

Ein Knabe von Egidy, Medaillon (nach Todtenmaske).

Meine Friederike, Medaillon.

Frau von Ritzenberg, Medaillon.

1852.

Phidias, Statue, drei Viertel lebensgroß, ⎫ sämmtlich 7 Fuß
Perikles, Statue,   » ⎬ hoch in Sand-
Albrecht Dürer, Statue, »   ⎭ stein ausgeführt.

Ein Skizzenmodellchen zu Goethe und Schiller.

Ein Relief, Amor auf dem Panther, Pendant zum ersten.

Zehn Zwickelfiguren, Reliefs.

Zwei große Medaillons, Prometheus und Pygmalion.

Eduard Devrient, Medaillon.

1853.

Giotto, Statue, drei Viertel lebensgroß ⎫ sämmtlich kolossal
Holbein, Statue,   »   ⎬ in Sandstein.
Goethe, Statue,   »   ⎭

Ein Skizzenmodellchen zu Weber.

Vierundzwanzig Zwickelfiguren, halbe Lebensgröße, fürs
  Museum.

Zwei Kinderfriese, Reliefs.

Germania, Medaillon.

Italia, Medaillon.

Mein Porträt, Medaillon.

Zwei kleine Figürchen zu einem Tafelaufsatz.

Amor auf dem Panther (Marmorarbeit), nach London.

1854.

Zwei Reliefs, Prometheus und Amor und Psyche, fürs
    Museum.

Prinzessin von Wittgenstein, Büste (nach dem Leben,
    Marmorarbeit).

Franz Liszt, Medaillon (Marmorarbeit).

Herr Whittle, Medaillon.

König Friedrich August, Medaillon.

Gruppe der Pietà in Marmor vollendet.

1855.

Ein Skizzenmodell zu Gellert.

Se. Majestät König Johann, Büste.

Emil Devrient, Medaillon.

Herr von Lindenau, Medaillon.

1856.

Goethe und Schiller vollendet.

1857.

Skizzenmodell zur Quadriga.

Rauch, Büste (Marmorarbeit), für Geheimrath Mendels=
    sohn.

Dr. Wolf, Büste (Marmorarbeit).

Frau von Lüttichau, Büste (Marmorarbeit).

Crucifix in Bronze.

1858.

Statue Weber's.

Vier Pferde zur Quadriga nach Braunschweig.

Figur eines Kindes, 3½ Fuß hoch (Marmorarbeit).

Büste Rauch's (Marmorarbeit) für Fürst von Waldeck.

1859.

Die Statue der Brunonia.

Entwurf des Luther=Monuments.

Modell zum Stempel für die Deutsche Kunstgenossenschaft.

Professor Kranowsky, Büste (Marmorarbeit).

Musikdirector Mosevius, Büste (Bronze).

Herr Schletter (nach Bild), Medaillon (Marmorarbeit).

Herr von Quandt, desgl.

Dawison, Medaillon.

Bendemann, Medaillon.

Büste Rauch's (Marmorarbeit) für die Akademie nach
 Antwerpen.

1860.

Statue Luther's (Bronzeguß).

Statue Wiclef's (Bronzeguß).

Carus, Büste.

B.

Ansichten und Vorschläge

zur

Gründung einer Elementarzeichnenschule.

Entworfen im Jahre 1847.

Vieljährige Erfahrungen und Beobachtungen während meiner Amtsthätigkeit an der königlich sächsischen Kunstakademie haben mich zu der Ueberzeugung geführt, daß in dieser Anstalt das bisher bestehende Verhältniß der untern Klasse zu den höhern in vieler Hinsicht nicht ihrem Zwecke entsprechend sei, daß vielmehr diese untere Klasse einer vollständigen Umgestaltung bedürfe. In folgenden Umrissen habe ich meine Ansichten hierüber anzudeuten versucht; die speciellen Gründe zu dieser Reorganisation sollen weiter unten näher auseinandergesetzt werden.

1) Die bisherige untere Klasse der Akademie wäre als solche gänzlich von dieser Anstalt zu trennen, in eine selbständig für sich bestehende Elementarzeichnenschule umzubilden. Dieses neue Institut bildet alsbann die Vorbereitungsschule sowol für die Akademie (die höhere Schule für Kunstausbildung), als auch für das polytechnische Institut (die höhere Schule für künstlerische Gewerke).

2) Aufnahme in diese Elementarschule können vor allem nur solche finden, welche sich für die Ausbildung in einer der genannten höhern Lehranstalten vorbereiten wollen, außerdem aber auch diejenigen, denen ihre künstlerische Ausbildung nicht das Hauptziel ihres Lebens ist, sondern die eine solche nur als ein nothwendiges Nebenstudium bei ihrem künftigen Lebensberufe betrachten und sich für ein Kunsthandwerk vorbereiten möchten, wie z. B. Graveurs, Goldarbeiter, Bronzearbeiter, Töpfer, Drechsler, Stubenmaler, Holzschnitzer, Modelleurs für Fabriken u. s. w. Sie würden hier die beste Gelegenheit finden, Auge und Hand zu üben und den Geschmack zu bilden. Endlich würde auch noch diese Schule eine angemessene Bildungsanstalt abgeben für Zeichnenlehrer an Real = und Gewerbeschulen, wozu bisjetzt häufig Leute angestellt wurden, die wegen Talentlosigkeit zu keiner künstlerischen Thätigkeit taugten.

3) Das Lokal könnte später vielleicht im bisherigen Galeriegebäude gewonnen werden.

4) Die Einrichtung und Anschaffung nothwendiger Lehrmittel dieser Schule würde dem Staate nicht mehr Kosten verursachen, als die sind, welche die untern Klassen an der Akademie und dem polytechnischen Institut jetzt erfordern, dagegen aber einen bedeutend größern Erfolg in Entwickelung der Kraft durch richtige Anwendung der Mittel bewirken.

5) Das Directorium bestände aus dem Director des polytechnischen Instituts und dem akademischen Rathe oder einigen Mitgliedern desselben.

6) Die Lehrer würden die der jetzigen untern Klasse der Akademie und einer oder zwei des polytechnischen Instituts sein, vielleicht auch ein Lehrer der untern Klasse der Bauschule.

7) Der Unterricht bestünde in freiem Handzeichnen, nach Vorlegeblättern, in den Anfängen im Zeichnen nach Gips und im Modelliren. Gegenstände wären Theile des menschlichen Körpers, ganze Figuren, Thiere, Blumen und die Anwendung derselben auf Webereien, Druckereien u. s. w. Könnte der Unterricht durch die ersten Elemente in der Architektur vervollständigt werden, so würde das Institut seinem Zwecke um so mehr entsprechen.

8) Die Schüler würden sich in solche theilen, welche nur tag- und stundenweise die Klasse besuchen, und solche, welche den Unterricht vollständig frequentiren; unter diesen letztern würden vorzugsweise diejenigen sich befinden, welche sich zur Aufnahme in die Akademie vorbereiten wollen.

Die Gründe, die mir eine solche Umgestaltung der erwähnten Klasse der Akademie als nothwendig erscheinen lassen, sind folgende:

Es drängt sich wol einem jeden, welcher Gelegenheit hat, die Entwickelung und Existenz junger Künstler kennen zu lernen, eine schmerzliche Empfindung auf, so vielen unter ihnen das Prognostikon stellen zu müssen, daß eine in ihren Hoffnungen verfehlte und verkümmerte Zukunft ihr Los sein wird, indem sie sich von einem nützlichen Handwerke oder einem andern ihren Anlagen entsprechenden Berufe abwandten, der sie später befriedigend und ehrenhaft ernährt haben würde. Sie wählten jenen lockenden Lebensweg infolge falscher Beurtheilung ihrer Lust an künstlerischer Beschäftigung, die sie mit Beruf und Talent zur Kunst verwechselten.

Daß dieser Irrthum so häufig schlimme Folgen hat, dazu trägt gewiß nicht wenig die so sehr erleichterte Aufnahme in die Akademie bei. Aber auch die Hoffnung und scheinbare Aussicht auf eine baldige Existenz befördern diesen Irrthum, indem der durch die Kunstvereine eröffnete Markt für theilweise sehr mittelmäßige Producte Gelegenheit dazu bietet.

Es ist aber mit der Würde einer höhern Kunstanstalt, die soweit als möglich die höchste künstlerische Ausbildung ihrer Schüler erstreben soll, nicht vereinbar, daß sie gleich einer Elementarschule mit den Anfängen des Zeichnenunterrichts beginnen muß.

Durch ihre Einrichtung ist die Akademie darauf hingewiesen, vierzehnjährige Knaben, die eben von der Schule entlassen sind, aufzunehmen. Die vorgelegten Probearbeiten dieser Schüler können aber kein Urtheil für ihre Befähigung abgeben, da sie meistens die Production eines dürftigen Schulunterrichts oder mangelhafter Selbstbeschäftigung sind. Und könnte auch aus diesen Vorlagen bisweilen auf mehr oder weniger Talent geschlossen werden, so darf dieser Schluß nicht maßgebend sein, da der eine durch bessern Unterricht oder bessere Originale mehr begünstigt war als der andere, welcher sich später vielleicht erst glücklicher entwickeln dürfte. Man kann nun zwar einwenden, daß diesem Uebelstande dadurch schon abgeholfen sei, wenn der Schüler nach einer gewissen Probezeit wegen Talentlosigkeit wieder entlassen werden könne. Dem ist aber nicht so, denn da der akademische Rath über die Aufnahme in allen Klassen zu verfügen hat, die untere Klasse aber factisch ein Theil der Akademie ist, so ist der Aufgenommene Schüler der Akademie selbst, was ihn von vornherein auf einen falschen Standpunkt stellt, wenn er nicht durch wirkliches Talent zum wahren Künstler sich qualificirt.

Des Talentlosen Anfänge mögen noch so wenig versprechend sein, so wird er doch durch guten Unterricht, durch fortgesetzten Fleiß und Uebung verhältnißmäßige Fortschritte machen. Der junge Mann, abgelenkt von dem Wege, der ihn zu einem seinen Fähigkeiten angemessenen Berufskreise geführt hätte, gefesselt durch ein falsches Ideal, das sofort durch seine Aufnahme in die Akademie ihn erfüllt, in diesem Ideal durch das Bewußtsein seines Fleißes und verhältnißmäßigen Fortschritts bestärkt, würde eine harte Ungerechtigkeit darin finden, wollte ihn der akademische Rath nach ein oder zwei Jahren wegen Mangel an Talent fortschicken, und wäre es dennoch der Fall, so wird der Schüler trotzdem bei dem gefaßten Entschlusse bleiben und, außerhalb der Akademie sich selbst überlassen, um so eher den Resultaten eines verfehlten Lebensberufes entgegengehen.

Der akademische Rath wird, solange das jetzige Verhältniß der untern Klasse besteht, bei seiner Entscheidung über die zu erweisende Talentlosigkeit sein Urtheil nicht unbefangen erhalten können, da ihm der objective Standpunkt dafür fehlt.

Dagegen würde die Elementarzeichnenschule in der von mir vorgeschlagenen Gestalt einen Damm bilden gegen den Andrang Unbefähigter, und manchen auf den

Weg leiten, auf welchem er zu dem seinen Kräften an=
gemessenen Ziele gelangen kann.

Derjenige, welcher nach ein oder zwei Jahren die
nöthige Qualification zur Aufnahme in die Akademie
nicht erlangt hat, wird abgewiesen. Unbefangen und
gerecht kann nun der akademische Rath entscheiden. Der
Zurückgewiesene hat sich von vornherein diese Möglichkeit
denken müssen .und sich mit ihr vertraut gemacht und
mit dem Gedanken einer andern Berufswahl. Ohne
falsche Ideale verfolgt zu haben, ohne daß er sich in
solche eingelebt hätte, wird er, wenn er dennoch die Kunst
nicht ganz aufgeben will, die praktische Seite erfassen
und somit für das Kunsthandwerk oder einen unterge=
ordneten Zweig der Kunst sich ausbilden können, wie
denn in einer Elementarzeichnenschule die Studien vor=
zugsweise darauf gerichtet bleiben, Auge und Hand
zu üben und den Geschmack durch gute Originale zu
bilden.

Das polytechnische Institut schließt allerdings die
künstlerische Ausbildung ihrer Schüler für Gewerke in
seine Zwecke ein. Der Unterricht beginnt mit den ersten
Elementen im Zeichnen und Modelliren und führt fort
bis zum freien Erfinden und Ausführen von Mustern
und Modellen für gewerbliche Zwecke.

Für die Ansprüche, welche bisjetzt an die Anstalt
gemacht wurden, reichen allerdings Raum und Lehrmittel
aus. Für die gesteigerten Kunstbedürfnisse unserer Zeit
aber, welche alles ausgeschmückt und verziert wünscht,
was uns im häuslichen und bürgerlichen Leben umgibt,
würde die Zeichnenklasse des polytechnischen Instituts sich
künftig wol nicht als ausreichend bewähren.

Nicht drängend genug kann es empfohlen werden, das Bedürfniß klar zu machen, daß jeder sich frühzeitig die zu seinem künftigen Lebensberufe nöthigen Studien verschaffe, mögen sie nun Haupt= oder Nebenzweck des Berufs sein. Es muß dieses Bedürfniß vielmehr so allgemein wie möglich zum Bewußtsein gebracht und allen denen, die sich dessen bewußt geworden, Gelegenheit zu ihrer Ausbildung geboten werden!

Möchten nun diese Ansichten über die Nothwendigkeit einer zu gründenden Elementarzeichnenschule einige Beachtung finden und Anlaß werden, die Motive dazu einer genauern Prüfung zu unterwerfen.

———

Druck von F. A. Brockhaus in Leipzig.

www.ingramcontent.com/pod-product-compliance
Lightning Source LLC
Chambersburg PA
CBHW021336110726
47900CB00005B/1489